Ramon Surroca

LENTA LUZ DE LA HABANA

ediciones | la tempestad

Lenta luz de la Habana

Primera edición: marzo de 2017
© Ramon Surroca
© de esta edición: Ediciones de La Tempestad SL, 2017

Ediciones La Tempestad®
c/ Pujades, 6 -Local 2
08005 Barcelona
Tel: 932 250 439
E-mail: adm@llibresindex.com
www.edicionestempestad.com

ISBN: 978-84-794814-3-8
Depósito legal: B-6.918-2017
Impreso en la Unión Europea

A Caterina

Qué importa que tus años
sean muchos, si en tu frente
hay sitio para un sueño.

Manuel Altolaguirre

Sumario

Prólogo

Fruto de un viaje personal ya bastante lejano en el tiempo (algo más de veintidós años), *Lenta luz de la Habana* aborda el declive de la utopía revolucionaria encarnada en la Revolución cubana y su honesta pervivencia crítica entre una parte de la sociedad civil que la vivió. En particular, el libro se centra en una de las múltiples formas inventadas en Cuba para sobrellevar los rigores de la escasez, del aislamiento y de la imposibilidad de modificar una realidad social y económica que durante décadas pareció inalterable, una vez asomados al desencanto, tras los primeros enardecidos años.

La pequeña aventura de la *cooperativa*, una red de acogida de visitantes, tiene poco que ver con las actuales plataformas turísticas inconcebibles al margen de Internet. Se trataba de una red de amigos que ponían a disposición del conjunto sus habilidades, el espacio de sus viviendas, su tiempo, sus automóviles, —cuando estos estaban en condiciones de funcionar—, para obtener unos ingresos modestos que en Cuba equivalían a una auténtica salvación. Uso la palabra "visitantes" y no "turistas", porque la creadora de la cooperativa, que aquí llamamos Nora, así como todos y cada uno de sus miembros, procuraron siempre aprovechar el paso de quienes empleaban sus servicios como una oportunidad de diálogo, de apertura al mundo, donde la calidez en el trato desembocaba siempre en largas charlas y controversias, en una complicidad que hacía difícil no sentir tarde o temprano como propias sus aspiraciones, sus sueños. Porque lo más sorprendente es que pese a las aceradas críticas a la deriva de la Revolución, muchos de ellos mantenían una sincera y honesta fe en los principios del proceso revolucionario. Ni las cartillas de racionamiento, ni la escasez, ni la falta de libertad política y la dureza del llamado *período especial*, habían conseguido borrar en ellos los fundamentos morales en los que se asentaba la utopía cubana.

Veinte años atrás el mundo occidental estaba ya en pleno proceso de descomposición de la izquierda, víctima de sus contradicciones, de la conquista por parte de la socialdemocracia de muchas de sus reivindicaciones y por la devastadora propagación de un modelo de neoliberalismo que hoy ha arrasado ya con todo, también, por supuesto, con la socialdemocracia, incluso en sus formas más comedidas. Es por ello que los personajes de *Lenta luz de la Habana* simbolizan la fe en valores que nunca debería abandonar el ser humano, especialmente hoy, tras la muerte de Fidel y el aparente desprestigio "global" de toda iniciativa política fundada sobre las bases de la solidaridad, la igualdad de oportunidades y la persecución de la injusticia. De ahí que, más allá del particular universo cubano, Lenta Luz… aborda un aspecto insoslayable de nuestro paso por el mundo; la necesidad de la esperanza, sin la cual el ser humano es poco más que un triste juguete roto.

Tal vez el término más adecuado para designar el libro que el lector tiene en sus manos sea el de "autoficción". En efecto, el libro combina la experiencia real del autor con elementos ficcionales, que incluyen a algunos de sus personajes. Ahora bien: incluso los personajes inventados procuran estar al servicio de la honestidad de la historia, puesto que en algunos casos, en los que la realidad superaba la ficción, me pareció imprescindible algo de irrealidad para dar verosimilitud a ciertas desmedidas esperanzas más improbables si cabe que las de los personajes más ilusorios que albergan estas páginas.

No hay nada más veloz que la luz. Paradójicamente, esa intensa luz de la Habana, que pese a las habituales tormentas regresaba una y otra vez a lo largo de una misma jornada, parecía fijar ese paisaje invariable, como si la visibilidad no admitiera sombras y todo permaneciera anclado en un tiempo mucho más lento, como los sueños que se resisten a morir.

Ramon Surroca i Nouvilas
Barcelona, diciembre de 2016

I

Al abrirse la portezuela del avión, comprendimos que el viejo enamorado de la isla no exageraba. Una ola de insoportable bochorno invadió a todos los que esperábamos impacientes la primera imagen del aeropuerto que el zumbido eléctrico colocaría ante nosotros, en pie frente a la exigua salida. Vimos el nombre de José Martí al fondo de las pistas y un tanto imprecisamente y como sosteniéndolo, la escuadra de hombres y mujeres y críos que parecían oficiar un milenario rito de bienvenida que nada tenía que ver con todos nosotros. Porque saludaban aparentemente hacia todas partes, exorcizando el temible acecho de la soledad.

Minutos antes del aterrizaje había experimentado una extraña impresión extemporánea de conquista, al ver el círculo blanco, azul y verdoso que ceñía las primeras estribaciones de la gran isla. Para mí, ciertamente, lo que empezaba a divisar nacía del todo en esos mismos instantes, y la primitiva historia de los descubridores tan solo podía acentuar, desde muy lejos, la impresión de absoluta novedad de la tierra que sobrevolaba. Aparecieron inacabables cubiertas como hangares solitarios y yermos castigados por una iconografía de suburbio, de neumático aislado y huertos de chatarra. Volvimos al mar y de nuevo a tierra, hasta verla transformarse en entorno horizontal y familiar, en lucecitas de casas que recuperaban sus dimensiones naturales transformando las sombras tendidas en el sólido firme que de pronto provocaba el esperado estremecimiento. Nos encontrábamos en Cuba, en la Habana. Era nuestra llegada al Nuevo Mundo.

Los trámites aduaneros dilataron enormemente esta impresión de frontera, de lindar. Tras mostrar los pasaportes tuvimos que esperar durante más de una hora la entrega de nuestro equipaje. La inmovilidad de la cinta transportadora, sus momentáneas circunvalaciones, se convirtieron en una auténtica tortura. Cuando finalmente dispusimos de las maletas todo pareció adquirir a nuestro alrededor una repentina solidez. No tardamos en descubrir, entre el nervioso gentío de afuera, el letrero con nuestros nombres y a Nora excitada y radiante, bajo su enseña de bienvenida.

Aquella primera Nora me pareció una mujer devastada por la edad. A la mañana siguiente la vería transformada en un nuevo ser, dinámico y rejuvenecido, pero la tarde de nuestra llegada me causó una profunda sensación de abandono, de sensibilidad diezmada por la vida. Se nos abrazó como si se cumplieran siglos de su espera, como si fuéramos la señal precisa que habrá de cambiarlo todo. Tuve que luchar para que el muchacho que la acompañaba no me ayudara excesivamente con los bultos. Parecía demasiado cercano, viéndolo, como para convertirlo de ese modo en mozo solícito, como para alejarme así, tan de inmediato, de él. Dejamos las bolsas dentro del pequeño maletero y también sobre la baca del automóvil, atándolas con una desenvuelta falta de destreza. Tomé asiento junto al muchacho que agarró el volante como lo hacen los inexpertos o quienes no ven lo bastante, pegando los ojos a la luna de cristal y mirando nerviosamente hacia todas partes.

Caterina parecía contenta con el recibimiento y no dejaba de sonreír. Acompañaba su sonrisa con una especie de mirada aquiescente, que parecía asentir sin palabras a algo oculto que fijaba un invisible vínculo de inteligencia con el resto. Como si naciera entonces, al filo del silencio, una atmósfera que todos reconocían como propia.

Les hemos preparado un itinerario que les va a encantar. Tendrán que disculpar algunos problemas de infraestructura, pero lo hacemos con mucha ilusión. Yo trataba de recordar algunos de los lugares que visitaríamos: Viñales, Trinidad, Santiago de Cuba... Miraba el cielo oscuro que sobre nosotros aumentaba el poder de las enormes ramas que flanqueaban la carretera, como suspendidas de la nada, con troncos que prácticamente no veíamos tras los altos matorrales que se perdían también en el infinito. Y los baches. Nuestra conversación zigzagueaba como el automóvil al esquivarlos. Hablábamos por hablar y los tirones del vehículo al efectuar el brusco giro con que los salvaba, servían de gesto de inflexión para que volteáramos todos los fragmentos de aquel caleidoscopio verbal.

A un lado y otro de la carretera aparecían umbrales coloniales, como estampas de otro tiempo. Los negros y los mulatos y algunos blancos entre ellos estaban sentados en las pequeñas escaleras por las que se accedía a sus viviendas, abanicándose sin convicción, con cualquier cosa. En aquella zona cercana al aeropuerto predominaban las pequeñas casas de madera, a modo de cabañas. De vez en cuando, sin embargo, alguna vieja mansión aparecía destripada, con pinturas remotas en la fachada y ropa mal colgada en los balcones y en los jardines, todo ello agitado por el aire que se movía a través de infinitas grietas. Causaba estupor la pobreza, el silencio exterior, la pegajosa tiniebla en la que todo iba escondiendo su verdadero rostro, su respiración. No veíamos nada que no nos hubieran advertido días atrás, pero poco a poco fui sintiéndome, dentro del pequeño automóvil, como en el interior de una extraña burbuja que penetrara velozmente el corazón de una noche ficticia.

Nora no había dejado de hablarnos durante todo el trayecto. Dijo que nos tenía reservada una de las mejores casas de que disponía. Habíamos imaginado que nos alojaríamos en una de aquellas calles de la Habana Vieja, de casas destruidas, apuntaladas por la melancolía. Pero el coche se detuvo ante la vivienda de nuestro casero, en un barrio periférico bastante alejado del cosmopolitismo del centro. Del interior de la casa surgió un hombre joven, de unos treinta años, que nos saludó a todos con una leve timidez y que se apresuró a rogarnos que lo siguiéramos. Montó la bicicleta que estaba apoyada en el ángulo más vegetal de la verja, como un insecto aturdido esperando el fin de su letargo. El sonido que produjeron los primeros movimientos vacilantes, los indefectibles segundos de tanteo y equilibrio, tenía verdaderamente algo de insectívoro. Lo seguimos por una larga avenida de tierra, en cuyos márgenes las anchas hojas de los plataneros asomaban la nariz por encima de las empalizadas de los pequeños jardines descuidados. Conducía hábilmente su bicicleta sin perder la estabilidad, pese a los incesantes baches y la oscuridad del lugar. En menos de cinco minutos nos encontrábamos ante nuestro futuro hogar cubano.

Todo iba siendo tan distinto a lo que habíamos concebido mientras cruzábamos el Atlántico que al cerrarse la puerta experimenté un cierto desasosiego atenuado por la curiosidad. David se nos había presentado amablemente, mostrándonos el apartamento y proporcionándonos unas cuantas explicaciones de tipo práctico. Yo lo había inducido a hablar para saber, para que supiéramos, qué podíamos esperar de él. Nos gustó mucho David, con su nerviosa amabilidad de los primeros minutos y la ulterior fluvialidad verbosa, de inagotable conversador. *Perdónenme, soy muy tabacoso*, nos advirtió, para que supiéramos que le gustaba mucho hablar.

Hubiera querido charlar un rato más con David, pero ya me había advertido que lo esperaban en casa y que se le hacía tarde. La puerta acababa de cerrarse y oí, antes de conseguir girar la pieza que movía las persianas, cómo se alejaba haciendo crepitar la tarde con el rumor de la bicicleta. Finalmente pude ver la calle. Caterina estaba junto a mí y también miraba afuera. Vimos, a nuestra izquierda, un edificio de pisos, feo como una enorme muela solitaria. El resto eran pequeñas casitas, con diminutos parterres sembrados de plataneros. Casas de madera, de colores desvaídos, castigados por el sol. Un grupo de niños hablaba agitadamente, yendo de una parte a otra, jugando a arrebatarse algo inexistente que el mayor de ellos se resistía a darles. Hasta que una voz los llamó, una voz que instantes después adquiriría una forma atractiva, de mujer joven, de ojos poderosos y figura esbelta, que miró hacia donde nos encontrábamos nosotros, fijamente. Nos había descubierto y quería hacérnoslo saber. Nos gustaba imaginar que la atmósfera tan distinta de la que proveníamos seguía envolviéndonos, invisibilizándonos dentro de aquel comedor, como si contemplásemos aquella parte de mundo sin haber abandonado la nuestra, a través de una ventana inexpugnable y transoceánica.

Óscar se presentó un par de horas más tarde y nos acompañó a casa de Nora. Vivía en la calle Santa Clara, no demasiado lejos de donde nos encontrábamos nosotros y a un paso del domicilio familiar de David. Con el pequeño automóvil que nos había traído desde el aeropuerto, nos acompañó a verla. Debíamos pagarle la estancia, los desplazamientos, nuestro peculiar itinerario. Llevaba todos los dólares en un sobre en el que también había alguna carta escrita en Barcelona. Óscar prefirió esperarnos dentro de su coche mientras Caterina y yo subíamos la escalera que conducía a la vivienda.

Nora nos recibió algo más tranquila que en el aeropuerto y nos invitó a pasar para presentarnos a su marido Reynaldo y a su hija Clara. Al tomar asiento en el primer domicilio cubano conocimos parte de las limitaciones que sufrían todos ellos. Faltaba pintura desde mucho tiempo atrás, del techo colgaba una lámpara con un apéndice añadido que reemplazaba alguna antigua pieza original. La mesa en la que apoyábamos los brazos y en la que yo acababa de dejar el sobre para que Nora lo abriera estaba hecha de una madera sin pulir, de un tipo que reconoceríamos días más tarde en los mercados agropecuarios. En medio de aquel delgado bienestar, los libros abundantes que llenaban las estanterías eran el rescoldo de algo olvidado y presente a un tiempo, como si aquella materia vertical e impresa comunicase el hogar con un circuito más amplio de experiencias diversísimas, de lejana cultura.

Lo que más nos importaba era conseguir hacer desaparecer la excesiva objetividad que imponía el intercambio de itinerarios y dinero. Reynaldo contó los dólares y apartó tres fajos para destinarlos al pago de nuestro chófer y de nuestros caseros en la Habana y Santiago. Quisimos resolver el aspecto económico de aquel primer encuentro lo más rápido posible porque nos apetecía compartir alguna conversación que nos acercase a toda aquella atmósfera de cubanía medio legendaria, medio real que habíamos conocido a través de algunas obras literarias y cinematográficas recientes. Parecía que también ellos lo deseasen, porque se apresuraron a recoger el dinero y explicarnos el detalle de nuestro periplo vacacional.

No tardaron mucho en echarse atrás en sus asientos, como si a los cuerpos les hiciera falta una actitud desabrochada para poder emprender la conversación que todos esperábamos. Eran alrededor de las nueve del anochecer isleño y transoceánico y Barcelona se me antojaba un soporte espectral y consistente a la vez. Reynaldo fue el primero en hablar.

Y díganme, ¿qué cosas se oyen allá acerca de Cuba? ¿Se habla bien de Fidel, del socialismo? Nos resultó algo extraño iniciar así la conversación pero tratamos de decir el menor número de estupideces pese al riesgo de generalizar o de no saber con certeza cómo responder a aquella cuestión. Les hablamos de una cierta generación de los años sesenta, una generación que nosotros envidiábamos bastante, cuyo ideario se hallaba en el origen de esta otra transfigurada idealidad confusa de la generación más joven, que era la nuestra, que sólo en parte participaba ya de los valores que habían inspirado aquella revolución casi estrellada en el olvido, que consideró a Fidel como uno de sus nortes indiscutibles. Les gustó que les hablásemos de ello, pese a la exagerada cautela que empleábamos. Nos sentíamos verdaderamente incómodos haciendo balance de algo tan complejo como la ideología, la ética libertaria, el mayo francés y la revolución cubana. Por ello tratamos de cautivarlos –y de embrujarnos también nosotros con la poética que nos proporcionaba aquel juego de piruetas teóricas— refiriéndoles lo que de veras habíamos percibido en algún momento: el espíritu, el aroma de unos tiempos que ahora solo conservaban una cierta capacidad de vida retráctil, al concentrarlos en la figura de aquellos de quienes hablábamos como quien habla de un amigo invisible y entrañable, simplemente porque no existe y no es sino la suma de los diversos fragmentos personales de un puñado de sobrevivientes soñadores.

Les hablamos de la generación más cercana a los ideales que compartíamos, de algunos viejos amigos unos veinte años mayores que nosotros, a los que considerábamos más avanzados que a muchas de las personas adolescentes que nuestra profesión nos había llevado a conocer. De cómo la lucha contra el franquismo y los primeros entusiasmos de la democracia habían aglutinado una actitud colectiva de mayor euforia en relación al futuro y a las libertades; que hoy, sin embargo, la percepción era que el riesgo del surgimiento de formas de vida mucho más reactivas era cada vez más intenso; que la indiferencia política y la aún leve pero tangible degradación de ciertos grupos adolescentes empezaba a ser significativa, como si la ley de la jungla volviera a tentar los espíritus y las respuestas solidarias y utópicas de antaño hubieran cedido su espacio a actitudes que tan solo quince años atrás hubiera parecido imposible tener que volver a revivir. Como el resurgir de los símbolos nazis entre jóvenes desarraigados, o bien económicamente, o bien ideológicamente.

Recordamos a algunos de nuestros amigos soñadores, de cómo entre ellos nos sentíamos aún suspendidos en la atmósfera de una vida mejor, al acecho de una obra, de algún pequeño proyecto tan inviable como sugestivo.

Nora y Reynaldo nos comentaron que en la isla, por el contrario, esta generación de los sesenta era a fin de cuentas la más desilusionada, y que pese a perdurar entre ellos un buen número de individuos leales al ideario de la Revolución, parecía haberse producido más bien entre los jóvenes el relieve utópico. Pero no se sentían nada seguros al respecto. Creían que la tácita y solitaria —por privada— actividad de crítica al gobierno de Fidel la ejercía todo el mundo, pero que entre muchas personas pertenecientes a la joven generación imperaba un cierto sentimiento contrario al capitalismo que sintonizaba bastante bien con lo que a fin de cuentas los animó a ellos mismos (a todas las personas a las que iríamos conociendo a lo largo de aquellas semanas) a solidarizarse con el estallido revolucionario y el espíritu de igualitarismo que lo caracterizó, en todos los niveles, durante el primer período. Desconfiaban de los exiliados de Miami, cuya influencia escondía posiblemente oscuros apoyos. Veían en Fidel al hombre que había emprendido un proceso de extraordinario valor al alfabetizar a una inmensa masa ignorante, otorgando primacía a los estudios y al incremento y mejora de la sanidad. Pero también le reprochaban el haber ido gestando una política económica caótica, donde no bastaba la fuerte presión anticastrista norteamericana para justificar la ruina de la agricultura y el marco casi surreal en el que surgían innumerables industrias cuya factibilidad y oportunidad no fue nunca avalada por ningún estudio serio que permitiese evitar los más que previsibles hundimientos futuros. Caterina y yo, sin embargo, detectamos un contenido entusiasmo hacia la antigua causa de la Revolución, pese a las durísimas críticas al Comandante. Por ello, a medida que avanzaba la conversación, tuvimos que transformar nuestra imprecisa y a veces inconsciente admiración hacia Fidel por la adscripción a los ideales que impregnaron todo aquel proceso. Comenzamos a aprender, desde aquel primer encuentro, a distinguir entre el proceso y el hombre, entre el sueño y su realización efectiva. Cuando días más tarde entramos en contacto con personas más jóvenes, y fuimos conociendo mejor la ciudad de la Habana (una ciudad apenas en pie como tras un bombardeo) nuestros prejuicios favorables en relación a Fidel cambiaron, resultándonos de repente ingenuos, y también alguna de las impresiones de Nora y Reynaldo a propósito de las convicciones de la juventud cubana, que cada vez era en realidad menos revolucionaria, o bien continuaba siéndolo al margen del Comandante, en una especie de idealismo radical, que habría de ir seduciéndonos, porque en él todo parecía remontable, el mundo patas arriba si era preciso, la pobreza que nutre la utopía.

Se apoderó de nosotros una extraña sensación de inesperada sobremesa trascendente. Como si solo entonces hubiésemos tomado consciencia de hallarnos lejos de casa, enalteciendo la distancia con la gravedad de aquella discusión política. Transformados repentinamente en portavoces del otro lado del Atlántico, de la remota historia de Occidente, nos invadió un sentimiento híbrido de absurda responsabilidad, de simultáneo rechazo e identificación. Percibíamos el enlace de nuestras inquietudes, de nuestra atención recíproca, como si al anudarse el interés de unos por las palabras de los otros se transformase el color del aire y la dirección del tiempo.

La discusión fue retrayéndose hacia su juventud. Iniciaron el relato de sus años en la universidad, los años de adhesión vehemente al castrismo, cuando creyeron poder transformar el mundo entero desde aquella plataforma ubicada cerca de la costa norteamericana, aquella extensión paradigmática de revuelta llamada Cuba.

Me parecía demasiado joven para ser todo un catedrático de la facultad. Me enamoraron sus clases. Siempre ponía ejemplos muy divertidos para ilustrar las teorías físicas. ¿Cómo era aquello de la nube de insectos y el caos ordenado?

Él rió por segunda vez de aquella forma extraña, ahogando el estallido en una implosión fugaz. Después se miraron durante un instante, para respirar el aire del claustro de la universidad, o de algún aula antigua, o del paseo arbolado que a la mañana siguiente conoceríamos nosotros, al pasar cerca del recinto universitario. Los escuchamos durante casi media hora más, pero se trataba de nuestro primer encuentro y no convenía abusar. Sin embargo, antes de despedirnos, Nora nos ofreció uno de sus —empezamos a denominarlos así desde aquel momento— temibles cafés.

El café era servido en Cuba con mucho azúcar. Dado que Nora era la primera persona en ofrecérnoslo, pensamos que habría vertido accidentalmente más azúcar del necesario. Además, el café tenía un sabor extraño, estadizo. Tal vez se le había estropeado. Más adelante supimos que a través de las cartillas de racionamiento se suministraba a los cubanos los granos de café molido con una cierta proporción de frijol negro. En cualquier caso, aquel café acabó convirtiéndose en el precio que habría que pagar a cambio de la placidez de cada una de nuestras sucesivas tertulias. Desde entonces, su regusto domina, como la sabia del recuerdo, la imagen de ambos al decirnos adiós, tras cada encuentro, a la hora de nuestro regreso.

Aquella primera noche de nuestra llegada, Óscar se presentó en el apartamento. Lo acompañaba Ana María, su esposa. No habíamos sabido negarnos, pese al cansancio, al ofrecimiento que nos hizo de ir a dar una vuelta por el centro. Debimos de parecerle personas de trato no demasiado difícil, ya que, como supimos días después, el hecho de haber convidado a su mujer vulneraba las normas de la *cooperativa*. Pero a Caterina y a mí nos pareció muy buena idea, sobre todo porque Ana María se mostró muy amable desde el primer momento, con una solicitud, de todos modos, casi excesiva. Tomaron tímidamente asiento en las butacas de la sala de estar y esperaron a que nosotros acabáramos de arreglarnos. Nos habíamos duchado y cambiado de ropa, sin aliento, pero el hecho de poder echar un primer vistazo sobre la Habana nocturna nos permitió olvidar momentáneamente nuestro cansancio.

El sueño, el agotamiento, incrementaron la imposibilidad de hacernos una adecuada composición de lugar al pasar lentamente con el diminuto automóvil por las calles suburbiales de Víbora Park en dirección a la Habana Vieja. Volvió a confirmárseme la idea de que las primeras impresiones de una ciudad son siempre irrepetibles, que aquello que uno ve por primera vez no volverá a ser visto nunca más de la misma forma; que esta primera visión fascinada lo es porque el espíritu se siente atraído por el mundo como un niño que sin embargo cuenta con el entramado perceptivo de un adulto; y lo es también por algo más que pertenece al misterio y que la buena suerte nos impide desvelar. La secuencia de las calles, los detalles arquitectónicos, el ornamento o la desnudez de las fachadas, el rostro de los diversos establecimientos, su oferta de pequeño universo íntimo o de vasta extensión de búsqueda, todo a un tiempo me pareció, al percibirlo por primera vez, encadenado por una orografía sin direcciones ni sentidos lo bastante definidos, como si los solitarios desmontes y las pobladas llanuras no pudieran proporcionarnos un texto suficientemente inteligible sobre el que poder transitar familiarmente. Intenté, como he hecho siempre, retener el aroma y el espíritu de aquellas horas nocturnas para poder recordarlas cuando necesitase –como acaba sucediéndonos siempre— desempozar el agua de los primeros entusiasmos, el agua de ese primer mundo de impresiones en el que todo parece todavía posible y esperanzador, porque en realidad nada sabemos ni conocemos y el paisaje sostiene completo el otro tiempo irreal por el que discurren los sueños. Incluso la inmensa línea del Malecón, la patética multitud de jóvenes bebiendo cerveza y *tropicola* en el devastado solar que descubriríamos ante el hotel Meliá, el escalofrío de la sombra policial interrogando a algún ciclista, la relativa invisibilidad de quienes como nosotros lo observaban todo sentados sobre la infinita balaustrada de piedra que bordea aquel flanco de la ciudad y de la costa, todas estas cosas, se me antojaron el emblema de algo que los visitantes remotos y recién llegados no podíamos aún descifrar ni ver tal como en realidad era, sino con el envoltorio transfigurador de las primeras horas fascinadas y equívocas.

Cuando nos encontrábamos frente al hotel Meliá, apoyados en la larga balaustrada tras la que se extendía el mar, apareció un muchacho —casi hacía falta imaginarlo— cerca, en el agua, sentado sobre un enorme neumático desde el que le vimos pescar. De vez en cuando la leve agitación del oleaje lo conducía hacia un recorte denso de sombra, al que no llegaban los reflejos de aquella parte de ciudad que apenas lo iluminaba. Hablábamos de todo y de nada mientras lo observábamos, como si verlo nos impidiese referirnos a nada concreto, como si la presencia de aquel chico sobre el mar confundiera nuestra voluntad de conversación. Tampoco hablamos acerca de los pescadores nocturnos. Se trataba de otro de los muchos aspectos de la miseria local. Óscar y Ana María nos hablaron de su deseo de viajar a Miami, de abandonar las estrecheces de aquella vida asediada por las limitaciones, por el aislamiento, por el insoportable deseo de conocer todo lo que debía de haber más allá de aquella infinita frontera de espumas y azules.

Mientras hablábamos con ellos, Caterina y yo espiábamos de soslayo la agitación de las otras conversaciones, los gestos que desde la otra parte poblaban el área luminosa con movimientos de danza y vehementes saludos que iban encendiéndose y apagándose al ritmo de la música. Había algo más de un centenar de personas informando un baile impreciso y la música sonaba a través de megáfonos resfriados y viejos. Para nosotros, aquel retazo de mundo satisfacía todos los atributos de lo irreal; nos sentíamos agradablemente fuera de lugar y la contemplación de aquel gentío exultante, lo bastante apartado de nosotros como para disponer de una cierta visión de conjunto, nos sugería la idea de algo perfectamente aislable, el arquetipo de la precariedad y el sufrimiento en danza.

A la mañana siguiente nos sorprendió el timbre de la bicicleta mientras mi compañera aún dormía y yo percibía los objetos de la estancia todavía adheridos al sueño. Tal vez ni tan solo fue el sonido remoto de aquel timbre lo que me despertó. La ventana de nuestra habitación se abría a una especie de traspatio donde alguien a quien nunca pudimos llegar a ver trajinaba herramientas que producían un tintineo metálico. Cada mañana nos levantamos con aquel sonido que percutía levemente el aire desde el fondo de la opacidad grisácea de la vieja uralita que ocultaba a su secreto morador. Temí enseguida que David hubiese llegado con el desayuno y al levantarme lo oí trajinar por la cocina, saludándonos con una voz muy suave y delicada, como si el aire fuera de cristal y tratara de no quebrarlo.

David había dejado sobre el mármol de la cocina un par de salchichas ahumadas, una especie de queso para fundir y un par de huevos pasados por agua. También había traído jugo de mamey, una bolsa con pan tostado, y pastillas de mantequilla, además del café. Al verlo hice un ademán de sorpresa y de indulgente escándalo y él se justificó diciendo que en Cuba la gente que podía permitírselo desayunaba fuerte. Encendió el fuego y empezó a cocinar las salchichas, mientras ambos escuchábamos a Caterina abriendo el armario y caminando despacio por el dormitorio.

Pude tomar el café sin añadir nada de azúcar, mientras David tanteaba una conversación agitándose en la mecedora, con las piernas cruzadas. *Y ustedes, ¿qué tal soportan nuestro calor…? Hoy hace tremenda humedad. Venía en mi bicicleta sin poder retirarme el sudor de la frente. Este bochorno es muy habitual por estas fechas.* Le comenté que en Barcelona, aunque pareciera mentira, el bochorno no nos dejaba vivir tampoco durante el verano. De hecho, al llegar a la isla, comprendimos que Francesc, el sexagenario que volaba hacia la Habana por enésima vez no nos había engañado. La humedad de la Habana no era al cabo tan distinta de la de Barcelona, pese a ser más intensa. Tal vez porque temíamos que la temperatura fuese verdaderamente más insoportable nos fuimos acostumbrando, en tan solo unas horas, a aquella atmósfera sofocante, omnipresente. Caterina nos hizo pensar en ello de nuevo, al saludarnos junto al umbral de la puerta desde el que llegaba un soplo de aire fresco proveniente de la única habitación que disponía de aire acondicionado.

Habíamos bebido bastante mamey y ahora dialogábamos con David como si buscásemos en su conversación un contrapunto más vívido al empalagoso jugo. Él refería anécdotas laborales y amicales e ironizaba acerca de la industria de la isla, la seriedad de los políticos y la competencia de sus asesores en cualquier área. Nos habló de un alto cargo político que viajó a Europa, tal vez a Italia, para comprar máquinas con las que barrer las calles y regresó con todo un barco cargado de vehículos quitanieves. Fue encarcelado, pero se convirtió en el hazmerreír de la isla durante años. El incidente se convirtió en símbolo de la inepcia del funcionariado cubano, y, por descontado, de la clase política. *También se han construido industrias imposibles de rentabilizar por el modo en que se diseñaron. Por ejemplo la metalúrgica, con los hornos de fusión en una localidad y la cadena de tratamiento de las piezas en otra, o la fábrica de aceite de palmiche, que luego no pudo llegar a funcionar prácticamente ni una sola vez, porque la materia prima, el palmiche, debía recogerse manualmente de cada palmera y no hubo modo de organizar eso porque la enorme cantidad de mano de obra habría arruinado el negocio. En Cuba hemos inventado muchos cuentos acerca de estas cosas.*

Nos gustaba mucho escucharlo. Al igual que el día antes con Nora y Reynaldo, tuvimos la impresión de estar gestando el encuentro de dos mundos. David refería la epopeya precaria de su pueblo con la pasión de quien siente por primera vez vencida la insularidad, el asedio de la infinita distancia. Tras el desayuno colocamos nuestras sillas junto a él para reforzar el espíritu de aquella especie de embajada íntima. Nos habló largamente de las dificultades por las que pasaban los cubanos, de la excesiva confianza e imprevisión del gobierno al no saber aprovechar los años de esplendor de la ayuda soviética. No eran pocos los cubanos, que, como él, vivían con la triste impresión de haber sido engañados durante mucho tiempo, de haber sido siempre ellos –el pueblo—los encargados de remontarlo todo y de haber tenido que asumir una responsabilidad desproporcionada, sin compensaciones de ninguna clase. Consideraba David que había trabajado y visto trabajar lo suficiente como para poder afirmar que en algún instante las cosas deberían haber podido empezar a ser bien distintas. Que ciertamente hoy en día tampoco el esfuerzo era el adecuado, ya que muchos compañeros habían renunciado a sus obligaciones tras años y años de sueldos de miseria sin perspectivas de mejora. Que en parte podían comprenderse todas las innumerables negligencias profesionales en un país en el que desde hacía quién sabe cuántos años habían desaparecido los últimos estímulos, los últimos reflejos de un horizonte de viabilidad, hundido aparentemente por siempre. *Nos hemos acostumbrado a no esperar ya absolutamente nada, a vivir de recuerdos, a pensar en el futuro deseando que no sea aún peor que el presente. Pero nos queda el humor. Ya se habrán dado cuenta de que solemos reírnos mucho de nuestros propios problemas, aunque a veces se nos hagan insoportables...* Tras casi una hora de relato cubano, David se secó la frente con una especial meticulosidad, un gesto que con el transcurso de los días aprenderíamos a interpretar como un signo inequívoco de final de conversación.

Mientras lo acompañábamos a la puerta, oímos el claxon del pequeño automóvil de Óscar. Acababan de llegar y no subirían las escaleras que conducían a nuestro apartamento. Durante estos primeros días aprenderíamos a interpretar los signos visibles de cierto sutil protocolo. Óscar y Ana María siempre esperaban respetuosamente en el interior de su vehículo. Habríamos de insistir mucho para que más adelante se atrevieran a acompañarnos en alguno de nuestros encuentros con Nora. Les parecía que su presencia vulneraba un pacto tácito de no interferencia en la escala de las diversas responsabilidades. No tardamos mucho tiempo en comprender que Óscar y Ana María se sabían lejos del orden de relaciones que ceñía la actividad de la terraza de Nora. Lejos de las conversaciones acerca de la Revolución, de los idearios políticos y la literatura de todas partes. Asistían a todo ello desde los márgenes, con la cautela de quien observa un medio que no es el suyo, como quien hunde por vez primera su cabeza en el agua del mar.

Era nuestra primera salida diurna al centro de la ciudad. El día era espléndido, con un cielo que parecía irreal de tan azul. Las nubes se recortaban en él como si hubieran sido esculpidas por un demiurgo experto en relieves. Bajo la luz intensa del sol las casas me parecieron mucho más viejas y devastadas, con una mezcla de policromías apenas reconocibles, en la que aparecían puertas y ventanas que nos observaban estupefactas, como un anciano atónito a punto de desplomarse. Las había completamente cuarteadas.

Otras conservaban, pese a todo, un aire de empobrecida nobleza, unas migajas de antigua distinción. En su conjunto las calles porticadas dejaban entrever viviendas medio derruidas pero casi siempre habitadas y era como si una misma pátina de abandono las hubiera desdibujado a todas hasta dotarlas de aquel desolador tono evaporado. Cuando el automóvil se detenía en alguno de los pocos semáforos que tuvimos que respetar, las personas que se encontraban en las aceras acercaban su cabeza a la ventanilla de nuestro vehículo para vernos bien. *No se preocupen. Se dan cuenta de que son "pepos" y no les importa mirar descaradamente.* No parecía que hubiera demasiados turistas aquel comienzo de julio. Al darme cuenta de la atención que provocábamos temí que al salir del automóvil nos asediase una multitud para vendernos cualquier cosa. Pero no fue exactamente así. Cuando llegamos a la Plaza de la Catedral se nos fueron aproximando individuos de todo tipo, pero siempre bastante jóvenes, para vendernos tabaco, ron, o "lo que quisiéramos". Pero, a diferencia de lo que esperábamos, su insistencia era siempre mínima y al alejarse daban las gracias de un modo que resultaba extrañamente sincero. La plaza de la Catedral estaba atiborrada de pequeños tenderetes en los que había maracas, estatuillas afrocubanas, negritas de trapo y piezas de cerámica bastante rudimentaria.

La catedral, una construcción de principios del diecinueve, estaba cerrada, *como casi siempre,* sentenció Óscar. Llamaba la atención aquella arquitectura vetusta y sólida, la grave atmósfera que cobijaba y percibir a un tiempo el sol abrasador tocando nuestra piel con un tacto pese a todo leve, que acentuaba la límpida percepción del mundo. Sumergido en esa luz, como quien nada en un mar cálido, sentía una rara ingravidez del cuerpo, a un tiempo sensibilizado por el tacto solar y disuelto en él, como me había sucedido en algunas otras ocasiones a lo largo de mi vida, mezclado con el mundo, siendo más y menos yo, más presente y ausente de mí mismo que nunca, una pequeña parte del resto de las cosas.

El clima tropical acentuaba la condición de refugio de los espacios cerrados en los que se engendra la sombra. La catedral, cerrada a cal y canto, cuya presencia pasaba inadvertida a muchos de los que se embelesaban escogiendo cualquier cosa que pudiera constituir un recuerdo económico, nos causó la impresión de ámbito fronterizo, de acceso a un mundo vetado, repleto de verdades que nada tenían que ver con las que el sol mostraba con su fisionomía más resplandeciente, sobre el entramado de manos y mantellinas y polvareda reseca que el aire levantaba.

Óscar y Ana María volvieron hacia Víbora Park tras hacerse una fotografía con nosotros. El amplio espacio descubierto y soleado de la plaza no parecía poder albergar ningún peligro y me alegró que prefirieran otorgarnos unas horas libres. Después de decirles adiós, sucumbimos al encanto del comercio turístico que nos rodeaba. Compramos unos pendientes que Caterina, precipitando el espontáneo ciclo del afecto, decidió destinar a Ana María. Nos sentamos finalmente en la terraza porticada de un restaurante llamado El Patio, que se hallaba muy cerca de la Catedral, en la esquina que conducía a La Bodeguita del Medio

Estás muy callada. Era verdad. Caterina parecía feliz, sumida en la vaga letargia solar, en la luz del cielo novedoso, en la música que empezaba a sonar. Pidió cerveza y al alejarse el camarero después de habérnosla servido me venció una plácida impresión de intemporalidad, probablemente porque la elección de la bebida por parte de mi compañera equivalía siempre, cuando se trataba de alcohol, a un enlentecimiento que contagiaba incluso la conversación, ya que necesitaba tomarla muy despacio, si no quería marearse. Encontrándonos, además, en la Habana, el paréntesis que siempre abre el espacio de una pequeña mesa redonda coronada por el alcohol devenía a un tiempo más profundo e imprevisible, como el itinerario de un sueño. Y ambos nos entregamos a una incierta voluntad de olvido con el propósito de impregnarnos de la vida que nos rodeaba y que recién empezábamos a contemplar.

De repente, todo había quedado inundado por el sonido de la música. La minúscula trova empezaba a ejecutar una pieza muy suave, vagamente sugestiva; los viandantes, los que curioseaban en los tenderetes, las palomas y la sonriente molicie de muchos de los que, como nosotros, nos hallábamos en El Patio, adoptaron un cariz distinto, indolente y alegre. A los músicos parecía gustarles de verdad su trabajo. Intercambiaban miradas de inteligencia cómplice y sonrisas que tardaban largos compases en desaparecer de su rostro; incluso los camareros, al escucharlos, parecían descuidar un poco a su clientela. Mientras todo esto se sucedía a nuestro alrededor, me di cuenta de que Caterina hablaba con alguien. Un niño de unos nueve o diez años le estaba pidiendo limosna con unos ojos risueños y traviesos. Caterina también lo miraba con una cierta socarronería cómplice. *Ya le hemos dado antes a otro amiguito tuyo.* Respondió al silencio del niño con una nueva pregunta: ¿eres de aquí, de la Habana? El chico trazó un NO con todo el cuerpo, moviéndose sobre sí mismo con las manos aferradas a los brazos de nuestras sillas. Sacaba la lengua al hacerlo y se le escapaba la risa. Sólo la miraba a ella. *Soy de Santiago*, afirmó, finalmente. Entonces mi compañera le dijo que pronto viajaríamos a Santiago, que quizá allí nos veríamos. Se escurrió de pronto entre los turistas distraídos de la plaza al darse cuenta de que el camarero lo miraba con cara de pocos amigos.

El zumbido persistente de un insecto alrededor de nuestras copas nos hizo adelantar unos minutos nuestra marcha. Al otro extremo de la plaza habíamos descubierto el Museo de la Educación y decidimos visitarlo antes de la comida.

Una vez traspasados los pórticos, nos adentramos en una especie de palacio abatido, la antigua residencia del conde de Lombillo, cuyo vestíbulo contenía ya todos los elementos un tanto decadentes que iríamos encontrando a lo largo del itinerario museístico. Una luz precaria hacía visible la primera estancia desolada, en la que un hombre despachaba con displicencia la entrada, alargando su mano como si quisiera alejar de sí mismo aquel insignificante pedazo de papel desgastado por el uso, que habríamos de devolverle, nos dijo, a la salida. En la dependencia contigua había unas siete u ocho vitrinas que vistas desde una cierta distancia causaban una sensación siniestra. En el interior, encontramos toda suerte de literatura educativa. Los cuadernos parecían mucho más antiguos de lo que eran en realidad, con ilustraciones que iconográficamente se remontaban a principios de siglo, con niños que se columpiaban en un jardín onírico, ataviados con un estilo remoto. Eran cuadernos destinados a la educación especial. No podía conocerse su contenido porque estaban encerrados en las vitrinas como si se tratase de incunables. Pudimos consultar un par de ellos, no obstante, que se hallaban sobre uno de los muebles archivadores, como si no formasen parte de la exposición y alguien los hubiera dejado allí, olvidados. Al ojearlos, descubrimos la caligrafía vehemente de una criatura. Con letras enormes y desequilibradas podía leerse el nombre de Ana María. Supongo que ambos debimos pensar fugazmente en la joven esposa de Óscar.

Desde uno de los extremos de la sala vino hasta nosotros una mujer que exhibía una dilatada sonrisa. Su portadora caminó despacio, con las manos tomadas por detrás, con un ambiguo ademán de buena niña y autoridad museográfica. Nos saludó con una amabilidad que quería resultar espontánea pero que nos pareció excesivamente protocolaria. Se colocó junto a nosotros y fue indicándonos lo que contenían las diversas vitrinas. Educación especial, caligrafía y ortografía básicas, algún pequeño volumen muy rudimentario de historia universal... todo dispuesto con tanta espaciosidad que potenciaba la impresión de miseria. En alguna de las vitrinas, pese a ser de un tamaño considerable, no había más que un par de cuadernitos o libritos escolares. Sumado aquello a todo lo que iríamos viendo durante la hora siguiente, el contenido de la exposición reflejaba sin duda los primeros balbuceos heroicos de una educación que en la isla había nacido con el advenimiento de la Revolución.

Al salir de la sala, aquella mujer, convertida en improvisada guía, nos condujo hacia otra sección en la que se reconstruía, con todo tipo de documentos —fotografías, epístolas, poemas manuscritos, primeras ediciones—, la vida y obra de José Martí.

Nos sentíamos extraños dentro de aquel viejo palacio que un conde español habitó en el siglo dieciocho. Nuestra acompañante nos hablaba de él como si nos hubiéramos de sentir especialmente identificados. *Y cuando ustedes lo abandonaron, a finales del siglo diecinueve, permaneció bastante tiempo cerrado, con lo cual se deterioró muchísimo.* Al oírla hablar de aquella forma uno podía imaginarse regresando al palacio vencido por los años, tras toda una vida de ausencia. El eco de España era un eco sumamente remoto para nosotros, perdidos en aquel paisaje civil caribeño. Pero este mismo eco debió de ser todavía más débil para los ilustres moradores de los que nos hablaba la guía, que llegaron aquí al término de una travesía cuasi metafísica, en la que los contornos del paisaje dejado atrás y familiar debieron de írseles desdibujando allende el mar inmenso, como en un tránsito sobrenatural. Por todo ello intentaba no escuchar, no oír a aquella mujer que nos resumía el contenido de los paneles informativos que describían cada uno de los diversos objetos del museo. Me hubiera gustado percibir en el silencio la reverberación de mis propios pasos y creer que con ellos era algo antiguo y nuevo a la vez lo que volvía a respirar allí dentro. Pero nos habíamos detenido ante la urna donde podía verse una carta de José Martí dirigida a su madre desde la prisión y un poema editado posteriormente cuya composición, sin embargo, correspondía al mismo periodo de encarcelamiento. El poema hablaba de espinas de dolor en el corazón de la madre al saber al hijo encarcelado, de cómo, pese a todo, de entre ellas nacerían flores. La patria cubana, la incomprensión de los españoles, el joven espíritu de la independencia. La guía hizo una pausa para evaluar el efecto de sus palabras sobre nosotros. Nos miramos sonrientes, porque el presidio de José Martí a sus dieciséis años nada podía tener que ver con Caterina y conmigo, y nos resultaba casi surreal que se nos hablase de ello como si hubiéramos de retractarnos de un pasado que jamás había sido el nuestro.

Fuimos recorriendo estancias profusamente vacías, en las que se apelmazaba la ausencia. En la sala en la que nos hallábamos ahora encontramos un dramático homenaje a los que poco después del triunfo de la Revolución emprendieron o contribuyeron al proceso de alfabetización de todos los rincones de la isla, protagonistas de aquella célebre campaña. En medio de la dependencia vimos la reproducción de una figura humana joven, un muchacho vestido de campesino sosteniendo con su mano derecha una linterna de aceite y que parecía estar escrutando con miedo la oscuridad. Nuestra acompañante nos dijo que se trataba de uno de los muchos voluntarios que se ofrecieron para hacer llegar la campaña a los lugares más abandonados del interior de la isla, a los que nunca había llegado la electricidad. Aquellas linternas de aceite se convirtieron también en emblema de la joven Revolución. La guía se quedó abstraída contemplándola, como si ella, al igual que nosotros, buscase al verla el espesor tangible del misterio, el combate de sombras y claridades en movimiento que aquella luz desplazó en noches tan alejadas que solo podían conservar para nosotros el embrujo y la intemporalidad del mito.

Había, en aquella misma sala, recortes de prensa en donde se denunciaban las incursiones de contrarrevolucionarios en la isla, meses después del advenimiento de la Revolución. El rostro especialmente exultante de una de las primeras víctimas parecía querer cifrar la inocencia, la pureza de cuantos creían en la causa cubana. Aquellos recortes iban acompañados a menudo de documentos de identificación personal de las víctimas, desde cédulas de registro civil a modestos títulos educativos. Todo producía un desolador efecto de precaria edificación del héroe.

Afuera la luz nos volvió a sorprender como si quisiera mostrarnos que aquel pasado fotografiado en blanco y negro quedaba ya muy lejos. El bullicio de los músicos que ejecutaban ahora una pieza acompañada por las palmas de los clientes de El Patio cruzaba la plaza y nos envolvía como un bálsamo. Una vez más era el arte quien salvaba la vida.

Al capitalismo no volveremos jamás. Viva la revolución socialista. Nos habíamos detenido un momento para leer la inscripción. En un lugar bastante visible, cercano a la Bodeguita del Medio, hallamos aquella placa que manchaba la cal de la pared con una sombra amarronada por la herrumbre. Parecía como si fuese su mismo contenido el que provocase la presencia del óxido, como si la propia naturaleza, espontáneamente, hubiera querido destacar la erosión de las ideas, el desplome de todo cuanto el hombre construye para desafiar el carácter perecedero de las cosas. Pero a nosotros nos gustaba imaginar la perdurabilidad de algunos de los territorios de aquella utopía. Sabíamos que Nora y Reynaldo, así como David, nuestro casero, criticaban a Fidel justamente porque conservaban aquel antiguo fervor intacto. Lo notamos la víspera, al hablarles primero con timidez y después ya más distendidamente, de nuestras opiniones en relación a la política del Comandante. De pronto la placa me había hecho recordarlo. Tuve la impresión de que ésta representaba una figuración ideal de la realidad revolucionaria, tal como sucede con muchas obras de arte, que muestran, en el limitado espacio de su materia, una esencia pura, apartada de todo el contexto ambiguo y difuso del que ha sido extraída. Pero el herrín iba devolviendo paulatinamente la esencia, en este caso, a la confusa realidad.

La atestada Bodeguita nos cautivó de inmediato. A la derecha del establecimiento se abría un pequeño espacio que hacía las veces de coctelería y bar. Se podía tomar en él toda clase de bebidas, aparte del solicitado mojito. Ante la puerta de entrada había también un pasillo que conducía directamente al comedor. Preferimos quedarnos en la planta baja, pese a que la otra sala a la que llevaba la escalera parecía algo más tranquila.

Las sillas, las mesas, las paredes, estaban completamente surcadas, atravesadas, por miles de firmas. El techo también había sido empleado para inscribir en él aquel texto caótico. Aquí el ansia de perdurar fijaba su huella por doquier y me sentí felizmente instalado en la atmósfera en que todo esto acaecía. El camarero tardó oportunamente bastante en aparecer y nos zambullimos en un universo de fechas que excitaban una curiosidad imposible.

Arroz moro y tamales con plátano maduro frito. Un par de Hatueys y las canciones del grupito que transitaba de una mesa a otra a la búsqueda del billete que les era tendido siempre con un espontáneo disimulo que ellos redondeaban evitando comprobar su valor. A nosotros también nos tocó el turno, mientras apurábamos la cerveza a la espera de la comida. Les pedimos un par de boleros emblemáticos, que sonaron, sin embargo, en aquel espacio, nada frívolamente. *Si tú me dices ven...* Era yo quien lo dejaba todo con el embrujo leve del alcohol para fundirme con mi compañera, iluminada entonces por un destello de humanidad profunda, que centraba la atención de los músicos como si toda su destreza hubiese de quedar bendecida por la aquiescente sonrisa de sus ojos.

Cuando el camarero desapareció con la comanda quedamos inmersos en un feliz mutismo. Teníamos la impresión de ser el único elemento provisionalmente estable en el centro de aquel pequeño y complejo universo rutilante de vasos, merodeadores encantados y fuerte aroma de conversaciones entreveradas.

Estábamos rodeados de españoles, algún mejicano y una última mesa italiana al fondo. Pese a la artificiosidad de todos los oasis de cosmopolitismo, en lugares en los que casi todo el servicio parece ungido por el estigma de una expectativa desesperada, en los que casi todo el mundo podría contar una historia de tristes necesidades, de onerosas dependencias, la Bodeguita conservaba una cierta aura de autenticidad. Ni tan solo los retratos de los personajes ilustres que la habían ido visitando conseguían estropear la espontaneidad de los camareros, ni los esfuerzos del cocinero revelaban esa especie de angustia servil que los establecimientos solicitadísimos suelen provocarles. Aquí no parecía conjugarse el inconsciente placer de los turistas con el expeditivo sufrimiento de los empleados. Nadie acusaba, pues, un padecimiento notable y el mayor reparo que uno podía hacerse era que casi pudiéramos comer de todo allí dentro, mientras afuera los muchachos mendigaban y los adultos ensayaban ventas difíciles. Un camarero de edad avanzada, que relajaba su mutismo con una casi imperceptible sonrisa, depositó sobre la mesa un plato de ropa vieja y otro de tamales. La cerveza se había calentado ya y en las latas se había condensado un vaho tibio. Mi compañera había vuelto a pedir otra cerveza.

No habíamos decidido qué hacer al salir. Nos apetecía pasear por las calles que rodeaban la Bodeguita pero temíamos volver a convertirnos en blanco de inacabables ofrecimientos. Al dejar atrás la plaza de la catedral, nos adentramos en una calle flanqueada por tenderetes en los que, a aquella hora, había poca gente curioseando. Los vendedores nos miraban con una mezcla de interés comercial y honesta simpatía. Caterina pareció interesarse por unas pequeñas maracas de madera. El chico y la muchacha que regentaban el puesto se apresuraron en desanudar una bolsa de la que extrajeron tres o cuatro clases más, para que escogiéramos. *Las hacemos nosotros. Todas talladas a mano.* De pronto recordé las palabras de un antiguo profesor de historia del arte, a quien en una ocasión había oído desmitificar el "hecho a mano" y las "piezas únicas". Aducía que a menudo una máquina podía producir un objeto infinitamente mejor que una mano inhábil y que a su entender el sesgo más artesanal de algo no garantizaba, por sí mismo, absolutamente nada. Pero estas maracas parecían muy elaboradas, con un dibujo geométrico cuyas flores enlazadas recordaban vagamente una cierta disposición coreográfica. Compramos seis, una para cada sobrino, y nos despedimos con la impresión de que aquella joven pareja habría deseado conocernos un poco más, porque al hablarnos suspendían la mirada como si tratasen de expresar algo que nada tenía que ver con el significado pragmático de nuestra conversación. Como si desearan emprender una amistad.

Pasajes sombríos, criaturas que custodiaban el aire enfermo que jadeaba a través de puertas entreabiertas, mulatos que clavaban sus ojos de una forma casi dolorosa en nosotros; antiguas casas vencidas por una senectud severa y prematura, edificios que emergían altísimos, feísimos, como colmenas con infinitas lucernas angustiosas concebidas para impedir una vieja armonía de ciudad que ya solo respiraba en las añosas ediciones de las librerías de lance. Todo esto gravitaba entorno a nuestro silencio, mientras sentía la calidez de la mano de ella como un signo que bastaba para sabernos envueltos en completa comunión con los lugares que recorríamos, con una cierta molicie indolente, propiciada por el bochorno. Nos dirigimos así hacia la antigua fortificación en cuyos alrededores debía aparecer, sobre las cuatro y media, el automóvil de Óscar y Ana María.

Dentro del pequeño vehículo sonó de nuevo la música de un cantante italiano de moda, una de aquellas voces que hacen de la incapacidad virtud, para sufrimiento del resto. La melodía, además, creaba un abismo entre la atmósfera interior y el mundo que discurría afuera. No pudiendo tener nada que ver esa música empalagosa y tópica con el universo decrépito pero a la vez impresionante, bruñido de gravedad, de las calles que recorríamos, el sonido del reproductor parecía un ingenio funesto destinado a confundir la auténtica naturaleza de la vida que alentaba más allá de los cristales. Pero nos tuvimos que resignar a muchas músicas insoportablemente mediocres. Casi siempre nos acompañó alguno de estos sonidos que convertían en ininteligible el espacio que visitábamos. En algún momento nos tocó sufrir especialmente, sobre todo cuando empezamos, días más tarde, a visitar lugares que merecían más que otros una música apropiada, pues el paisaje que íbamos extendiendo con el automóvil nos sugería a veces un dramatismo atravesado por la nostalgia, es decir, uno de los conciertos de Brandemburgo de Bach, o bien la Pavana de Fauré o una pieza de Puccini, o, por qué no, un bolero de los Panchos.

Era aquella misma música la que sostenía sin embargo una mirada nada frívola de Ana María, que escrutaba el vértigo de puertas, fachadas, semáforos, asfalto y hojas de platanero como si también ella intentase responderse algo con todo ello. Caterina y yo, en cambio, teníamos la impresión de que el relieve de todas las cosas se nos desvanecía, como debe de desdibujárseles, sin que parezca importarles, el mundo a quienes escuchan una música percutiente con los auriculares puestos. Cuando Óscar aparcó el coche ante la casa de Nora, nuevamente el silencio embelleció repentinamente la parte del mundo en la que nos hallábamos.

Pasen, pasen, ¿cómo les fue el primer día por la Habana? Mostramos una expresión discretamente exultante, como si contuviéramos una emoción muy fuerte en las orillas del rostro. Nos sentamos mientras asentíamos al ofrecimiento del café y vimos a Nora alejarse hacia la cocina. Desde el sofá, cercanos al pentagrama de la ventana con sus travesaños de madera, entreveíamos el último cabo de la calle, el límite de la ciudad con el bosque, que en aquel lugar parecía especialmente selvático y sumido en el olvido. Presidiendo la breve pero pronunciada cuesta donde empezaba el verde, un camión desvencijado, sin ruedas, velaba las horas con sus tristes ojos opacos, de vidrio.

Hablamos solo un rato, porque ella tenía que marchar hacia la escuela en la que no se ganaba la vida pero sí la tranquilidad. Nos habló de la relación con sus jóvenes alumnos, de la falta de material, del placer agotador de formar a aquellos chicos y chicas, como si el futuro pudiese depararles un orden de cosas distinto al actual y también a ella la actividad le permitiera anular la esterilidad de su presente, exorcizar aquella maldita impresión de eterno paréntesis, de vida siempre pospuesta.

Óscar nos esperaba con los brazos cruzados sobre el techo de su diminuto automóvil. Aunque había transcurrido poco tiempo, temí que hubiera podido llegar a sentirse mal, allí solo, y me disculpé por la duración de la charla. Él me dijo que no pasaba nada, como si pasase de veras y permaneció en silencio durante los cinco minutos que tardó en llegar a nuestro apartamento.

La producción de caña de azúcar ha aumentado en Santa Clara durante este semestre en un veinticinco por ciento. La brigada de mujeres recolectoras se muestra muy satisfecha con los resultados alcanzados y augura un futuro próspero a la comarca. Como ellas mismas afirman, incluso en los tiempos más duros el espíritu de lucha de la Revolución no solo no decae sino que se convierte en el aliento fundamental de sus vidas.

Apagué el televisor. Había pasado ante él casi una hora, justo antes del *noticiero nacional* y la sensación empezaba a ser bastante descorazonadora. El programa televisivo celebraba una jornada de homenaje a la mujer cubana y el documental que, según la publicidad previa, había sido anunciado desde muchos días antes, consistió finalmente en una especie de panegírico extraordinariamente conservador, en el que se enaltecía a la mujer por el hecho de dedicarse *no tan sólo* a las tareas del hogar sino también a las de mayor proyección social, como por ejemplo las campañas de la siembra de la caña de azúcar o la formación de esforzadas brigadas de recogida. También el papel de la mujer en el ejército resultaba clave y en cualquier caso el perfil femenino que la pantalla mostraba era el de un lamentable residuo de humanidad híbrida, desustancializada, pasada por el tamiz del universo estructurado por los machos, que hace de la mujer, como Platón del arte, la expresión más precaria de la verdad.

Había empezado a llover. Desde hacía un rato, el viento estremecía la gran sombra verde que manchaba la ventana. Como nos quedaban tres largas hora de la tarde por delante, me alegré de que aquella oscuridad hubiese comparecido de repente, desdibujando los contornos precisos de las horas, el dominio real del tiempo. El aroma de la tierra había invadido la penumbra, como si su olor fuera justamente aquél, el de la guarida familiar donde imperaba, bajo el influjo de la incipiente tempestad, una atmósfera de cosa recóndita, originaria, uterina. Caterina leía en la semioscuridad del comedor. No había encendido las lámparas para no contrariar la hospitalaria penumbra. Yo también me senté a su lado, con el afán de escuchar el rumor de la lluvia más que el de leer el libro que tenía abierto sobre las piernas.

Nos levantamos de un salto. El estallido sonó mientras el resplandor del relámpago arañaba por un instante la oscuridad. Percutió bien cerca, como si el propio techo hubiera gestado aquel violentísimo prodigio sonoro. Cerramos las ventanas y nos acercamos a una de ellas para mirar afuera a través de la ajustada rendija que dejamos. Era tanta el agua que la calle más bien parecía repleta de niebla. Alguien pasó rápidamente para certificar la impresión de urgencia y de peligro que siempre acompaña a las tempestades. Se oían los ladridos de un perro, una música que no enlazaba con la lluvia y que por ello sonaba más remota y dramática y, en primer término, el diapasón de nuestra respiración. El segundo trueno, algo más leve que el anterior, condujo mi brazo sobre el hombro de mi compañera.

Durante una hora, el cielo se deshizo con tanto poder que nos sentimos fuera del tiempo, encerrados en una atmósfera aislada del resto del mundo, segregada de éste para dar lugar a otra realidad más solitaria e íntima. Sin encender las luces, sin hablar, sin darnos cuenta, habíamos conseguido desamoblar el pensamiento para perdernos yendo de una estancia vacía a la otra. No fue, de todos modos, un tiempo perdido; aquel vacío, al igual que el silencio vibrante y energético, parecía poblado de innumerables potencias, de algo que nos exaltaba y nos atemperaba a la vez como un bálsamo.

Después de la lluvia empezaron a abrirse las voces que en pocos minutos dominarían la calle. Como flores extrañas, que hubieran esperado la calma para abrirse de nuevo a la luz, fueron sembrando el exterior sin alcanzar el número que habíamos encontrado unas pocas horas antes, al detenerse el automóvil de Óscar ante el pequeño apartamento. La tempestad había disminuido y aumentado la intensidad de las cosas: eran menos los que transitaban ociosamente por las aceras medio enfangadas, pero la tierra rezumaba en cambio un aroma extremo de cosa virgen, de esencia vegetal, tan poderosa como el verde de las palmeras y los plataneros, que rivalizaban con la pureza del cielo ahora blanco y azul, liberado del vientre oscuro de la tempestad.

Volvimos a adentrarnos en nuestras respectivas lecturas. La explosión de matices, de luz, de la prosa ensayística de Lezama Lima. Había comprado el libro aquella misma mañana, antes de llegar con el coche a los alrededores de la fortificación próxima a la catedral. Habíamos querido tomar un helado en el famoso Coppelia no demasiado alejado de la Habana Libre. Fuera del bar heladería había una cola de al menos doscientas personas. La verja pintada de un verde enfermizo impedía el acceso al lugar. Les preguntamos qué pasaba y nos dijeron que aún no había llegado el helado. Nadie sabía si llegaría pero todos esperaban sin mostrar el menor signo de nerviosismo. Bien al contrario, parecía que la espera los complaciese, que formase parte de una disciplina asumida desde mucho tiempo atrás, desde siempre. Nos miraron sorprendidos cuando les dijimos, al marcharnos de allí, que quizá ya pasaríamos en otro momento. Ante esta misma cola, pero al otro lado de la calle, había visto una librería. No había demasiadas cosas entre las que escoger, pero el libro de Lezama me llamó la atención. *La visualidad infinita*. Como acostumbra a suceder en los establecimientos cubanos, el precio que marcaba el ejemplar no se correspondía con el que la cajera consideraba que tenía que ser el importe de aquel volumen. *Debe de ser un error*. Ciertamente el libro era demasiado barato, sobre todo si comparábamos su precio con los de Barcelona, aunque la corrección me pareció excesiva. Lo adquirí, de todas formas.

Eran las seis de la tarde del día siguiente al de nuestra llegada y ya empezaba a hacerme una cierta idea de lo que comportaba la impresión de excesiva insularidad, de enclaustramiento, que sin duda provoca vivir rodeado por el mar, en una isla en la que, además, las condiciones de vida son sumamente difíciles. Tal vez por ello el libro de Lezama me resultaba admirable. Saber exprimir tanta y tan diversa sustancia de aquella parcela de tierra gigantesca pero a la vez claramente finita, donde la consciencia del límite, del aislamiento, está presente por doquier, porque todas las direcciones acaban llevando a la inmersión de la tierra en el mar, al fin del mundo inmediato y conocido, a la gran metáfora inclemente del océano. Quién sabe si no había sido la consciencia de esta misma finitud lo que había llevado a Lezama Lima a referir todo el conjunto de correspondencias pictóricas, literarias, poéticas, con que intentaba establecer un vínculo que suspendiera el arte de la isla sobre la propia tierra que lo había generado y lo justificaba, para situarlo dentro del circuito universal y autónomo del Arte. Tan solo había podido leer una treintena de páginas sobre la pintura de Arístides Fernández y con ellas parecía haberse desvanecido, hasta casi desaparecer, la impresión del total aislamiento de las cosas cubanas. Como si el arte obedeciera siempre, en todas sus variadísimas manifestaciones, a una única voluntad de expresión para la que no contasen los accidentes de la vida, los más insalvables límites, el temperamento hostil de los gobernantes, salvo que contasen únicamente para que el artista prevaleciese a pesar de ellos, para que su soledad engendrase formas comunicantes de consciencia, que el autor del libro describía o creaba para mostrarnos el alcance de una cultura que trascendía, y hacía por ello trascendente, el espacio cubano.

En pocos minutos el sol volvió a comparecer con la misma intensidad de la mañana. A través de la ventana que acabábamos de abrir en el comedor, vimos a la gente volver a discurrir ajena al ritmo apresurado a que los había sometido la tempestad. Unos muchachos transportaban unos deshechos indescriptibles, pedazos de chatarra que observaban con atención sin dejar de caminar. Un hombre anciano pasó arrastrando unas hojas de platanero, con una mirada, sin embargo, que estaba muy lejos del acto que ejecutaba con tanta desafección. Llevaba un sombrero devastado, un sombrero que en algún momento debió de ser una prenda valiosa de juventud, pero que ahora recordaba a un animal extraño y fósil, inmortalizado bajo una apariencia de cosa desenterrada, como cubierta de tierra reseca y cuarteada. El hombre era extraordinariamente delgado: en él la vida se había establecido mediante el mínimo espacio posible, volviendo, si cabe, más increíble el milagro de la existencia. A su paso dejaba una dudosa línea en el suelo.

Esperamos a que fueran las ocho, la hora convenida para el reencuentro con Óscar y Ana María. Deseábamos oír su claxon porque de pronto la impresión de encierro que había presidido la atmósfera previa a la tempestad volvía a dominar las diversas estancias que habíamos empezado a recorrer, despaciosamente, de nuevo. Habían transcurrido unas cuatro horas desde que abrimos la puerta de nuestro domicilio, pero sólo ahora, de repente, adquirían su magnitud total y tediosa. Únicamente la media hora posterior al aguacero nos había proporcionado un rato de relajada inconsciencia, en el que —según nos contamos el uno al otro aquella misma noche—pudimos hacer balance de los afectos y desafectos dejados en Barcelona, de la falta de reciprocidad en la amistad, de las susceptibilidades amicales, de la fragilidad de los sentimientos que nos unen y separan de quienes habitualmente se encuentran dentro de nuestro horizonte. Como Caterina y yo compartíamos desde hacía unos cuantos años los mismos amigos, también nuestras cavilaciones acostumbraban a coincidir cuando la atmósfera propiciaba su recuerdo. Pero hacía bastantes minutos que vagábamos de un extremo al otro del corredor, sentándonos de vez en cuando en las camas que había en la estancia que se abría junto a éste, un espacio que no era sino un ensanchamiento del mismo pasillo, amplio y sin puertas.

Eran casi las nueve menos cuarto cuando oímos detenerse el coche de Óscar ante la casa. Supusimos que les habría surgido algún problema mecánico o tal vez algún obstáculo familiar de última hora. Aquellos casi cincuenta minutos de espera adicional nos parecían demasiado rato como para considerar que podían formar parte de un intervalo razonable de flexibilidad horaria, de relativización del compromiso. Pero cuando vimos a Óscar y Ana María entrar con tanta desenvoltura dentro del espacioso recibidor, sentándose mientras nos decían que no padeciéramos por el tiempo, que era temprano, que nos terminásemos de arreglar si aún no lo estábamos, comprendimos que la concepción de la puntualidad, que el sentido del tiempo, eran bien distintos en Cuba, o que lo era, por lo menos, para ellos. Que quedar a las ocho era quedar sencillamente entorno al anochecer y que como contrapartida salir un par de horas podía convertirse en una incursión de manecillas rotas en una noche que excluía el rigor horario de la cena y el reloj del hambre. En realidad era la primera vez que esto sucedía, pero la espontaneidad de ambos nos hizo sospechar que aquella relajación los superaba por completo, que manifestaba algo más esencial y que tendríamos que ir acostumbrándonos a ello.

De nuevo en el interior del automóvil sonó aquella música de feria de suburbio, de cantante de variedades. Parecía una maldición, pero como ya le habíamos sugerido un cambio la víspera, preferimos no insistir y soportar aquella lluvia de melodías tontorronas, de letrillas estúpidas y previsibles. A fin de cuentas, muchas de las calles por las que pasábamos estaban a oscuras y la música, por tanto, no podía desfigurar excesivamente la imagen de los espacios que recorríamos. Únicamente tuve que lamentar tener que escuchar uno de los diversos estribillos insufribles mientras el coche esperaba ante un semáforo y mi mirada se detenía en la de una muchacha que me observaba desde el umbral de su casa, como si hiciera años que estuviera allí, esperando el momento en que alguien deseara fijarse en ella. Permanecía inmóvil, escrutando la oscuridad con una mirada tan penetrante que casi dibujaba una línea en la oscuridad. Una línea que se clavaba en mis ojos y que al remontarla para ir más allá del lugar donde nacía, me descubría un recibidor iluminado por una claridad mortecina, proveniente de una lámpara de formas extrañas, cubierta por una pantalla aparentemente destrozada, del color de las cosas que han muerto mucho tiempo atrás. A los pies de la muchacha acababa una corta escalera que se ensanchaba a medida que alcanzaba el nivel de la calle, lo cual le otorgaba un aire de derrotada nobleza. Un tirón me mandó otra vez al fondo de mi asiento, donde la parte correspondiente de ventana era opaca, porque el vidrio llevaba pegado un gran adhesivo negro. De esta forma desapareció por completo la casa y la muchacha y sólo perduró la historia que le atribuí durante unos minutos, a pesar de la música.

Al detener el automóvil, Óscar nos propuso ir a ver el Hotel Nacional. A Óscar y Ana María les ilusionaba conocer de cerca aquel recinto y nuestra compañía les proporcionaba una oportunidad única para conseguirlo. Hasta hacía no demasiado tiempo, los cubanos tenían prohibido el acceso a las llamadas "áreas dólar" y en general a todos aquellos espacios concebidos y pensados exclusivamente para el turismo. Pero todo ello iba cambiando, aunque muy despacio. La presencia de un cubano flanqueado por un turista no concitaba inmediatas sospechas ni situaciones de peligro para el nativo, aunque, de hecho, en esto como en relación a tantos asuntos, se vivía bajo la constante incertidumbre que provocaba la arbitrariedad del poder, que tan pronto podía mostrarse connivente, o explícitamente partidario, ante cierto tipo de actividades, como pasar a considerarlas contrarias al sistema y propias, por tanto, del tipo de individuos desleales a la Revolución que ellos denominaban *gusaneros*. Al observar de soslayo a los policías que nos miraban con una inquietante tranquilidad, pensé que ni ellos mismos sabían cómo disponer las orillas del bien y del mal.

En los jardines del hotel había pocos automóviles, pero vimos llegar algunos, la mayoría taxis homologados (porque la ciudad estaba repleta de particulares que competían desde la ilegalidad con los taxistas), así como algún vehículo bastante lujoso, posiblemente oficial. Óscar y Ana María lo observaban todo con una excitada curiosidad. Nos sugirieron entrar al hotel y al decirles que sí debimos aligerar el paso porque ambos se dirigieron ágilmente hacia el acceso principal del edificio. Cruzamos la puerta y pasamos a un vestíbulo lleno de maletas, mozos de servicio, turistas y curiosos como nosotros. Visitamos el comedor y volvimos sobre nuestros pasos para ver una sala de exposiciones y la piscina que según rezaba un letrero se encontraba en el otro extremo del edificio, en la planta baja. La atmósfera que se respiraba en el hotel parecía representar para nuestros amigos una especie de anticipación de ese otro mundo que a ambos les gustaba evocar cada vez que nos comentaban su deseo de marchar de Cuba. El mundo que ellos imaginaban infinitamente más libre y dotado de riquezas y que acostumbraban a designar con una sola palabra que servía a su vez para descalificar claramente el estado de cosas imperante en la isla; *desarrollo*. De momento (y durante el resto de los días pasados en Cuba la exclusividad del uso se mantendría), sólo había oído a Óscar expresiones como *eso es el desarrollo, qué desarrollo, lo que cuenta de verdad es el desarrollo*, etc. Las diversas formulaciones manifestaban una especie de espíritu positivo, de admiración hacia el universo de la técnica, de la industria, de las grandes comunicaciones, no exenta de una cierta ingenuidad. De alguna manera uno tenía la impresión de que para él estos avances reflejaban un orden de cosas también de tipo ético, pues al volver al vestíbulo del hotel afirmó; *esto sí es libertad y desarrollo*. Y en efecto, cuando pocos minutos más tarde pasó no demasiado lejos de donde nos encontrábamos uno de aquellos autobuses dobles llamados *camellos* —porque en realidad no se trataba sino de un par de camiones unidos al revés, es decir, por la parte originalmente correspondiente a aquella por la que iba unida la cabina al resto del vehículo, formando los extremos del engendro dos especies de gibas que obedecían a la forma ascendente del diseño primitivo—, al verlo, atestado de personas que a duras penas podían mover las manos allí dentro, pensé que nuestro chófer tal vez no se equivocaba tanto.

Entramos en un pequeño bar y fuimos a la mesa que quedaba en el primer rincón junto a los tres peldaños que conducían al interior. Las paredes rodeaban de cerca esta mesa, convirtiendo aquel espacio en una especie de cuadrilátero íntimo. Otra vez tuvimos la impresión de estar siendo observados, especialmente Caterina y yo, que al parecer debíamos sentirnos embajadores de un país afortunado. En la barra un par de chicas trataban de seducir a un hombre aparentemente adusto, que no parecía prestarles demasiada atención. Era uno de esos típicos sujetos que habíamos conocido en el avión, que afectaban una falsa mundanidad, cuya privilegiada enseña era el relato de alguna historia sentimental que los vinculaba a una muchacha mucho más joven que ellos. Hombres cincuentones, calvos y barrigudos que solo en algunos casos podían llegar a creerse de veras amados por alguna de sus jóvenes amantes cubanas. Durante el vuelo habíamos entablado conversación con un hombre de unos sesenta años que nos enseñó dibujos y poemas que llevaba para obsequiar a su joven compañera de poco más de treinta. Este individuo, sin embargo, nos había parecido honesto. Llevaba también consigo una especie de mapas puzle concebidos para que los niños conocieran la geografía física y política de la isla y de distintos lugares del mundo. No se correspondía, por tanto, con el perfil del resto de hombrones a los que de tanto en tanto pudimos oír refiriendo anécdotas y vulgares ocurrencias a propósito de la presunta fogosidad de la mujer cubana. Al ver a aquellas muchachas casi adolescentes que, apoyadas indolentemente sobre la barra, intentaban cautivar a aquel ejemplar adiposo y lacónico, sentí unas inmensas ganas de largarme. Pero Óscar acababa de dirigirnos una pregunta que frustró esta posibilidad. *Y cuéntenme, ¿qué les está pareciendo todo esto?*

Comentamos tontamente algunas cuestiones relativas al aspecto de la ciudad y a las colas que habíamos visto en algunos establecimientos. En realidad, estábamos más pendientes de las cervezas que pronto llegarían a nuestras mesas que de la conversación. También Caterina mantenía aquel aire de sutil embelesamiento, como si, pese a la aparente atención que dedicaba a Óscar, su mente estuviera aún ocupada por un itinerario de imágenes recientemente vividas. Quizás porque yo me había quedado también fugazmente abstraído con la mirada cegada ante su bolso, mi compañera recordó de pronto algo, y con un movimiento de sobresalto hurgó adentro hasta extraer un pequeño paquete de papel. Eran los pendientes que había comprado para Ana María. Ana María miró inmediatamente a Caterina con un destello de complicidad, que parecía tener que inaugurar algo distinto, más profundo y espontáneo, entre ambas. Óscar, sin embargo, permaneció impasible. Las miró rápidamente y volvió la mirada hacia el centro de la mesa, en donde no había nada. Después palmeó como quien ejecuta un acto reflejo y se quedó con la vista clavada en el camarero que en aquel instante llegaba con las bebidas. Brindamos primero *por ustedes* y, de inmediato, algo surrealmente, por la Revolución.

Mientras respondíamos a sus preguntas acerca de la vida en Barcelona, las dos muchachas que se sentaban en la barra despedían al individuo que indiferentemente les decía adiós, casi sin mirarlas. Al quedar solas, mi superfluo relato entorno al volumen del tránsito en Barcelona se mezcló con el horizonte de cercana desolación que me ofrecían sus rostros abandonados algo por encima del mostrador, como si fueran ellos los encargados de soportar todo el peso de su cansancio. En Cuba no existía una frontera precisa entre la prostitución como tal y el asedio en ocasiones dolorosamente ingenuo de muchas de las chicas que aspiraban a que alguien se las llevase hacia cualquier otra parte del mundo. *Jinetear* era el verbo que se empleaba para designar esta actividad dudosa y polimorfa. Podía consistir simplemente en la seducción ejercida a las puertas del *Palacio de la Salsa* sobre los turistas que les proporcionaban el virtual acceso hacia el universo deslumbrante y salvífico de un Occidente sublimado, o bien en el más inocente anhelo de ser invitadas a una bebida comercial, a un ágape frugal, que pudiera hacerlas sentir, por unos minutos, incorporadas al resorte de una vida que a todas ellas se les antojaba magnífica y que las hacía navegar, efímeramente, sobre el mar de sus sueños. Había quien *jineteaba* sencillamente un refresco, un esmirriado sándwich de barra o quien se conformaba con respirar unos minutos la misma atmósfera compartida con nosotros, los que proveníamos de lugares cuyos problemas podrían ser también motivo de envidia para muchos de los que espiaban, silenciosos, nuestra presencia extrañamente evocadora.

Saben, mi madre se fue a Miami, hace ya dos años y medio. Nos va mandando dinero, en cuanto puede, pero nosotros lo que queremos es irnos un día para allá. Al decírnoslo adoptó un ademán desafiante, desplazando vehementemente con la mano el llavero que estaba sobre la mesa, mediante un gesto que pretendía afectar seguridad. Se interrumpió unos instantes y prosiguió. *Aquí ni siquiera te permiten trabajar. En cuanto tratas de montar un pequeño negocito por tu cuenta se te echan encima como si fueras un delincuente. Y lo único que quieres es trabajar.* Óscar parecía muy resentido. Hablaba como si el Comandante se hubiera interpuesto de una forma especial en todos sus proyectos, desde el taller de reparación al tenderete de bocadillos. Nos lo decía desviando siempre finalmente la vista hacia el vacío, donde no había ojos que tuvieran que soportar aquella mirada cargada de odio y frustración. *Nos iremos de aquí pa el año que viene, asere.*

De vuelta vimos de nuevo a los mulatos que no aguardaban nada en particular, inmóviles sobre los cantos desgastados y a menudo mellados de los peldaños domésticos, custodiando la entrada de sus viejas viviendas. Incluso las conversaciones que debían de mantener los que permanecían en pie, unos frente a otros, me parecieron inaudibles no solo por la distancia que me separaba de ellos, sino por la pesada lentitud que presidía todas aquellas escenas. Así como la víspera habíamos visto a los jóvenes bebiendo y bailando ante el hotel Meliá, ahora, al enfilar con el automóvil el bochorno del prolongado desmonte que nos apartaba del centro, tuve la impresión de que todo el mundo sucumbía al letargo del inacabable día de sol y calor, y que nosotros, al mirarlo todo secretamente desde el vehículo, participábamos también de aquel entumecimiento general del cuerpo y del espíritu. Y sin embargo aquella pesantez no era una barricada que llenase, al intentar vencerla, de escombros el pensamiento. Más bien imponía a las ideas una disciplina de mayor gravedad, haciéndolas discurrir más lentamente, pero con una cavilación más firme, que mientras perdía nuevamente la mirada en el interior del coche me permitía pensar en Nora y Reynaldo, en su hija Clara, en nuestros *caseros* y en algunas de las imágenes vividas hasta aquel momento, como si entonces resultase más fácil discernir su esencia, percibir su retícula oculta, cifrar el olor de todas las imágenes en un único escalofrío que me restituía por completo a aquel mundo.

Tardamos apenas veinte minutos en llegar a la calle Santa Clara, donde vivía Nora. Habíamos aceptado su sugerencia de pasar a charlar un rato al anochecer. La conocíamos tan poco que nos propusimos no prolongar demasiado el encuentro, ya que todavía no sabíamos cómo calibrar la amabilidad del día anterior. Debían de haber estado fumando un cigarrillo porque sobre la balaustrada había un cuenco hecho con la cáscara de algún fruto autóctono que les servía de cenicero. Muy sonrientes nos preguntaron cómo nos había ido todo y nos invitaron a tomar asiento afuera. *Voy adentro a por un poco de vino bueno que nos trae un muchacho que pronto va a trabajar para la cooperativa.* Mientras ella desaparecía Reynaldo nos preguntó qué habíamos visto. Se lo dijimos muy rápidamente y se produjo un silencio sin tensión hasta que reapareció su mujer. Nos tendió copas y vasos y descorchó la botella de vino blanco que tenía el color del ron claro que habíamos visto tomar en el bar del que veníamos. Pero el vino frustró la expectativa de Nora y también la nuestra. Sabía como los vinos horribles que se envasan con cartón y que tienen la peculiar virtud de ir transformando, en poco tiempo, su tono original. Nora pidió disculpas, pero el vino, el leve tintineo de las copas al llegar, el casi imperceptible rumor al llenarlas, la intensidad de la noche, de la inmensa oscuridad vegetal, la más que evidente disposición a la conversación de ambos, nos hicieron sentir en el corazón de una celebración muy íntima, como si aquella terraza estuviera surcada por un número ilimitado de historias que llegaban por doquier a través del aire, y que se enlazaban hasta crear una gozosa densidad que casi podía respirarse, como si inhaláramos el mundo entero desde nuestra penumbra.

Los primeros años estuvimos bastante bien. Y hay que reconocer que la campaña de alfabetización funcionó de veras. Pero ahora estamos muy mal. Se columpiaron en la ayuda soviética y ya ven. Sobre todo acabaron con la agricultura y ahí no ha tenido mucho que ver el bloqueo norteamericano. Hasta hace tan solo cuatro o cinco años me hubiera sido imposible hablar como les hablo. Porque yo sigo creyendo en la Revolución, pero no en ésta. O por lo menos no en cómo se ha llevado la de aquí. Pero les aseguro que era hermoso al principio saber que todos estábamos por lo mismo, creer que íbamos a prosperar para nosotros, que todo podía ser no solo distinto, sino como no lo había sido nunca en ninguna parte… La educación, la medicina, incluso el trabajo… estuvo a punto de ser todo perfecto, porque el proceso había sido muy bien orientado en los primeros tiempos. Ahora pienso a veces que Fidel ha perdido el juicio. Con todo creo que ha sido un hombre inteligente, pero me cuesta entender lo que ha venido después. No sé. Esto ha ido convirtiéndose en una auténtica dictadura, aunque eso sí, aquí por lo menos no se tortura a nadie y no hay desaparecidos. Quiero decir que no es una dictadura como suelen serlo las sudamericanas, tan sin escrúpulos, tan salvajes. La inquieta mirada de Reynaldo, que iba cambiando constantemente de objeto, expresaba el deseo inminente de intervenir. Aprovechando una pausa de Nora, destinada a calibrar más bien el efecto de sus palabras sobre nosotros, lo hizo. *Miren, yo estoy aquí porque en la facultad no había ya quien trabajara. Se me ocurrió "protestar" por la falta de recursos y fueron apartándome cada vez más. Llegaron a hacerme tremendos reproches. Compañeros míos de la junta sugirieron mi relevo. Me fui antes de que me echaran.* Se interrumpió un momento, buscando las palabras entre las baldosas del patio y prosiguió: *lo único que llegué a pedir era más materiales para los laboratorios. Unos de los muchachos —uno de mis alumnos—, alzó la mano para decirme que no debía olvidar los esfuerzos que el gobierno hacía para conseguir que la universidad funcionase. Yo le respondí que no los olvidaba, pero que tenía la impresión de que en los últimos tiempos se habían relajado mucho las partidas para materiales, para la investigación, y, lo que es peor, ni siquiera para cubrir las necesidades más elementales. Ahí fue donde dije algo así como que sin embargo se destinaba el dinero a menudo a cosas menos indispensables. Y alguien debió de tomar nota de lo dicho. No puedo decir que me echaran, pero tuve que irme, que viene a ser lo mismo.*

Mientras los escuchábamos un pequeño destello atravesó la oscuridad hasta internarse en el verde ahora oscuro del bosque cercano. Más alejado apareció otro, con una trayectoria más modesta, como si una minúscula estrella se hubiera encendido y apagado dentro del vasto universo que la rodeaba. *Son cocuyos*, me dijo Nora, que se había dado cuenta de que mis ojos escrutaban la noche envueltos en una repentina extrañeza. ¿Cocuyos? *Sí*, añadió Reynaldo, *son una especie de escarabajos voladores luminosos. A veces los niños recogen unos cuantos y los meten en un tarro para jugar a hacer la luz cuando anochece.* Me parecieron un ilusorio producto de la imaginación. A Nora y Reynaldo les cautivó momentáneamente aquel sutil espectáculo. Miraban hacia todas partes, con una expectación tranquila, a fin de descubrir otra de aquellas efímeras trayectorias. Hasta que se interrumpió el fluido eléctrico.

Nos habíamos quedado completamente a oscuras. De donde la pendiente de la calle se confundía con las últimas casas visibles, provenía un contraluz opalino, como si tras aquel último límite de negritud alentase un leve crepúsculo de electricidad en marcha. Nora, mientras buscaba dentro de la casa la linterna-batería nos contaba que allá, bien lejos, estaba el barrio en el que nunca cortaban la corriente. *Viven militares y hay un centro importante del partido. De todos modos no es el único barrio privilegiado. Ya lo irán viendo.*

Cuando volvió a aparecer Nora con el farolillo de urgencia nuestros ojos ya se habían adaptado un poco a la oscuridad. Habían ido insinuándose relieves difíciles en las cosas. Las calles eran una masa negra, extremadamente opaca, que sugería la imagen de la solidificación del alquitrán que convivía con nosotros, todos las horas del día, suspendido en el aire. Las azoteas, en cambio, poblaban la superficie de aquella red amplia y densa con una precaria visibilidad de inciertas boyas inmóviles sobre un mar petrificado e inquietante. Las más alejadas que podíamos divisar desde la cima de aquella leve colina donde estaba la casa de Nora y Reynaldo nos hacían llegar un brillo tan mortecino que podía confundirse con las figuras fantasmales que a veces los ojos cerrados perciben entre un vapor de tinieblas. El farolillo que Nora colgó en el centro de la pared de la terraza terminó por extinguir todo lo que quedaba más allá de su luz, construyendo una morada de fotones bajo cuyos haces nos sentimos de pronto al abrigo de cualquier mal. Todo incrementaba aquella firme impresión de flotación dentro de la noche.

Ya empezamos. Dijeron que hasta la semana próxima no iba a haber más apagones. Ahí sí tiene que ver el bloqueo. Fíjese, nuestros chóferes, como todo el mundo, pueden gastar un máximo de quince litros de gasolina al mes. ¿O es menos? Solo algunos profesionales muy cualificados disponen de hasta veinte litros. Pero ya me dirán. Cómo no va haber mercado negro en estas condiciones. Nora hizo una pausa y volvió a hablar como si de repente hubiese recordado algo importante. ¿Qué tal con Oscarito? Ya saben que si tienen alguna queja deben decírnoslo. Lo importante es que ustedes estén lo mejor posible, que no haya problema ninguno. No han venido aquí para pasar penas.

Les dijimos que no, que estábamos contentos y que en cierta medida no nos importaba compartir alguna de las dificultades que ellos padecían, aunque éramos conscientes de que nuestra inmersión en sus problemas era tan solo momentánea y fácilmente soportable desde la perspectiva de nuestro retorno a Barcelona. Que esto nos hacía sentir bastante mal a ratos, como si gozásemos de un privilegio inmerecido. Nora nos había formulado la pregunta entorno a la responsabilidad de Óscar con una cierta gravedad en el tono. Se sentía orgullosa de la cooperativa y no quería que nada estropease su aventura de la *Cuba de los cubanos. Piensen que con esto comemos muchas personas,* nos habían dicho la noche de nuestra llegada, al recoger los dólares que le habíamos dado para pagar los distintos servicios. La idea se les había ocurrido años atrás, nos contaron, en un congreso internacional de Física en la Habana, cuando unos compañeros míos les sugirieron organizar una red de intercambio de visitantes. Aquello que había empezado siendo una propuesta básicamente cultural había acabado convirtiéndose en un acto de estricta supervivencia. Durante los periodos no vacacionales Nora frecuentaba los mercados y los lugares más estratégicos a fin de vender cualquier mercancía. Había llegado a salir a la calle cargada de cosas perfectamente inútiles, de dudoso interés comercial. Reynaldo, en cambio, había permanecido siempre trabajando también sin demasiado sentido para sí mismo, repasando antiguos dosieres de física, resolviendo problemas mil veces aclarados en las enmohecidas hojas que a menudo acababan atravesadas por el clavo que colgaba frente a la taza del wáter. El perfil de Reynaldo empezaba a dibujárseme con un mayor desistimiento, como el de alguien que hubiera abandonado desde hacía bastante tiempo sus inquietudes, al menos en apariencia, abocado a eternas actividades domésticas e introspectivas, como acostumbran a hacer quienes han abdicado ya del reino de la acción. *Yo salgo bien poco, cuando no hay visitas me distraigo con este viejo ordenador, que sirve para casi nada. Reynaldo es feliz con sus cosas,* nos decía ella, *está en su mundo y de ahí que no le saquen.* Un cocuyo voló fugazmente por encima del gesto amical —un toque amable en la espalda con que Nora hizo llegar a Reynaldo sus palabras.

Bajo el triángulo luminoso la descripción de las actividades de la cooperativa adquiría un aire de sugestiva clandestinidad. Nora nos habló de sus expectativas, de cómo todo aquel enredo de llegadas imprevistas y de cancelaciones de última hora la agobiaba haciéndola, sin embargo, sentir verdaderamente viva. Aquella misma tarde, explicó, había tenido que ir corriendo al aeropuerto a buscar a un grupo de seis personas para las que no tenía preparado el alojamiento. Afortunadamente, la red de amigos y gente asociada, ocasionalmente o de manera más estable, al pequeño negocio colectivo, había podido resolver el problema en menos de una hora. Para conseguirlo, había sido necesario generar un desplazamiento en cadena de las diversas estrategias de acogida familiar, todas ellas conectadas por una especie de estrecha dependencia siempre sujeta a las necesidades del momento. Todo quedaba entonces provisionalmente decidido para los días siguientes, en función de la no siempre segura información que les llegaba a través del contacto en Barcelona. Este contacto era en realidad un amigo de amigos que se había ofrecido para centralizar el envío de viajeros a través de una oferta paralela dentro de su propia agencia de viajes, especializada en propuestas turísticas alternativas. El amigo se llamaba Francesc y habíamos podido conocerlo justo antes de nuestra llegada a Cuba. Era una de esas personas que parecen llevar inscrita en la piel la leyenda de todos los lugares del mundo que han conocido. Llevaba el cabello recogido con una coleta y su estatura era considerable. Su aire socarrón reflejaba la ironía de los que han viajado mucho y han acabado por relativizar todas las distancias y pareceres, venerando el mestizaje cultural, el maremágnum geográfico.

Nora nos mostró las tarjetas de presentación de la cooperativa que Francesc les había hecho imprimir en Barcelona. Nos las mostró orgullosa, como si en aquel pequeño rectángulo de papel se condensara toda su lucha. Reynaldo advirtió a su mujer diciéndole que tal vez no fuera tan buena idea difundir la existencia de la sociedad mediante aquellas tarjetas. *Pueden descubrirnos. Si alguien nos delata ahí está la prueba.* Nora sonrió y afirmó, con vehemencia teatral, *¿pero qué nos van a hacer? ¡Nadie podrá con la cuba de los cubanos!*

Decidimos interrumpir la velada para ahorrar la carga de las baterías. Reynaldo había ido a buscar una linterna convencional para acompañarnos al apartamento. Se había hecho tarde y en la calle no se veía un alma. Nora y Clara se añadieron a la pequeña excursión hacia nuestro domicilio. Se estaba bien a aquella hora. Dimos un pequeño rodeo para aprovechar la luz de una casa que disponía de corriente porque en ella creía que vivía un grupo de miembros del partido que hacían llegar un cable hasta la conexión eléctrica de un barrio cercano. Como se trataba de gente más o menos bien relacionada, nadie se atrevía a denunciarlos. De todas formas, sentenció Reynaldo, este era un caso verdaderamente excepcional, difícil de comprender, ya que la disciplina dentro del propio partido impedía transgredir las normas sobre todo cuando éstas reflejaban comportamientos ostensiblemente insolidarios. *La verdad, yo no sé cómo llevan tanto tiempo así. O vive algún mandamás del partido o se arriesgan muchísimo.* Pero la casa por la que ahora pasábamos constituía un auténtico misterio. No se sabía a ciencia cierta quién vivía en ella y durante las horas diurnas permanecía totalmente cerrada, sin que pudiera adivinarse ninguna sombra de actividad. Iluminados por la claridad que iba diluyéndose con el camino hasta desaparecer del todo, llegamos a la siguiente esquina, en la que un árbol frondoso y altísimo nos hizo saber que ya nos encontrábamos a pocos pasos de la vivienda. Al llegar a ella, nuestros acompañantes nos tendieron un haz de luz para que pudiéramos abrir la puerta y al alejarse de nuevo por la misma calle, después de despedirnos, se dejaron guiar por el frágil halo de la luna. La oscuridad los engulló cuando aún oíamos muy de cerca sus pasos.

II

Aquel extraño trajinar de cosas metálicas me despertó de nuevo a la mañana siguiente. Tal vez tres cuartos de hora antes de levantarme por segunda y definitiva vez me había incorporado para cerrar el aparato de aire acondicionado, porque hacía frío en la habitación y quería, además, descansar un rato de su ruido un poco mortificante. En el *reparto* de Víbora Park no parecía que hubiera demasiados pájaros, porque al despertarme no había oído ninguno, ni tampoco a lo largo de los dos días que ya llevábamos en el apartamento.

En el centro de Ciudad Habana había experimentado la extraña impresión de encontrarme dentro de la atmósfera bochornosa de Barcelona, sobre todo en la plaza de la Catedral. Allí había cerrado los ojos para afirmar el recuerdo. Al hacerlo se había mezclado con la música el arrullo de las palomas, cuya presencia me había pasado completamente inadvertida hasta entonces. Por unos instantes, al ver a un niño que les lanzaba piedrecitas con apariencia de arvejas, pensé que todo lugar nos proporciona siempre algo con que derrotar la lejanía, la absoluta divergencia de los sitios y que entonces solo necesitamos apartarnos de estos signos fácilmente apropiables o bien integrarlos a nuestro particular universo de referentes familiares, según nos convenga una cosa u otra. Dentro de la habitación también había algo demasiado inmediatamente reconocible, algo que me había hecho sentir un poco como en casa desde el primer momento. Aproveché el ritmo de la respiración de mi compañera para concentrarme en ideas leves, ingrávidas como estelas de sueño, pensando que a veces el hallazgo de lo familiar puede frustrar la búsqueda que nos había impulsado a alejarnos del lugar en el que estábamos.

Al acceder al comedor, un golpe de calor volvió a abofetearme como la víspera. Prendí el gas para que la pequeña cafetera ya preparada realizase la transubstanciación de los escenarios del sueño en realidad tangible, verdaderamente proyectable y consistente. El pequeño rito parecía poder poner en orden todas las posibilidades del día, incluida la del lugar al que todavía teníamos que decidir ir.

Y pensé en la casa de Hemingway. Cuando el aroma del café ocupaba ya la pequeña estancia-comedor deseaba que a Caterina le gustase también mi idea.

Mientras esperaba que fuera más tarde para despertarla, recordé a Nora y Reynaldo y la naturaleza clandestina de sus inocentes actividades. Al añadir la leche a los tres dedos de café afloraron las palabras que me había dicho Reynaldo la noche anterior, *los cubanos desde que nos levantamos ya estamos delinquiendo, porque desayunar con un poco de leche tampoco está permitido. Conque ya me dirán a qué le hemos de tener miedo.* A mí, sin embargo, sí me intranquilizaba bastante la sensación de que hacía falta contar con una estrategia permanente ante el eventual encuentro con la policía, cuando paseábamos con el coche de Óscar. *Ustedes son unos amigos míos de España y ya está,* nos había sugerido, en un tono que no escondía un cierto grado de inseguridad. Empezaba a sufrir por todos ellos. El incipiente escalofrío que había sentido en el avión, al escuchar las palabras de uno de los viajeros comentándole a otro que en Cuba no se permitía otro alojamiento que el que ofrecían los hoteles controlados por el Estado, regresaba ahora, como si verdaderamente la serenidad de Nora, Reynaldo y Óscar no fuera más que un contenido resorte de supervivencia. El reloj marcaba las ocho y media de la mañana pero la luminosidad que llenaba las calles derramándose en todas las casas parecía una claridad de mediodía y la ausencia de personas sugería uno de aquellos momentos de sobremesa universal, de reloj en blanco. En el interior de la estancia en la que me encontraba, sin embargo, el completo silencio parecía hacer más frágil la luz.

Unos pocos minutos más tarde se despertó mi compañera, mientras yo me aseguraba que el aparato que permitía disponer de agua caliente en la ducha funcionase. Se trataba de un aparato bastante rudimentario que ya la primera noche, al verlo, me causó una cierta sensación de inseguridad. Consistía en una especie de cilindro levemente cónico que se añadía a la alcachofa y que disponía de un regulador de temperatura. Pero el aparato iba directamente conectado al enchufe de la pared y aquella combinación de electricidad y agua sugería —no podía evitar pensar en ello— la posibilidad de un accidente fatal. Aquel artilugio simbolizaba el riesgo que comporta, en un país como Cuba, la pretensión de un nivel de comodidad equivalente al occidental. La aproximación de un estilo de vida al otro implicaba riesgos que, además, había que considerar, pese a todo, como lujosos.

Óscar y Ana María tardaron tres cuartos de hora más de lo acordado, no de lo previsto. Eran casi las once cuando oímos detenerse un coche que tenía que ser el de ellos. Al entrar los saludamos lacónicamente, porque no podíamos reprimir un cierto sentimiento de exasperación por el nuevo retraso. Otra vez nos convidaron a tomarnos el tiempo que nos hiciera falta sin mostrar ningún indicio de justificación por el rato perdido. Salimos inmediatamente.

No tardamos mucho en llegar a la casa museo Hemingway. Llegamos a ella tras una travesía de calles polvorientas y accidentadas. Tuvimos que tragarnos el humo densísimo de un camión autobús en el que la gente viajaba arracimada sobre la estrecha plataforma saliente, con las puertas abiertas, como una mercancía residual que no importase ir perdiendo por el camino. Óscar explicó que muchos de los que se dedicaban a la agricultura habían preferido dedicarse finalmente al transporte humano, dada la absoluta falta de beneficios que les reportaba el cuidado de la tierra. Si poseían un camión no les costaba demasiado obtener el indefectible permiso oficial, ya que este tipo de actividad también alimentaba las arcas del Estado. Sobre el camión que nos precedió durante más de diez minutos viajaba un anciano aferrado a su bicicleta que sostenía verticalmente sobre la rueda trasera, de tal manera que su rostro aparecía más agrietado aún, tras la densa aspa de la otra. Una vejez cautiva, una débil voluntad entre sutiles y a la vez firmes rejas, parecía estar mirándome desde sus ojos absortos.

Al salir del automóvil experimenté aquella sensación de pesantez que uno siente al regresar en verano de una mañana en la playa. Me sentía repleto de polvo y enfebrecido. Pero la visión del poderoso verdor encerrado tras una valla inabarcable me alivió de repente, como si presintiera el cumplimiento de una secreta promesa de habitación sombría y sosegado refrigerio. Estábamos ante la casa del autor de la materia literaria que más había devorado mi adolescencia.

Un hombre nos indicó que podíamos introducir el automóvil dentro del recinto. Nosotros, sin embargo, preferimos seguir a pie por el camino de piedrecitas y yerba reseca que conducía a la caseta donde presuntamente se despachaban las entradas. Al llegar seguimos a Óscar, que con un gesto nos hizo ir hacia el lugar donde él se encontraba aparcando. Como maniobraba ante otra casita perfectamente blanca —casi no podíamos mirarla— en cuyo interior entrevimos, refractada como dentro de un acuario, la silueta de una mujer, pensamos que debía de ser en este otro sitio donde habríamos de adquirir los tickets. Antes de reunirnos con Óscar me desvié por el camino que el aplastamiento del césped marcaba hasta la puerta de cristal. Ningún letrero indicaba la venta de entradas y además, la visión del interior, desde más cerca, se enturbiaba definitivamente. Un silbido de Óscar me reclamó apresuradamente a su lado. Me di cuenta de que me reservaba algo así como una confidencia, porque de pronto había adoptado una actitud de afectada disimulación que pretendía ser discreta. *Escuche. Las entradas se venden en la primera casa pero si no nos dicen nada no habrá que pagar.* Caterina y yo nos miramos intentando hallar en los ojos del otro la sanción de aquella propuesta. En realidad mi compañera sabía que yo era el único en dudar, porque tenía por desgracia muy desarrollado el sentido del ridículo y me intranquilizaba que pudieran llamarnos la atención. Como no se trataba de convencer a nadie nos dirigimos juntos a la casa grande que teníamos bien cerca, la casa que sin duda habría pertenecido al escritor, cuyo exterior porticado se encontraba rodeado por una guirnalda de curiosos asomados a las ventanas que se abrían en diversas estancias.

La finca se llamaba Vigía y se encontraba a pocos quilómetros del sudoeste de Ciudad de la Habana. Según rezaba la leyenda que vimos en uno de los paneles informativos, había sido construida en el año 1947 por voluntad de su mujer. Disponía de un inmenso jardín en el que, entre otros tipos de plantas, destacaban las bugan-villas y las ipomeas. Había sido edificada sobre una colina desde la que se divisaba la población de San Francisco de Paula. Lo que parecía interesar más a todo el mundo era poder fisgonear el interior de la vivienda, que al acercarnos descubrimos custodiado por un pequeño escuadrón de mujeres uniformadas, que controlaban desde el centro de las diversas estancias la incesante pululación de curiosos absurdamente enmarcados por el rectángulo blanco y fronterizo de las ventanas. El acceso al interior estaba prohibido y tuvimos que conformarnos con contribuir a aquel estilo de reverenciación extrema que suponía gravitar entorno a un ámbito inaccesible. Al hacerlo así, la sombra interior de la residencia adquiría mayor gravedad, como si aquella circunvalación delimitase un territorio sacro, destinado a un culto que nosotros propiciábamos sin par-ticipar plenamente en él. Descubrimos los estantes atestados de libros bajo la ciega vigilancia de los trofeos de caza. En todas las dependencias vimos a alguno de aquellos estupefactos represen-tantes del universo de la taxidermia. Las diferentes expresiones momificadas otorgaban a cada una de las estancias una especie de espíritu de temporalidad aniquiladora, como si en lugar de conseguir sugerir la idea de la fijación del tiempo pasado aquellos animales reforzasen su actividad de denigración, inundándolo todo de una atmósfera vagamente mortuoria.

Tras el primer cuarto de hora de impune vagabundeo, una de las chicas encargadas de la vigilancia se me acercó. No me preocupó excesivamente porque venía hacia mí con una expresión afable, casi diría de seductora simpatía. Tendría unos treinta y cinco años y vestía una de aquellas telas aparentemente gruesas que procuran, sin embargo, una gran sensación de ligereza y frescor. Llevaba el cabello mal teñido, de un rubio ceniciento y desigual y las arrugas que se le formaron alrededor de los ojos al difundir su sonrisa la embellecieron todavía más. *Si quiere sacar alguna fotografía dígamelo y ya le diré cuándo puede hacerlo.* Lo dijo antes de hacer un rápido movimiento con la cabeza que venía a ser el equivalente menos frívolo de un guiño. Le dije que no tenía intención de hacer fotografía alguna y que en cierta manera me molestaban bastante quienes hasta unos pocos minutos antes habían estado intentado sin fortuna retratarlo indiscriminadamente todo. Pero ella insistió: *si pide usted permiso le cobrarán cinco dólares por cada fotografía. En cuanto no haya ninguna compañera vigilando yo le dejaré tomar las que quiera.* Parecía claro que quería ganarse mi confianza tal vez con la intención de negociar directamente conmigo. Le dije que llevaba una cámara fotográfica en el coche pero que no deseaba hacer ninguna fotografía. *Cobardón,* me dijo, desenfadadamente, pero sin extinguir del todo el reproche. Se echó para atrás para que pudiera contemplar la estancia y bajó los ojos como si la poseyera un pensamiento lo suficientemente poderoso como para hundirle la mirada en el suelo. Cuando yo ya trataba de improvisar una despedida que me ahorrase cualquier palabra de más volvió a acercárseme, pero esta vez con un tono más confidencial todavía: *mire* y me enseñó una especie de librillo de propaganda fotocopiado. *Ésta es la guía informativa del museo. Si lo compra en la tienda le cobrarán ocho dólares. Si me lo compra a mí sólo le cobraré dos. Pero si le interesa no me lo pague ahora. Espere a que la compañera que hace de guía no esté cerca y entonces se lo daré. ¿Le interesa?* Le respondí que sí sin estar demasiado seguro de ello. En aquel momento ella se apartó de la ventana porque acababa de entrar una de las vigilantes y yo también desaparecí en dirección al jardín. Mientras bajaba las escaleras de la entrada porticada me detuvo una de las guías para preguntarme con un ademán severo si había visto a la muchacha rubia que se encargaba de la vigilancia del comedor. Como había acabado de hablar con ella, le dije que suponía que se refería a una de aquellas empleadas que deambulaban por la sala principal y que allí la encontraría. Temía que nos hubiera visto hablar y que ahora ella sufriese las consecuencias. Había vuelto a esconderse las hojas fotocopiadas dentro de un viejo papel de periódico y quizá esta otra compañera había ido a pedirle explicaciones, al haberla desenmascarado. Me acerqué al jardín donde Ana María y Caterina contemplaban un parterre sembrado de flores extrañas. No dieron demasiada importancia al asunto, pero yo no podía dejar de mirar de tanto en tanto en dirección a la casa de Hemingway. Tal vez aquella muchacha perdiese el trabajo por intentar sobrevivir simplemente a una economía imposible.

Me sentía impotente y a la vez absurdo, porque creía que mi participación en aquel pequeño incidente hubiera debido modificar su curso. Al reaparecer Óscar ascendimos la escalera de caracol del mirador que se levantaba junto a la casa. Era una especie de cabaña elevada desde la que se divisaba San Francisco de Paula. En el interior una señora sonriente y aburrida velaba la colección de fotografías del escritor durante su vida en la isla, sin dejar de mover una vieja revista para darse aire. En alguna de ellas aparecía junto a Castro, ambos siempre sonrientes, relajando el peso de la historia. En otras podía vérsele pescando o sentado en el escritorio que habíamos visto pocos minutos antes. En una instantánea tomada en el Floridita aparecía realmente exultante, tocado por el dios del daiquirí. La incipiente amarillez de muchas de ellas, sin embargo, otorgaba a las diversas escenas una pátina mítica de tiempo definitivamente consumado. La distancia que las separaba del ritmo desafecto con que aquella mujer iba abanicándose aumentaba su irrealidad convirtiéndolas en algo inconcebiblemente inabarcable, como el aroma de una rosa seca. Permanecimos largo rato asomados a aquellos fragmentos de vida empañada y remota.

Al salir de la pequeña exposición, nos otorgamos unos minutos de descanso apoyados en la balaustrada del mirador. El azul del cielo se fundía con el blanco de una cordillera de nubes que había ido deshaciéndose progresivamente hasta cubrir el horizonte. Vistas desde tan lejos, las calles, los repartos, aparecían mucho más bellos, ordenados por una espontánea armonía que parecía propagarse desde las formas geométricas que dibujaba la vegetación de algunas de las partes del jardín en el que estábamos. Incluso la miseria podía esbozar, en virtud de la distancia, una iconografía de volúmenes en equilibrio, de colores diversificados por una transición nada abrupta. Las palmeras también se incorporaban a este escenario como hitos que delimitaban, algo desordenadamente, los contornos de aquella perspectiva que nos capturó largamente el espíritu.

La atmósfera de la casa, del jardín, había dibujado una sombra de melancolía en el rostro de Ana María. Tal vez se encontraba inconscientemente invadida por el falso recuerdo de su vida entre aquellas paredes, como les pasa a quienes fantasean una antigua nobleza personal ante una vieja estancia palaciega. Caterina y yo mismo urdíamos nuestro peculiar balance onírico al inventarnos inacabables tardes tranquilas bajo la sombra de los frondosos árboles que nos rodeaban. Óscar, sin embargo, parecía estar haciendo un recuento cuya cifra se insinuaba entre sus labios que temblaban casi imperceptiblemente al ritmo de los pensamientos. *Muchos dólares hay aquí metidos*, le habíamos oído decir un rato antes, al contemplar una de las estancias principales de la vivienda. Lo miraba todo con un extraño recelo, como si la admirada atracción que le causaba el lugar lo obligase a tomar una actitud de leve reserva. Caminábamos juntos cuando me acordé de la chica que me esperaba para que le comprase su ejemplar clandestino.

Estaba sentada en una silla en el ángulo más oculto de aquella estancia irregular. Se me acercó sigilosamente mirando fugazmente a ambos lados con una precaución que me pareció excesiva. Me tendió el tríptico y yo los dos dólares. Sin decir una sola palabra regresó a su rincón, pero esta vez con una naturalidad que parecía volver aún más grotesca su actitud de hacía un instante. De inmediato me reuní con los míos.

Los encontré hablando con una joven trabajadora del museo. Les requería la entrada, mientras mi compañera se hacía la ingenua aduciendo la falta de indicaciones y la convicción de que la visita era gratuita. Con una protocolaria amabilidad nos acompañó a la primera casita y compramos dos entradas en dólar y dos más en peso cubano. Al saber que el importe incluía el servicio de visita comentada pedimos la presencia de una de las guías. Desde el fondo del establecimiento se levantó una muchacha que muy displicentemente nos rogó que la siguiéramos para iniciar el recorrido.

El relato turístico duró unos escasos quince minutos. Al despedirla regresamos a la paz del jardín, en cuyo fondo descubrimos el yate al que se había referido sucintamente la guía. Era una embarcación formidable, en la que predominaba la belleza de un color caoba, de madera límpida. Una embarcación dotada de motor y de vela, de algo más de once metros de eslora colocada en el interior de la piscina. Ante ésta, las tres tumbas de los perros del escritor. Nos pesaba marcharnos porque teníamos la impresión de que el exterior nos depararía un mundo todavía más yermo que el que habíamos recorrido para llegar hasta aquí, ahora que conocíamos este privilegiado oasis de sombras y silencios. Pero Óscar hizo una mueca que pedía determinación. Y regresamos por el sendero que la ausencia de césped trazaba entre la exuberante vegetación.

Óscar insistió en mostrarnos el mercado agropecuario. A un par de esquinas de nuestra calle había uno y al pasar detuvo el coche para que lo viéramos. Desde una cierta distancia, la apariencia del mercado era la de una especie de ciudadela de indigencia, toda ella armada con maderas heterogéneas y toldos del color del asfalto. Los indefectibles individuos sentados en la acera, atraídos por el simulacro de actividad que un mercado como éste les proporcionaba, nos miraron con mucha atención, como si de pronto un manjar sustancioso viniera a añadirse a aquel ágape de cuerpos merodeadores, de mercancías inertes, sin vida. Caterina permaneció en el coche con Ana María y yo lo acompañé a él a mercado.

Al entrar, recordé viejas películas del Far West en las que el protagonista era atravesado por todas las miradas al abrirse las pequeñas puertas batientes del local. Aquí, donde no había puerta, sino una abertura practicada en el centro de uno de los tendales, la impresión de umbral riguroso era sin embargo más intensa. Muchos de los que regateaban se habían vuelto para mirarnos así como aquellos con quienes negociaban. La presencia de un extranjero en cualquiera de estos mercados era excepcional. Solo los nativos podían adquirir productos, ya que todo se despachaba en peso cubano. Muchos de los puestos causaban auténtica repulsión. Los más desfavorecidos eran los de carne, donde las piezas eran colocadas sobre unos tablones a modo de mesas, inconsistentes y rodeadas de moscas. Los potenciales compradores y los vendedores contemporizaban las palabras y los movimientos de las manos para espantarlas. Las cebollas y las patatas escaseaban mucho. En alguno de los inestables mostradores vimos tan solo una parca representación de algún racimo de fruta minúscula unida a un pequeño tronco común. Fuimos invitados a catar el contenido de un bol de cristal con jugo de mamey, tan denso como la miel. Al fondo de todos aquellos paupérrimos expositores, el comisario uniformado de gris.

Óscar me explicó que pese a todo había sido una suerte la creación de los mercados agropecuarios. Habían intentado ser una respuesta al hundimiento de la actividad agrícola, motivada por la centralización de los productos. Los campesinos solo podían vender sus productos al Estado y éste no les pagaba más que una auténtica miseria. Todo el mundo, en consecuencia, había ido abandonando los cultivos de manera que resultaba prácticamente imposible encontrar o poder pagar un manojo de cebollas o unas pocas patatas en un país eminentemente agrícola. Nuestro chófer acusaba directamente a Fidel diciendo que la economía del país la había destruido él y que no podía culparse al bloqueo norteamericano de la pésima gestión interna. Que si se pagaba tan poco a la gente del campo era por pura codicia, por afán de aumentar los ingresos a costa del pueblo. Al margen de la versión de Óscar, sí parecía ser cierto que la centralización absoluta del mercado agrícola había tenido consecuencias nefastas. Los mercados agropecuarios eran una fórmula mistificada de mínima liberalización de la agricultura. Pero los precios continuaban siendo muy elevados porque aparte de la falta de productos los vendedores debían seguir aportando una nada despreciable parte de sus ingresos al Estado. *Pero por lo menos ahora se encuentra algo,* afirmó Óscar.

Encontramos a Caterina y a Ana María riendo, fuera del automóvil. Al vernos les aumentó la hilaridad pero no pudieron o quisieron decirnos qué les hacía tanta gracia. Óscar me miró con una expresión de masculina camaradería y desaprobación y al subir al coche inició una conversación trivial que iba ostensiblemente destinada a mí, como un prolongado gesto excluyente.

Antes de llegar a casa hicimos aún una última parada. Óscar nos había sugerido la posibilidad de comer unas pizzas caseras hechas por un amigo suyo. No me atraía nada comer un plato tan poco caribeño pero accedimos con la convicción de que para Óscar suponía mucho poder colaborar en el pequeño negocio de aquel compañero. Descendimos ante el estrecho y largo corredor que discurría entre dos casas bajas, de donde provenían toda clase de rumores de conversación, de televisores y de radio. Atravesamos el exiguo espacio donde se entrecruzaba todo aquel alboroto hasta llegar a una especie de claro que se abría a nuestra derecha, tras una de las viviendas donde había una especie de pequeña plazoleta. Óscar se anunció con un saludo en el argot local que no entendí. Al momento compareció un chico de expresión afable, con una barba muy cuidada, de unos treinta años y pico. *¡No me digan, ustedes son los españoles! ¿De qué parte son?*

En el interior de la vivienda el calor era más intenso. Nos sentamos en unas sillas muy bajas, ante un extraño ventilador. Las aspas habían sido unidas a un motor descomunal, que emitía un pesado zumbido que parecía dar voz al bochorno. Estábamos en una pequeña habitación con unas celosías que se abrían a nuestras espaldas y ante una especie de minúsculo mostrador, en el que presuntamente se tomaban las bebidas que algunos consumían, según contó Óscar. Por lo poco que sabíamos, este amigo suyo se dedicaba a vender refrescos y cerveza y a hacer pizzas con la ayuda de otro compañero que vivía en la casa contigua. Al volver a aparecer el chico con una quinta silla en la que se sentó, nos dijo que si queríamos pizzas no podríamos tenerlas hasta una hora más tarde, al menos, porque hacía falta encargarlas. Pero que si lo preferíamos podíamos comprar unos bocadillos de jamón en dulce y queso. Como no era temprano optamos por los bocadillos y el chico volvió a desaparecer para prepararlos. Diez minutos más tarde lo teníamos todo dispuesto dentro de una bolsa de plástico.

Antes de irnos, Rafael, que así se llamaba aquel chico, nos invitó a pasar en cualquier otro momento para hablarnos de sus amigos en España, a los que conocía de una estadía suya de un año en Moscú, en donde coincidieron. Quería mostrarnos fotografías y darnos unas cartas para que llegasen con seguridad… Rafael era la primera persona que nos pedía lo que antes de viajar a Cuba muchos nos dijeron que sería nuestro favor más común a los cubanos: el de la correspondencia. Me gustaba que se hubiese producido finalmente una de aquellas esperadas solicitaciones porque me cautivaban todas las facetas del universo epistolar. Convertirme en portador de mensajes me hacía sentir momentáneamente vencedor de algunos de los problemas que contribuyen a empeorar a menudo la vida de las personas y que tienen que ver, esencialmente, con la falta o el déficit de comunicación. Sentía que estos encargos constituían el acto de restauración de un orden que los acontecimientos tendían a mistificar y a hacer muy difícil, pero que suponía, al atraerlo hacia la superficie de la realidad, algo así como la recuperación del lecho de un río que, por haberse perdido, amenaza con volver estériles los territorios finales de su recorrido. También las relaciones con sus amigos españoles, nos contó Rafael, habían ido desertizándose, dada la alteración de la regularidad de los envíos. Hacía algo más de seis meses que no encontraba a nadie a quien poder entregar las cartas y había tenido que ir reemplazando las primeras para adaptarlas a sus vicisitudes más recientes. Al vernos había vuelto a activársele el afán de escribir que últimamente se le había adormecido muchísimo, tras tanta reiterada frustración. Le prometimos pasar unas cuantas veces más mientras estuviéramos en la Habana. Él nos prometió unas pizzas *como seguro que ustedes nunca las probaron.*

Caterina quería destinar la tarde a la lectura y a escribir algunas cartas. Prefería salir de noche y pasear por algunos de los lugares de los que Óscar nos había hablado, rincones tranquilos y seguros. Óscar conocía una especie de night-club en el Vedado donde podríamos tomar algo y quizá también bailar. Aseguró que ya encontraríamos el lugar.

A mí, sin embargo, no me atraía demasiado la idea de encapsularme en la habitación fresca, huyendo del calor extremo de afuera, como una planta delicada. Le pedí a Óscar que me pasase a recoger pasadas las cuatro, porque me apetecía pasear por la Habana Vieja, para mi primer recorrido solitario, vagando sin rumbo.

Me dejó ante el inmenso edificio blanco, aquella réplica del Capitolio norteamericano hecha a principios de siglo. Había bastante gente por aquella zona y me di cuenta de que el asedio de muchos muchachos cubanos a los turistas era incesante. Me había vestido con la ropa más rota que tenía y pude superar con éxito mi primera prueba enfrente de la misma escalinata. Un grupito de niños mendigaba de un turista a otro en sentido opuesto al mío. Cuando llegaron a mi altura, sin embargo, me descartaron automáticamente, como quien ejecuta un movimiento que de tan acostumbrado no hace falta ni tan solo deliberar. Creí que aquel era un buen inicio de tarde.

Enfrente del Teatro Nacional había las ruinas de un edificio hundido completamente por dentro. Únicamente la fachada se mantenía en pie y a pocos metros de ésta se erguía un letrero en el que se anunciaba la inminente reconstrucción del inmueble para albergar un hotel. El letrero, sin embargo, tenía toda la apariencia de haber sido colocado allí en tiempos inmemoriales, porque los caracteres con que se detallaban la identidad de la empresa promotora, el nombre del arquitecto y el período previsto de ejecución eran casi ilegibles, como si toda una vida a la intemperie hubiera borrado el rojo pálido de donde emergían. Lo que restaba del edificio era una especie de cubo porticado con dos pisos de ventanas que no ocultaban el vacío interior. Una cinta rodeaba la parte de escombros que había traspasado el umbral de alguno de aquellos arcos. Los automovilistas, por tanto, habían tenido que incorporar a su inconsciente habilidad el acto reflejo a que los obligaba aquella especie de monumental homenaje a la decrepitud.

Empecé a pasear por las calles de la Habana Vieja sin prisas. Impresionaba el estado de muchos edificios, cuyo hundimiento parecía obedecer una ley objetiva e indefectible. Pude ver muchos de ellos con patios apuntalados por todas partes, otros en los que los escombros habían sepultado los primitivos elementos de refuerzo, pero en los que continuaba viviéndose pese a todo y otros en los que finalmente el hundimiento había sido tan solo respetuoso con las fachadas, que soportaban con una rigidez sin vigor la verdad terrible que llenaba sus entrañas. En las calles en las que coincidían dos edificios frente a frente, sin ningún indicio de vida, uno tenía la sensación de estar cruzando una corta avenida mortuoria, un cementerio de despojos arquitectónicos que nadie se habría atrevido a enterrar por completo, quizá temiendo a algún dios protector del pasado historiable. En la calle por donde proseguía la acera que doblaba ante el Floridita descubrí un edificio casi sin fachada que mostraba su peligro compartimentado en un puñado de departamentos, algunos dando también al vacío por el flanco derecho, donde faltaba parte de la pared maestra. Lo estaba observando cuando de repente, a la altura del primer piso, oí unas voces poblando aquel espacio imposible. En un instante apareció un grupo formado por tres chicos adolescentes y una muchacha no mucho mayor que ellos que portaba una cazuela humeante. Delante –acababa de reparar en ello—había una mesa cubierta con un hule azul. Se sentaron ceremoniosamente mientras la chica les servía con un ritmo laso, abatido. Parecían haber perdido algún tren definitivo, alguna esperanza imposible de rescatar. Permanecí absorto contemplándolos, hasta que la mirada de un hombre apostado frente a mí me convirtió en algo molesto y ajeno a aquella imagen.

Hacía rato que vagaba por el mero placer de caminar. Me detenía en los escaparates, en los umbrales que se abrían a una oscuridad más benigna que la claridad del sol abrasante. Llegué a una farmacia donde todavía se despachaban medicamentos hechos con sustancias de origen vegetal, almacenados en vasos de cerámica. En el escaparate de una librería vi un ejemplar de Josep Pla, no recuerdo cuál. La edición era cubana, aparentemente, de un feo color anaranjado en el que destacaba el nombre del autor, que aquí era el de José. Libros sobre la Revolución y volúmenes técnicos y científicos. Poca literatura salvo la que la misma calle escribía con la torturada caligrafía de las casas destripadas, de los muchachos y los jóvenes mendicantes, el suelo como bombardeado, con hoyos por todas partes y muchachas que espiaban el deambular de los turistas. En un rincón, medio escondida dentro del vestíbulo de una escalera agonizante, una mujer intentaba vender la bebida de un termo cuyo contenido vertía dentro de unos vasos de cartón marrón. La calle era infinita.

Paseé durante casi una hora antes de decidirme a entrar en algún bar. Me había atraído el nombre de un local por el que había pasado hacía poco rato y rehíce el camino para encontrarlo. El establecimiento se llamaba *Ropa Vieja* y estaba lleno de fotografías en blanco y negro, aunque no podía distinguir bien las imágenes. Al cabo de unos minutos quedó libre la mesa que menos me gustaba, junto al cristal de la puerta de entrada. Pero decidí ocuparla porque de repente había empezado a sentirme cansado.

Se trataba de un local muy pequeño. Su mobiliario funcional pero distinguido, hecho con madera de color caoba, las mesas de mármol con los pies de yerro forjado, el espejo central tipo *art decó*, recordaba más bien los típicos cafés europeos. Ninguno de los ventiladores que colgaba del techo se movía, pero el lugar rezumaba un aire familiar que lo hacía agradable. Las fotografías llenaban todas las paredes y eran, en general, de un tamaño modesto. La plaza de la Catedral atravesada por cintas que formaban una retícula festiva por encima de las cabezas de la gente; una vista del Morro con un par de personajes con sombrillas que tanto podrían haber sido para protegerles del sol como de la lluvia, dada la indefinición que el tono grisáceo de la fotografía otorgaba a la escena; unos niños sentados en la calle invadidos por unas carcajadas que habían alcanzado ya la desvaída amarillez de la intemporalidad; Che Guevara observando una muestra de componentes eléctricos en una factoría; una casa de estilo colonial semejante a las que habíamos visto al pasar con el automóvil por el *reparto* del Vedado… Me hallaba inmerso dentro de aquel rompecabezas cubano cuando oí la prudente voz del camarero casi susurrándome qué deseaba tomar.

Acababan de servirme la cerveza cuando alguien golpeó el cristal de la puerta. Era una muchacha rubia que me sonreía y a la que sonreí inicialmente sin conseguir recordarla. Entró y me dijo *el museo Hemingway, esta mañana, ¿no recuerda?* Era la empleada que me había vendido el folleto informativo. Me sorprendió que me saludase, pero no tuve tiempo de intentar comprenderlo. ¿Puedo tomar asiento? Asentí con la cabeza esperando que fuera ella quien iniciara la conversación: *lamenté no poder atenderle bien esta mañana, pero ya debe imaginarse que estamos muy vigilados. Hoy he conseguido vender tres folletos pero no todos los días tengo la misma suerte. Depende del movimiento que haya alrededor. Cuanta más gente hay más fácil resulta.* Me explicó que trabajaba desde hacía dos años en la casa museo, que había abandonado el ejercicio de la medicina porque trabajaba muy lejos, a casi cien quilómetros de la Habana y cada día comportaba una odisea llegar a aquel lugar cercano a Matanzas. No había buscado vivienda allí porque su madre residía en la Habana Vieja y sufría una parálisis parcial que la obligaba a permanecer en la capital. *Como desde que empezó el período especial pasé a cobrar tan solo doscientos cincuenta pesos preferí presentar la baja y encontrar algo que estuviera más cerca.* Después de decir esto enmudeció repentinamente, esperando que yo dijese alguna cosa. Me incomodaba absurdamente no saber todavía por qué se había sentado a explicarme su vida y mientras la escuchaba no podía dejar de preguntarme si debía de hacerlo a menudo. Si todas las tardes, al reconocer a cualquiera de los visitantes de la mañana, se detenía a saludarlo y se sentaba tranquilamente a su lado, como retomando una charla interrumpida. Pero en lugar de preguntárselo hice una seña al camarero para que ella pudiera pedir lo que quisiese, antes de resolver si efectivamente le apetecía tomar algo.

Vivía en esa misma calle. Dijo que muchas tardes bajaba al establecimiento en el que estábamos a tomar café. *Es un lujo que a veces me permito. Mi madre se enoja porque piensa que soy un poco irresponsable. Pero ya ve, con la vida que llevamos aquí… no es fácil…* Estaba contenta porque había podido volver a la pintura, después de muchos años. *Cuando ejercía de médico no tenía ni un minuto para mis cosas. Ahora, en cambio, no tengo más nada que hacer por las tardes. Un día, si quiere, le mostraré algún cuadro. ¿Va usted a quedarse mucho tiempo?* Quería pedirle que no me tratase de usted, no tanto porque quisiera ahorrarme el camino que hace falta recorrer para ganar la confianza de alguien, cuanto por la incomodidad que me causaba que una persona de mi misma edad se dirigiera a mí de aquella forma. A veces olvidaba que por estas latitudes el usted muy frecuentemente equivalía al tú y que la propia cotidianeidad del pronombre y el roce real con las personas, tendía a anular la aparente distancia que un uso lingüístico como este podía generar. El problema, en cualquier caso, era mío, ya que me costaba mucho menos soportar su usted que admitir el mío hacia ella. Le respondí que estaría durante un mes en la isla y que pasaría unos días en Santiago de Cuba. Al preguntarme en qué hotel me alojaba vacilé un poco por temor a comprometer a Nora y a todos los miembros de la cooperativa. Finalmente y con una cierta sensación de riesgo le dije que estaba en casa de unos primos hermanos que vivían en el reparto de Víbora Park, sin atreverme a precisar más. Sonrió y permaneció en silencio durante un instante, que me pareció, sin embargo, significativo, como si en su interior un pequeño equipo de enanos investigadores se hubiera entregado momentáneamente a una frenética tarea de corroboración de datos. Concluyó con un *eso está muy bien* que me hizo volver al mismo estado de incertidumbre que me había provocado su aparición tras el cristal.

Continuamos hablando durante casi veinte minutos más que transcurrieron a la velocidad de los sueños. Me habló de su casa, que no distaba más de tres minutos del café. Me contó que era una casa muy antigua, que tal vez después del verano empezasen unas modestas obras de rehabilitación. *No tenemos mucha plata, sabe y no hay quien trabaje bien hoy en día. La última vez que tuvimos que arreglar una cañería el tipo se presentó sólo cuatro veces a lo largo de un mes y medio y ya se ha vuelto a estropear.* Decía que su piso tenía alrededor de unos quinientos metros cuadrados, ocho estancias, sin contar el comedor que, afirmó, era inmenso y un jardincito donde dejaban crecer hojas de platanero e ipomeas. Lo había heredado su madre, que años atrás había pertenecido a una de las familias más ricas de la Habana. Las otras dos casas, más pequeñas, que poseían en la Habana Vieja, había tenido que cederlas al estado con el advenimiento de la Revolución. Le dije que me gustaban mucho los edificios antiguos, que habitualmente conservaban una dignidad difícil de percibir en las casas actuales, más convencionales y estereotipadas, que cuando estaban vacías parecían cajas de zapatos carentes de espíritu, mientras que muchas de las antiguas, incluso cuando no quedaba nada en ellas, mantenían un particular encanto, el embrujo de una densidad que resultaba de la suma de la nobleza y calidez de los materiales, de la mayor belleza de la disposición del espacio, y la atmósfera aún respirable de todo lo vivido. Que eran como un espejo en el que se reflejaba el pasado y que esto me permitía superar una cierta impresión de desencanto y angustia que experimentaba siempre ante determinado tipo de distritos nuevos, lo bastante impersonales como para sospechar que en ellos pudiera cuajar nunca el germen de la historia, ciudades dormitorio, casi en los márgenes de la realidad, pero por ello mismo funestas, sólo capaces de albergar historias rotas, vidas difíciles y duras, como si una arquitectura eventual volviera aún más irrelevante el ya de por sí fugaz paso del hombre por el mundo. Ella me respondió que en la Habana también se había construido muy deprisa y mal y que la arquitectura actual de calidad no se había dejado prácticamente ver en la isla. ¿Ha visto los bloques que hay por el centro, siguiendo la línea del Malecón? Se refería a la horrible arquitectura socialista que en Cuba, especialmente en la Habana, había optado por el gigantismo desmesurado, construyendo edificios de dudosa consistencia que a menudo acompañaban a las pequeñas casas coloniales que habían hecho célebre la ciudad en todo el mundo. *Ya ve que la buena política no siempre da lugar a una buena estética.*

Nos despedimos ante la escalera de la casa en la que vivía. Un enorme portalón de madera ocultaba el interior. La calle se había llenado y me pareció que entre aquella multitud pasábamos completamente desapercibidos. Insistió en que nos viéramos otra tarde. Me dio su teléfono y me pidió que la llamase. *Tiene que contarme muchas cosas sobre España.* Abrió la portezuela que había en un rincón del portalón y volvió a pedirme que la llamara antes de desaparecer tras ella.

De vuelta al Capitolio pasé por el Floridita. Aunque me habían advertido de que se trataba de un establecimiento muy caro, me detuve ante la lista de precios porque quería proponerle a mi compañera una cena en este sitio. Nora nos había comentado que merecía la pena tomar un daiquirí, pero que algunas personas le habían hablado mal de la comida que se servía. La noche que Nora mencionó el Floridita tuve la impresión de que sentía un enorme recelo ante este tipo de locales, donde gravitaba todo el feliz e insolidario turismo convencional. El Floridita, sin embargo, poseía el prestigio de los establecimientos que han hecho época y el aura adicional de haber sido el templo del ocio de Hemingway. Un portero ataviado con una especie de librea roja abría la puerta a los clientes y les dirigía una sonrisa que sugería complicidad más que amabilidad. Un golpe de aire húmedo y caliente apartó mi atención de la larga lista de platos.

Óscar se retrasó sólo veinte minutos (acabé entendiendo que este era el lapso asumible) y apareció de una forma espectacular, con un traqueteo que no pasó desapercibido a nadie, como si el automóvil avanzase a empellones, como cuando se parte con la primera marcha puesta. Afortunadamente, al darle más velocidad, cesaron aquellas sacudidas y pudimos regresar hacia nuestro reparto sin problemas. Me dejó en casa de David y me dijo que pasaría a recogernos allí mismo pasadas las diez, por si queríamos ir a alguna parte. Que David y Damaris nos invitaban a cenar aquella noche, pero que ahora teníamos que pasar por su casa porque Caterina se encontraba ya con ellos tomando unos daiquirís.

David y Damaris vivían en la calle Céspedes, casi en la esquina con la de Santa Clara, donde estaba la casa de Nora. Aquella zona tenía la apariencia de un discreto distrito residencial, pues casi todas las casas disponían de un jardincito o parterre donde sembraban a veces plantas decorativas aunque la población habitual de las parcelas la constituían los plataneros. La casa de nuestros *caseros* recordaba, como otras que se alzaban en las proximidades, un cierto tipo de chalet funcional, similar a algunos de los que se construyeron en muchos de los lugares que eclosionaron turísticamente en los sesenta al abrigo de las grandes conurbaciones urbanas de la costa catalana. Recordaba los chalets que aún podían verse abandonados al pie de la autovía de Castelldefels, con grandes vitrales y un diseño como de mecano, de efímera modernidad, a duras penas asomada a nuestros días. Al que ocupaban nuestros caseros se accedía después de atravesar un jardincito con pocas plantas, desarbolado, que durante el día invitaba a buscar el inmediato refugio que ofrecía la vivienda. Este jardín se prolongaba alrededor de la casa en dos corredores delimitados por grandes tiestos que finalmente conducían al amplio espacio trasero, en el que había mucha más vegetación, bajo la sombra de un inmenso toldo que permanecía allí durante todo el año. Todos estaban dentro cuando llegué y el cielo empezaba a cubrirse de nuevo, con una promesa de intimidad. Un viento entrecortado agitaba las hojas de los plataneros que salpicaban todo el paisaje de casas bajas.

A quien vi primero fue a Damaris. Estaba sentada en la mecedora con las piernas cruzadas, ausente. La asusté sin querer. Tras el sobresalto me arrastró hacia la cocina, donde David y Caterina preparaban los daiquirís. David metía dentro de un saquito el hielo y después lo amartillaba sobre una madera. *Observen bien cómo lo hago para cuando vayamos a verlos a Barcelona.* Lo decía con el tipo de humor que genera la alusión a algo sumamente improbable. Una vez hecho añicos, introdujo el hielo en una batidora en la que había la proporción adecuada de ron, cítrico y azúcar. *Saben, así me enseñaron a hacerlo en el Floridita. No van ustedes a probar otro daiquirí mejor que el mío.* En efecto, cuando pudimos catarlo, después de llenar con una cómica ceremonia las copas, pensé que habría podido tomar diez más, porque era suave pero sumamente gustoso al mismo tiempo. Fuimos hacia el comedor y nos dejamos caer sobre las mecedoras que allí había.

David había tenido un pequeño sobresalto aquella mañana al salir de casa para ir a trabajar. Una patrulla de la policía había detenido el coche ante su casa y se sintió bastante observado. Damaris sonreía escépticamente. *Pero David, estarían simplemente dejando pasar el rato y a esa hora de la mañana cualquier movimiento es una novedad. Te miraron como hubieran mirado a cualquier otra persona y ya está.* David asintió sin convencimiento. Decía que le resultaba extraño que la policía estuviera tan temprano en una calle como esta. *Saben, hay tanto vecino envidioso que siempre uno termina pensando lo peor. Pero en fin, esperemos que no pase nada.* Como había sucedido en nuestra conversación en casa de Nora, también aquí el hombre era quien más temor mostraba a un eventual problema con la policía. Nora había tenido que alentar a Reynaldo diciendo que no podían acusarlos en realidad de nada y también ahora era Damaris quien trataba de infundir ánimos a su marido destacando la ambigüedad de la legislación. *Pero si ni ellos mismos saben qué es lo que está permitido y lo que no lo está. Tranquilo que nadie va a venir a detenernos porque de vez en cuando vean a otras personas en nuestro apartamento.*

Nuevamente el problema de la inseguridad, del riesgo, había invadido la conversación, oscureciéndonosla. Resultaba paradójico que aquella ingenua actividad de arrendamiento de las viviendas a los extranjeros pudiera suponer un peligro tan grande y un delito tan imprevisiblemente condenable. Eran muchos quienes, especialmente en la Habana y en Santiago de Cuba, acogían a viajeros en sus casas, pero la necesidad que el gobierno tenía de impedir los desvíos del turismo fuera de los hoteles que le pertenecían, había provocado durante los últimos meses una presión mayor contra este tipo de negocio particular. Nadie parecía conocer a ciencia cierta un solo caso de detención, de encarcelamiento o multa en base a la acogida de turistas en los domicilios, pero todos sospechaban que más de uno habría tenido ya problemas con la justicia por esta causa. David nos contó que años atrás era mucho más expuesto dejarse ver acompañado por un extranjero pero que en la actualidad el asedio policial había quedado bastante más neutralizado porque cualquiera podía pasear con una persona foránea y no comprometerse peligrosamente si ésta confirmaba la naturaleza amical de la relación. Pero que había sido esta relajación la que había orientado la mirada hacia los domicilios, al haberse creado el clima de confianza suficiente para que los cubanos se atrevieran a dar el siguiente paso. Comentó que el propio Fidel había mencionado en más de una ocasión el tema en alguno de sus maratonianos discursos. *Pero bueno, hay que arriesgarse porque con lo que aquí ganamos ya ustedes me dirán lo que se puede hacer. Llevamos ya un par de años en esto y hasta ahora no hemos tenido problema ninguno. Si tuvieran que detener a todas las personas que no respetan alguna de las cosas que se suponen que no se deben hacer, les faltarían guaguas para llevarse a todo el mundo preso.* El ron empezaba a hacernos efecto, porque fuimos adoptando una extraña actitud de extrema atención, como si las palabras de David nos magnetizasen, llevándonos a inclinar el cuerpo hacia él en un movimiento de creciente concentración. Pero era aquella bebida blanca y dulce la que iba enfatizando nuestro comportamiento, porque el propio David prosiguió sus comentarios con una renovada vehemencia. *Ya me dirán cómo no vamos a emplear nuestro tiempo en otras faenas.*

Si te das de baja durante más de un año puedes incluso llegar a perder el reconocimiento de tu título profesional y académico. Por eso yo voy tomándome descansos cada cierto tiempo, para poder trabajar por mi propia cuenta. Durante nuestra primera conversación con él habíamos sabido que era ingeniero eléctrico y que se dedicaba a la supervisión y reparación de aparatos de medición, aunque ni entonces ni más adelante acabamos de entender si hablaba de instrumentos de medición en general o de algún tipo de instrumental más específico. Nos había contado en aquella primera conversación un episodio laboral más o menos placentero, que había acaecido en alguna remota provincia de la isla, donde durante las casi tres semanas que duró la habilitación de unos sistemas de medición de la temperatura del agua no contaron con otra compañía que la de un pequeño grupo de pescadores que les proporcionaban todo el pescado que quisieron, a él y a sus compañeros de empresa, así como la posibilidad de familiarizarse con la vida solitaria de ese lugar costero, especialmente inhóspito. Nos había referido la historia. de aquellos días de aislamiento junto al mar con un entusiasmo que ahora volvíamos a percibir en él, al comentarnos cómo un grupo de amigos había conseguido aprovechar antiguas piezas provenientes de aparatos diversísimos para construir otros nuevos. De cómo él mismo había conseguido montar un aparato de aire acondicionado, mientras otros habían fabricado respectivamente un par de ventiladores, unos recambios técnicos imprescindibles para el automóvil y la reparación definitiva de una vieja lavadora jadeante. *Habían botado todos esos aparatos viejos y unos cuantos amigos nos fuimos al almacén de Santa Cruz del Norte con todas esas piezas. Nos las repartimos según las necesidades de cada cual y ya ven, de ese modo es como vamos tirando.* Hablaba de ello como si sus conocimientos de electrónica y mecánica fuesen el vehículo para una transubstanciación más trascendente que la de unos aparatos en otros; como si por encima de todo, el interés por su profesión lo cifrara el amor por la camaradería, por la resolución de las dificultades compartidas; como si aquel saber suyo que nos era presentado con todas sus infinitas imágenes y palabras técnicas y precisas, cuyo significado desconocíamos, no fuera otra cosa que un léxico paralelo al de los términos que describen y hacen posible al mismo tiempo el complejo universo de la amistad.

Damaris lo escuchaba sonriente, sin dejar de mirarnos, como quien oye una historia ya conocida y quiere entrever otra nueva tras los ojos de los recién llegados a su vida. Preguntó finalmente a Caterina por sus estudios y ella le habló de su último curso de filología inglesa, de la compleja hermenéutica desarrollada entorno a Shakespeare, de las dudosas interpretaciones pseudofreudianas, del anacronismo de algunas de las versiones que había tenido que desarrollar en alguno de los exámenes. Del eterno problema del significado de las obras literarias, especialmente de la poesía. *Aunque haya cosas que decididamente no puedan afirmarse a propósito de un poema, tampoco existe una única interpretación posible, a no ser que se trate de un bolero, ¿no es cierto?* preguntó David, repentinamente interesado en el tema. Caterina matizó la cuestión mientras Damaris llenaba nuevamente nuestras copas. Les habló de su idea de la poesía, de cómo a su entender el interés de la poesía lo cifraba la belleza de una ambigüedad profunda y sugestiva que ninguna explicación podía encerrar definitivamente. Que toda auténtica poesía prefigura siempre una filosofía, como decía Valéry. Que lo que puede terminar siendo reducido a una explicación pretendidamente definitiva no puede ser nunca auténtica poesía y que esta profundidad de las distintas cosmovisiones no debíamos interpretarla como el fundamento de una total libertad interpretativa, casi arbitraria. Que de lo que se trataba era de situarse, en cierto sentido, a la altura del poema, lo cual no equivalía a que su significado pudiera ser nunca el que uno quisiera sin más. David, desviándose un poco del sentido de la conversación, mencionó a José Martí. Decía que de tanto como lo había enaltecido el poder, sin potenciar, por otra parte, el conocimiento de su obra literaria y ensayística, había terminado convirtiéndose en un gran desconocido. Que muchos de sus ensayos contradecían abiertamente algunos aspectos esenciales de la orientación política actual, pero que sin embargo no se le censuraba, porque en cierta medida se confiaba en la impermeabilidad del universo literario en relación a la mayor parte de la gente. *Con José Martí está ocurriendo lo que con los libros de Marx, que se usan para hacer candela o para que se estropeen tras algún escaparate en el que nadie se fija. No hay nada que temer en esos libros, pese a que muchas veces contienen reflexiones que podrían abrir los ojos a todo el mundo frente al poder. Como el lenguaje es muy especializado hay poca gente, de entre los pocos que todavía leen algo, que puedan percibir entre líneas un atisbo de crítica a este falso comunismo nuestro. Yo creo que hoy la gente ya siente incluso rechazo por el lenguaje dialéctico, después de tantos años de escuchar a miles de tontos apropiándose de las palabras de Marx sin entender un carajo. Es una pena, pero aquí, como en todas partes, el auténtico marxismo no llegó nunca.*

Damaris asentía en silencio a las afirmaciones de David. También ella debía de haber conservado en su interior alguna pequeña parcela utópica, como su compañero, que persistía en la afirmación de una genuinidad perdida, acuclillada tras sus palabras como un sabor antiguo del que tan solo recordamos el nombre. David nos habló de su padre, que poco antes de morir lo encomendó orgulloso a los nuevos tiempos, con una gravedad que a mí me sugirió una escena casi cinematográfica, en la que una generación homenajeaba y despedía a su vez a la siguiente, tomando al hijo de la mano a sentarse cerca de los cañones del Morro para decirle que todo aquel embrollo que él no podía todavía comprender debido a su edad haría que su vida fuera infinitamente mejor, que podría aprender a hablar como los grandes hombres, que podría incluso estudiar sin tener que avergonzarse de su humilde condición. Que él ya no lo vería, pero que algún día Cuba sería el ejemplo de lo que paulatinamente acaecería en el resto del mundo. *Me acuerdo como si hubiera hablado con él ayer mismo, y de eso hace ya veinticinco años. Lo único que me preocupó entonces era el tono de despedida. Eso era lo único que a mí me costaba entender y me aterrorizaba. No me importaba demasiado lo que le sucediera al mundo si mi padre, como empezaba yo a sospechar, no había de estar en él para vivirlo conmigo.* David trabajó entusiasmado durante más de diez años en algunas de las actividades destinadas a mejorar las infraestructuras materiales del país y durante un par de años más dedicó parte de todas sus tardes a la alfabetización de una pequeña comunidad de campesinos de edad predominantemente muy avanzada, cuando la campaña de alfabetización llevaba ya bastante tiempo en marcha. *Si hubieran visto a todos aquellos viejos... De puro contento no atendían siquiera, porque no podían creerse lo que les estaba sucediendo. No fue nada fácil, porque yo era muy jovencito y me sentía muy extraño enseñando el alfabeto a todos aquellos hombres. Tenía la impresión de estar ofreciéndoles una cultura necesaria pero mucho menos importante que su vieja sabiduría de la tierra. Me encantaba mi trabajo pero a veces me sentí como un usurpador, aunque está claro que la campaña de alfabetización fue una cosa grande de verdad. Fidel nos decía al principio que a un pueblo culto no puede engañársele tan fácilmente, aludiendo a Marx. Y aunque tenía razón, ya ven que luego no ha servido de mucho, porque para ser culto y crítico hace falta mucho más que saber leer y escribir.*

Hablamos de la Revolución un rato más antes de marchar. Nora nos esperaba para ultimar nuestra excursión a Viñales. No sabíamos aún si podríamos hacerla en un solo día o si por el contrario haría falta pernoctar en casa de alguien. Nos despedimos de David y Damaris hasta la noche. Nos prometieron tamales y plátano frito y más daiquirí si nos apetecía de nuevo. *Prenderemos más tabaco*, gritó David, desde el umbral de la casa, mientras empezábamos a enfilar la cuesta que conducía a casa de Nora.

Nora hablaba con un muchacho mulato, alto y corpulento, que la escuchaba con una respetuosa atención. Al vernos llegar el chico retrocedió unos pasos camuflándose entre los objetos menos relevantes de la terraza, mientras Nora se nos acercaba sonrientemente para saludarnos. *Pasen, pasen. Miren, éste es David el amigo que probablemente les llevará el día veinticuatro a Trinidad.* El chico volvió a aproximársenos al sentirse aludido como quien vuelve a comparecer bajo el haz de luz de un escenario. Nos sonrió tímidamente y nos preguntó, casi sin mirarnos, cómo estábamos. Nos sentamos mientras Nora alargaba una hoja al muchacho y éste nos miraba a todos a fin de despedirse. Cuando estaba a punto de irse, Nora miró el suelo con la contenida expresión de quien espera que una tercera persona desaparezca para poder hablar. Cuando el tal David había cerrado ya la cancela exterior, Nora nos dijo que se trataba de una persona muy tímida, pero de mucha confianza. *No se preocupen si tienen que viajar con él porque es muy agradable aunque parezca reservado. Es un primo de Oscarito y ya ha hecho unos cuantos viajes a Trinidad. Tiene un buen carro y si está libre para el veinticuatro será él quien les lleve. Espero que no surja ningún problema porque ya no sé a quién mandar para otro viaje a Trinidad que sale el día siguiente al de ustedes.* La coincidencia con el nombre de nuestro *casero* acentuó más aquel ademán de reserva, ya que el marido de Damaris justamente se caracterizaba por su educada pero notoria extroversión, mientras que este otro David apenas había articulado palabra alguna y Nora acababa de confirmarnos su personalidad levemente hermética. Nos contó que Reynaldo había salido hacia la Habana con uno de los chóferes para visitar una tienda del centro que había sido ampliada con una nueva sección de informática. Quería conocer los precios para un nuevo ordenador. *Él está como loco con los ordenadores, yo todavía me resisto.* Pensé que para aquel ex profesor de física de la Universidad de la Habana el mundo de la informática era el único territorio que le permitía sentirse perteneciente a aquella otra civilización donde suceden cosas que en Cuba sólo llegan como un eco laminado por todas las distancias. Nora, sin embargo, se me antojaba como alguien que se abría a los otros mundos mediante las idas y venidas de los viajeros, a los que acostumbraba a desnudar con sus preguntas, el requerimiento de su parecer y el tránsito de informaciones de prensa y también literarias, creando un espacio que desvanecía la insularidad que presidía la vida y el pensamiento de todo cubano. Nora, concibiendo constantemente estrategias con que poder organizar mejor la cooperativa, parecía un capitán preocupado por el incesante e incierto oleaje. En medio de todas aquellas tribulaciones de carácter práctico, su papel rozaba el hieratismo de quien zarpa durante la tempestad.

Nora nos hizo pasar adentro, porque había empezado a soplar un viento racheado, molesto. Nos invitó nuevamente a su café azucaradísimo y rancio mientras nos aseguraba que el viaje a Viñales nos gustaría muchísimo. Mientras se alejaba hacia la cocina decía que no había podido contactar con el amigo de Viñales que podía proporcionarnos alojamiento, de tal manera que no nos quedaba otro remedio que hacer la excursión en un solo día o bien aplazarla al menos una semana. *Es extraño que no haya llamado Carlos, porque le dije bien claro que ustedes iban para allá mañana.* La oímos desenroscar la tapa del termo y abrir la despensa donde tenía guardadas las tazas. Un instante después apareció con dos tazas humeantes que dejó en medio de la pequeña mesa que rodeaban el sofá y unas viejas sillas. Se sentó en el suelo y nos dijo que Viñales contaba con uno de los paisajes más vírgenes del país, que únicamente Baracoa, al otro extremo de la isla, igualaba. Que podríamos visitar un río subterráneo y conocer de cerca los *mogotes* y, de retorno a la Habana, la cascada de Soroa. *El problema es la distancia, porque Soroa está a ochenta y cinco quilómetros y Viñales y Pinar del Río a algo más de ciento ochenta.* Pensé que el viaje podía convertirse en un peregrinaje inacabable, dada la lentitud del coche de Óscar. Podía resultar agotador recorrer una distancia tan grande a cincuenta quilómetros por hora y al llegar permanecer allí apenas unas pocas horas, dos o tres como máximo. Pero la idea de posponer el viaje alteraba demasiado el programa de salidas de los días siguientes. Dudamos y finalmente decidimos salir a la mañana siguiente.

Al preguntarnos qué habíamos hecho aquella mañana le hablamos de la visita al museo Hemingway. Nos contó que ella, muchos años atrás, había ido a menudo para refugiarse bajo la sombra del jardín. Se llevaba libros y se sentaba cerca de las tumbas de los perros, en la zona más tranquila de la propiedad. Le conté la anécdota de la venta clandestina del folleto informativo, del riesgo al que se exponía cada día aquella chica para poder vender algún ejemplar escurriéndose de la vigilancia de sus compañeras de trabajo. Al oírlo, Nora estalló en una carcajada que parecía robada a un ser ancestral. *Pero cómo, ¿les hicieron lo mismo?* Y continuó riendo un largo rato, de aquella manera salvaje, hasta que nuestro estupor la obligó a recuperar su tranquilidad de siempre. *Miren, los otros huéspedes de Madrid estuvieron anteayer en la casa de Hemingway y vinieron contando lo mismo, solo que ellos descubrieron más tarde que la muchacha estaba conchabada con otras dos,*

incluida la encargada, así que no tenía realmente nada que temer.
Al escucharla no supe qué pensar. Me sentí ridículo y estúpido por
haber asumido aquella tarea nerviosa de la entrega disimulada y
rápida. Debíamos de haber sido muchos los que creímos en las
palabras de la chica, en su aparente vulnerabilidad. La guía a la
que había encontrado al bajar apresuradamente los peldaños de la
escalera estaba sin duda conchabada con ella. Su función consistía
en agilizar la estrategia de venta representando el papel de la temida
legalidad. Pero probablemente eran los últimos encargados del
museo los únicos que ignoraban aquella suerte de confabulación
orientada a la supervivencia. No me molestaba especialmente haber sido objeto de una actividad destinada a paliar la precariedad
económica de aquellas personas, pero me decepcionaba el hecho
de que, horas más tarde, al reencontrarla en el café, no se hubiera
atrevido a revelarme la auténtica naturaleza del acontecimiento.
Era esta circunstancia la que de repente empezó a hacerme temer lo
peor; a imaginar, mientras Nora proseguía sus explicaciones sobre
los parajes de interés de Viñales, que tal vez Teresa no mereciera
confianza alguna. Lo que más me preocupaba era no poder dejar
de contemplar la posibilidad de una doblez inextricable respecto
a todo lo hablado. Quizá ni tan solo era aficionada a la pintura, ni
tan fiel al ideario revolucionario como había intentado poner de
relieve. Pero a pesar de estos pensamientos, Teresa me atraía de una
forma extraña, como si el personaje que ella encarnaba contuviera
la clave para el siguiente, y tan solo hiciera falta esperar un cierto
tiempo para descifrarlo.

Abandoné la casa de Nora envuelto en mis pensamientos en
litigio. Si hacía resbalar los dedos por el bolsillo más pequeño y
estrecho que había bajo mi cinturón podía encontrar el tacto ás-
pero del papel de baja calidad en el que Teresa había escrito cinco
números. Si me había mentido una vez podía volver a hacerlo, pero
posiblemente tras su engaño no subyacía más que el afán de no
correr más riesgos, de garantizar la operación hasta el final. Lo único
que me desasosegaba era que no se hubiera decidido a ser sincera
con el resto de cuestiones o que incluso su celo por la supervivencia la obligase a disponer la mesa de una amistad ficticia, a fin de

procurarse futuros ingresos menores, que yo todavía no acertaba a adivinar. Pero por otra parte su personaje actual me sugería una rara impresión de pureza, porque sus argucias podían tal vez poner de manifiesto la estrategia de un ser sumamente frágil, para el que la vida no constituía un enriquecedor campo de experiencias sino tan solo el territorio peligroso y ambivalente de donde había que ir arrancando una magra oportunidad para los días siguientes. Preferí aplazar el sentido de mi decisión hacia aquella amistad y esperar a que el paisaje de Viñales aclarase mis dudas.

III

A las siete de la mañana entrábamos en la autopista que atravesaba la isla hacia el norte. Parecía la infinita pista de aterrizaje de un aeropuerto abandonado, sin aviones. Tan solo un grupo de personas esperaban en pie, muy lejos del punto por donde nos habíamos incorporado a ella, bajo el primer puente que se divisaba. Debían de estar esperando uno de aquellos camiones de transporte que recordaban el éxodo precipitado de un tiempo de guerra. Mientras el coche avanzaba con una lentitud que fijaba aparentemente el paisaje que se extendía ante nosotros, como si éste permaneciera inmóvil pese al rumor del motor, miré hacia arriba y entre las nubes distinguí, muy arriba, los diminutos círculos que trazaba el vuelo de una pareja de tiñosas. Toda la isla estaba repleta. En los repartos periféricos de la Habana se las veía a menudo, pero incluso el primer día de visita al centro había podido ver algún ejemplar cerca de la cúpula del Capitolio. Las *tiñosas* eran unos buitres de aspecto siniestro, con la cabeza rojiza y unas alas que vistas de cerca tenían siempre el aspecto de una ropa muy vieja. Parecían ingenios primitivos concebidos para el vuelo con unas alas desproporcionadas y maltrechas, como si el diseño perteneciera a un periodo en el que el criterio de economía de la selección natural no hubiera sido aún puesto en marcha. Eran extremadamente silenciosas y su presencia sugería indefectiblemente la idea de la muerte.

El automóvil avanzaba a cincuenta quilómetros por hora y había que observar la vegetación que crecía en el arcén de la autopista que íbamos dejando atrás para tener una cierta impresión de velocidad. Íbamos avanzando con la tranquilidad de saber que en caso de equivocar la salida podíamos detener el automóvil y dar media vuelta. Cuando eran casi las ocho de la mañana encontramos a un muchacho que venía rápidamente hacia nosotros por nuestro propio carril montando una bicicleta. Cuando lo tuvimos muy cerca sacó del cesto que llevaba sobre la rueda delantera una ristra de ajos y nos los ofreció durante el breve tiempo que duró su cercana visión antes de verlo desaparecer por el retrovisor. Óscar no quiso detenerse y nos dijo que más adelante ya intentaría comprar ajos y cebollas, si encontraba. Nos contó que en la autopista había de todo, especialmente ajos, pero que en alguna ocasión era posible coincidir con alguien que te conducía fuera de aquella vía principal para poder vender leche. Cuando esto sucedía había que tomar más precauciones, porque el comercio con leche estaba estrictamente prohibido, como sucedía también con la carne de ganado. Muy pocos vehículos transitaban por la autopista, de manera que el asedio era más o menos constante. No eran demasiados quienes podían recorrer grandes distancias y cuando las condiciones técnicas lo permitían, la imposibilidad de encontrar gasolina obligaba a recortar las salidas. Óscar conseguía su gasolina en el mercado negro, como casi todo. Era temprano pero el bochorno empezaba a resultar insoportable.

Durante las más de tres horas de recorrido hallamos alrededor de una veintena de camiones y unos pocos automóviles que circulaban tan lentamente como el nuestro. Al verlos aparecer como manchas temblorosas que surgían del calinoso oleaje con que la distancia revelaba el cuerpo del calor, la imagen adquiría la entidad de una aparición sobrenatural, como si la tierra se abriera lentamente para que comparecieran secuencias que crecían al ritmo de las visiones que se buscan dificultosamente en la memoria para resucitar los colores del pasado. Dentro del automóvil transcurrieron las dos primeras horas en silencio porque Ana María tenía migraña. Óscar tampoco hablaba y Caterina dormitaba a mi lado, mientras yo escuchaba la regularidad del sonido del motor, como un funámbulo que vigilase la tensión de la cuerda que habrá de llevarlo al otro lado del precipicio.

La cuerda se rompió poco antes de llegar a Viñales. El motor emitió de pronto un sonido ahogado y chirriante, como si una fina hoja de acero hubiese empezado a cortarlo. Óscar detuvo el automóvil en una carretera zigzagueante flanqueada por pequeñas casas campesinas de color blanco y también de color terroso. Junto a una de ellas una vaca se había detenido a observarnos impasiblemente, con la misma indiferencia con que contemplaría a menudo el vuelo de las moscas. Ana María apenas se desveló y Caterina y yo salimos del automóvil por si a Óscar le hacía falta nuestra ayuda. Nos dijo que no nos preocupásemos porque podría arreglarlo enseguida. Óscar tenía conocimientos de mecánica, como muchos cubanos, y una enorme capacidad de invención a la hora de crear piezas nuevas a fin de suplir las ya inencontrables en el mercado. Decía que la avería de ahora era de las más frecuentes en su vehículo y que no tardaría más de un cuarto de hora en solucionarlo. Entretanto, Caterina y yo nos sentamos sobre una piedra privilegiada con la sombra de un árbol inmenso.

Cuando el coche volvió a estar a punto seguimos el camino a mucha menos velocidad. Al encontrar el siguiente tramo recto la lentitud se hizo evidente y un camión nos avanzó mientras hacía sonar el claxon con insistencia, subrayando su triunfo. Cuando lo tuvimos enfrente, una nube negra y densa nos rodeó y tuvimos que cerrar todas las ventanas. Como si nos encontrásemos en el centro de la Habana, de nuevo la maldición de los tubos de escape se convertía en un suplicio para nosotros. *No carburan bien esos carros ¿sabe? En este país todo carbura mal.* Faltaban pocos quilómetros para llegar a Viñales.

Viñales era un pueblo pequeño, atravesado por la carretera que abría en él la calle principal, flanqueada por casas porticadas de madera. Todas las viviendas tenían un tono desvaído, vagamente verdoso y a veces azul. Circulamos poco a poco tratando de no pasarnos el letrero donde tenía que haber la indicación para ir a *La Cueva del Indio.* Aunque nuestro vehículo no era el único que transitaba por aquella calle llena de gente, parecía que llevásemos con nosotros un imán que atrajese poderosamente las miradas. Óscar conducía sin fijarse en el hormigueo de mujeres que barrían el suelo de madera que precedía todos los umbrales, ni en el ágil discurrir de los niños que cruzaban de vez en cuando la calle alocadamente. Cuando ya empezábamos a temer habernos perdido, vimos la indicación con el dibujo del indio, que parecía extraída de un cómic antiguo.

La *Cueva del Indio* poseía el atractivo de un río subterráneo navegable. Sabíamos que únicamente un pequeño tramo del recorrido total era visitable, porque hacía más de quince años que circulaba la promesa de iluminar la parte de galería que permanecía a oscuras. Al entrar creímos que no había nadie, porque tampoco afuera, al pagar nuestras entradas, no tuvimos que hacer cola alguna. Pero mientras avanzábamos por la parte más profunda de la cueva nos llegó un rumor de música de salsa y voces, una sustancia sonora perteneciente a otro mundo. Llegamos a una piedra que limitaba el acceso a una parte más hundida de la galería, desde la que podíamos contemplar el siguiente tramo en el que hallamos a tres músicos pedigüeños y a un grupo de unas doce personas que esperaba la aparición de la barca sobre la amplia línea oscura del río apenas visible. La gravedad del lugar contrastaba con la artificiosa alegría de los músicos, que interpretaban en aquel momento una canción que no encajaba con su expresión más bien pensativa ni con las sombras que nuestros cuerpos proyectaban sobre las paredes de la cueva. Todo lo que percibíamos allí dentro parecía una precaria evocación del mundo exterior, ya que hasta el tenderete de productos comestibles recordaba un pueril ensayo de la vida comercial, porque todo había sido colocado sobre el diminuto mostrador de una forma confusa y los vendedores observaban con atención la masa oscura del agua como si también ellos quisieran desaparecer río abajo. Una vez sobre la lancha, todos nos fijamos en las sombras espectrales que la luz macilenta de las bombillas hacía bailar sobre las paredes con el reflejo del agua. Ante nosotros, pero todavía lejos, una abertura encendida como un sol mostraba la salida. La lancha avanzaba muy despacio para hacer más duradero aquel recorrido tan corto. Nuestros acompañantes lo miraban todo con la fascinación de un niño que inaugurase su curiosidad frente el mundo. Yo, sin embargo, deseaba dejar atrás la cueva porque adentro había experimentado una extraña impresión de inautenticidad, como si todos nosotros, juntamente con los músicos, los vendedores y la guía, contribuyésemos a algo parecido a la superposición de un velo profanador sobre el misterio del lugar. Nuevamente los flashes barrieron el embrujo.

Afuera nos esperaban más tenderetes y turistas, aunque su presencia resultaba ahora menos molesta, como si el límite de la profanación acabara al abandonar la lancha su itinerario subterráneo. Unos chicos mulatos de unos nueve o diez años de edad nos esperaban para vendernos cualquier cosa. Todos rodearon a Caterina mientras yo me quedaba solo a un lado, intentando esquivar otro grupo que se acercaba. Mi compañera les dio finalmente unas monedas y los chicos se alejaron pugnando entre sí para disputarse su minúsculo trofeo. Caterina me miró con aquel ademán suyo de profundo disgusto y entendí que lamentaba tener que volver a sentirse como una burguesita piadosa participando en el oscuro negocio de la indigencia.

Antes de subir al coche para dirigirnos al mural de la prehistoria nos sentamos en un banco en sombra, porque se había levantado un poco de corriente y nos apetecía reposar un rato. Le pregunté a Óscar si se encontraba bien porque desde nuestra salida por la mañana me había parecido desanimado y abstraído. Me dijo que la noche antes había hablado con su madre y que no era demasiado fácil emigrar hacia Miami. *Mi madre, tú sabes, está trabajando de planchadora y también en el servicio doméstico, pero no puede mandarnos dólares porque ya bastante le cuesta pagar el alquiler de la casa en donde está. Pero pa el año que viene yo me voy con Ana María porque aquí ya han visto ustedes como está todo.* Al decir esto miró la pequeña nube de niños pedigüeños que iban rodeando, uno tras otro, a todos los turistas que gravitaban entorno a los puestecillos. *Tengo otro tío en Miami que está bastante bien situado. En Estados Unidos si vales llegas a alguna parte, no como en Cuba.*

Ana María se mantenía callada como si aquel tema fuera competencia exclusiva de su marido. Caterina, que estaría preguntándose como yo qué pensaba ella al respecto, comentó, mirándola, que tal vez no era tan buena la idea de abandonar la isla, que quizá con el paso del tiempo podría llegar a añorarla, que era muy duro abandonar la tierra natal. Ana María respondió que si fuese por ella no se iría nunca definitivamente, que preferiría marchar durante un tiempo e intentar conseguir algo de dinero con el que poder volver a empezar aquí, si las cosas cambiaban más adelante. *¡Pero si aquí nunca vas a poder tener más de diez dólares como no sea debajo de la almohada! ¿No ves que cualquier cosa de valor que traigas se la van a quedar?*, le soltó Óscar. *¡Hay que irse y no volver más nunca!*

Seguimos por la solitaria carretera que conducía al *mural de la prehistoria*. Nora no nos había engañado respecto a la belleza de aquel paraje. Atravesamos el valle que los *mogotes* habían hecho célebre, aquellas montañas casi cónicas pobladas por una extraña vegetación tropical que sugería la naturaleza remota de los tiempos prehistóricos. Era el itinerario inhóspito del inicio del mundo. Sosteniendo una armonía selvática y primitiva, unas vacas ingentes pastaban indiferentemente, como si un peso de milenios de distancia les impidiera levantar la cabeza y considerar nuestra presencia.

Llegamos precedidos por dos enormes autocares que aparecieron ante nosotros cuando ya podíamos ver al fondo del paisaje los vivos colores del mural dibujado sobre la roca descubierta de la montaña. Tuvimos que pagar también para acceder a la explanada que terminaba frente a las figuras. Éstas reproducían animales prehistóricos, pero, a pesar de la admirada atención de Óscar, que de pronto había recobrado su interés por el lugar que visitaba, a mí me cautivó mucho más el paraje selvático que circundaba el lugar. Los *mogotes* que podíamos ver parecían embajadas de un universo distinto al nuestro que los siglos habrían convertido en irreconocibles. La vegetación crecía en ellos exuberante, pero los troncos retorcidos y grises de los árboles que poblaban aquellos últimos vestigios de naturaleza arcana incrementaban la sensación de ámbito derelicto e inexpugnable a un tiempo. El mural, sin embargo, constituía un pueril tributo a la frivolidad turística, al margen de la posible honestidad de su origen. Óscar hablaba de él, sin embargo, como si aquel pedazo inmenso de roca solo pudiera haber sido dibujada por un dios. *Es increíble. Fíjense qué trabajo. Yo no hacía eso ni en cien años. No podía ser una persona normal la que hizo una cosa así.*

Compramos una aguas minerales y fuimos hacia una piedra que había casi bajo el mural, lo bastante grande como para sentarnos en ella. Eran las dos del mediodía y empezábamos a tener hambre. Óscar y Ana María, en cambio, nos sugirieron proseguir nuestro recorrido rehaciendo el camino en dirección a Soroa. Óscar conocía un lugar en el que podríamos comer. Pero Soroa estaba a unas cuatro horas de automóvil. *Ustedes no se preocupen. Ya verán cómo resolvemos de alguna manera.*

Aunque la distancia era muy grande aceptamos la sugerencia de Óscar y volvimos nuevamente hacia el sur. Extrañamente y a pesar de la hora, el calor había ido haciéndose más seco y soportable. El coche había recuperado su aliento regular, pero yo no podía dejar de experimentar una leve tensión, porque temía alguna otra adversidad mecánica. Era, de todos modos, una delicia poder contemplar el paisaje de Viñales, que íbamos dejando definitivamente atrás, sin otro sonido que el pesado rumor del motor y el temblor del viento en las ventanas. Recorrimos parajes en los que solo ocasionalmente una casa comparecía solitaria para recordarnos que el hombre también había llegado a estas tierras. Hasta la entrada en la autopista no coincidimos más que con un par de *guajiros* acompañando a sus bueyes y a un vehículo deforme que debía de haber sido creado como el famoso personaje de Mary Shelley, exhumando cadáveres de su propia especie.

El reloj tonteaba con las cinco cuando encontramos la indicación para el desvío a Soroa. Enfilamos una carretera sinuosa que convirtió a nuestro vehículo en un definitivo anciano jadeante. En algún punto la pendiente era tan pronunciada que el coche pareció tener que ir a ahogarse en un último estremecimiento agónico. Afortunadamente, en un par de minutos conseguimos llegar a una colina desde la que la carretera descendía de nuevo suavemente, sin encontrar ninguna otra cuesta. Dejamos el coche tocando el río, donde un letrero indicaba el camino de la cascada a nuestra derecha. Enfrente, en la otra orilla, la selva tropical respiraba como si un delirio de formas de vida se escondiera en ella y percibiéramos únicamente su aliento acechante y tenso.

También para acceder a la cascada hacía falta pagar una entrada que se despachaba en un bar situado ante el puente que cruzaba el riachuelo. *Lo que sucede en este país no tiene nombre,* masculló Óscar, con contenida indignación, antes de entregar sus billetes en moneda cubana. A Caterina y a mí también se nos hizo extraño tener que satisfacer un importe —aunque no excesivo— para poder contemplar algo que la naturaleza había producido espontáneamente. Pero ya en medio del puente habíamos olvidado el incidente, porque la selva respiraba con intensidad junto a nosotros, ceñida por la arteria mágica del río. Seguimos el camino escalonado por travesaños de madera que descendía entre la exuberante vegetación. Un sonido de cigarras estallaba de tanto en tanto en un crescendo que cesaba de repente para empezar de nuevo al cabo de unos breves instantes de silencio. Resultaba extraño que se extinguiera aquel sonido creciente e intenso tan en seco. Como si formara parte del embrujo del lugar el efecto se reproducía hasta llegar al pequeño desfiladero emboscado donde discurría el lecho del río revuelto por el salto de agua. La cascada no resultaba espectacular por la altura, sino por el hecho de sugerir el precipitado de la esencia de la jungla, como si ésta segregara aquel límpido fluido para enaltecerlo con la belleza de la caída y el vapor de la espuma. La cascada, en el centro de las rocas por donde caía el cauce abundantísimo, mantenía una delicada simetría en aquel punto de la selva que parecía concentrarse para destacar la cinta plateada que descubría su vértice. Un rincón de selva que se abría como un haz triangular de vegetación que iba extendiéndose y cambiando de intensidad a medida que se alejaba hacia el sur.

Permanecimos unas buenas dos horas contemplando aquel rincón primigenio como si estuviéramos dentro del sueño del asceta que se remonta a la emergencia del origen y se extasía con la primera visión de su dios. Ignoro qué debían de estar pensando los otros pero yo experimentaba la emoción de saberme dentro de un ámbito aún extraño a las profanaciones, envuelto por la ficción de imaginar un mundo afín a esta imagen de pureza. El nombre de Soroa resonaba en mi interior como una invocación que apartaba el sacrilegio de la agonía de la tierra y hacía concebible la idea de una existencia más digna. Soroa… Soroa… El nombre teñía de calma nuestros pensamientos, porque Óscar y Ana María y mi compañera permanecían en silencio, cautivados por la rara intensidad del lugar.

Una pareja apareció bajando apresuradamente entre las piedras, riendo como si nuestra presencia no pudiera figurar en su mundo. Se desvistieron casi por completo bajo la cascada y se mantuvieron en pie dentro del lecho poco profundo, allá donde el vapor de agua era más intenso. Se apartaban sin dejar de mirarse fijamente a los ojos y volvían a acercarse para besarse desapasionadamente pero con dulzura. Repitieron aquella especie de ritual iniciático unas cuantas veces, como si fueran adolescentes y ensayasen la representación de una vida amorosa. Quienes contemplábamos la escena llegamos a integrar su imagen dentro del conjunto de la naturaleza que nos rodeaba, porque la de ellos podía antojársenos una emanación más del hábitat originario que ahora también los acogía. Cuando empezaron a arriesgar escenas más íntimas Óscar nos miró como si se sintiera incómodo y rompió el encanto. A mí, sin embargo, me hubiera gustado verles hacer el amor allí mismo como si poblásemos aquel espacio con la sabia invisibilidad de los pájaros selváticos o de los imperceptibles ángeles.

Ana María nos recordó que todavía nos faltaban sesenta quilómetros para llegar a la Habana y que no podíamos arriesgarnos a sufrir una última avería entorno a las siete de la tarde. Habíamos comido tan solo unos sándwiches con queso y sucedáneo de jamón en dulce durante el viaje hacia Soroa y la idea de llegar muy tarde a la capital no nos atraía demasiado. Costaba de todas formas abandonar aquel retazo de paraíso y tardamos todavía media hora en sobreponernos a su hechizo.

Por el mismo camino que nos había conducido a la cascada subimos de nuevo acompañados por el sonido de las cigarras. Había empezado a tronar y aunque acabábamos de emprender nuestro definitivo regreso la idea de una lluvia torrencial en aquel lugar excitó de nuevo mi ánimo. Se nos hacía tarde y la única concesión al placer que me procuraba el espíritu virginal de la selva fue el hallazgo de un *anoli,* la lagartija endémica que rescataba con su aspecto una escena inmediata de la realidad prehistórica. Pudimos observarlo durante un par de minutos, inmóvil, como si sospechase que la nuestra no era una mirada depredadora sino agradecida. Los truenos empezaron a sonar demasiado cerca y Óscar nos pidió que nos diéramos prisa para evitar el aguacero.

Otra hora y media o tal vez algo más de camino nos esperaba, con la incertidumbre adicional de no saber si el último repuesto de gasolina bastaría para llegar a la Habana. El indicador del depósito se había quedado clavado desde hacía muchos meses en el nivel más alto y no garantizaba por tanto absolutamente nada con su averiado optimismo. Estábamos de nuevo en la autopista y el tránsito, por la proximidad con la capital, había aumentado sensiblemente. Aun así no faltaban los campesinos que negociaban el queso y los ajos cruzando tranquilamente la mediana apenas visible de la autopista como si no concibieran ningún riesgo mayor que el de su propia miseria. Óscar se detuvo para comprar una ristra y lo hizo empleando el argot endémico del intercambio cubano. El cielo volvía a cubrirse y recordé casi sin darme cuenta una canción infantil de invocación a la lluvia con la que los niños aprenden a abrazar sus primeras supersticiones.

Nos encontrábamos a unos treinta y cinco quilómetros de la Habana cuando Óscar se dio cuenta de que el motor emitía de nuevo un sonido extraño. Decidió no detener su automóvil porque temía no poder volver a ponerlo en marcha. Disminuyó la velocidad —avanzábamos ya a poco más de treinta quilómetros por hora— mientras se encomendaba en silencio a algún fetiche personal cuya fiabilidad tendría mucho que ver con el tiempo que indicaba el reloj, porque fue mirándolo insistentemente durante el resto del viaje. En esta ocasión no había percibido ningún cambio en el sufrido aliento del automóvil y me sorprendió la preocupación de Óscar, que horas antes, al oír aquel terrible gemido letal, se había mostrado sin embargo perfectamente tranquilo.

Desde que habíamos abandonado Soroa, no había podido dejar de mirarlo todo intentando arrancarle al paisaje monótono de la autopista algún indicio de vida arcana. Poco después de que Óscar nos advirtiera del riesgo de quedarnos clavados en medio de aquel yermo infinito de asfalto, descubrí algo que me impresionó como solo pueden impresionar las imágenes que evidencian, como si la casualidad fuese siempre una apariencia, la parte visible de una doblez simbólica oculta en todas partes. Sobre un letrero político donde podía leerse *Contigo Fidel, juntos por siempre. Patria o muerte*, un grupo de tiñosas mantenía una inmovilidad estatuaria, como si las portavoces de aquella exhortación rivalizasen con el héroe que podía suscribirla y añadieran a la sentencia un barniz macabro, el color de su verdad más honda. Debían de ser unas siete u ocho, pero solo las tres primeras tenían las alas extendidas, aquellas alas que recordaban muchas de las esculturas contemporáneas en las que el óxido del hierro sugiere la caducidad del objeto representado y de la vida misma. Alas siniestras, de un marrón muy oscuro veteado por franjas más claras, como lienzos que alguien hubiese desenterrado para mostrar la denigración que la tierra imprime a la materia.

No volvimos a ver a Nora hasta el cabo de unos días. Supimos por David que el episodio del coche patrulla se había reproducido en el domicilio de ella durante dos mañanas y que seguramente no podía deberse ya a una mera casualidad. David nos contó que Reynaldo estaba dominado por los nervios, aunque procurase disimularlo, ante el temor a que en cualquier momento la policía decidiera intervenir. Habían reducido al máximo el número de encuentros con los visitantes y procuraban solucionarlo todo a distancia, pese a que incluso les había invadido el temor a que les hubieran intervenido el teléfono. Nora, siempre según la versión de nuestro casero, se mostraba confiada y consideraba que su compañero estaba llevando demasiado lejos sus obsesiones. Pero David creía que su temor era fundado y también se había dejado ver poco por casa de los promotores de la cooperativa. Yo empezaba a sentirme verdaderamente preocupado porque me angustiaba el riesgo a que se exponían todos ellos y la posibilidad de ver entre rejas a nuestros nuevos amigos me resultaba insoportable. David nos lo habría explicado tres días después de nuestra excursión a Viñales y nos invitó a comer a su casa al día siguiente. Aunque no deseaba volver a importunarlos con el compromiso de una comida que en la Habana no siempre era fácil de llevar a cabo, aceptamos porque necesitábamos contrastar nuestra inquietud con la suya y decidir el programa para las siguientes semanas.

Cuando abrimos la cancela, comprendimos que algo extraordinario había sucedido. David y Damaris nos esperaban sonrientes junto a las hojas del platanero, bañados por una emoción de emisarios salvíficos y al vernos caminaron apresuradamente hacia nosotros. *Saben, ya se resolvió todo.* Caterina y yo hicimos un gesto de extrañeza. *Sí, lo de la vigilancia del coche patrulla. Detuvieron a unos vecinos de Nora y a otro vecino nuestro. Negociaban con pasaportes robados. Esta mañana, después de la detención, la policía fue a casa de Nora a hacer unas preguntas y les dijeron lo de la detención. Les preguntaron si conocían a esos vecinos, si tenían algún trato con ellos, si habían visto algún movimiento sospechoso, etc.* Estaban exultantes y al entrar al comedor vimos los indefectibles daiquirís sobre la mesa. De pronto el encuentro había adoptado un cariz plenamente festivo y a mí se me aligeró el peso del nerviosismo de las últimas horas tan perceptiblemente que tuve la impresión de que alguien destensaba una cuerda que había estado tirando con fuerza de mi cuerpo entero.

Ni David ni Damaris sentían demasiada pena por los vecinos detenidos, porque ellos unos cuantos años antes habían denunciado a otras personas que simplemente comerciaban con productos comestibles de elaboración casera. *Son de esa clase de gente que denunciaría a sus padres para conseguir cualquier prebenda de las autoridades. Es una verdadera desgracia pero hay muchas personas que tratan de medrar o de obtener alguna ventaja con las denuncias. Pero en realidad, por mucho que el Comandante garantice reconocimientos sin entrar en más detalles, lo cierto es que a uno ni siquiera le dan las gracias cuando delata a un compatriota.* Parecía increíble que aquella política de las delaciones funcionase como un cebo que alimentara el afán de supervivencia de algunos, incluso cuando el delito concernía a actividades tan inocentes como la elaboración de queso o refresco con agua coloreada. *Aquí todavía no nos podemos quejar, porque en la Habana hay demasiada gente y el control es más difícil. El mismo talante de las gentes es un poco distinto, pero ya verán cuando viajen a Santiago. Allí la situación es mucho peor.* Para conjurar todos los riesgos posibles, alzamos las copas y brindamos no recuerdo bien por qué. El daiquirí era un perfecto reactivo contra la química del miedo.

Nora llamó durante la comida y nos invitó a tomar café. Intercambiamos algunas bromas a propósito de las detenciones pero no conseguimos que fuese ella quien viniera a la casa de David. A pesar de que la terraza de Nora empezaba a adquirir para nosotros un sesgo trascendente y esencial, el sabor de su café constituía una pequeña tortura. David y Damaris no quisieron acompañarnos aduciendo un motivo que a Caterina y a mí nos sonó a pretexto. Teníamos la impresión de que Nora representaba para todos los miembros de la cooperativa la figura de la dirección de la empresa y que esta posición generaba un subrepticio trato diferenciador, que los obligaba a mantener una relativa distancia, como si el roce excesivo pudiera dar lugar a una forma de confianza poco apropiada para el negocio.

Comimos con tranquilidad, celebrando, confundida con el sabor de la comida, la nueva situación. Damaris había conseguido carne de cerdo y la había cocinado con aquella extraordinaria simplicidad que distingue ciertos platos de la cocina cubana. *Carne de macho en su jugo,* con un pellizco de aceite en la cazuela para dorarla y al acabar dos dedos de agua para irla cociendo poco a poco. Se obtenía un jugo sabrosísimo, que parecía imposible haber podido conseguir sin otro ingrediente que la propia carne. Caterina y yo, que no estábamos acostumbrados a comer como lo hacen los cubanos, nos servimos primero el arroz con los frijoles y después los tamales y por último la carne. Ellos se llenaron el plato a la vez con las tres cosas mientras nos miraban, divertidos. Al repetir alguno de los ingredientes de aquella comida lo hicimos ya correctamente. Era un sueño saber que después regresarían los daiquirís.

Al llegar a casa de Nora, coincidimos con dos chicos de Barcelona que al día siguiente partían hacia Trinidad. Pareció gustarles encontrar a otros catalanes, pero yo, sin embargo, tuve la sensación de que algo se interponía en mi inconsciente proceso de aclimatación al nuevo país. Explicaban a Nora algunas incidencias del gobierno socialista, que no tardaría mucho en perder el poder. Informaciones de última hora sobre denuncias, dudosas confesiones y tramas de corrupción. No me interesaba lo más mínimo oír hablar de ello en aquel momento pese a que todo aquel montón de noticias perfectamente desconocidas por nosotros reforzaban la idea del aislamiento que se vivía en Cuba. En la isla no importaban demasiado las vicisitudes del gobierno de España, pero otras informaciones de alcance mundial que ahora contaban los nuevos visitantes habíamos podido escucharlas en el Noticiero Universal en versiones fragmentarias e imprecisas. Habían venido a pasar tan solo una semana en la isla y lamentaban no tener tiempo para conocer Santiago. Nora les hizo preguntas sobre la izquierda en España y la conversación derivó hacia la valoración nada positiva de sus líderes.

Al marchar los dos muchachos, Nora nos ofreció el café. Aprovechando que la conversación se había prolongado bastante, le dijimos que no nos apetecía, porque no acostumbrábamos a tomar café tan tarde. Cambiamos el café por el ron y tuve la impresión de que de pronto todo resultaba más agradable a mi alrededor. Apareció Clara con una especie de hámster gigante entre los brazos. Se trataba de un *curiel*, otro animal característico del lugar, al cual ella al sentarse dio una cinta de hierba de la que crecía en la misma calle. El curiel fue royéndola con destreza hasta engullirla del todo. Era blanco y cuando lo dejó en el suelo para que corriera por la terraza, fue deteniéndose de vez en cuando, mirándonos como a través de su hocico. Clara era muy tímida y se mantuvo apartada, como quien observa la vida desde el balcón.

Nora nos explicó el episodio de Santa Cruz del Norte. El lugar distaba unos sesenta quilómetros de la Habana pero merecía la pena ir porque sus playas eran muy bellas. Alguien pescaría langosta para nosotros y nos la cocinaría con leña en la misma playa. Haría falta tomar algunas precauciones porque la pesca de langosta estaba muy restringida y las sanciones incluían a menudo presidio. Explicó con una relativa despreocupación que la persona que había estado proporcionando a la cooperativa este servicio hasta hacía cuatro meses ahora se encontraba en la prisión, porque la policía le había decomisado unas ocho langostas que intentaba llevar hasta La Habana con el propósito de venderlas. Me sorprendió el modo desafecto con que refirió el incidente y pensé que tal vez aquel individuo no se habría ganado nunca las simpatías de Nora. No hice, sin embargo, ninguna pregunta al respecto. Óscar nos conduciría a Santa Cruz del Norte y en el límite con la zona de playas adonde nos dirigiríamos, el pescador nos esperaría bajo un puente determinado, con la moto que habríamos de seguir una vez nuestro vehículo le hubiese lanzado una señal con los faros. Como en una novela de contrabandistas.

Nora propuso a Caterina, que también era maestra, si quería acompañarla a la escuela donde trabajaba para mostrarle el material didáctico que usaba y conocer su parecer. A Caterina pareció gustarle bastante la idea pero yo me mantuve al margen porque prefería poder volver a dar una vuelta por La Habana como había hecho días atrás. Acordamos sin embargo volver a encontrarnos en su casa al cabo de unas tres horas y esperé a que llegase Óscar con el coche mientras oía a Reynaldo desperezarse de un sueño muy pesado. Nora y Caterina marcharon enseguida porque la escuela quedaba un poco lejos si se iba a pie.

Óscar volvió a dejarme ante las escaleras del Capitolio. Me costó mucho encontrar un lugar desde el que poder llamar. En un par de establecimientos los teléfonos estaban averiados y otro no aceptaba el tipo de moneda que yo llevaba, pese a ser cubana. El afán de resolver aquel problema me hizo olvidar lo más importante: si verdaderamente quería o no ver de nuevo a Teresa. Quizá la más sorprendida sería ella al oír de nuevo mi voz. Quién sabe si me había dado su número porque quería ser amable suponiendo que nunca se produciría la llamada. Llegué a sospechar que el número fuera falso o a temer que al hablar con ella reaccionase fríamente y me hallase en la comprometida situación de quién no sabe si seguir avanzando o echarse definitivamente atrás. Pero cuando por fin localicé un teléfono útil la señal de la línea disipó aquella marejada de nervios como si cualquier acontecimiento bastase para disolver mis dudas. Y la voz que habló al otro lado era la voz de Teresa, tan delicada y solícita que me hizo imaginar por unos instantes que la suya era la voz de quien espera con una angustiosa fe la llamada del ser desconocido al que conviene mostrar los mejores aspectos del mobiliario interior de uno mismo. Me preguntó dónde me encontraba y antes de que yo le insinuara mi disponibilidad para las horas siguientes me invitó a visitarla algo más tarde. Me dijo que necesitaba media hora para disponer la sala donde tomaríamos algo porque aquella semana había estado pintando y el suelo y las mesas estaban llenos de pinceles y tubos y vasos con agua sucia.

Al colgar el auricular me invadió una alegría inmensa. Estaba solo en el centro de una urbe cargada de embrujo y pronto conocería uno de aquellos espacios que únicamente había podido imaginar con la fascinación del rondador solitario que sueña en adentrarse en ellos para descubrir la intimidad de las estancias, sus contraluces y sombras, que son como la piel del otro tiempo oculto por el que discurre la verdadera historia de las gentes. La perspectiva de establecer una relación como esta me reportaba una sensación de realidad plenamente conquistada, como si solo así empezara la ciudad a mostrar su presencia de una forma más estable y verosímil. Como si la intensa impresión de extrañamiento de nuestra primera noche hubiera de ir a desvanecerse para hacernos llegar las mismas calles, la vieja ciudad de la Habana, como a alguien que finalmente puede ser reconocido y apreciado sin engaño.

Encontré la portezuela entreabierta, tal como Teresa me había dicho. Adentro el día parecía nublarse repentinamente, porque el patio al que se accedía estaba cubierto por travesaños metálicos por los que discurría una enredadera que se descolgaba poderosamente por uno de los extremos. El espacio quedaba sepultado bajo una sombra lo bastante densa como para que el contraste con la claridad de la calle sugiriese la idea de un oasis, de un auténtico refugio. La casa se dividía en tres plantas, la primera de las cuales tenía el aspecto de hallarse deshabitada, aunque empezaba a aprender a no fiarme de una apariencia tan extendida como esta en la Habana Vieja. En todos los ventanales que se abrían en el segundo piso podían verse macetas y cortinas y algún otro objeto más interior que revelaba la presencia activa de vecinos. Una escalera interior comunicaba las tres plantas y me sorprendió que algunos de los peldaños del primer piso fuesen de mármol. Subí hasta el tercero donde, después de recorrer el tramo de corredor en el que se abrían dos puertas, una voz me llamó desde muy adentro, ahogada por una infinita almohada de distancia.

Teresa me recibió con una actitud más circunspecta y cauta que la que había mostrado el día que entró a saludarme en el café. Casi parecía otra mujer, porque me miró con una delicada cordialidad, como si hubiera ido macerando aquel primer impulso suyo y ahora aflorara una personalidad extremadamente discreta y prudente. Sus ojos, sin embargo, tenían el brillo de quien seduce, no con las palabras, sino con lo se silencia entre ellas. Se apartó para dejarme pasar y me llegó un olor denso y penetrante a pintura que parecía contener, mezclados, todos los aromas de la Tierra.

Después de un ancho pero corto recibidor se accedía a una inmensa sala donde podían distinguirse, por de pronto, tres grandes ambientes. En primer término, un espacioso sofá ante el que se extendía una librería repleta de volúmenes añejos separados por figuras que parecían de mármol. Este primer gran segmento dentro de la propia sala moría ante una chimenea que producía la impresión de haber sido añadida muy posteriormente y que con certeza, dado el clima del país, casi nunca habría sido utilizada. Quedaba en un ángulo de la sala, como si fuera la prueba clave de una distribución absurda. En el segundo ambiente, había una mesa algo barroca, con unas patas adornadas con cabezas de leones y hojas de laurel, que podría haber sido traída un par de siglos atrás desde cualquier país occidental, porque la factura era claramente europea. Al fondo, finalmente, bajo los seis enormes manantiales de luz, un grupo de unas cuatro pequeñas mesas de trabajo sostenían una infinidad de potes y tubos y pinceles de todos los tamaños y colores. Un par de caballetes permanecían en pie, contemplando de soslayo la calle, cerca de los ventanales. Teresa dejó que lo mirara todo como si observara a un muchacho hurgando excitado el agua habitada de un charco selvático.

Nos sentamos en unas sillas que había junto al sofá. Desde ese ángulo, la sala resultaba verdaderamente grande y la altura del techo constituía una especie de frontera elevada contra el calor y la luz de afuera. Me preguntó si quería tomar una cerveza y acepté para que también la bebida contribuyera a hacer más espontáneos mis gestos y mis pensamientos. Me sentía tranquilo, pero aquel sosiego casi me aturdía, como si me hubiera inmerso en una atmósfera vagamente narcótica, extraña. Ella parecía ir recuperando poco a poco la agilidad del último día y abandonó rápidamente la sala para volver a comparecer al cabo de unos segundos con las botellas marrones prometedoramente empañadas. Eran las seis y veinte de la tarde y la vida que respiraba afuera resbalaba hacia nosotros con la placentera ingravidez de los sueños.

Teresa insistió en enseñarme sus cuadros. Me llamó la atención que se refiriera a ellos como a *mi obra* porque la expresión parecía contener una sobreestimación excesiva que no se ajustaba a las manera tímidas que empleaba para hablar de cualquier asunto. Me dejó de nuevo solo por unos momentos mientras iba a buscar las telas que había pintado últimamente. Una vez fuera, quise acercarme a los enormes ventanales para ver el cuadro que había sobre uno de los caballetes. Lo que descubrí era el esbozo de un paisaje en el que se insinuaba una sierra con un valle sembrado por algún indefinible cultivo y un sol que debía de haber sido repintado diversas veces porque en él el pigmento formaba una considerable costra. En conjunto resultaba espantoso y recordaba más bien los cuadros que yo mismo había hecho durante las clases de pintura de mi infancia. No se trataba, por descontado, de ninguna de esas obras de aspecto infantil que esconden, sin embargo, una inspiración genial. Más bien era un intento torpe de pintura figurativa perfectamente convencional, con una simetría casi de juzgado de guardia, en la que el sol flotaba suspendido sobre dos de sus largos rayos, clavados en las cumbres de las dos montañas más pronunciadas, encendido en el espacio que se abría entre ellas, justo en el centro del lienzo.

Cuando Teresa volvió a aparecer en el comedor, me sorprendió contemplando aquel pastiche que la claridad del exterior contribuía a empeorar, evidenciando sus desaciertos. Por la manera en que se me acercó, con el sigilo de quien no desea interrumpir una atención que considera importante, temí que esperase un juicio muy favorable a propósito de su cuadro. Al mirarla, la encendida expectativa de sus ojos interrogadores confirmó mi temor. *Y bien, ¿qué le pareció?* No me atreví a decir lo que pensaba, pero tampoco supe evitar el compromiso, sorprendiéndome a mí mismo con un *está muy bien*. Proseguí con una pregunta estúpida, si todavía no lo había terminado, y ella me respondió que no, pero que no le faltaba mucho. Entonces levantó los brazos para sostener dos telas de menor tamaño, acabadas por desgracia, en las que el tema del valle y las montañas se reproducía de nuevo con el añadido de unas manchas a modo de toros que hubieran podido confundirse perfectamente con cualquier otra especie animal. Volvía a mirarme con aquellos ojos felizmente ansiosos, pero en esta ocasión conseguí callar y salvarme por medio de una ambigua sonrisa.

Fue mostrándome unas siete u ocho telas más, todas ellas basadas en el mismo modelo paisajístico. Tal vez porque percibió mi desconcierto me dijo que estaba "experimentando" con el paisaje y de inmediato me empezó a hablar de algunos pintores cubanos contemporáneos que habrían exprimido al máximo un determinado tipo de temática. Lo que yo empezaba a poder entender como pérdida del sentido de la propia realidad iba engrandeciéndose según se extendía su relato, porque afirmó que quería preparar una exposición fuera de Cuba, quién sabe si en los EE.UU. *En Estados Unidos valoran mucho la pinta figurativa porque allí se trabaja de un modo muy distinto, con otros materiales que no son los de pintor clásico.* Me preguntó que hasta cuándo permanecería en la Habana y le respondí que no lo sabía aún. Entonces me ofreció su obra. *Le puedo regalar cualquiera de estos cuadros. Lo único que le pediría es algún dólar para poder comprar pintura. Sabe, aquí no es fácil conseguirla.* Con el pretexto de la bebida, fui desplazándome hacia la entrada del comedor, en donde estaba el sofá. Resultaba muy caluroso pero prefería alejarme de las pinturas para tentar alguna otra conversación que me permitiese recuperar una dimensión menos distorsionada de mi nueva amiga. Quería saber si solo se engañaba respecto a sus capacidades en el mundo de las artes plásticas o si también concebía la vida de la isla desde una perspectiva que no se correspondía con la realidad. Si todos los caminos por los que transitaba su ambición estaban suspendidos sobre la nada o alguno de ellos tocaba tierra firme.

Nos encontramos de nuevo sentados en el viejo sofá. La cerveza estaba bien fría y empezaba a proporcionarme aquella leve embriaguez que desata la voluntad. Sin esperar a que el tema recurrente de todas las conversaciones cubanas apareciera espontáneamente, le pregunté de forma directa qué pensaba de Fidel. En lugar de responderme con claridad empezó a hablarme de la Revolución, con la exaltada convicción de quien se pone a la defensiva. *La revolución ha sido una gran cosa, usted sabe, porque antes eran unos pocos privilegiados los que podían estudiar y los que tenían de todo para comer, mientras que ahora ya casi nadie es analfabeto y si las cosas no van mejor eso es debido al bloqueo.* No sabía si seguir haciéndole alguna pregunta, porque tuve la impresión de que la suya era una visión irreflexiva o tal vez tutelada por la desconfianza. Le hice ver que yo también compartía el ideario de la Revolución, pero que creía que Fidel había permitido que la situación degenerase dentro del terreno de sus propias competencias y que en estos momentos la situación en Cuba había adquirido un cariz similar al de más puro estado totalitario. Ella respondió que esto no era para nada así, que Fidel había tenido que endurecerse por culpa de la presión extranjera, sobre todo norteamericana y que por ello a menudo sus decisiones adoptaban una forma aparentemente rígida, que algunos podían tomar por despótica. Que si no hubiera sido así la Revolución hubiera sucumbido inmediatamente al asedio anticastrista y que el neoliberalismo habría venido a reemplazarla. *Pese a todo hemos tenido suerte, porque por lo menos Fidel no es un vendepatrias como todos los gobernantes que hubo en el pasado.* No quise preguntarle qué pensaba acerca de la manera en que eran tratados todos los cubanos en relación al turismo, de las contradictorias disposiciones en materia legal que tan pronto condenaban un determinado tipo de conducta como pasaban a aprobarla tácitamente más adelante, burlando la evidencia del discurso previo y de su memoria entre la gente. A diferencia de Nora y Reynaldo, o de David y Damaris, Teresa hablaba con ideas prestadas por la radio y la televisión y me resultaba incómodo darme cuenta de que al hablar conmigo lo hacía con una relativa artificiosidad, como quien habla no tanto para comunicarse con quien tiene ante sí, como para engañar al espía que tiende una embocada de micrófonos.

Teresa me preguntó por mis primos. Había bajado la guardia por el sueño que empezaba a vencerme y me traicioné frunciendo las cejas en un gesto de extrañeza. Ella me repitió la pregunta, *los primos con quienes usted está pasando estos días* y entonces me delaté una vez más al intentar afectar una naturalidad que acentuó, en lugar de hacerlo disminuir, el enredo que trataba de ocultar bajo mi precipitada disimulación. *Bien, en realidad no son mis primos, son unos amigos a los que ya conocí hace algunos años,* improvisé, sin calcular las consecuencias. ¿Ah sí? Cuénteme cómo fue. No sabía qué inventar y le dije que con ocasión de un congreso entre profesores en la Habana había conocido a esta gente. *Me parecía que ésta era la primera vez que estaba usted en Cuba.* No recordaba haber hablado de ninguna otra estancia mía en la isla, pero eludí un compromiso mayor preguntándole a ella si no había estado nunca en el extranjero. Me dijo que nunca y que en parte su gran ilusión era poder conocer Europa, aunque ya le parecería mucho poder llegar a las costas de Florida y poder exponer allí su obra. Que en Cuba resultaba difícil porque la gente no tenía dinero para comprar cuadros y muchos, por desgracia, tampoco disponían de sensibilidad artística. Volvió a sorprenderme todo lo que aquellas afirmaciones presuponían respecto a su aportación al "mundo del arte", pero no pude dejar de percibir un brillo especial, como más vivo, en sus ojos, cuando mencionó Europa y Florida. En cierta manera sus palabras me recordaron las de Óscar y Ana María, aunque nuestros amigos no albergaban sentimientos tan positivos hacia la política que regía la vida de los cubanos. Pero la impresión de que para todos ellos había algo encendido en el horizonte que se recortaba sobre la enarcadura del mar y que este algo les proporcionaba el empuje suficiente para volver la mirada hacia su tierra, se me hizo más evidente al escuchar a Teresa. También el sueño de Óscar y Ana María lo medía el inalcanzable hito de una huida cuyas condiciones resultaban muy difíciles de reunir en una única estrategia ágil y coherente, y los cuadros de Teresa no parecían haber de poder garantizar tampoco el pasaporte de la fama y del reconocimiento dentro o fuera de la isla. Pero incluso Óscar, que en algunas ocasiones había llegado a mostrarse muy beligerante con todos los aspectos que concernían a la vida en Cuba, no escondía un difícil sentimiento de adhesión a esta tierra que hasta el momento solo le había procurado sufrimientos de todo tipo. En aquel momento recordé que hacía poco más de una hora, cuando pasábamos con el coche por el Paseo del Prado, me había hablado de la demolición de una casa de estilo colonial que él quería especialmente, una casa que había sido el telón de fondo de muchos de sus juegos infantiles y en la cual, siendo aún adolescente, siguió soñando, al sentarse con Ana María en un banco del jardín doméstico, desde el que de vez en cuando se volvían para contemplar el orden iluminado y silencioso que los observaba desde aquellas paredes. Un día, sin embargo, dejaron de encenderse sus luces y poco a poco aquel abandono fue cuarteando los balcones y los esgrafiados de la fachada, como si fuera una materia humana la que allí estuviera descomponiéndose. En un par o tres de años la casa quedó ruinosa y un buen día la echaron abajo para levantar una réplica de cemento que conservaba sus proporciones pero con una nueva apariencia de fortificación militar. *A mí me hubiera encantado vivir ahí*, me había dicho indicándome con una leva sacudida de la cabeza el lugar, *este es el lugar de la Habana que más me gusta, antes era mucho mejor*. La construcción no se terminó nunca, de manera que el aspecto de abandono había quedado fijado para siempre pero sin el velo de belleza de cualquiera de las otras antiguas casas desoladas. *Con lo bien que se podría vivir aquí…* me dijo con un deje de resentimiento y añoranza. Después, hasta el momento de llegar al Capitolio, permanecimos en silencio mientras yo pensaba en la descomposición del lugar que había alentado los sueños de mi chófer, unos sueños que nunca hubiera podido alcanzar pero que habían inspirado durante algún tiempo la vida de mi nuevo amigo.

Me había quedado abstraído pensando en todas estas cosas pero Teresa me dejó hacer, como si conociera el itinerario de mis pensamientos, sus estaciones y sus apeaderos. Volvía a sonreír con la dulzura que desvanece cualquier sospecha y le dije que tenía que irme, que mi compañera me esperaba en casa de Nora. Me preguntó dónde vivían y le comenté que en Víbora Park, pero que siempre me habían llevado en coche y que no recordaba el nombre de la calle. Me dolía perseverar en la cautela pero temía poder comprometer a mis amigos. Ella me pidió que volviera a visitarla porque no habíamos hablado demasiado y quería saber cosas sobre Barcelona. Le prometí otro encuentro mientras me acompañaba hasta la puerta.

Cuando con Óscar llegué a la calle donde vivía Nora, oímos a alguien lamentarse por la falta de corriente eléctrica. Aún era de día y supuse que afuera el aire era más fresco porque dentro del automóvil no reinaba el bochorno de unas horas antes. Pero al salir de él volví a notarlo y me pasó por la cabeza una sombra de mal humor.

Dentro de la casa Nora y Clara trataban de secar el suelo de la cocina, que estaba lleno de agua, mientras Caterina les escurría los trapos y volvía a dárselos. Reynaldo había ido a pedir unos cuantos a casa de sus suegros, que eran muy mayores y vivían en la planta de abajo. La corriente se había ido justo cuando marchamos unas horas antes, cada úno por su cuenta, y la nevera había empezado a echar agua porque tampoco funcionaba muy bien. Ayudé a Caterina a secar los trapos bajo la vigilancia del blanco curiel que se lamía las patas sin dejar de mirarnos.

Tardamos una larga media hora en reparar la pequeña inundación. La nevera que había en un rincón del comedor continuó sacando un dedo de agua, que descubrimos desplazando el pesado electrodoméstico. Vimos salir el chorro por la otra parte, justo en medio de la terraza, como si un pequeño manantial hubiera brotado de repente bajo la cal de la pared. El curiel fue a mojarse en él el hocico, pero huyó rápidamente hacia su refugio de cartón.

Iba oscureciendo y todo el reparto continuaba sin luz. El apagón, al haberse producido temprano, resultaba menos aparatoso, como si el final del día fuera adormeciendo todas las casas, confundiéndolas con la infinita techumbre del cielo. Así debieron de ser todos los remotos anocheceres de los siglos pasados. Pero a nosotros no nos apetecía recogernos con la llegada de la noche y obedecer a aquel circunstancial retorno a la vida primitiva.

Nora nos invitó a tomar algo de ron en la terraza. *Veremos anochecer.* Nos sentamos y llenó nuestros vasos con la misma cómica ceremoniosidad de la última vez. Arriba empezaban a encenderse las primeras estrellas, algunas tan brillantes que parecían satélites. *Bueno, ya pasó el susto.* Se refería al incidente con la policía, a la detención de los vecinos. Caterina y yo habíamos coincidido espontáneamente durante la tarde respecto a la decisión de no mencionar el tema si ellos no lo hacían. Sabíamos que lo habían pasado mal y no habíamos querido estropear la atmósfera distendida y alegre que encontramos a la hora del café. Caterina les dijo que no se preocupasen, que seguro que no les sucedería nunca nada. Nora, sin embargo, nos contó que esta vez había llegado a temer que sucediera algo gordo, porque el coche patrulla había estado durante casi dos días ante su casa. La estrategia de vigilancia de la policía era aparentemente ineficaz al exponer tan ostentosamente el asedio, porque la casa de los detenidos distaba doscientos metros de la suya, pero la no menos rudimentaria infraestructura delictiva de los vecinos en cuestión compensaba la precaria organización policial. *Saben, en el fondo me apenan aunque es verdad que denunciaron a algunas personas yo los veo más bien como víctimas de su propia situación. Ya ven qué delincuentes más peligrosos: teniendo la policía enfrente siguen en sus casas. A lo mejor se lo tenían merecido, por delatores, pero aquí todos estamos en el mismo juego con tal de sobrevivir...* Reynaldo la escuchaba sin mirarla, dirigiendo los ojos hacia su hija Clara y hacia el Curiel, pero casi podía verse el perfil de sus pensamientos moldeando la escena como si colgara en ella sus pensamientos. *Miren, yo ese tema prefiero ni mentarlo porque todavía tiemblo del susto. Además no sé por qué defiendes a esa gente. Ya tú sabes lo que hicieron.* Nora respondió que no los defendía por lo que habían hecho anteriormente, sino más bien porque representaban la lucha de cualquier cubano contra la adversidad del sistema. *Aquí estamos en la lucha o nos morimos,* añadió, como una llamada a la resistencia.

Al cabo de unos minutos de conversación quedamos completamente a oscuras. Solo el trasluz de aquel azul teñido de negro nos permitía distinguirnos el rostro, espesado de repente por la sustancia cósmica que nos manchaba la cara respetando únicamente los ojos y unas pocas líneas que enmarcaban la silueta. Volvieron a surcar el aire los cocuyos, como diminutos cometas que nacían y morían para subrayar la infinitud del espacio. Clara estaba junto a nosotros, también en silencio, meciendo a su animalito mientras nosotros escrutábamos la oscuridad como si tratásemos de descubrir en ella alguna lejana luz cautiva. Nora callaba pegada a mí, con los ojos bien abiertos y una sonrisa que el sosiego parecía sostener desde muy adentro.

IV

Cuatro días más tarde fuimos a Santa Cruz del Norte. El día anterior lo habíamos pasado paseando por nuestro reparto y visitando a algunas personas. Conocimos a los abuelos de Óscar, una parejita octogenaria que se deshizo en atenciones y que alabó con entusiasmo todo cuanto tuviera que ver con España. Vivían en una casa cuya sala principal estaba presida por una santa colocada dentro de una capillita practicada en la misma pared, protegida por un cristal adornado con cenefas rojas. Sobre la imagen, había una luz fluorescente de color violeta que otorgaba a aquel rincón en particular y a la estancia en general un aire de hamburguesería o de *night club* heterodoxo, concebido también para el culto. Como la sala estaba recortada sobre el ángulo más exterior del extraño chalet, nos rodeaban unos enormes vitrales que contribuían a acentuar la impresión de mezcolanza estética y la ambivalencia de aquel espacio. Habíamos ido hacia la noche, al término de una larga tarde destinada a la lectura. Por la mañana habíamos conocido al hermano de Óscar y algo más tarde, en casa de Nora, a David, nuestro chófer para Trinidad.

Santa Cruz del Norte se hallaba a algo más de cincuenta quilómetros de la Habana. Óscar había estado reparando el automóvil, resentido tras el viaje a Viñales. Corría más y el sonido del motor parecía ahora más grave, como si fuera otro. Dejamos pronto atrás la zona de las Playas del Este, a las que algunos atrevidos llegaban con su bicicleta, pese a los quince quilómetros de distancia de la capital. La circulación en este punto era todavía intensa, pero a medida que nos alejábamos iba siendo cada vez menor, hasta que nos encontramos casi solos en medio de un paisaje de matorrales que llegaban al mar, convertido en un grueso trazo de pintura gris desde la carretera.

Llegamos a un paraje que parecía extraído de una novela de Onetti. En una zona en la que la carretera se acercaba mucho al mar, la playa se transformaba en un suelo duro y negro perforado por las solitarias máquinas destinadas a la extracción de petróleo. Recorrimos al menos cinco o seis kilómetros de playa alquitranada y petrificada, observando las siluetas de los artefactos que se movían como bielas de locomotora adentrándose en la tierra. El cielo plomizo incrementaba aquella impresión de fin de mundo, de itinerario metafísico. A lo largo del recorrido onettiano, no distinguimos ni una sola figura humana. El gobierno de aquellos pesados ingenios parecía obedecer a una dinámica sobrenatural, autónoma. Del lado de la montaña una enorme chimenea exhalaba un humo blanco, denso como un pañuelo gigante que el aire apenas agitaba.

Nos encontrábamos ya cerca de Santa Cruz cuando vimos algunos coches patrulla apostados en los márgenes de la carretera, casi siempre atenuando su presencia bajo la masa de un árbol. Óscar los observó con desconfianza, pero no hizo ningún comentario. Al llegar al punto acordado, inició las señales con el faro y una moto azul con sidecar apareció por detrás de un letrero por el que nos debía de haber visto acercarnos. Unos pocos metros más abajo, sin embargo, al abrigo de una curva bastante cerrada, el motorista hizo una indicación a Óscar para que se detuviera. Se encontraron un instante e intercambiaron un sobre con dinero e instrucciones de Nora, junto a la información del contenido de nuestra estancia en la playa. Aquel fugaz comercio de dinero y explicaciones me intranquilizó un tanto, porque la escena rezumaba todos los vapores de la clandestinidad.

El muchacho que conducía la motocicleta era un joven profesor de gimnasia que a menudo se dedicaba a la pesca de langosta. Había conocido a Nora unos cuantos meses atrás y se ofreció para completar los servicios de la cooperativa con esta actividad. Mientras lo seguíamos por la carretera que descendía zigzagueante hasta la playa tenía la impresión de que pertenecíamos a un extraño comando ilegal. La pesca de langosta no parecía una práctica demasiado subversiva, pero el secretismo con el que los habíamos visto dirigirse el uno al otro, minutos antes y la manera en que ahora íbamos siguiéndolo como si no viajáramos juntos hacia el mismo lugar, sugería inevitablemente la estética del contrabando peligroso.

El motorista se detuvo antes de llegar a la playa para comprar mayonesa con el dinero que Óscar le había entregado de parte de Nora. Volvió rápidamente a la moto y seguimos recorriendo el breve tramo que nos separaba del mar.

La arena de la playa era completamente blanca y un bosquecito de arbustos permitía disponer de sombra a pocos metros del agua. Habíamos llegado a una playa ceñida por el bosque, en la que había muy pocos bañistas. Se llamaba Raúl y muy profesionalmente nos explicó el relato de su programa de actividades; en un momento se adentraría en el mar, pescaría unas dos o tres langostas y después las cocinaríamos en la misma playa. Nos pidió que mientras él estuviera en el agua recogiéramos el máximo de leña para encender el fuego. Se despidió como lo habría hecho un disciplinado combatiente y se zambulló con su escopeta de pesca y una caja blanca hecha de un material sintético que flotaba.

Los cuatro empezamos a buscar leña por las inmediaciones de la playa. Encontramos bastante pero necesitábamos algunos troncos más gruesos que los que nos proporcionaba aquella especie de brezo que crecía por todas partes. Fui con Caterina al otro extremo de la cala, donde la vegetación era de pinaza, porque en el suelo parecía haber madera más adecuada. Fuimos bordeando la arena, bajo la vigilancia de algunos de los bañistas, especialmente del que escondía su mirada tras unas enormes gafas de sol, observándonos con cierto descaro, sin apartar los ojos de nosotros. Cuando volvimos cargados con la leña hacia el lugar en el que había aparcada la moto y el automóvil, el individuo seguía mirándonos, como si no le importase evidenciar su indiscreción.

Dejamos la estiba de madera tocando el automóvil. Queríamos bañarnos y nos dirigimos hacia el rompiente de espuma. Las piedras que había bajo el agua eran cortantes y prácticamente ocupaban todo el espacio que hacía falta cruzar para poder nadar sin hacer pie. Óscar adivinó nuestro problema y nos acercó las zapatillas. Nos resultó algo incómodo pero tuvimos que adentrarnos en el mar y nadar con ellas. Nuestros amigos tardaron mucho en acompañarnos. Encontraban el agua fría, pese a que para nosotros estaba demasiado caliente. Mar adentro no se veía ni rastro de Raúl.

Estábamos jugando los cuatro dentro del agua cuando vimos aparecer un coche patrulla. Se detuvo muy cerca de donde estaba el nuestro y de él descendieron tres policías que caminaron hacia un grupito de cubanos y cubanas que estaban sentados en círculo en compañía de unos turistas italianos. Les pidieron la documentación a todos, excepto a los turistas, y se llevaron a dos de las chicas hacia su automóvil. Apareció otra y uno de los policías hizo una señal a un cubano del grupo para que se acercase a él. Los hicieron subir a los tres y marcharon sin prisa, como si quisieran eternizar la atmósfera de captura.

Estarían jineteando. Eso lo vigilan mucho por aquí. Óscar lo dijo con una enorme confianza, como si el problema no fuera con él. Caterina y yo nos miramos aunque inmediatamente mi compañera hizo notar sus ganas de juego para distraerme de mis previsibles obsesiones. No podía dejar de sentir una enorme inquietud por nuestros amigos y sobre todo por el pescador que de un momento a otro podía reaparecer y encontrarse con los policías si estos decidían volver. Salí del mar para secarme sobre la toalla. Ellos se quedaron en el agua y pasé más de diez minutos observándolos, con la extraña impresión de que era un recuerdo revenido en imagen lo que contemplaba.

Cuando nos reunimos de nuevo apareció otro coche patrulla. Esta vez se dirigían al otro extremo de la cala, donde un individuo de aspecto nórdico, posiblemente ruso, salía del agua trayendo una caja cargada de langostas, como la que le habíamos visto a Raúl. Los policías hablaron con él pero sin la afectada superioridad con que lo habían hecho minutos antes con sus compatriotas. En lugar de la disimulada desatención, el tradicional desvío de los ojos que no miran al interlocutor a fin de intimidarlo, los tres policías hablaban ahora rodeando al sujeto como si se tratase casi de una personalidad. Uno de ellos llegó a tocarle el antebrazo en un gesto que recordaba más bien la disciplina espontánea que rige las charlas amicales. Finalmente se despidieron y el extranjero cargó su caja en el automóvil negro resguardado entre los pinos.

Mientras lo veíamos volver al agua, la voz de un policía me sorprendió casi junto a mi oído. Pidió a Óscar y Ana María su documentación, mientras nos observaba a Caterina y a mí de soslayo. Les preguntó qué hacían con nosotros y Óscar les dijo que éramos amigos. El policía consideró en silencio la respuesta leyendo meticulosamente los papeles. Se los devolvió diciéndonos a todos *buenos días*.

Al verlo alejarse, creo que todos experimentamos una sensación casi levítica. Empezábamos a sentirnos verdaderamente incómodos y nerviosos con aquel asedio ininterrumpido. Dos de los policías se habían encaramado a una pequeña roca que había entre los pinos para observar el mar. Temíamos lo peor porque de un momento a otro podía reaparecer Raúl y no resultaría fácil convencer a aquellos individuos uniformados con el mismo color del espíritu que difundía su amenazante presencia.

Pasaron unos veinte minutos más antes de que apareciera Raúl. Los policías estaban afuera y creímos que tal vez el pescador se hubiera escondido en alguna cala cercana al verlos desde el agua. Al llegar a nuestro lado, nos dijo que no sabía nada de los policías y que había tardado mucho porque la mar estaba algo movida y costaba distinguir las langostas. Le dijimos que preferíamos dejarlo pero él insistió en cocinarlas. Solo las palabras de Óscar, que estaba verdaderamente nervioso, lo convencieron.

Raúl quedó algo decepcionado con la anulación de aquella comida en la playa, pero nosotros tratamos de hacerle ver el riesgo que sobre todo él corría exponiéndose a una detención. Como no aceptamos que nos devolviera el dinero nos ofreció un inmenso caracol de mar, pero lo rechazamos amablemente porque nos pareció, por la mirada de Óscar, que aquel objeto podía comprometernos también si al salir de la zona de playas la policía nos sometía a algún registro. Raúl nos entregó un sobre para Nora y Óscar le dio una carta muy larga que él leyó con calma, mientras la impaciencia empezaba a traicionarme con algún disimulado gesto nervioso.

Subimos al automóvil con los pies aún mojados y llenos de arena. En el primer recodo nos cruzamos con uno de los coches patrulla que se dirigía de nuevo hacia la playa. Parecía que hubieran iniciado un circuito obsesivo y nos alegramos de haber marchado apresuradamente aunque imagino que por la cabeza de todos pasó la imagen de Raúl recogiendo tranquilamente su utillaje de pesca, indiferente a aquella presencia policial que empezaba a emular la regularidad de los astros en sus eternas circunvalaciones. El calor era muy fuerte y decidimos que antes de llegar a la Habana compraríamos algunos bocadillos en la estación de servicio que habíamos visto a la ida.

Veinte minutos después pasamos de nuevo por el lugar fantasmal. La primera vez no me había dado cuenta de que por el lado de la montaña y a bastante distancia de la chimenea gigante, una multitud de chimeneas pequeñas emergían del suelo emitiendo el mismo humo blanquecino. Uno imaginaba la tierra subterránea encendida o un submundo oculto por donde discurrían todas las criaturas que inútilmente intentaba hallar poblando la superficie. El cielo, sin embargo, se había aclarado y el lugar había perdido parte de su aspecto siniestro.

Me entristeció volver a la Habana para decirle a Nora que la experiencia de la playa había sido un fracaso. Nos había hablado de ello con bastante ilusión, porque durante algunos meses pareció difícil poder reorganizar la salida. Éramos los primeros visitantes de la temporada que inauguraban aquella modalidad de ocio y sabíamos que nuestra anfitriona esperaba un buen resultado. Hasta el último momento había mantenido la promesa de acompañarnos, pero finalmente la llegada imprevista de un nuevo visitante se lo había impedido. En su lugar, Ana María ocupaba el asiento delantero, Ana María que como todos nosotros digería en silencio el plato insípido en el que había acabado convirtiéndose la jornada.

Al llegar a la Habana, la lluvia torrencial que ya nos habíamos acostumbrado a esperar cada tarde entre las cuatro y las cinco había convertido en auténticos ríos algunas de las calles de la zona de

Arroyo Naranjo. El cielo seguía aún muy encapotado y a diferencia de las últimas lluvias la tempestad no había dejado paso a un cielo nuevamente límpido, manchado por nubes blancas. Una opaca cinta negra cruzaba el horizonte y nos apresuramos a encontrar el camino de regreso a casa.

Al llegar a nuestro domicilio, encontramos una nota de Nora dirigida a mí en la que me decía que una tal Teresa había ido a verlos. Había dejado el encargo de que la llamase a la mañana siguiente, lo más pronto posible. Tuve que explicar a Caterina el episodio del bar pero sin saber exactamente por qué, le oculté mi visita a la casa de la chica. En realidad me comporté como si tuviera algo que esconder, pese a que Teresa me inspiraba una enorme desconfianza y no poseía, por lo menos hasta donde había podido llegar a conocerla, ninguna clase de atractivo que pudiera confundir mis sentimientos. En cualquier caso, me resultaba enormemente molesto que hubiera contactado con Nora y Reynaldo, los cuales podían estarme ya considerando un perfecto bocazas, o, en el mejor de los casos, un cliente bastante incauto. Yo no le había proporcionado a Teresa la dirección de nuestros anfitriones, pero el resto de referencias, especialmente la concerniente a sus respectivas profesiones, debía de haberle facilitado bastante las cosas en un reparto como el de Víbora Park. Todos conocían a Reynaldo de sus tiempos como profesor de física en la Universidad de la Habana, y muy posiblemente Teresa, pese a haber cursado la carrera de medicina, habría oído hablar de él cuando lo defenestraron a raíz de sus críticas a la precariedad de los medios con que contaba la facultad. Ciertos profesores habían adquirido el hábito de convertir sus domicilios en lugar de reuniones de carácter intelectual, mayor o menormente abocadas a la discrepancia, y el marido de Nora había sido uno de ellos. Deseaba verlos de nuevo y comprobar hasta qué punto la intervención de Teresa había o no comprometido la idea que ambos habían ido haciéndose de mí.

La madre de Teresa estaba sentada en el balancín del comedor con las piernas cruzadas, levemente inclinada hacia un lado, apoyada en el bastón que sus manos aferraban en un gesto poco cómodo, fuera del asiento. A pesar de aquella torsión conservaba una apariencia hierática reforzada por su mirada severa, dura. Rayaba los setenta años, pero tenía una piel extraordinariamente fina y blanca, que junto a sus cabellos canosos y el moño que los ceñía por detrás otorgaba a su rostro un aire de busto aristocrático, de personaje de fotografía amarillenta. Al verme dibujó una sonrisa que en otras circunstancias hubiera podido valer por un gesto reflejo de indiferencia. Sus ojos, sin embargo, parecían estar considerándome con bastante atención, porque de pronto se apoderó de mí la impresión de que una inteligencia joven y ágil gobernaba todavía con todos sus sentidos la mirada que me atravesaba. Teresa hizo las presentaciones de rigor mientras acercaba dos sillas para que pudiéramos estar cerca de su madre.

Caterina no me había acompañado a casa de Teresa aunque yo había insistido mucho. Teresa quería que conociera a su madre, de quien me había hablado durante nuestro primer encuentro en el Ropa Vieja. Acababa de llegar de Sancti Spiritus, donde vivía Caridad, la hermana de Teresa. Hacía un instante que estaba dentro de la sala, pero me bastó el brillo de los ojos de mi amiga para darme cuenta de que una auténtica idolatría cifraba la relación establecida entre ambas. La madre se llamaba Piedad y según miraba a su hija o a mí, se veía obligada a mover la cabeza desplazando todo el cuerpo, que la artrosis tensaba incrementando la áurea mayestática. Finalmente habló.

Estoy muy contenta de que haya venido a visitarnos. Mi hija me ha contado muchas cosas acerca de usted. Ya sé que es de Barcelona y que se dedica a la enseñanza. Adoro conocer personas de fuera de la isla. Calló esperando que yo iniciase mi relato. No tenía otro deseo que escucharla a ella, porque adivinaba, viéndola, una vida a la altura de aquella gravedad actual. Le pedí que me contase cosas de su vida, pero me respondió que no le gustaban las personas que se quedaban ancladas en el pasado. *Saben, ya hay demasiados viejos contando batallitas a todas horas. No me gusta esa gente. El pasado está para olvidarlo. Yo solo pienso en el futuro. Para mí solo en el futuro está lo bueno.* No sé si me gustaba aquella afirmación. En realidad cualquier expresión de confianza en el mañana había provocado siempre un efecto benéfico en mi espíritu de suyo pesimista, pero por otra parte no compartía esta visión estática e infructuosa del tiempo pasado. Para mí el pasado era algo así como un organismo vivo, en constante recomposición. El pasado no es sino lo que de él contamos, no en el sentido de la pura invención, sino en el de la reformulación de los puntos de vista con que somos capaces de iluminarlo. Cada una de nuestras lecturas retrospectivas incorpora, si es honesta, un nuevo barniz que nos hace descubrir alguna provincia remota y olvidada por la que habíamos transitado o nos permite concebirla de modo distinto, entendiéndola de nuevo de una forma enriquecedora, diversa. No me parecía valiosa la nostalgia, que siempre implica dolor, sino el constante acompañamiento de lo vivido. Piedad me miraba con la complacencia de quien espera un manjar exquisito y tuve que satisfacerla hablándole primero de Europa en general y después de Barcelona y de Madrid, que eran, según ella, dos de las cuatro ciudades del mundo que más le hubiera gustado poder visitar.

Hablé largamente sobre Madrid, una ciudad que yo quería de una forma especial. También mi relato embellecía momentos que ahora comparecían con flores nuevas, como si los lugares y las impresiones que habían capitalizado todos los colores de fondo de la memoria hubieran ido desplazándose, haciéndome gozar de repente de elementos que no siempre había ponderado como lo hacía ahora. Volví a entusiasmarme recordando algunos inviernos en Madrid. El frío de primeras horas de la mañana por los jardines de El Retiro, *debe de hacer tremendo frío en Madrid, ¿no es cierto?* Las inacabables visitas al Prado y también al museo Thyssen. Los cafés que conservaban el encanto de las épocas en que la historia discurría lenta, porque entonces todo acontecimiento podía ser largamente meditado y debatido en aquellos círculos de palabras enfrentadas o acordes. *Sabe usted, lo que más me gusta de Madrid es que han mantenido muy bien el ambiente de los cafés de antaño y que incluso han abierto algunos nuevos que parecen del siglo pasado, porque no hay una sola cosa actual en ellos.* La madre de Teresa asentía en silencio, con una sonrisa que no tenía ya nada que ver con la mueca rígida con la que me había recibido a mi llegada.

La actitud de Piedad y de la propia Teresa animaba mi relato. Al hablarles de ciudades tan alejadas las vencía una embriaguez claramente perceptible, como si un alcohol sutil hubiera ido aflojándolas. Teresa nos sirvió un vino dulce, de sobremesa. Era la hora del té y acompañó el vino con unas pastas de importación, posiblemente españolas. *Las reservamos para las grandes ocasiones,* dijo, mientras me las acercaba aproximándome la bandeja metálica.

Piedad me miraba con una creciente expectación, pero yo no quería seguir hablando de España. Desvié el tema hacia la pintura, de una manera estúpida, diciendo que conocía a muchas personas que se dedicaban a la pintura figurativa. Teresa me miró con una expresión indefinida, pero yo pensé que por su cabeza debían de haber pasado repentinamente una hilera de individuos sin rostro aplicados sobre una tela coloreada. Añadí que era muy difícil pintar, que yo nunca me había atrevido a hacerlo a pesar de que mi propia madre había querido inculcarme el gusto por el arte del pincel. Piedad miró al suelo, con una de aquellas sonrisas que afloran en el rostro únicamente como segregación de una verdad que ninguna atmósfera podría confundir. Ella sabía que yo encontraba horribles los cuadros de Teresa y compartía conmigo la extraña obligación de no hacérselo notar, de estimular incluso aquella ciega ilusión. Volvió a mirarme a los ojos y entonces sentí que éramos cómplices, que una poderosa inteligencia me pedía que la apoyara para sostener quién sabe qué débil e inexcusable castillo de naipes.

Teresa me preguntó si me había molestado que fuera a buscarme a casa de Nora. *La última vez tuve la sensación de haberle aburrido y temía que se fuera para su país sin conocer a mi madre.* Le dije que no se preocupase, pero al recordar mi conversación con Nora y Reynaldo volví a sentir aquel escalofrío de disgusto, porque ciertamente había comprometido a la cooperativa y la reacción de sus dos fundadores, aun siendo amable, no ocultaba la inquietud de saberse tan fácilmente identificables. Por otra parte no podía hacer ver a Teresa la inoportunidad de su visita ya que hacerlo comportaría el reconocimiento de la verdadera naturaleza de mi relación con ellos y pese a que no creía de momento que debiera albergar ningún temor respecto a mi nueva amiga, prefería no arriesgar un solo centímetro más de la confianza que Nora había depositado en nosotros. Le dije que no me importaba, pero que ya me encargaría yo de llamarla unas cuantas veces más antes de abandonar Cuba. La madre volvió a sonreírme y tras aproximadamente una hora de conversación me excusé porque Caterina me esperaba en la esquina del Floridita.

Caterina hablaba con un hombre mulato con la actitud distante de quien quiere alejarse cuanto antes de su interlocutor. Mi presencia enfrió al individuo, que se despidió de ella sin mirarme, diciendo que si quería ya sabía dónde encontrarlo. Cuando ya estaba lo bastante lejos, mi compañera me contó que aquel individuo le había ofrecido tabaco, ron y objetos de arte de todo tipo, invitándola a visitar un almacén que tenía muy cerca de allí. A diferencia, sin embargo, de otros vendedores ocasionales, este transmitía algo sórdido y turbio por su actitud casi amenazante y chulesca. Extrañamente, no le había interesado engatusarme a mí también, como si tan solo le importase comerciar con ella. La sonrisa amable del portero del Floridita, al abrirnos la puerta, desvaneció la oscura marejada de aquel inquietante espíritu.

El Floridita ofrecía al entrar un primer espacio de mesitas cómodas e íntimas ante las que se extendía una barra bastante lujosa en la que los camareros mostraban su destreza con las cocteleras y las botellas de ron, coñac o whisky. Uno de ellos practicaba auténticos malabarismos haciendo saltar las botellas como si fueran mazas de un ejercicio de gimnasia rítmica. Saltaban en el aire y las recogía por el cuello, desenroscándolas mediante una hábil maniobra. El siguiente espacio, más lujoso aún, era el del restaurante, pero era temprano para cenar y además nuestro interés se limitaba a los daiquirís.

Nos sirvieron deprisa unas copas no muy generosas, en las que sin embargo la crema blanca, la espuma de helado bañada con ron y limón, lucía como en las copas que David nos había servido en su casa. El sabor, de todos modos, no era exactamente el mismo. De hecho nos pareció demasiado alcohólico el preparado y al cabo de un rato pedimos otro, casi para tentar el previsible embotamiento.

Las paredes estaban repletas de fotografías que ponían de manifiesto la huella de Hemingway. Muchas de ellas habían sido tomadas en el mismo establecimiento, en compañía de su última mujer, rodeados siempre de amigos, algunos bastante destacados, como el mismo Fidel. Aunque, evidentemente, la figura del escritor era explotada al máximo, el establecimiento mantenía un cierto aire de autenticidad, a pesar de que tampoco el local se correspondía, tras los arreglos, al que había conocido el escritor. La atmósfera era bastante agradable, extraña a la tirantez que a menudo caracteriza a los sitios lujosos.

Permanecimos al menos una hora dentro de El Floridita. El último daiquirí, que habíamos ido tomando muy despacio, estaba ya casi por completo fundido cuando todavía la mitad del vaso seguía llena. Tal vez porque me lo terminé de un trago, el efecto me martilleó de inmediato. En casa de David, habíamos llegado a tomar tres seguidos, sin que apenas la sensación de embriaguez superara la que uno puede sentir al beber una copa mediana de cerveza. Estos dos daiquirís, sin embargo, excesivamente bañados de ron, me causaron una intensa sensación de borrachera que habría de durarme no más de veinte o treinta minutos, pero que añadida al calor sofocante que encontramos al salir, lo empapó todo de una atmósfera flotante, irreal.

Volvimos a ver la casa parcialmente derruida en la que días atrás había contemplado el espectáculo de aquella comida enlentecida por la aparente imperturbabilidad de los comensales. A pesar de la presencia de la mesa ahora deshabitada, el lugar mostraba indicios de vida activa porque del ángulo más interior asomaban unas cortinas que la última vez no figuraban todavía en aquel espacio surreal. Estábamos mirándolo cuando de repente oímos que alguien nos llamaba tímidamente. En el primer piso de la casa en ruinas una mujer de unos cincuenta años nos sonreía haciéndonos señas con la mano para que nos acercásemos a ella. Caterina y yo fuimos con determinación, porque el alcohol había desajustado las puertas de nuestra conciencia y ahora caminábamos como un poco suspendidos por encima del suelo, con el dios de la inhibición y la prudencia perdido en alguna otra esquina, sobria y distante.

La mujer, que vestía un jersey verde descolorido y una falda azul hecha de una tela aparentemente rígida, me saludó desde el rellano interior del primer piso. Nos detuvimos un momento porque no sabíamos si quería que subiéramos hasta donde estaba ella o si vendría hacia nosotros. Una segunda indicación nos invitó a subir y lo hicimos con una cierta inseguridad, no tanto porque la escalera pareciera poco firme sino porque el edificio entero ofrecía una imagen de avanzada ruina, como si se tratara de un grupo de viviendas en proceso de demolición. Nos dirigimos a ella con una familiaridad que solo el alcohol podía justificar. ¿Cómo estás? Ella nos dijo que muy bien sin abrir la boca, dibujando un intenso monosílabo con sus ojos risueños.

Nos invitó a pasar a una estancia desolada, de proporciones discretas, en la que había un sofá rojo sin patas, que resultaba muy bajo. Nos sentamos en él, casi dejándonos caer, cuando con la cabeza nos hizo un gesto que interpretamos como una invitación al acomodo. Nos dirigió otro gesto de disculpa y se perdió unos momentos dentro de alguna otra estancia, mientras Caterina y yo nos miramos divertidos calibrando el sentido de todo aquello. Apareció con unas tazas de té humeantes y un termo enorme, todo sostenido sobre una bandeja que parecía de plástico, decorada con flores exóticas. Dudamos al ver las tazas porque no nos apetecía demasiado tomar café, pero ella debió de interpretarlo como timidez porque empezó a bracear vehementemente, con movimientos que eran una clara exhortación a olvidar cualquier forma inhibida de conducta.

Se llamaba María y era muda. Supimos el nombre al mirar el lugar de la pared que su mano me señalaba, cuando Caterina le preguntó. Con otros gestos que no recuerdo con claridad, pero que entonces me resultaron tan elocuentes y claros como las palabras, nos hizo saber que no hablaba pero que oía perfectamente. Con un lenguaje gestual que no era el de los sordomudos, sino simplemente una forma muy expresiva pero tal vez espontánea de comunicación, fue diciéndonos todo un conjunto de cuestiones acerca de su vida que nosotros nos encargamos de ir adjetivando y cargando de matices, puesto que lo que nos llegaba era un relato compuesto de fragmentos, de partículas muy sustantivas, que denotaban la esencia de algo (un estilo de vida, una afición, una explicación sobre la casa) que debíamos ir enlazando, como si uniéramos con un invisible hilo expresivo las palabras que de repente nos parecía ver escritas en el aire. Cuando después de tomar rápidamente el café (una fuerte tensión atravesaba todo su cuerpo, atraído por algo que había más allá de aquella sala y quería mostrarnos) la seguimos por el sombrío pasillo, tuvimos la impresión de que sus manos lanzaban las palabras al aire para que cayeran despacio y tratásemos de descifrarlas, fijando en un instante la imagen a menudo ambivalente que las mantenía suspendidas en él. No podíamos dejar de espiar sus brazos, sus manos, que solo entreveíamos siguiéndola, como si fuera una luz de linterna y no unas palabras danzantes lo que nos precedía.

María nos condujo a un jardín de no más de cincuenta metros cuadrados cuyas paredes estaban cubiertas de enredaderas y de unas flores parecidas a las que producen las glicinas. En el suelo había algunos plataneros pero prácticamente estaba todo sembrado de plantas floridas, algunas con colores muy vistosos. Se retiró hacia un lado de la barandilla y nos miró con una media sonrisa que parecía expresar la orgullosa expectativa de quien ha trabajado mucho y busca el reconocimiento en los ojos de los demás. Nos asomamos al jardín para subrayar nuestro interés y admiración y ella distendió su sonrisa con evidente complacencia. El jardín ocupaba lo que debió de ser el antiguo patio de la casa, pues la estructura recordaba bastante a la de la casa de Teresa, si bien las dimensiones eran mucho más reducidas. Estuvimos unos buenos cinco minutos contemplándolo y diciendo a María que nos había sorprendido encontrar allí un jardín tan bien cuidado. María asentía con una sonrisa emocionada como si nos encontrásemos ante el artista a quien la humanidad rinde homenaje después de toda una vida de esforzado trabajo solitario. Se aproximó nuevamente a nosotros, yendo a apoyarse en la barandilla desde la que contemplábamos aquel frondoso jardincito al que el viento iba robando, de vez en cuando, algún sutil efluvio.

María había quedado abstraída ante su pequeño mundo floral y Caterina y yo recobrábamos poco a poco la gravitación de nuestra consciencia. Aun así, nos pareció casi más bella ahora la imagen de aquella mujer solícita y ausente, porque en medio de la devastación de la maltrecha arquitectura del lugar, ella había construido una peculiar fortaleza, que incorporaba a todo aquel despropósito un elemento de belleza refractaria al hundimiento. Una extraña metáfora del combate contra la muerte era lo que nos parecía ver ante nosotros, mientras nos llegaban ecos amortiguados por las ruinas, de la algarabía de la calle.

María nos acompañó hacia la puerta con la mirada todavía anclada en aquel mar de colores olorosos. Como si obedeciera a una involuntaria inercia, nos guiaba nuevamente de regreso por el estrecho pasillo sin hacer ningún gesto que pudiéramos interpretar como una señal dirigida a nosotros. Hubiera querido preguntarle si sabía algo de los vecinos del piso de arriba, a los que yo había estado observando días atrás mientras almorzaban. No quise, sin embargo, sustraerla de su encantamiento, y tan solo al decirle adiós desde el umbral de la puerta me atreví a decirle que tal vez volveríamos a vernos pronto, porque me miró como si solo durante el intervalo de un suspiro hubiera vuelto a considerar nuestra presencia y necesitase parpadear de modo distinto. Caterina le estrechó levemente el antebrazo, sin decir nada, y la dejamos como la habíamos encontrado, al pie de la escalera que moría a pocos pasos de la entrada principal de la vivienda.

Permanecimos un largo rato sin hablarnos, observando a la gente que al pasar junto a nosotros nos observaba con total indiscreción. Cuando finalmente nos decidimos a pinchar la burbuja de complaciente silencio hablamos de Piedad y de Teresa, porque la imagen de María era todavía demasiado cercana como para poder contar nada que no traicionara su embrujo.

Caterina accedió a acompañarme a casa de Teresa el día que volviera a verla. La atraía más el personaje de la madre que el de la hija, tal vez porque yo mismo, al evocarlo, había empleado términos lo bastante vacilantes y ambiguos como para que mi compañera se hiciera una composición de lugar errónea o sencillamente confusa. No sabía por qué me resultaba tan difícil precisar, en el caso de Teresa, el territorio difuso pero respirable que encierra el espíritu. Incluso en mi última visita había percibido en ella una dulzura que me conturbaba porque no mantenía ningún parentesco ni con la dulzura del enamoramiento ni tampoco con la que vincula a los seres a través de la amistad. Una dulzura de ausencia, como la de quien sonríe para sí mismo al ver discurrir dentro de sí las imágenes de un sueño que embellece y permite conquistar la propia realidad.

Al anochecer Óscar nos acompañó a casa de Rafael para comprarle unas pizzas. Eran las ocho y media y había habido otro apagón que duraba ya media hora. Pasamos por el pasillo que separaba los dos grupos de viviendas bajas precedidos por un gato que huía alertado por nuestra presencia. Al llegar a la especie de plazoleta que se abría a la derecha del corredor vimos la puerta de Rafael cerrada, pero no la de la casa contigua, separada de la suya por ese espacio abierto. A través de la puerta entrecerrada veíamos otra puerta y tendida sobre la madera la línea de luz de esa estancia interior. Era en esta otra casa donde se hacían las pizzas y al llamar Óscar a Rafael apareció un hombre al que no habíamos visto la otra vez, empapado en sudor, sonriendo cortésmente a pesar de su agotado aspecto. Nos dijo que Rafael había marchado hacía un rato pero que tenía hechas las pizzas. Al preguntarle por qué trabajaba con todas las ventanas cerradas nos reveló, empleando un tono de confidencia, que él era el único de toda la zona que disponía de corriente porque había conseguido "pinchar" la conexión de suministro eléctrico del barrio que empezaba a unos pocos pasos de la calle en la que él se encontraba. Nos lo dijo avergonzado, porque pareció querer excusarse seriamente ante nosotros, diciéndonos que solo lo hacía porque la faena estaba muy mal y tenía dos hijas a las que alimentar. A Caterina y a mí nos incomodaba sentirnos de pronto inductores de aquella ristra de disculpas y le dijimos casi a la vez que no había nada de malo en lo que hacía. *Tengo que trabajar con las ventanas cerradas cuando hay apagón porque cualquiera podría denunciarme.* Se secó las manos con un pañuelo enorme y se perdió nuevamente adentro, durante unos cinco minutos, hasta que reapareció con una bolsa con las dos pizzas envueltas en papel de plata. *Miren, se lo tengo que dar así porque solo tengo este nylon.*

Le pagamos lo poco que nos pidió y nos despedimos aprisa, porque tenía otros encargos a punto de salir.

Óscar se sentía satisfecho de haber llevado clientes a su amigo. Nos habló largamente de Rafael, con quien había estado a punto de abrir un taller mecánico. *Nos pidieron tantos papeles y nos pusieron tantos problemas que al final tuvimos que dejarlo porque ni siquiera clandestinamente lo hubiéramos podido resolver. Nos conocían demasiado.*

Hacía un par de años que su amigo había "abierto" a escondidas el establecimiento de bebidas y pizza con que despachaba a los potenciales clientes del reparto favorecidos por la posibilidad de conseguir dólares. Eran muchos los que subsistían por medio de ocupaciones no reconocidas, que al fin y al cabo les permitían obtener los ingresos que el trabajo oficial, tan riguroso, mal pagado y absorbente, no les podía proporcionar. Óscar nos contó que poder comer pizzas comportaba para muchos una forma peculiar de acceso a los privilegios occidentales, de manera que no les importaba destinar a menudo a su compra una parte de sus beneficios clandestinos. *En peso cubano ya es casi imposible comprar cerveza. Es una auténtica vergüenza.*

Fuimos al apartamento a comer la pizza. Óscar nos dijo que aquella noche se daba una fiesta en el reparto y que podíamos ir si nos apetecía. Convinimos encontrarnos al cabo de una hora.

Noventa minutos después los faros del pequeño automóvil blanco iluminaron la hilera de plataneros que había en la casa adyacente a la nuestra. Se oía un rumor lejano sobre un fondo musical que sonaba metálicamente, como difundido por medio de megáfonos prehistóricos. Óscar nos dijo desde la calle que no iríamos en coche, que lo había traído simplemente para no volver a oscuras más tarde hasta su casa. La fiesta era muy cerca, pero en nuestra calle ni tan solo los vecinos que todas las noches exhalaban tranquila y largamente el humo de sus cigarrillos, habían comparecido con su intemporal quehacer.

Caminamos despacio hacia el lugar donde se celebraba la fiesta, con el ritmo laso y maquinal de quien no va a ninguna parte. Óscar se entretuvo unas cuantas veces arrancando hojas del cañizar que flanqueaba uno de los lados de la calle por la que íbamos, como si también él quisiera, con aquel accidental gesto inconsciente, prolongar el tiempo que nos separaba del rumor del baile. Creo que no esperábamos demasiado de esta salida nocturna, a pesar de que había sido nuestro antiguo chófer el artífice de aquel deambular silente y aburrido junto a las casas del reparto.

Le preguntamos de qué clase de fiesta se trataba y nos dijo que la última vez no habían podido ni siquiera bailar de tanta gente como había, pero que esta vez la cosa pintaba mal porque el dinero no había alcanzado ni para engalanar las calles. Mientras nos lo explicaba pasó un grupo de chicos y chicas risueños disfrazados con la pompa del carnaval, aunque sin el brillo tópico de los grandes vestidos relucientes ni los sombreros abigarrados y chillones. Sus indumentarias, incluso en la oscuridad, parecían recubiertas por una sutil lámina de polvo, como si el suelo cotidiano y anónimo hubiera querido impregnarlas de su alma polvorienta, para hacerlas algo más suyas.

La calle terminó y llegamos a un amplio espacio en el que convergían otras calles que no llegaban a formar una plaza, sino más bien una gran avenida limitada por edificios altos que desde nuestra vivienda ni tan solo adivinábamos. Aquí se había concentrado todo el mundo. Me sorprendió que nadie se moviera al ritmo de la música, que permanecieran en pie, charlando en pequeños grupos que únicamente parecían desplazarse en virtud del ritmo de las conversaciones. Nosotros hicimos lo mismo y nos detuvimos cuando lo hicieron Óscar y Ana María, que habían encontrado a unos vecinos a los que conocían desde hacía muchos años. *Miren, yo nací junto a la casa de esta gente.* Los otros, al verse directamente aludidos, sonrieron y nos tendieron la mano, con una sincera delicadeza. Él se llamaba Ricardo y ella Diana y enseguida compareció una niña bellísima de unos once o doce años, que abrazó fuertemente la cintura de su madre para volverse después hacia nosotros, intrigada por la novedad que representábamos.

Ricardo era arquitecto pero hoy por hoy subsistía gracias a los servicios que prestaba a Nora. Al mencionarla dejamos escapar una exhalación de complicidad y él se excusó bromeando, *sí, yo también estoy en esa vaina.* Como la niña no dejaba de mirarme le pregunté cómo se llamaba y me dijo que Helena. Me preguntó si me gustaba bailar para poder contarme que a ella sí, mientras dirigía la mirada a su madre, buscando corroborar lo que me decía. La madre nos explicó que la niña estudiaba en una escuela de danza y que la asustaba que pudiera atrasarse en sus obligaciones con el colegio. *Tienen muchas materias y me da miedo que deje los estudios por nada. Con nuestro hijo mayor nos sucede lo mismo. Ahora conduce camiones porque no quiso seguir la carrera de ingeniero. Dice que a nosotros no nos ha servido de nada tener estudios y que para eso prefiere ganar algún dólar por ahí. Pero yo quiero que estudien porque quizá algún otro día cambien las cosas, ya ustedes saben, hoy manda uno pero mañana tal vez otro.* El marido hizo un ademán escéptico y nos dijo que todo estaba muy mal, que no entendía cómo todavía los jóvenes estudiaban, que ellos al menos vivieron felices los primeros años de la Revolución. *Pero nuestros hijos no han pillado ni un solo año bueno.* Al saber que éramos de Barcelona nos preguntó algunas cosas a propósito de ciertos jugadores olímpicos de quienes yo no sabía absolutamente nada. Le comenté únicamente que la ciudad se había transformado mucho a raíz de aquel acontecimiento, pero que a mí no me interesaba nada el deporte. En los ojos de Ricardo, no obstante, latía una emoción intensa, como si el lugar del que proveníamos, un lugar que había sido olímpico, le activase la lanzadera de los sueños y la evocación lo desbordara. Nos ofreció unos cigarrillos y acepté uno aunque no fumase, para sellar aquella impresión de trato efímero y emotivo.

El baile lo habían emplazado dentro de un terreno rodeado por una verja metálica que limitaba con un amplio solar en el que dormitaban largas hileras de autobuses seguramente averiados sin remedio. Se había improvisado un mostrador en el que despachaban bebidas y comida de dudoso aspecto, todo, sin embargo, comerciado con dólares. Óscar, al darse cuenta, estalló largándonos una arenga sobre los derechos de los cubanos. Tenía razón, especialmente encontrándonos en un reparto periférico, en el que todos los clientes potenciales eran cubanos, gente de barrio extraña al turismo, pero tratamos de desviar irremediablemente la cuestión entre todos.

Caterina y yo porque nos incomodaba sentirnos pertenecientes a otra frontera privilegiada e insolidaria, y las personas que acabábamos de conocer porque parecían querer restaurar la atmósfera lúdica que la fiesta había ido perdiendo desde hacía mucho rato.

La policía rondaba amenazadoramente, ajena a la desenvoltura y el afán de diversión que los rodeaba. Como seres pertenecientes a otra raza o mundo, caminaban pausadamente, tiesos como una madera, inexpresivos y mudos. Pidieron a algunos muchachos negros la documentación y pese a la explicación de Óscar *cuando ven a un tipo con mal aspecto le piden los papeles* seguí sin comprender su criterio selectivo, pues en el lugar en el que estábamos los individuos apenas diferían entre sí y nadie parecía más pobre o más rico, más roto o más elegante que el resto.

Ricardo dijo que tenía sed y Óscar se apresuró a buscar bebidas yendo al puesto que despachaba en dólar, el único, según parecía, que servía cerveza. Quise anticiparme a él pero me detuvo con un gesto algo adusto, como si le fuera el honor en ello. Me incomodó aquella situación, porque con ella me reintegraba al universo insolidario del privilegio económico, del que provenían las decisiones políticas concebidas para que todo siguiera como hasta ahora, con la escisión del mundo en dos bandos o tres tal vez, todos ellos diferenciados por una progresiva ley de depauperación creciente, que en su extremo más funesto solo podía tratar de emular, en un peligroso espejismo, al otro universo poderoso, como sucedía ahora al ir Óscar a buscar las cervezas que tendría que pagar con el importe equivalente a un mes de trabajo. Me sentí extrañamente responsable de aquella situación, sobre todo al pensar que a fin de cuentas Óscar tenía todo el derecho, ni que fuera por unos minutos, de satisfacer aquel capricho en otras partes tan cotidiano, de tomar unas simples cervezas y gastar su dinero por el mero placer de saborear el ocio según su antojo.

Dije que no tenía sed para no comprometer demasiado la inversión de nuestro amigo y di tan solo un sorbo a su lata después de que me la ofreciera insistentemente. Aun tomando tan poca, la ingestión de aquel trago de cerveza me hizo sentir mejor, como si hubiera bebido bastante y mi cuerpo filtrase la realidad con registros más indulgentes.

126

Casi nadie bailaba dentro del espacio acondicionado para la música y el consumo. Unos cuantos grupúsculos de jóvenes empezaron a urdir una conga que pasó serpenteando cerca, moviéndose al ritmo de un sonido que tan solo debía de percutirles subrepticiamente la consciencia, pues la otra música chillada por los altavoces no podía ser de ningún modo la que los conducía sinuosamente entre el resto del público. La pequeña Helena también se añadió a la conga y al volver a pasar junto a nosotros soltó una de sus manos de la cintura a la que se aferraba para saludarnos.

Una hora más tarde el grueso de los asistentes había vuelto a atomizarse en una infinidad de corros dialogantes, después de largos períodos sin música de ninguna clase. Uno tenía la impresión todo el tiempo de estar a punto de producirse algo que sin embargo no sucedía. Vista momentáneamente por alguien ajeno a aquella concentración con voluntad de fiesta, la imagen solo podía sugerir la de los habituales intermedios que sirven de descanso durante una representación cualesquiera, o la de la espera de un acto trascendente que aún no ha empezado. Pero nada de todo esto era lo que mantenía en pie a esta multitud y más bien el intercambio de pareceres y anécdotas era lo que les hacía perseverar bien entrada la noche, sin alcohol ni un sonido lo bastante convincente como para ventilar los quebraderos de cabeza y ahuyentarlos un rato.

Finalmente decidimos irnos, mientras Ricardo nos decía que le había gustado mucho poder *prender el tabaco con ustedes*. Óscar nos explicó que Ricardo era un gran arquitecto, pero que le había faltado algo más de suerte en sus relaciones profesionales. Su mujer era profesora en la universidad, pero no sabía exactamente de qué especialidad. Habían perdido un primer hijo muchos años atrás, *por los tiempos en que todo les empezó a ir peor*. Óscar pronunció estas últimas palabras tentando la posibilidad de alguna oscura causa, con el tono entre resabido y dubitativo de quien abre la puerta a la mano oculta de la superstición.

Era tarde pero dimos un rodeo bajando por la calle de Santa Clara para intentar ver a Nora y Reynaldo. Desde lejos vimos encendida la luz de la terraza y la sombra de alguien proyectada sobre el charco que formaba un minúsculo lago junto al palo de la electricidad. Al llegar, Óscar y Ana María quisieron irse pero los convencimos para que nos acompañasen un rato.

Nora y Clara estaban en la terraza mirando la calle, con aquella especie de extraña disposición permanente a recibir visitas que nunca parecían sorprenderlos, como si esperasen recibirlas a cualquier hora del día y de la noche. Eran las once ya pero nos invitaron de inmediato a pasar y sentarnos. Clara entró en la vivienda corriendo y reapareció al cabo de un instante, con el curiel entre los brazos, para hacerlo participar de la tertulia. *Y bien, ¿cómo les está yendo?*

Al comentarlos el episodio de Santa Cruz del Norte Nora nos propuso devolvernos la parte correspondiente que ya habíamos abonado junto al dinero que le dimos la noche de nuestra llegada. No lo aceptamos y ella nos prometió una cena en su casa bien pronto. *Denme un poco de tiempo para que pueda encontrar los ingredientes que necesito y ya verán cómo les gustará todo esto.* Sacó la botella de ron *la última que me queda* y fue llenando nuestros vasos, excepto el de Ana María que prefirió beber un poco de agua.

En la terraza se estaba bien, a pesar de que el aire apenas movía las hojas de los árboles más cercanos. Nora preguntó a Óscar por su madre. En lugar de responder él, que hizo un ademán de resignación, respondió Ana María, diciendo que la madre de Óscar había tenido que cambiar la familia para la que trabajaba por otra, porque no había sido bien tratada y que con el nuevo trabajo se veía obligada a trabajar muchas más horas. *Las cosas no están lo bastante bien como para que vayamos ahora, habrá que esperar porque desde luego yo no me voy en balsa…* Nora les preguntó, en un tono que denotaba disconformidad, que por qué querían marchar también ellos. Óscar la miró sorprendido y dijo que aquí ya no había quien viviera y que nunca había habido ni habría esperanzas de mejora.

Las últimas palabras de Óscar impregnaron la atmósfera calurosa de un agror triste que oscureció el rostro de Nora. La creadora de la cooperativa lo miró primero inexpresivamente, para de inmediato cambiar el significado de su mirada, arrojando de ella todo lo que un segundo antes la había vaciado de vida. Sin rencor, pero en un tono desafiante, Nora dijo a nuestro amigo chófer que ella no podría abandonar nunca Cuba porque no había luchado tantos años para marchar ahora a otro país. Que ella todavía creía en los principios que la llevaron a confiar en la resolución de los problemas colectivos y que pensaba que tal vez algún día en la isla todo cambiaría para bien. Que si no creyera en esta posibilidad no podría resistir ni un momento más la situación actual. *Sabes, quien ha creído una sola vez en la utopía no abandona nunca la lucha.* En otras circunstancias, las palabras de nuestra anfitriona me habrían resultado excesivamente bañadas por una retórica grandilocuente y anacrónica, pero Nora habló con una convicción tan firme que tuve la impresión de que con ella exhibía una personalidad acorde con el espíritu de la época en la que había vivido y vivía, como si su posición equivaliera a la dovela de una arcada sólida y leal al castillo de anhelos, ideas y proyectos grandiosos que debía soportar. Óscar, sin embargo, con sus escasos veinticuatro años y sus casi siete años de matrimonio, escuchó la frase con la desafección de quien nunca se ha embriagado con el licor de la revuelta. Más que la igualdad de derechos, Óscar reivindicaba la igualdad de consumo y no parecía cuestionarse demasiado la alternativa neoliberal al castrismo. *Miren, mi madre me mandó unas fotos de Miami. Allí la gente compra lo que quiere y se ven una clase tremenda de carros. Eso es el desarrollo, y no lo de aquí, que es una vergüenza.* Nora sonrió como lo haría un profesor al oír los erráticos balbuceos interpretativos de un alumno ante un texto difícil. Le respondió que ella no defendía el castrismo actual, que en efecto había degenerado en una forma de dictadura más o menos blanda pero sin duda coercitiva, sino los principios que impulsaron su implantación revolucionaria, que en este momento se habían desvanecido del todo en una retórica dogmática, encubridora de innumerables inepcias y exacciones. Ella reclamaba la dialéctica de los primeros tiempos, cuando los problemas se discutían como si las cosas hiciera falta repensarlas desde cero para desde allí reinstaurar el orden de la vida sin el lastre de la injusticia social y el terror del poder. Pero Óscar dijo que todo aquello no era más que palabras y que por culpa de ellas la isla había tenido que sufrir demasiados sufrimientos como para desconfiar a perpetuidad. *Mire, Nora, usted es una buena persona pero yo no creo en toda esa palabrería porque aquí llevamos casi cuarenta años con cartilla de racionamiento a pesar de la cantidad de tierras de cultivo y de ganado que ha llegado a haber. Mi madre no creyó nunca en todo eso porque ella sabía que el pueblo siempre sale perdiendo con quien sea, pero con el barbudo ya lo perdimos todo el primer día.*

Nora disentía pero no quiso prolongar la conversación porque Óscar se había exaltado un poco. Ana María nos miraba sonriente, con el pensamiento ya muy lejos de aquella pequeña discusión política. Reynaldo, que había permanecido callado todo el rato, nos preguntó cuándo iríamos a Trinidad, mientras volvía a llenarse su vaso con un dedo de ron. Entonces Nora hizo un gesto fulminante, como quien recuerda algo importante que le hubiera pasado por alto; *saben, me llamó Ester de Trinidad para decirme que del día uno al siete de agosto no podrían ir ustedes porque se le había complicado el asunto del agua y que durante ese período se lo solucionarían. Si quieren podemos adelantar el viaje a Santiago.* Nosotros le dijimos que nos daba lo mismo hacer un viaje antes o después que el otro y convinimos que, dadas las circunstancias, avanzaríamos nuestra visita de cinco días a Santiago. *Mañana Oscarito les acompañará a la agencia para que resuelvan los billetes para el día uno. Eso hay que hacerlo ya.*

Díganme en qué hotel se alojan y cuál es el número de su habitación. La petición pareció abrir un inesperado socavón en el aire y sentimos un repentino vértigo. Improvisé *hotel Colón habitación 503* pero Óscar me interrumpió con una especie de risita afectada para decirle a la chica de la agencia, desautorizándome, que en realidad nos alojábamos en la habitación treinta. Aunque no entendí la intervención de Óscar, para no dañar la verosimilitud de lo que decíamos me maldije de una forma poco espontánea por el hecho de equivocarme a menudo con el número de nuestra habitación. *Siempre me confundo con el número de habitación,* dije, en un tono nada convincente.

Al salir a la calle, con los billetes de avión en la mano, Óscar se anticipó a mi sorpresa haciéndome saber que el hotel que yo había mencionado solo tenía tres plantas y se encontraba justo frente a la agencia. *De todos modos no pasa nada. Es una pura rutina. Ellos ya saben que muchos turistas no se alojan todo el tiempo en ningún hotel.*

Cumplimos con el rito de comprar habanos y nos hicimos acompañar hasta la fábrica Partagaz. Cerca de la entrada de la casa de tabacos pululaban vendedores ambulantes, muchos de los cuales, sin embargo, permanecían abstraídos, ocupados en actividades irreflexivas, observándose una mano o haciendo rodar entre sus dedos algún pequeño objeto. Solo uno de los ocho o nueve que vimos se nos acercó para preguntarnos si queríamos comprar tabaco. Le dijimos que no y pasamos al interior de la escalera, donde nos aguardaba otra pequeña escuadra de vendedores más depauperados, que parecían mercadear algo misterioso porque nos observaron enigmáticamente, esperando tal vez que fuésemos nosotros quienes nos interesáramos por sus cosas. Habíamos accedido a una especie de patio rectangular y al entrar vimos las cinco o seis barandillas que se perdían arriba, hasta llegar al límite melancólico de una enorme uralita gris, que difundía sobre todo el lugar una claridad mortecina, de perpetua atmósfera de tempestad.

Tras comprar algunas cajas de puros, en aquella desangelada sede, nos despedimos de Óscar porque deseábamos seguir paseando por nuestra cuenta hasta la hora de comer. Habíamos sido invitados aquella misma mañana por Teresa, a la que había querido llamar antes de visitar la agencia porque tras el cambio de fechas de nuestro viaje a Santiago no nos habría sido posible tener un encuentro durante los días en que habíamos prometido hacerlo. Teresa me dijo que se les había torcido la llegada de unos familiares de Guantánamo y que hoy, esperándolos para comer, les resolveríamos el problema de la comida ya a medio hacer y también el de la compañía. *Si no vienen mi madre se enojará conmigo, dirá que es culpa mía porque siempre piensa que todo el mundo se comporta de una manera o de otra por lo que yo digo o dejo de decir.* Aceptamos de buen grado y tuve la impresión de que a Caterina también la atraía conocer nuevas personas, porque me lanzó una mirada encendida por el rescoldo de una honda sonrisa al comunicarle la nueva propuesta.

Teresa abrió la portezuela cuando todavía en la madera percutían mis dos rápidos golpecitos. Ya estaba abajo y nos dijo riendo que había querido poner a prueba la puntualidad europea situándose con la mano en el tirador justo a las dos y media, la hora convenida.

Son ustedes un puro reloj, afirmó, mientras se dirigía especialmente a Caterina, hablándonos a ambos pero concentrando su atención en mi compañera.

Al entrar por tercera vez en aquel patio, me venció una impresión de retorno al lugar de mis primeros recuerdos de infancia. Las plantas trepadoras que mantenían una burbuja de placentera penumbra todas las horas del día, los sillares de piedra de una de las paredes laterales, que parecían pertenecer a una época vetusta de la arquitectura histórica, la oscuridad manchada de leves reflejos líquidos tras los cristales de las ventanas de las dos primeras plantas, casi abandonadas; todo sugería el recuerdo de otras ventanas abandonadas y cercanas, que habitaron mi infancia, cuando espiaba a través de la celosía de la vieja cocina el edificio tan próximo que había enfrente, en una de aquellas callejuelas todavía por descubrir, en aquel entonces, en la vieja judería de Girona. Sobre todo los ventanales, altos y estrechos, recomponían en mi interior el recorte de memoria en el que podía disponer aquellos otros ventanales de la casa de mi tía ya difunta, como si la antigua imagen hubiera prevalecido para ocupar nuevamente una pequeña porción de mi espacio de ahora, con la precisión de una calcomanía destinada a adherirse al blanco rectángulo del álbum que uno siempre podrá volver a hojear. Teresa y Caterina me propinaron un golpecito de regreso a ellas, a nuestro instante presente y común, y miraron brevemente hacia el lugar donde se perdían mis ojos, observando aquellas formas importadas del pasado.

Al entrar a la estancia principal de la vivienda vimos a Piedad dificultosamente en pie, sosteniéndose con la ayuda de su bastón y el de su otra mano colocada sobre la repisa de mármol de la chimenea. Levantada, la gravedad que envolvía su figura, habitualmente ceñida por el butacón de cáñamo, quedaba disuelta casi por completo, como la larga ceniza de un habano al colocarlo horizontalmente. Nos saludó invitándonos a sentar-nos con un gesto de la mirada y quedamos sentados a sus espaldas, mientras la oíamos avanzar con dificultad hacia nosotros.

Al ocupar su pequeño dominio almohadillado, Piedad recobró aquella extraña dignidad de reina exiliada. Preguntó a Caterina su nombre y al oírlo esbozó una sonrisa complacida, como si el nombre de mi compañera le evocara un recuerdo iridiscente, de días luminosos. *Caterina…* y me miró a fin de que adivinara al fondo de sus ojos la época y el personaje, el oleaje del tiempo remoto que golpeaba su espíritu, para vislumbrar el presente.

Saben, mi mejor amiga se llamaba Caterina. Era la hermana de un hombre al que quise muchísimo. Teresa entró en la estancia y miró a su madre con una expresión de amorosa reprobación: *mamá, ese es un cuento muy viejo y a ellos no les interesará escuchar viejas historias.* Pero la madre, que se encontraba ya en un tiempo distinto al nuestro, siguió hablándonos sin considerar a su hija. *Poco antes de que estallase la Revolución conocí a Francisco, un muchacho hermoso* –pronunció el adjetivo como una descarga explosiva-, *que vino a casa para reparar algunas cosas. Mi marido trabajaba entonces en Sancti Spíritus y las cosas entre nosotros no funcionaban demasiado bien. No sé si fue por eso, pero en cuanto vi a Francisco me sentí fatal, porque tuve la certeza de que me había equivocado por completo con mi matrimonio, con mi vida. Aquel joven era el tipo de hombre que sin saberlo yo misma había estado buscando durante todos mis años de muchacha casadera. Los tipos que se me fueron acercando a lo largo de todo ese tiempo siempre eran muy educaditos, como correspondía a nuestra posición social, pero también a la vez empalagosos y sin sal, como mamoncillos. Nunca me gustó la gente que parece seguir un plan de vida rígido, sin sorpresas, con todos los flancos cubiertos. Ya mi madre me reprochaba, cuando era jovencita, que no tuviera nada claro, que por ese camino iba a padecer mucho, que había que labrarse un porvenir y todas esas cosas. Pero al cabo de unas horas de tener junto a mí a Francisco, deambulando por toda la casa con el trasiego de herramientas y material, me di cuenta de que era un soñador. Me dijo ya el primer día unas pocas cosas hermosas e ingeniosas, que al principio me costó entender, porque siempre contenían alguna metáfora irónica acerca del trabajo, de la vida, de su futuro. Ya olvidé esas frases, que sonaban como dichos, de tanto como he pensado en ellas desde entonces. Un día me habló de la gente viajada, que solo confiaba en aquellos que no anhelaban el arraigo y quise que me llevara consigo aunque yo supiera que nunca iba a hacerlo.*

Cuando por aquí todo el mundo empezó a hablar de Fidel, después de la amnistía concedida por Batista, él se mostró más entusiasmado que nadie. Decía que algo grande iba a suceder, que antes de que la casa estuviera acondicionada del todo él debería partir para alguna parte, porque se sentía llamado por algo que ni él mismo sabía cómo denominar, pero que ahí estaba, aguardándolo. Y así fue. Él y su compañero se afanaron con la casa y quedó arreglada en solo un par de meses. Aquí hubo que hacer de todo. Aunque ahora la vean así creo que casi la reconstruimos, porque hubo que cambiar todas las instalaciones, hacer un baño nuevo, ampliar la cocina y reemplazar la antigua. Incluso derribar las paredes que había en esta misma habitación. Yo quería disponer al menos de un lugar espacioso. Tuve ya entonces la sensación de que este iba a ser mi lugar para siempre y quería sentirme lo mejor posible en él. Hizo una pausa y Teresa aprovechó para verter algo de ron en los vasos con hielo que acababa de dejar sobre la mesa. Nos lo sirvió e intentó cambiar de conversación preguntándonos qué lugares habíamos conocido durante los últimos días. Pero Piedad, tras suspirar levemente para sobreponerse al peso de tantos recuerdos, volvió a hablar, esta vez con un tono que exhalaba un mayor pesar. *Todo sucedió durante el último mes. El otro muchacho dejó de venir porque las obras principales ya estaban terminadas y solo Francisco fue apareciendo de vez en cuando, para redondear algunos detalles del acabado del baño, de la cocina… La chica que estaba a mi servicio había ido a pasar una temporadita a Camagüey, porque su madre se encontraba mal, de modo que yo me quedé sola en esta casa tan grande todo ese tiempo. Francisco se dio cuenta de que yo me sentía muy atraída por él, que empezaba a quererle de veras y él tampoco pudo esconder sus sentimientos. No sucedió nada en ningún momento que no pueda contarles (aquí* miró *fugazmente a su hija) pero prometimos querernos durante el resto de nuestras vidas. Solo en una ocasión tuvimos un pequeño enfrentamiento. Él estaba terminando de retocar con la pintura el ángulo de las paredes de la salita que hay allá al fondo cuando yo comenté que me sentía orgullosa de esta casa, de lo linda que se veía, de nuestro esfuerzo por conservarla, generación tras generación. Él insinuó que mis antepasados, que eran mucho más ricos de lo que nunca lo fueron mis padres, obtuvieron sus riquezas aprovechándose de trabajadores a los que ni siquiera conocían y a los que pagaban muy poco dinero. Le pedí que me aclarara todo aquello y él me respondió que alguien le había contado la historia de mi familia y que había sabido que mis abuelos y que mis propios padres habían empleado a trabajadores negros en condiciones que él calificó de auténtica explotación. Después de decir esto empezó a hablarme de algunas lecturas en las que se ocupaba cuando disponía de tiempo, que los trabajadores eran como hermanos, que había que establecer con ellos otro tipo de relaciones… Me gustaría poder contárselo a ustedes con las mismas palabras que él empleaba porque al escucharlo todo resultaba claro y convincente hasta el punto de que las ideas más utópicas sonaban prácticas y factibles como las instrucciones para poner en marcha un automóvil. Y ya ven, un día partió para no sé qué parte y desde allí me escribió unas doce cartas que conservo como lo más hermoso de mi vida. Fue uno de los que cayeron en los sucesos de la granja Siboney, cerca de Santiago.*

Entonces calló encogiéndose un poco en su butaca de cáñamo. Se quedó abstraída mirando los vasos en los que el hielo empezaba a derretirse como si dentro de cada uno de aquellos dados transparentes estuviera contenido un episodio remoto, confundido con el resto de la vida, disuelto en el agua incierta del tiempo pasado.

Piedad nos dijo momentos más tarde que las palabras de Francisco, aquella tarde en que le reprochó el comportamiento de sus antepasados, les hicieron un daño inmenso, que de pronto su relación con la casa se transformó como lo hace una amistad condicionada por un acontecimiento desenmascarador. Vivió los meses siguientes con la impresión de que aquellas paredes contenían la materia anónima de todo el sufrimiento, de toda la tristeza transpirada en los largos días del trabajo excesivo, de la pobreza productiva. Tardó un cierto tiempo en reconciliarse con sus propias contradicciones, pero el enojo que sintió cuando Francisco le habló de padres y abuelos fue bien pasajero y no detuvo el amor que empezaba a llenar, casi de una forma tangible, el espacio y el aire que los separaba. *Pero un día partió para Santiago y yo hubiera dado lo que fuera por ir con él. Ni siquiera las cartas me sirvieron de mucho.*

Teresa nos dijo que su madre era una especie de revolucionaria aristócrata que había embellecido el idealismo con aquella historia del amor imposible. Que pese a ser cierta ella probablemente no se habría interesado nunca por el ideario revolucionario, que necesitaba añadir a todas las cosas que caían bajo su consideración magnánima algún elemento con el que poder enaltecerlas, situándolas en una esfera más delicada, depuradas por la nobleza de espíritu, asimiladas a través de un filtro que adelgazaba el grueso sobrante de cualquier acontecimiento hasta convertirlo en una refinada secuencia de bellas palabras, de comportamientos serenos, de arrebatadoras promesas. Piedad, al escuchar a su hija, esbozó una condescendiente sonrisa, como dándole y no dándole la razón. ¿Y no es eso lo que hace todo el mundo?, añadió todavía, en un tono que reclamaba justicia.

Teresa volvió a dejarnos para acabar de preparar la comida, mientras Piedad nos preguntaba acerca de la vida en Barcelona y también acerca de una tienda de vinos que había en Madrid, muy conocida, donde una vieja amiga suya había trabajado muchos años. Nos quedamos los tres un rato callados, en una inútil concentración que no conseguía reparar nuestra vacía memoria. Recordé algunos establecimientos antiguos que no tenían nada que ver con el de su vieja amiga y le hice unas pocas preguntas puramente formales, acotando un territorio fantasma, sin figuras ni paisaje. Tras el breve lapso vacilante, nos dijo que había llorado con frecuencia soñando en viajar a Europa, especialmente a París y a Madrid, *son ciudades que conozco casi calle a calle.* Nos extrañó bastante la afirmación pero creímos que permanecía en una de sus ensoñaciones al hacerla. Con una mano, sin embargo, señaló un determinado rincón de las estanterías que había sobre la chimenea y me pidió que sacase un volumen rojo, el más grande de todos. *Quédeselo usted un momento y ábralo por la mitad, donde marca el punto de papel.* Al abrirlo encontré un plano de París y en unas cuartillas que se esparcieron por el suelo al desplegar el mapa un listado de itinerarios a pie, de calles por las que se podía pasar para llegar a tal o cual parte. Algunos de los lugares mostraban rutas alternativas, en función del criterio escogido a la hora de hacer el trayecto. Si lo que se deseaba era pasear, había que hacerlo de una manera; si de lo que se trataba era de llegar aprisa a un lugar, de otra, y así en un montón de listas en las que se confundían nombres de museos, de calles y teatros. El volumen era, en realidad, una edición antigua de arquitectura francesa, dedicada preferentemente a la de la capital de la República. En medio de las hojas del libro había un puñado de postales de París, todas en blanco y negro.

Piedad me pidió que le preguntase por cualquiera de los itinerarios o incluso que inventara uno, que pusiera a prueba su memoria improvisando dos monumentos o lugares relevantes y que ella entonces me diría cómo vencer la distancia que los separaba lo más rápidamente posible, o, si lo deseaba, me describiría algunos de los posibles rodeos, en función de los lugares intermedios de interés histórico o cultural. Tras un rato observando el mapa, le pregunté por el Sacre Coeur y Notre Dame de Bonne Nouvelle, pero me dijo que era demasiado fácil, que quería algún otro sitio que la obligase a cruzar el Sena. Me había bastado su respuesta para darme cuenta de que en efecto conocía París, pero ella insistió en que al menos cambiara uno de los dos monumentos para poder explicarme cómo desplazarse de uno a otro. Entonces le propuse un itinerario desde el Parc Monceau al Parc Montsouris y sonrió satisfecha por el nuevo desafío.

Tardó un rato en empezar a hablar pero lo hizo con la excitación entusiasta del joven que camina hacia su amante o del niño que se adentra en el penumbroso trastero. *Bien, si saliera del parque por la entrada principal, me encontraría en la Av. De Messine, llegaría a la Plaza Río de Janeiro y la cruzaría siguiendo por la misma avenida hasta llegar al Boulevard Haussmann. ¿Debo ir por la ruta más breve o prefiere que dé un rodeo?* Le dije que como prefiriera y me respondió que ya que se trataba de un recorrido largo seguiría el trayecto más corto. *Seguiría un momento por el Boulevard Hausmann hasta llegar a la Rue de Mironesnil que da a la Place Beaubeau. De ahí iría hasta le Champs Elysées y caminaría un ratito por ellos hasta llegar a la Place de la Concorde. Como he dicho que iría rápida voy a prescindir del Jardín des Tullieries y cruzaré el Pont de la Concorde para tomar el Boulevard Saint Germain siguiendo después el de*

Raspail hasta la place Denfert. Allí la calle cambia de nombre y no consigo recordarlo. Es una lástima porque este último tramo de calle es el que conduce directamente hasta el parque Montsouris.

Caterina y yo nos miramos, ella tratando de aclarar si los conocimientos de Piedad eran tan precisos como parecía y yo para decirle que sí con la elocuencia de mi admirativo silencio. Piedad nos sonrió feliz pidiéndonos que la pusiéramos a prueba con cualquier otro destino a recorrer. Íbamos a decirle que no hacía falta cuando se presentó Teresa para decirnos que la comida ya estaba a punto y que podíamos sentarnos a la mesa.

Una vez en la mesa, mientras Teresa descorchaba una botella de vino negro con aspecto de haber sido rescatada para una gran ocasión, pensé en las calles de París que el melancólico juego a que Piedad nos había arrastrado hacía comparecer en mi interior, prolongando aquel paseo a distancia con el recuerdo físico del frío hibernal de la ciudad, cuando estuve en ella un par de años atrás descendiendo desde el Sacre Coeur hasta el Quai d'Orsay tranquilamente, con la pequeña guía ilustrada y el plano medio rasgado que el aire a menudo doblaba de una forma enojosa. Sentía añoranza y por ello me resultaba inconcebible el anhelo de Piedad, embrujada por su sueño imposible y a la vez conmovedor. Yo también había sido feliz recorriendo durante largas horas todas las calles, fotografiando solo los detalles minúsculos, los gestos inconscientes de los transeúntes, los rincones que figuraban como una sombra difusa en el ángulo más perdido de cualquier perspectiva. Había llegado a hacer unas quinientas fotografías en blanco y negro que yo mismo revelé en mi estudio. De haber conocido el utópico entretenimiento de Piedad ahora podría ofrecérselas a fin de remachar aún más la hondura de aquella ilusión que únicamente podía nutrirse con nuevos testimonios impregnados de irrealidad y lejanía.

Teresa me regaló un cuadro envuelto con papel de embalar, diciéndome que quería que lo abriera más tarde, cuando estuviera en mi casa. La alusión a "mi casa" me recordó mi costumbre de nombrar así todos los lugares en los que residía ocasionalmente, con motivo de unas vacaciones o de un breve viaje. *Vayamos a casa* era la manera con que siempre me refería a la habitación de hotel o a la habitación del amigo cuando nos vencía el cansancio después de las horas de vagabundeo por cualquier ciudad. Ahora Teresa me había hecho pensar en ello y de nuevo la apropiación sentimental de los lugares volvió a cifrar mi relación con el lugar en el que me hallaba, con la diferencia de que no era yo sino otra persona quien me atribuía el estrecho parentesco, como si éste determinara algo más profundo que el mero aroma familiar que siempre puede generar el espacio del lecho y el recogimiento nocturno. Me alegré por el gesto, más que por el objeto en sí, y me quedé unos instantes embelesado ante el rectángulo envuelto en el feo papel marrón, dejando macerar el agradecimiento con mi actitud de feliz ausencia.

Después de tomar los cafés nos despedimos porque Nora nos esperaba para comentarnos algunas cuestiones del viaje a Trinidad. Como habíamos tenido que posponerlo, nos dijo que pronto podría decirnos algo, pero que nosotros tendríamos la última palabra. Óscar, además, había convenido con nosotros recogernos nuevamente en aquel espacio tan norteamericano del Capitolio. Piedad nos pidió que volviéramos a verla antes de regresar a Barcelona. *Por favor, vengan ustedes otra vez para contarme cosas…*

Aquella tarde encontramos a Nora bastante cansada, con la especie de agotamiento que me había parecido percibir en ella la noche de nuestra llegada a la Habana. Estaba preocupada porque a dos de los nuevos clientes que habían llegado el día anterior no les había gustado la casa que se les había destinado. Le dijeron que era muy calurosa y que la calle no les parecía agradable. Nora prometió cambiarlos tan pronto como pudiera, pero no resultaba sencillo, porque casi todos los miembros de la cooperativa tenían ya a alguien alojado con ellos. *Yo no sé qué es lo que les disgusta tanto, porque les di una de mis mejores casas. ¿Qué es lo que espera la gente?* Fumaba nerviosamente, aventando el disgusto. Reynaldo la observaba sonriéndola, con un destello de inminente ocurrencia en la mirada. *A lo mejor vinieron creyendo que iba a haber mulatos con abanico.* Nora no lo escuchó, indiferente a la broma, y de nuevo me pareció la heroína que surca el Atlántico con una triste embarcación minúscula.

Convinimos ir a Trinidad tres días después de volver de Santiago. Nos habló de la familia Venegas de Trinidad, de la casa donde vivían, *ya verán qué hermosa*, del tiempo que ella vivió ahí, cuando siendo muy joven quiso formar parte de una de las trovas que actuaban diariamente, a pesar de que no aceptaban a mujeres. *Verán cómo el ambiente es muy distinto en Trinidad. Allí se puede pasear a cualquier hora de la noche, tranquilamente. Pero bueno, en realidad les tendría que hablar de Santiago, aunque no sé qué decirles, porque solo estuve una vez, hace tantos años que ya no lo recuerdo bien. Reynaldo sí les podría hablar de ese lugar, porque vivió casi diez años allí.* Pero Reynaldo hizo un gesto de amable escapismo y continuó observando el verde que limitaba la calle, lejos de todos nosotros, tal vez tratando de despejar, en aquella pizarra vegetal, la incógnita de la vida.

V

Llevaba casi una hora lloviendo, de una forma diluvial, quizá porque eran las cinco de la tarde y como cada día el cielo se había nublado repentinamente bastante rato después de la comida. Al igual que durante nuestra primera noche, miramos afuera a través de las líneas que se extendían sobre cada lámina de la ventana, pero el espacio exterior, visto así, no resultaba más benigno y clemente. Esta era sin duda una de las peores tempestades del período ciclónico en el que nos encontrábamos. Faltaban diez minutos para que Óscar viniera a recogernos y temíamos que el vuelo hacia Santiago hubiera sido suspendido, teniendo en cuenta la cautela que existía en la isla en relación a los fenómenos atmosféricos. Habíamos dejado nuestra bolsa ante la puerta, disponiendo el escenario de la partida con la supersticiosa visibilidad que parece poder precipitar el ritmo indispensable para emprenderla. Óscar se presentó cinco minutos antes de lo que habíamos convenido, haciendo sonar repetidamente el claxon, subrayando una urgencia que nos condujo rápidamente afuera.

Una vez dentro del automóvil, el panorama adquirió un cariz casi bíblico, porque el agua empezó a restallar con violencia contra los cristales y enseguida nos encontramos descendiendo por una calle que la tempestad había convertido en un río marrón y denso, que nos acompañó hasta llegar a la plaza donde confluían otras calles riachuelo que lo habían anegado todo. Cuando Óscar se dio cuenta de que el pequeño automóvil se quedaba clavado en medio del barro y del agua, era ya demasiado tarde. Empezaron a mojársenos los pies y en un momento aquel líquido pesado enmoquetó completamente el suelo que tratábamos de no pisar. El nerviosismo nos enrojeció el rostro, menos a Ana María, que parecía más bien sentir curiosidad por la situación. Un extraño automóvil, una especie de ciento veinticuatro elevado sobre unas enormes ruedas, pasó a nuestro lado, y Óscar reconoció en su interior a un vecino suyo al que pidió ayuda. El engendro reculó soberanamente y nos empujó durante unos pocos segundos, suficientes para que saliéramos de la depresión en que se hundía la plaza, donde se había formado una auténtica laguna.

Tras el sobresalto estallamos en una larga serie de chistes y bromas que confirmaron la gravedad del incidente. Óscar nos contó que unos cuantos años atrás alguien a quien él conocía de lejos había muerto en unas circunstancias bastante similares en un reparto muy cercano al nuestro. Éramos de nuevo niños, excitados por la odisea efímera que habría que referir más adelante con la fingida modestia que los adultos a menudo otorgan a sus relatos, precisamente para reforzar su posibilidad dramática. Habíamos tenido suerte, pese a todo, y la humedad que había estropeado mi calzado se me antojaba un tributo mínimo y a la vez necesario.

Los últimos minutos de recorrido los consumimos a lo largo de la accidentada carretera sembrada de baches. El cielo se había ido despejando, aunque todavía caía una lluvia fina que parecía destinada a limpiar el barro que manchaba las aceras. En esta ocasión nadie compareció en los umbrales de las viejas cabañas ni tampoco se alcanzaba a ver ningún vestigio textil de vida en los balcones de les antiguas casas regias. Tuve la impresión de que era a Barcelona y no a Santiago adonde nos dirigíamos y la proximidad del aeropuerto me provocó un extraño desasosiego, tal vez porque las diversas relaciones que dejábamos en la Habana habían quedado establecidas en un punto prometedor siempre que fuésemos perseverantes; éramos cuidadores de un jardín delicado que no admitía abandono. Pero ahora nos alejábamos de él y la vaharada de tierra húmeda que entró por la ventana atrajo el recuerdo del jardín de María sin poder evitar imaginar el declive de unas flores ajadas, de un pequeño universo a la deriva.

El avión despegó con más de una hora de retraso por la amenaza del ciclón, minutos después de nuestros últimos momentos de ansiedad en el interior de una sala donde nadie escuchaba a nadie, rodeados por las cristaleras y las paredes de aquella dependencia no excesivamente grande, en la que un televisor se enseñoreaba de la espera vertiendo sobre todos nosotros un mundo sonriente y aséptico de productos comerciales y vacaciones seguras. Cuando compareció la azafata de la compañía cubana de aviación todos los que estábamos sentados con rostros de cansancio nos levantamos a un tiempo y de repente se formó una inmensa cola de bultos y sombreros y niños que chillaban excitados esparciendo su inquieta energía.

La nave, que vista de cerca parecía bastante nueva, nos reservaba una entraña gris, con ceniceros averiados en los brazos de las butacas y un enmoquetado con claros de desgaste y hebras deshilachadas en los márgenes del pasillo central. Cuando el avión encendió los motores para iniciar la maniobra de despegue nos llevamos un ingenuo sobresalto, al ver como por debajo del estrecho pasillo aparecía un humo blanquecino que en pocos segundos se transformó en una especie de lecho fluvial neblinoso. Caterina y yo nos miramos más asustados que sorprendidos hasta que una muchacha nos miró riendo para decirnos que aquello era la refrigeración. Afuera relampagueaba aún la tempestad y empecé a poner en orden todas las tragedias que mi aprensión hacía comparecer, como una formación de niños siniestros, una tras otra, a empellones.

Durante todo el viaje no cesaron las sacudidas y solo unos diez minutos antes de aterrizar en Santiago desaparecieron las turbulencias, de manera que todo el mundo se echó más ostensiblemente hacia atrás en sus asientos, para gozar de aquellos últimos y únicos momentos en calma. Desde la minúscula ventanilla no se percibían más que unas pocas luces esparcidas sobre la inmensa masa negra del suelo invisibilizado por la oscuridad. Me sentía completamente desambientado, con la impresión de haberme colado de polizón en la aventura de otro. No quería ni dejaba de querer ir a Santiago y no me había podido hacer la composición de lugar que siempre, por errónea que sea, contribuye a que aterricemos más familiarmente en los lugares.

A diferencia de lo que sucedió en el aeropuerto de la Habana cuando llegamos desde Barcelona, aquí nuestro equipaje apareció rápidamente, no más tarde de unos quince minutos después haber entrado en la dependencia destinada a la recogida de las maletas. Una vez tuvimos la nuestra, salimos al vestíbulo del aeropuerto situándonos en el centro exacto del mismo, para poder ser vistos con facilidad. Un par de taxistas nos miraron desconfiadamente al decirles que no necesitábamos sus servicios. Uno de ellos permaneció un rato junto a nosotros, como si no terminase de creérselo o como si esperara que nos arrepintiéramos. Finalmente se fue y quedamos prácticamente solos, acompañados por la figura de un policía que movía lentamente sus dedos, con las manos unidas, como si pasara el rosario. Veinte minutos más tarde nos decidimos a llamar al teléfono que Nora nos había dado y fue al descolgarlo cuando oí muy cerca la voz casi susurrada de un hombre preguntándome si me llamaba como en realidad me llamaba.

Caterina y yo acompañamos al individuo fuera del vestíbulo, manteniendo una cierta distancia, como custodiando un secreto. Se presentó de pronto una mujer que nos dio un beso a cada uno y que dijo ser su esposa. *Me llamo Magdalena, perdonen que no estuviéramos pero ustedes se quedaron junto al policía y no nos atrevimos a ir para allá para no llamar la atención.* Trató de coger mi bolsa pero me negué diciéndole que no pesaba. Entonces proseguimos otro trecho en silencio, hasta llegar al automóvil que nos esperaba afuera.

Al alejarnos del aeropuerto, mientras Magdalena nos interrogaba a propósito de nuestras experiencias en la Habana y el automóvil se adentraba en una carretera lo bastante oscura como para sugerir una travesía sin fin ni destino, la impresión de extrañamiento que me había invadido durante el vuelo y horas antes en la sala de espera, se transformó ahora en una placentera sensación de irrealidad, porque el mutismo del chófer que conducía con la mirada fija en el nudo de la oscuridad y la actitud de serena y escrutadora gravedad con que Magdalena nos escuchaba, conferían a aquella parte de mundo en movimiento un cariz vagamente mistérico, como si por debajo de nuestro lenguaje, en el que flotaban anécdotas sin importancia, alentase un plan secreto que las palabras tan solo conseguían cifrar simbólicamente, en virtud de las pausas, la inflexión de la voz y los leves gestos que parecían matizar sentidos que no comparecían porque era otro el vehículo tácito que trataba de expresarlos. Aquella atmósfera de noche previa al gran asalto nos acompañó hasta llegar a la calle Lourdes, cuando ya llevábamos bastante rato sin hablar, atentos a la oscuridad bañada por el halo amarillento de las altas farolas rodeadas de insectos.

La casa tenía dos plantas y al abrir la puerta bajó por la escalera que las unía un pequeño perro que se nos acercó gruñendo su deber domiciliar y rutinario. El hombre lo apartó con delicadeza y nos dijo que no le tuviéramos miedo, que a veces se ponía *guapo* pero que era completamente inofensivo.

La puerta se abría a una enorme dependencia que servía de recibidor y sala de estar, con mecedoras y sillas dispuestas como en un improvisado anfiteatro, en fragmentarios y sucesivos semi-círculos orientados hacia la escena eléctrica del televisor. Al fondo un largo sofá sin respaldo culminaba aquel imaginario auditorio aportándole una grada aterciopelada poco apropiada en apariencia para el clima del país.

Vayan arriba si lo desean a cambiarse. Pueden ducharse cuando quieran. Yo les indicaré cómo manejarse con el agua. Nos acompañó a nuestra habitación mientras ella se perdía en una estancia situada más allá de la primera. Caminamos disciplinadamente, ejecutando una representación de estricta formalidad, hasta llegar a la habitación. Caterina y yo nos miramos a fin de relajar con un gesto familiar aquella tirantez.

Cuando él acababa de explicarnos algunas cuestiones de carácter práctico concernientes a los enchufes y a los interruptores, apareció Magdalena (todavía no sabíamos cómo se llamaba el marido) y adoptando un aire grave y sentencioso nos dijo que aquella era una casa formal, añadiendo, mientras mi compañera y yo sufría-mos esperando alguna advertencia de carácter moral, que no nos preocupáramos por lo que respectaba a nuestros objetos de valor, porque ellos eran gente muy seria. Finalmente, al dejarlos solos, nos sentamos en la cama para mirarnos algo decepcionados. El contraste entre nuestros amigos de la Habana y estos nuevos *caseros* era muy acusado, como si nuestros nuevos anfitriones obedecieran un patrón acartonado y protocolario. En la Habana habíamos sido clientes a los que se acoge casi como a amigos, pero aquí, sin embargo, éramos los huéspedes a quienes hacía falta dispensar un trato correcto, sin entrar en roces más personales ni en complicidades espontáneas con que recortar la distancia.

Media hora más tarde cenábamos abajo, sentados a la mesa que había dentro de la estancia que servía de cocina y a través de la que se accedía a un jardincito en el que oímos enseguida la voz de una mujer de avanzada edad diciendo algo ininteligible. Magdalena nos preguntó qué queríamos comer y nos mostró unos platos con carne de pollo y otros con carne de cerdo. En otra bandeja había arroz moro y frijoles de acompañamiento. Escogimos la carne de cerdo porque su aspecto era muy distinto al de la carne de cerdo convencional y nos servimos el arroz moro y los frijoles mientras ella nos llenaba los vasos de agua diciéndonos que era fresca y había sido hervida.

Cenamos con la impresión de que los movimientos de nuestras manos, el mismo sonido del agua al precipitarse dentro del vaso, los dictaba la atenta mirada de ambos sobre nosotros, como si de una forma inconsciente hiciéramos lo que ellos esperaban, activados por el extraño campo gravitatorio que flotaba en el espacio comprendido por su visión, en la que Caterina y yo permanecíamos como clavados.

Apenas terminada la cena oímos un rumor de maracas y silbidos que nos llegaba con el envoltorio de la lejanía. Magdalena nos miró sonriente y nos dijo que era una de las congas del carnaval que por aquellos días debía de llegar ya a su fin. *No estoy segura, pero creo que esta es la última noche de carnaval. Vengan si quieren que los veamos pasar por la ventana.* La ventana en cuestión se abría en un ángulo de la casa que hacía de pared interior de una gasolinera descubierta, de manera que podíamos observar la calle desde un escondrijo difícilmente perceptible para quienes no reparaban en aquella esquina escondida entre neumáticos colgados y accesorios para el automóvil. Era una conga breve y caótica, en la que la impresión de desorden no la producía el habitual cariz festivo y desatado de este tipo de manifestaciones, sino más bien la conjunción de pasos vacilantes, de entrecruzamientos de dudoso equilibrio, que otorgaba al grupo una apariencia de masa blanda, a punto de deshacerse definitivamente por la morbidez impuesta por el alcohol. La conga había aparecido antes de lo que suponíamos, porque la algarabía había sonado encofrada y distante. Apareció enseguida, sin embargo, y duró apenas un minuto aun pasando tan lentamente ante nosotros. De nuevo me venció aquel placentero cosquilleo del espía invisible, incrementado por la agitada atmósfera onírica de maracas, vestidos chillones y sombreros espectaculares y maltrechos a un tiempo, todo moviéndose al ritmo incierto de las escenas vertidas dentro de los sueños, a la vez lentas y compulsivas, con la marca de la brevedad dibujada en la frente.

Estos negros le bailan la conga a quien sea, se la bailaban a Batista y se la bailan a Fidel. Magdalena habló con un evidente menosprecio al quedar nuevamente la calle en silencio. Le preguntamos si todas las congas eran de negros y me respondieron que no necesariamente, pero que ellos eran los más predispuestos a este tipo de diversiones. *Se les van las horas tomando y tomando. Tienen suerte ustedes de que hayan terminado ya los carnavales porque es un poco arriesgado mezclarse con esa gente.* Caterina y yo no añadimos ninguna otra pregunta ni comentario porque resultaba evidente que para nuestros anfitriones los negros constituían un problema y no nos apetecía escuchar una plática racista a aquellas horas de la noche. Volvimos a sentarnos a la mesa para fumar un cigarrillo y ellos también se sentaron en un banco más apartado. Él sacó de su bolsillo un paquete de cigarrillos y encendió uno. Tras la primera exhalación lo pasó a su esposa, que repitió aquel gesto de concentrada ausencia para volver a darla al marido. Finalmente este, después de repetir la operación unas cinco o seis veces más, tomó la mano de ella, sonriendo, y entonces nos miraron teñidos por una leve onda de atención relajada. Como no dejaban de observarnos les hice una pregunta tonta a propósito de la comida. Ella me respondió desenvueltamente, dando por acabado de pronto el protocolo que se había prolongado hasta entonces. Él también nos miró con una penetración distinta, con ojos desafiantes, como si fuéramos una cerradura difícil y buscase la llave adecuada.

Transcurrieron unos minutos de dialéctica previsible, de diálogo de ascensor, dentro del que, pese a todo, poco a poco, iba

147

abriéndose un resquicio de confianza, de incipiente complicidad. Algunas de las respuestas a preguntas que casi siempre exigían una corroboración antes que la satisfacción de la duda fueron acompañadas de sutiles expresiones amicales. El ofrecimiento de un cigarrillo, el mirarnos alternativamente como quien establece algún convencional paralelismo con el que poder fundamentar un comentario simpático a propósito de la juventud, del color de la piel, del tiempo que llevábamos juntos, cada uno con su pareja. En unos cuantos minutos, Magdalena nos confesó su angustia por la situación que estaban pasando y al hacerlo la rigidez anterior fue rompiéndose y replegándose como una sustancia que la hubiese protegido como protege a los nuevos seres el envoltorio nutritivo que desaparece con la eclosión de la vida. Fue un cambio tan perceptible que casi tuvimos la impresión de haber asistido a una especie de parto, que la mujer que habíamos conocido hasta hacía unos minutos se había secado y muerto como una piel de serpiente perdida entre matojos.

Magdalena nos dijo que cada día le resultaba más insoportable tener que subsistir recurriendo al mercado negro, guardando leche en la nevera como quien guarda un arma que la policía puede intervenir y transformar en prueba de un delito espantoso. Que un par de meses atrás, al no encontrar nada en el mercado, estalló en una diatriba contra el régimen de Fidel, mientras sus amigas se apresuraban a hacerla callar convenciéndola de que se tranquilizase, escoltándola hasta su casa, mientras alguien avisaba al marido, yendo a buscarlo al trabajo. Aquí intervino él, diciendo que su mujer era muy temperamental, pero que había que controlar este tipo de expansiones, ya que él mismo habría podido provocar un escándalo en muchas otras ocasiones y no lo había hecho para no comprometer a los suyos. Ella lo miró con una sonrisa de disculpa y reconoció no saber dominarse como él. *Pero yo, ustedes saben, es que no puedo. La última vez que nos cortaron el agua durante dos días me sentí igual de mal y me puse a gritar de rabia en la cocina. Como dure esto muchos años, no habrá quien lo resista.*

Magdalena nos habló de una especie de embajador de Fidel, una de las caras visibles de las relaciones internacionales de Cuba que según radio Miami se alojaba en hoteles de cinco estrellas, con gastos de más de mil dólares diarios, durante sus viajes a Europa. *Después va por ahí hablando de sacrificio y solidaridad.* Le intentamos decir que no se confiara demasiado de las informaciones de radio Miami, que había cierta parte de la oposición a Fidel muy peligrosa, porque una mentalidad reaccionaria del peor estilo era lo que los inspiraba contra *el comandante*, más allá del anhelo del establecimiento de la democracia. *Pues prefiero a toda esa gente. Al menos cambiaríamos un poco. De todos modos no podríamos estar peor.* Óscar (por fin habíamos descubierto hacía un instante su nombre, al dirigírsele Magdalena) le dio la razón pero trató de recordar *lo que tú misma dijiste cuando nos conocimos, que de pronto todo el mundo aprendía a leer y a escribir y que Fidel te parecía un sueño.* Ella lo admitió con reticencia, *pero de eso hace mucho tiempo. ¡Será que no han cambiado las cosas!*

Pasamos más de una hora escuchando el relato de todos los problemas que lentamente adquirían un caudal de río desbocado. Óscar nos pidió disculpas *porque ustedes no deben amargarse las vacaciones con nuestras historias* pero al darse cuenta de que no nos molestaba en absoluto oírlos hablar de estas cuestiones fue a buscar algo que había sobre una de las estanterías de la despensa. Me lo dio y al abrirlo descubrí que se trataba de una amarillenta cartilla de racionamiento, muy vieja, más que antigua. En una infinita horquilla que se reproducía en todas las páginas se especificaba producto, fecha y cantidad, pero la mayoría de espacios permanecían vacíos. *Este mes hará seis que no nos dan ni una miserable pastilla de jabón. De arroz nos han ido dando cada vez, pero fíjense,* su dedo mostró enfáticamente una cifra encerrada en un círculo, *con esto no alcanza ni para media semana.* En la libreta, estaba inscrito el marido y una de las hijas. *En la otra libreta está inscrita ella y las otras dos muchachas.* No entendí el porqué de aquella separación pero sin duda les debía de resultar más provechosa. ¿Usted cree que hay derecho a esto durante toda la vida? Me lo preguntó sin darme ocasión a responderla, haciendo saltar su mirada desde mi rostro al del marido, mientras yo movía levemente la cabeza para decirle que no al aire.

Poco después, al acostarnos, empezó a llover mansamente, como si el agua no quisiera interrumpir el sueño sino ofrecerle una almohada más ancha y muelle, con su cadencia tranquila y monótona. Cuando todavía no me había dormido, las gotas empezaron a repicar más fuerte, pero entonces el chubasco me precipitó más adentro de mi sueño, en lugar de desvelarme. Cuando desperté a la mañana siguiente, la tempestad había barrido del todo mi cansancio.

A media mañana partimos hacia Puerto Boniato, un lugar de montaña desde el que se divisaba todo Santiago. Al fondo del valle había una prisión que desde aquella distancia recordaba una extraña agregación de cajas de cartón, con un eje central en el que uno imaginaba oscuras dependencias y largas hileras de mesas con comensales meditabundos que tendrían empeñada su voluntad en algún otro lugar inaccesible y remoto. Señoreándose del brillo de las nubes más altas, una pareja de tiñosas oficiaba su peculiar rito circular, tentando como siempre en aquellos que las observábamos el sueño de una navegación aérea momentánea, una inmersión en el vértigo del vacío, frío y absorbente. Mientras volaba con la imaginación, Magdalena me ofreció un *mamoncillo,* aquel pequeño fruto empalagoso que según decían enloquecía a los niños, pero que me dejó sin embargo el paladar viscoso, con un regusto de miel amarga.

Óscar se ofreció para hacernos unas fotografías apoyados en la carrocería de su viejo Simca de los años cincuenta. Nos colocamos intentado esquivar los haces de luz que se derramaban entre las hojas de los árboles como dardos silenciosos. Tardó mucho en hacer sonar el obturador, de modo que al tomar finalmente la fotografía posamos con una mirada de arena en los ojos. Óscar me miró después de hacerla, durante unos instantes, como si tratase de captar el sentido de la escena que acababa de inmortalizar. Aquella última mirada me pareció que era la fotografía que mi memoria superpondría siempre a la suya.

La salida no duró mucho porque un oscuro lago de nubes apareció flotando por el noroeste hasta acercarse peligrosamente a nosotros. Descendimos con el automóvil sin encender el motor, para ahorrar gasolina. La vuelta resultó mucho más corta bajo aquella techumbre de intimidad que la lluvia iba extendiendo, al seguirnos.

Mientras Magdalena preparaba la comida, Óscar nos preguntó si queríamos tomar alguna bebida. Le dijimos que sí a condición de que nos acompañase, pero rechazó la propuesta aduciendo que aquellos refrescos estaban destinados a los clientes y que ellos nunca tomaban ninguno. Nos resultó muy incómodo el absurdo de tener que invitarlo en su propia casa, pero a pesar de todo le dijimos que no se preocupase, que lo entendíamos perfectamente y que nos gustaría mucho poderle ofrecer la bebida que prefiriera, *como si estuviera en su casa*, añadimos, bromeando.

Óscar aceptó la invitación y abrió la nevera para servirse una de aquellas cervezas Hatuey provenientes del mercado negro que no llevaban etiqueta. Al abrirla sonó el teléfono y Magdalena fue a atender la llamada, mirando de reojo la cazuela humeante, con la desconfianza con que se observa a un recién nacido al que hay que dejar solo por unos momentos. Oímos el nombre de Nora mientras Magdalena nos sonreía desde lejos, confirmando alguna pregunta de cortesía referida a nosotros. Me hizo una señal para que me acercase y al tomar el auricular me costó reconocer la voz de nuestra anfitriona, hundida en una crepitación molesta que se había encendido sobre un pesado zumbido de fondo. Nora me preguntó cómo nos iba todo por Santiago, si nos encontrábamos a gusto, si Óscar y Magdalena estaban siendo amables con nosotros. Le dije que sí, observado de cerca por Magdalena, que apenas se había movido de mi lado. Tratándose de Nora, me pareció que el tono de su voz exhalaba alguna especie de preocupación importante y que la prisa en despedirse no la justificaba únicamente el importe de la llamada. Al preguntarle si sucedía algo, me respondió que la policía había vuelto a visitarlos con el pretexto de aclarar algunas cuestiones concernientes a los vecinos detenidos, pero que la impresión, de todos modos, era la de haber pasado a ser ellos mismos objeto de alguna sospecha. Quise tranquilizarla, pero el orgullo le hizo adoptar de inmediato un tono de mayor seguridad. Me despidió diciéndome una de sus frases emblemáticas, una especie de grito de guerra disminuido por la distancia.

Al volver a sentarme le referí a mi compañera la sucinta conversación con Nora. También a ella la sorprendió que Nora pudiera llegar a preocuparse tanto y consideramos, como si fuéramos músicos en una gala al aire libre bajo un cielo de lluvia, que posiblemente la amenaza era inminente y que hacía falta ponerlo todo a cubierto hasta que mejorara el clima.

Durante la comida, estuvimos pensando ambos en nuestro regreso a la Habana, e hicimos un breve recuento de los lugares que visitaríamos en Santiago, de los cuatro días que transcurrirían antes de reemprender nuestro programa de actividades en la capital. No me había hecho ninguna idea preconcebida de los lugares que visitaríamos, tal vez porque en ningún momento quise pensar en abandonar la Habana y mi imaginación salvó el paréntesis de Santiago procurando perfilar la evolución de todas aquellas relaciones incipientes que empezaban adquirir una cualidad de amistad duradera.

Después de comer, Óscar y Magdalena nos sugirieron ir a visitar el Morro de Santiago porque el sol había vuelto a aparecer disipando la oscuridad de la casa. Laura, la hija más pequeña del matrimonio, apareció por vez primera para venir a saludarnos. *Anoche se acostó muy temprano pero hoy ya no podía pasar sin venir a saludarlos.* Magdalena nos preguntó si nos importaba que la muchacha nos acompañara y al decirle que nos gustaría mucho contar con ella, Laura dio media vuelta para ir corriendo a cambiarse de ropa a su habitación.

Óscar sacó el coche del garaje que había en la misma casa, una especie de almacén con toda clase de herramientas mecánicas y neumáticos destrozados. Le habría preguntado qué hacía con tanta rueda difunta, pero la bondad del aire después de la lluvia me hizo permanecer en silencio. Aquel rincón de mundo, de calle adormecida por la intemporalidad del mediodía, aparecía más real ahora, al cesar la lluvia, porque cada objeto había sido subrayado por el brillo limpio del agua. Mientras esperaba que todos subieran al coche, yo me anticipé para gozar de aquella nueva intensidad de todas las cosas.

Cuando pasamos por la carretera que discurría paralela al aeropuerto, volvimos a sentir aquel calor abrasante que algunas mañanas en La Habana nos había hecho añorar el frío del invierno. El aire que pasaba a través de las ventanas incrementaba la impresión sofocante de bochorno, porque más bien parecía un vapor de incendio lo que nos hacía transpirar anhelando nuevamente la lluvia. Laura miraba divertida afuera, indiferente a los comentarios de rigor sobre el tiempo. Su mirada reseguía fascinada el relieve de las montañas, la mancha estremecedora y veloz que pasaba a ras, en dirección opuesta, el vuelo alocado de las gaviotas que hacían visible la mano del viento. Pensé que, más allá de la vocación admirativa de los niños, Laura disfrutaba de una oportunidad poco habitual teniendo en cuenta la falta y el coste de la gasolina. De repente me daba cuenta de que aquella salida, más o menos incorporada al itinerario flexible que nos habíamos marcado, proporcionaba a la familia la ocasión de salir a pasear hacia lugares que seguramente resultaban demasiado distantes a la hora de administrar las posibilidades de su economía. Cuando llegamos al Morro, Laura salió precipitadamente del automóvil, como si quisiera atrapar el paisaje. Óscar dijo que hacía prácticamente un par o tres de años que no la traía a este lugar, que era tanto como decir, tratándose de una criatura de diez, que buena parte de su vida la había pasado sin visitar aquel sitio.

El Morro era una antigua fortificación del siglo XVII, bastante más impresionante que la de la Habana. Después de pagar la entrada para ver el museo pasamos adentro, accediendo a uno de los primeros patios, en los que el sol deslumbrante se había dejado caer estrepitosamente, como un saco lleno de polvorientos escombros.

Para huir de la mordedura del sol nos adentramos en el museo donde unos paneles informativos casi ilegibles por la penumbra explicaban la historia de aquella vetusta construcción. Vimos antiguos vestigios guerreros, algunas armas y cañones legendarios. Las dependencias conservaban la atmósfera de un tiempo de conquistadores, a pesar de la frustrante pululación de los turistas. En una de ellas había una rampa con peldaños por la que se hacía ascender la munición de bolas de hierro en caso de ataque. Subía hasta una abertura practicada en el muro en forma de arco de medio punto. En este espacio nuestras voces resonaban poderosas, retrotrayéndonos al misterio y la gravedad de las difíciles noches de la leyenda.

Por un largo espacio de tiempo, después de visitar la rudimentaria capilla y la indefectible tiendecita de *souvenirs*, permanecimos sentados en una pequeña nave mirando el relieve serpenteante del litoral, el límite de espuma y arena que enfatizaba la vastedad de mar Caribe. Magdalena y Óscar (me resultaba curioso que nuestros dos chóferes tuvieran el mismo nombre) fueron los primeros en apoyarse a ambos lados del ventanal, subyugados por la atracción de aquel espectacular horizonte. Esperamos pacientemente a que algo los desvelase de aquel sereno tránsito. Fue Laura, quien, finalmente, los arrastró lejos del poderoso imán azul.

Al salir de la fortificación, las rachas de viento anticiparon de nuevo la inminencia de la siguiente tempestad. Descendimos lentamente hasta una zona anexa al puerto donde algunas embarcaciones medianas permanecían amarradas mirando la hilera de pequeñas casas grises que allí había. Mientras nos fijábamos en una de ellas, nos abordó una especie de guajiro desnutrido que nos ofrecía ramas de mamoncillo. Óscar le compró algunas de ellas, repartiéndonoslas sin mirarnos, como repitiendo un gesto familiar cuya inconsciencia empezó a deshacer de pronto la distancia que hasta entonces había habido entre nosotros.

Durante los veinte minutos siguientes el cielo cambió de luz incesantemente, casi como si arriba un atareado escenógrafo dudase en relación a la atmósfera que había que proyectar sobre aquel lugar. Hubo intervalos de sol abrasador que el viento barría de repente para colocar un nudo de nubes que terminaban precipitándose también hacia un fragmento de mundo que las atraía con más fuerza que el nuestro. Finalmente, sin embargo, una última y lejana escuadra de lana morada fue deshaciéndose hasta cubrirnos del todo, capsulándonos dentro de una secuencia íntima y dramática. Cuando cayeron las primeras gotas gruesas y espaciadas abandonamos aquel escenario desierto como quien huye de la cabaña de cartón que sin duda arrastrará la tempestad.

Tal vez porque las lluvias en la Habana nos habían acostumbrado a una única visita diaria, nos sorprendió la nueva tempestad después de haber esperado a que se apaciguara el tiempo durante toda la mañana. Cuando llegamos al coche el cielo se vino abajo y en un instante el paisaje se transformó en un entorno furiosamente batido por la manga de agua que invisibilizó todo lo que se encontraba a media distancia, reduciéndolo a la espectralidad que adquiere el mundo bajo la niebla. Permanecimos por espacio de media hora dentro del automóvil lamiendo los mamoncillos y observando la agitación de los arbustos más cercanos, que parecían niños traviesos agitando compulsivamente los brazos como si alguien les tirase de las orejas.

Al empezar a menguar la tempestad descendimos la carretera con precaución. A nuestra derecha las altivas chimeneas que habíamos podido ver a nuestra llegada únicamente mostraban su cabezuela de rojos círculos flotando sobre el blanco tubular escondido entre las nubes. Pasamos por un barrio marginal en el que vimos a una pandilla de muchachos duchándose excitados bajo una repentina torrentera de agua fangosa. Las casas eran de madera y mantenían un degradado aspecto de población colonial exiliada de la posteridad. Magdalena nos propuso ir a visitar a su cuñado, el hermano de Óscar, que era pescador y podría mostrarnos las figuritas que hacía con el coral negro que obtenía zambulléndose en el mar. *Ya verán cómo les gustará. Con un poco de suerte habrá pescado esta mañana. Ya verán qué peces loros más ricos.*

La lluvia desapareció tan rápidamente como había empezado y al detenernos ante la casa del hermano tuvimos que franquear la sensible frontera de las miradas de los vecinos de las casas contiguas, que habían salido a despedir la tempestad, a espiar el despertar de todo. Magdalena entró dentro de la vivienda como un guerrero consciente de pisar una tierra conquistada. Del fondo de la primera estancia a la cual se accedía desde la calle, aparecieron dos chicas jóvenes, de unos veinticinco años de edad, una de las cuales avanzó con precaución hacia nosotros, con una sonrisa en la que se cifraba la cautela, porque lucía un embarazo muy desarrollado e iba con cuidado de no tropezar con ninguno de los numerosos taburetes que había en el suelo. La otra chica se le avanzó y besó a Magdalena con auténtica alegría. *¡Qué bien que hayan venido!* Ambas nos miraron con una brizna de timidez y Óscar nos presentó como los *señores que se hospedan en nuestra casa.* Sin proponérmelo, me vino a la cabeza una escena indefinida de teatro, un relámpago de representación donde alguien llegaba a un establecimiento hotelero aislado al término de un largo itinerario de lluvia.

La casa había sido levantada a base de mortero y madera y el suelo estaba hecho mediante una especie de pavimento gris que parecía piedra, sin serlo. En realidad la parte más sólida de la casa alcanzaba la altura de una persona, pues a partir de ahí hacia arriba, incluido el techo, la estructura era de madera, probablemente reforzada en algunos puntos con algún elemento de relleno. Resultaba espaciosa y el techo era tan elevado que casi podía uno sentirse al aire libre. En una de las paredes había un largo banco al que fueron sentándose las dos chicas y la madre que apareció más tarde junto a su marido, todos excepto el abuelo, a quien reservaron una especie de poltrona vieja que parecía haber sido arrastrada hasta aquel lugar por un camino de rocas cortantes.

El abuelo nos miró con una extraña expresión de agradable sorpresa, como si nuestra presencia le resultase familiar y únicamente le hubiera sorprendido el feliz sobresalto de una llegada inesperada. Nos preguntó de dónde éramos y al responderle que de Barcelona hizo unos aspavientos exultantes diciéndonos que su único compañero de trabajo durante casi cuarenta años era de Sabadell, que al enfadarse refunfuñaba en catalán. *La mare que el va parir*, exclamó, riendo el recuerdo. El hermano de Óscar permanecía en silencio, como si su cerebro registrase avisos de una percepción muy distinta a la nuestra. Las mujeres, sin embargo, escuchaban al abuelo con un orgullo casi tribal, admirado y respetuoso a un tiempo.

Cuando el anciano terminó de hacernos el recuento del puñado de recuerdos de Barcelona tomados a su amigo, las hijas de Arturo, el pescador, empezaron a contarnos un montón de anécdotas del abuelo, tanto profesionales como familiares.

Apenas diez minutos después de esto Arturo nos condujo al jardín que había en la parte posterior de la casa, donde su tercer hijo, a quien no habíamos visto hasta ese momento, pulía el coral con una pequeña rueda de afilar activada por un motor que emitía un zumbido muy suave. El hijo nos saludó sin dejar de aplicarse al pequeño pedazo de materia amarronada, casi negra, que sostenía con la mano derecha, mientras el padre comenzaba a mostrarnos las diferentes ramas de coral, de un tono grisáceo claro. *Ven, estas no sirven porque son huecas por dentro. Normalmente tengo que bajar algo más de diez metros para encontrar coral un poco bueno, porque éste que estaba a poca profundidad, está hueco y no va bien para trabajarlo.* Nos contó que se zambullía hasta quince metros de profundidad y que por fortuna seguía sintiéndose con fuerzas para hacerlo un par de veces por semana. Sacó de una bolsa unos delfines y unos peces espada, todo unido por hilos que se mezclaban en una pequeña masa inextricable donde flotaban animales engarzados con cordeles dorados.

Paseamos con toda la familia por el jardincito, en el que las indefectibles hojas de los plataneros proporcionaban una atmósfera fresca, de sombra tendida. Las muchachas nos miraban calibrándonos como si estuviéramos dentro de un escaparate, entregados a la momentánea consideración del interés espontáneo y explícito de quien contempla un artículo desconocido, extrañamente atrayente. Ambas lucían unas sudaderas desgarradas, pese al cuidado aspecto de sus rostros, acariciados por un leve rastro de maquillaje. El tercer hijo exhibía un cuerpo poderoso bajo las rendijas de su deshecha camisa doméstica y la belleza de su cabello negrísimo contribuía a dotarlo de una apariencia de pequeño dios escondido entre los mortales. Arturo nos explicó que el motor que movía la rueda de afilar era el de una vieja lavadora y que la misma rueda había sido cubierta con no recuerdo qué material que ellos convertían en polvo para adherirlo a aquella pieza circular transformándolo en una gruesa película erosionante. Cuando la rama escogida de coral había sido ya reducida mediante la pequeña muela, esta era extraída para colocar en su lugar otra rueda recubierta por una especie de tejido rígido con el que se procedía a su pulido final. Poco después aparecía el color del coral, marrón oscuro, y la forma del pez que iba definiéndose con cada nuevo giro de la porción de rama entre las manos del hijo. *Hacemos una docena al día, pero a veces nos cuesta mucho vender porque los pepos prefieren otro tipo de cosas, como las maracas. Pero a nosotros nos gusta esto.* Oímos el eco lejano de un trueno y nos miramos como si alguien hubiese pronunciado nuestros nombres y tuviéramos que ir a su encuentro. Óscar y Magdalena llegaron a la parte más sombría del jardín adonde habíamos ido a refugiarnos nosotros, mientras Arturo nos relataba de una manera sucinta y concentrada sus experiencias como pescador. Las chicas permanecían algo distanciadas. Cerca de una especie de fregadero custodiaban el goteo que sugería la bondad del universo líquido. Tuve la impresión de que debíamos reiniciar nosotros la conversación, pero ellas se habían quedado encantadas la una con la otra, cuchicheando sin secretear, para no molestarnos.

Cuando subimos de nuevo al coche, la familia en pleno salió al porche a despedirnos. Lamenté no poder inmortalizar aquella imagen con la cámara fotográfica porque parecía emerger de un tiempo remoto, como una estampa anacrónica que sin embargo conservaba una intensidad equivalente a la de las cosas tangibles. El lento movimiento del automóvil, al desplazarse por aquella calle de tierra y piedras, ahondó la lejana iconografía de los que agitaban pausadamente las manos para decirnos adiós.

Por el camino, al mantenerse el paréntesis de tiempo apacible, Magdalena nos preguntó si nos importaba que pasáramos unos minutos por casa de sus primos hermanos, porque tenían una hija pequeñita que había pasado con fiebre todas las noches de la última semana. No nos hubiéramos atrevido a decir que no, pero ciertamente nos atraía aquella especie de embriaguez de las atmósferas familiares, porque nos ofrecía la posibilidad de adentrarnos en mundos extraordinariamente caracterizados, en los que el tiempo y su contenido de pacientes esperas, de inacabables esfuerzos, de grandes expectativas, había creado atmósferas densas, con un enrarecimiento de horas de infinita conversación, cuyas imágenes poblaban la penumbra o la luz, con la misma perceptible y delicada presencia de un eterno aroma domiciliar, como el de los muebles antiguos. Mientras el coche se adentraba, no sin dificultades, en la zona de estrechas calles de Padre Pico, recordaba Piedad y sus oníricos recorridos a través de las calles de París o Madrid. Nuestros conocidos en la Habana se superponían en el recuerdo a la familia de Arturo, tal vez con la diferencia de que en el caso de estos últimos no les habíamos visto tejer ningún sueño que los proyectase más allá de su húmedo y tranquilo refugio.

La casa de los primos era tal vez más pobre que la del hermano y al llegar encontramos a un montón de personas alrededor de un pequeño televisor en blanco y negro. Los vimos desde el mismo lindar de la puerta, porque la estancia en la que se hallaban congregados era la más exterior de la vivienda, cuyas últimas habitaciones permanecían clavadas ante la opacidad calurosa de las casas que se abrían a la calle paralela, que habíamos cruzado hacía un instante. A diferencia de lo que había sucedido en casa de Arturo, aquí no experimentamos inmediatamente la impresión de constituir una curiosa novedad, ni infundimos, por tanto, con nuestra llegada, ninguna alteración en la atmósfera embrujada por el televisor. Nos sumamos con leves gestos de disculpa a aquella sosegada expectación y en un instante éramos unas sombras más del espectro familiar que rodeaba a la pantalla. Solo cinco minutos más tarde, al terminar el programa, todos reaccionaron como si no hubiéramos estado allí hasta ese momento, y Magdalena nos presentó mientras Óscar hojeaba indiferentemente un libro amarillento que había sobre una pequeña mesa.

En aquella casa, aparte del matrimonio constituido por los primos de nuestros *caseros*, vivían sus dos hijas, una de las cuales estaba ya casada y tenía una niña de cuatro años. La otra hermana compareció más tarde, aletargada por el bochorno que reinaba en toda la casa, pero que por el comentario que hizo a propósito del calor en las habitaciones, comprendimos que debía de ser mucho peor en los dormitorios diseminados a un lado y otro del angosto y largo pasillo. Nos saludó y habló con los suyos con la inevitable artificiosidad de quien se sabe observado por unos ojos inhabituales. Vestía mejor que el resto de miembros de su familia y las facciones de su rostro eran bastante distintas. Magdalena la llamó *la española* y ella la reprendió sonriendo avergonzada. *La llamo así porque ella sabe imitar muy bien el acento de ustedes. Ester, diles algo pero con acento español.*

Ester rió con mayor desenvoltura, forzada por el ruego de Magdalena, pero no nos habló con el acento español. Nos dijo que había conocido cinco años atrás a unos amigos de Barcelona y que estaba al corriente de todo lo que pasaba en nuestra ciudad. *Las últimas postales que recibí fueron las de la Villa Olímpica, debe de estar muy lindo ahora todo aquello.* Esperaba una carta de recomendación para poder viajar a Europa otra vez. Había estado en Tarragona y en Madrid, pero no en Barcelona, unos ocho años atrás. Le habían pagado el pasaje y había conseguido marchar después de inacabables visitas a un delegado ministerial digno de figurar en un relato de Kafka. Dijo que aún vivía del recuerdo de los días que pasó en estas ciudades, de la sensación de libertad que allí imperaba. Sabía que sería difícil volver a salir del país, pero que la mayor ilusión de su vida era poder hacerlo, aunque nos dijo que no deseaba abandonarlo, que era en él donde quería vivir su vida. *Pero que no me quiten el poder viajar.* Mientras hablaba pensé que a Nora la entristecería escuchar aquella conversación. Nora no parecía anhelar ni envidiar nada de lo que se posee en Occidente pese a no ocultar una intensa atracción hacia el mundo del que proveníamos.

Andrea, la pequeña de la casa, me abrazó haciéndose la tristona. No esperaba en aquel momento ser objeto de la espontaneidad de ninguna criatura y permanecí tal vez algo rígido mientras la niña parecía adormecerse con la barbita sobre mi espalda. Ester escuchaba las preguntas que le formulaba Caterina sobre su viaje a España con la emoción de quien ha sublimado la nada extraordinaria vida de un lugar por oposición al propio. Al oír que en Tarragona y Madrid se respiraba una atmósfera de libertad, pensé que su criterio en relación a este concepto tenía bien poco que ver con el que podríamos tener muchos de quienes vivíamos en la otra orilla del mismo océano. En cierta manera, la elevación de todo lo que provenía de la otra parte no dejaba de responder a una actitud común a todo el mundo, pues nosotros también padecíamos ahora la brutal acometida de nuestro espíritu dividido en dos mitades antagónicas, la de la idealidad revolucionaria, que nos había llevado hasta la Habana, con una especie de vago envoltorio difícil de precisar pero indudablemente presente, y el de la rebelión ante la severa experiencia de la situación real de los cubanos, extraños dentro de su propio país, sometidos por un sistema que parecía haber tenido que proyectar sus vidas, por medio de todo un rosario de promesas antaño creíbles, que sin embargo habían expirado al poco tiempo de su surgimiento.

Nuevamente no sabía si sentirme alegre o más bien triste por el hecho de haberme convertido de nuevo en embajador involuntario de un mundo anhelado por los demás. Mientras Ester y Caterina hablaban sobre la vida en España, en medio de la expectación del resto de la familia, pensé en los ancianos a quienes se promete un inminente retorno a su propio hogar, mientras discurre el tiempo para ellos en otro rincón desafecto e incómodo, que va viéndolos extinguirse junto a su deseo. Ester, como Piedad, como tantos otros, nos recordaban esta situación de precaria esperanza, porque el espacio hostil y limitador era su propio lugar natural y lo que les llevaba a quererlo cambiar por otro no era un asunto de acomodamiento del cuerpo, sino del alma.

El día siguiente, lo pasamos dentro de la casa, leyendo y charlando a ratos, porque la lluvia que había vuelto durante la noche se instaló por toda la jornada, instilando dentro de la vivienda una extraña atmósfera de intemporalidad, que teñía el movimiento del reloj que presidía el comedor de una especie de espíritu de inverosimilitud, como si su marcha no midiera nada real y el tiempo finalmente hubiera sido desenmascarado como algo puramente relativo al alma humana. Incluso leer resultaba difícil, porque las lámparas de las diversas estancias colgaban demasiado arriba y permanecían la mayor parte del tiempo apagadas para ahorrar consumo. Después de comer comparecieron dos individuos que secretearon con Óscar en una habitación contigua al garaje en el que había una especie de jergón sobre el que se sentaron cuchicheantes. Su visita fue el único aliciente del día, cuya impronta de eternidad había ido siendo sostenida por la inagotable expectación de los dos perritos que no dejaban de mirarnos alternativamente, moviendo las cabecitas cada cierto tiempo, como si esperasen un gesto que pudiera subvertir aquella laguna en la que las horas flotaban, como ancladas.

El aburrimiento nos hizo levantar deprisa hacia Óscar cuando este nos reclamó al concluir su breve cónclave silencioso. Nos presentó a los dos personajes como hermanos diciéndonos que uno de ellos nos acompañaría el día siguiente, si hacía bueno, a ver La Gran Piedra. Era uno de los lugares que queríamos visitar siguiendo el breve programa de referencia que nos había proporcionado Nora.

Hacía falta contar con un automóvil en buenas condiciones porque, como advirtió Óscar, *hay mucha loma.* Cuando, al cabo de pocos minutos, los hermanos se despidieron, empezó a explicarnos un montón de epopeyas relativas al ascenso a la Gran Piedra, un lugar que su coche ya no podía visitar desde hacía casi ocho años y que, por lo que fue contándonos, constituía un auténtico límite en la vida de cualquier vehículo. Lo llamaban así porque en aquella zona montañosa había una formación pétrea descomunal, aislada en la cumbre de una colina, como si alguien la hubiera clavado directamente desde el cielo. Cuando Magdalena y su hija intervinieron en la conversación, comprendimos que aquel lugar tenía para ellos connotaciones sagradas y esta impresión proyectó una sombra de rara gravedad sobre la larga línea de las horas siguientes.

Uno de los hermanos nos pasó a recoger a las nueve de la mañana. Nos saludó con una incierta inclinación de la cabeza dirigida a todos y partimos con él cuando Óscar señaló el reloj para indicarnos que nos apresurásemos. *Tienen que llegar pronto porque a media mañana podría llover de nuevo.* El hombre asintió, también de una manera imperceptible y lo seguimos sin cruzar ninguna palabra hasta el automóvil. Caterina me sugirió que me sentase delante para evitar marearme. El hombre apartó unas carpetas viejas que había sobre el asiento y me hizo sitio sin mirarme.

Durante los diez primeros minutos de trayecto, permanecimos en silencio o más bien callados, porque nosotros no nos atrevíamos a hablar. El hombre conducía como lo hacen los conductores de autobuses que se ven obligados a ignorar el tránsito de los sujetos que van acompañándolos a lo largo del recorrido. Aquí, sin embargo, éramos solo un par de personas y me interesaba poder conocer alguna historia concerniente al lugar que íbamos a visitar o por lo menos deshacer aquella tensa opacidad que en caso de durar mucho excluiría definitivamente del sentido del viaje al mismo viaje, el tiempo destinado a recorrer el camino que nos separaba de nuestro destino.

Tardamos casi tres cuartos de hora en ascender la pista forestal que llevaba al inmenso monolito. La subida resultó mucho menos espectacular de lo que imaginábamos, después de haber escuchado toda la ristra de historias que convertían el lugar en una especie de reto automovilístico. Ninguna de las pendientes resultaba especialmente pronunciada, aunque en algunos momentos pudiéramos llegar a tener esta impresión al oír el ahogado jadeo del coche. En las dos o tres ocasiones en que esto sucedió, el hombre habló con parquedad para decirnos que no pasaba nada y que pronto llegaríamos arriba. Mientras miraba a través de la ventanilla cómo la vegetación más frondosa iba quedando reducida dentro de los grandes círculos que describía la carretera y aparecían los primeros parajes de árboles más ocasionales, pensaba que el sentido de las proporciones, (seguramente también de la propia vida) eran completamente diferentes para un pueblo como el cubano, tal vez porque la falta de variación, de novedades, la ausencia de otras perspectivas, los llevaba a sobrevalorar las pequeñas turbulencias de la normalidad, como lo era esta montaña sin duda alta, pero en absoluto merecedora de las consideraciones himalayencas que envolvían su prestigio. Cuando el coche se detuvo no muy lejos de un bar acabañado del que colgaba una retahíla de letreros que hacían alusión al interés de La Gran Piedra, di al hombre los treinta dólares que costaba la excursión y bajamos para empezar a subir la estrecha senda de peldaños flanqueada por yedras gigantes y también diminutas en la sombra y árboles que parpadeaban con ojos de plata, en la parte del sol.

Subimos pensativos, siguiendo al hombre que caminaba sin fijarse en nada, recorriendo con la mente algún otro itinerario invisible. Nosotros, sin embargo, empezamos a sentirnos cautivados por los recodos sombríos en los que crecía una neblina diminuta y quieta, y fuimos leyendo alguno de los plafones informativos que explicaban la importancia de la población de yedras, una de las mayores reservas existentes, con numerosas especies endémicas. De tanto en tanto, él se detenía sin dirigir los ojos hacia nuestras miradas, pero leíamos en la interrupción de su paso abstraído un leve síntoma de impaciencia. Habríamos preferido que, en caso de querer subir, lo hubiera hecho por su cuenta, o que se hubiese quedado en el bar tomándose algo, porque su procesión desafecta nos convertía una vez más en estelas de su indiferencia.

Finalmente llegamos al estrecho sendero que rodeaba la inmensa mole de piedra. Para subir a la cumbre había sido habilitada una escalera metálica que dejaba ver el vacío. La altura era poca porque la montaña descendía justamente desde la otra parte, allí donde la piedra se señoreaba del bosque como la proa de un barco frente a la inmensidad del océano. Subí con algo de miedo la escalera, por el vértigo, pese a que no había ninguna engullidora hondura que temer.

Arriba, una tosca barandilla limitaba la superficie más llana y en el centro un chico y una chica había extendido un pañuelo repleto de pequeños objetos artesanales. La lluvia de los últimos días y las nubes que remotamente flotaban como una atmósfera diversa reservada en la distancia, nos convirtieron en los únicos y solitarios destinatarios de aquella mercancía expuesta con la oportunidad y la desesperación de un náufrago. Sin contrastar ninguna opinión, decidimos adquirir alguno de aquellos artículos, para honrar el pequeño trabajo del hombre que en aquel lugar adquiría connotaciones casi rituales, de actividad enaltecida por aquel altar primitivo que daba nombre al lugar.

Dejamos que el viento lanzase nuestros pensamientos al vacío al menos durante una hora. Bogamos con ellos siguiendo la tranquila trayectoria de las tiñosas, intentando aprehenderlo todo sin concentrarnos en nada particular. El chico y la chica del puestecillo nos comentaron que a menudo la isla de Jamaica podía divisarse si no había nubes. En Cuba, nos habían dicho, cuando estábamos en la Habana, no había mucha tradición de pasear por la montaña, de manera que uno podía imaginarse desiertos todos los senderos que los árboles ocultaban y esta consciencia incrementaba la impresión de altiva soledad que exhalaba el paisaje.

Al bajar de espaldas por la escalera metálica, tuve la impresión de estar abandonando la nave inmóvil que dominaba aquel rutilante océano verde. El conductor, al que solo habíamos conseguido arrancar algunas pocas afirmaciones monosilábicas mientras permanecimos arriba, continuó precediéndonos al regresar, aunque parecía haber relajado un tanto su determinación de ausencia. Nosotros no nos apresuramos a bajar al sendero y nos quedamos algunos minutos en cada uno de los recodos que se abrían a una honda perspectiva de aquella parte de Sierra Maestra. Eran las doce y media.

Por el camino de vuelta, ya dentro del automóvil, encontramos dos coches que habían tenido que detenerse reventados por la cuesta. Ambos tenían abierto el capó, pero solo de uno de ellos salía una humareda blanca, como si la vida expirase en él, definitivamente. Nuestro chófer disminuyó la velocidad al verlos para decirles que no llevaba agua pero que si querían podía avisar a alguien al llegar a Santiago. Nos respondieron que no, diciendo que con un rato de reposo podrían volver a ponerlos en marcha. La precariedad de la vida mecánica era sin duda la causa del respeto casi mítico que habíamos percibido entorno a la montaña que poco a poco íbamos dejando atrás.

Nos despedimos del chófer en la plaza Céspedes, porque aún era temprano y queríamos pasear por Santiago. Deseábamos también llamar a Nora, porque su última llamada nos había dejado preocupados y fuimos hacia el hotel Casa Granda.

Nora se animó mucho con nuestra llamada. Había pasado los dos últimos días bastante nerviosa porque la policía había ido a hacer preguntas a unos vecinos amigos. Les preguntaron sobre el movimiento de turistas por la zona y ellos respondieron irónicamente que no habían visto en la vida un solo turista y que si lo vieran no sabrían identificarlo. Nora rió diciéndonos que sus vecinos eran muy atrevidos, que ni ella (la auto referencia me pareció muy significativa) se hubiera atrevido a hablarles así a los agentes. Nos contó que David había tenido fiebre y que el tiempo volvía a ser bastante bueno, además de algunas otras incidencias menores de las que suelen emplearse para salvar las cesuras de la conversación. La noté intranquila, intuyendo el problema tras la irrelevancia de la anécdota. *Nora, ¿sucede algo?* El *no* sonó como un si fuera el forro del *sí* y me despedí al cabo de unos segundos con la impresión de que algo había cambiado en La Habana desde nuestra partida.

Decidimos ir a tomar algo a *la casa de la Trova*. El establecimiento consistía en un espacio larguirucho en cuyo fondo había un patio con algún arbusto en el que los músicos habían colocado una pequeña tarima de madera para poder actuar. Únicamente otra pareja se encontraba sentada junto al camarero y éste se levantó de la mesa en la que estaban para venir a servirnos. ¿Españoles?, preguntó, mientras desaparecía nuevamente para ir a buscar las cervezas.

No pasamos mucho rato en la casa de la Trova porque nos apetecía pasear por Santiago, aprovechando la tregua de la lluvia. El lugar en el que nos encontrábamos era, según nos habían dicho, uno de los más agradables para escuchar música al anochecer. Ahora, no obstante, estaba vacío y repleto de la atmósfera que segregan los gestos perezosos que se escapan cuando uno tiene todo el día por delante. El camarero volvió con las cervezas sonriendo, pero no se quedó a charlar con nosotros, como creímos que haría, sino que volvió a la mesa vecina para seguir su conversación con los otros clientes.

La cerveza nos ayudó a convocar los aromas y los colores del lugar en el que habíamos estado durante la mañana, porque sostuvimos una conversación sobre La Gran Piedra, sobre sus solitarias montañas, que duró bastante rato, casi como si solo entonces empezáramos a disfrutar de nuestra excursión. Hacía tres años que conocía a Caterina y casi desde el primer instante me di cuenta de que ella compartía conmigo esta sublimadora costumbre de la mirada retrospectiva. A menudo habíamos bromeado a propósito de nuestra permanente necesidad de decirnos las cosas, de narrárnoslas, para que adquirieran una entidad suficiente. No era imprescindible que el relato versase entorno a una experiencia más o menos inmediata, como sucedía en esta ocasión, sino que muchas otras veces tomábamos al pasado fragmentos que únicamente al ser rescatados del desván de la inconsciencia transformaban su inicial indeterminación para acabar poseyendo, en virtud de nuestro afán por historiarlo todo, unos rasgos propios, un sentido que los hacía inteligibles y pertenecientes a una compleja retícula de existencia que poco a poco iba siendo enriquecida con cada nuevo relato y confundiéndose con nuestra vida. Las dimensiones del monolito, la epopeya casi legendaria de los recuerdos del tiempo en que tal o cual automóvil podía alcanzar todavía el lugar, la soledad que como una burbuja flotaba sobre las cordilleras proporcionando una invisible caja de transparente resonancia a los graznidos de las aves y al rumor del viento; todo iba siendo convertido en un vasto signo expuesto ante nuestra capacidad de desciframiento. Cuando los vasos estaban ya casi vacíos, ninguna de las cosas que habíamos contemplado durante la mañana me resultaba extraña, como un país remoto que la conversación hubiera ido aproximando hasta hacerlo nuestro.

Al dejar el local, dimos una vuelta por las calles adyacentes a la catedral en las que algún transeúnte nos advirtió que anduviéramos con cuidado con las carteras. El día de pronto cambiaba y del lado del mar un nuevo nudo de nubes empezaba a deshacerse, derramándose lentamente hacia todas partes. Visitamos la casa del conquistador Diego Velázquez y mientras estábamos adentro, recorriendo las lujosas estancias de mobiliario colonial y europeo, oímos los primeros truenos, percibiendo cómo muy lentamente se oscurecían las habitaciones. Mientras la guía comentaba el valor y la procedencia de los diversos objetos, su voz, como una línea trazada sobre el agua, fue perdiéndose, porque me atraía mucho más aquella otra resonancia poderosa y distante a la que los relámpagos proporcionaban un acento visible. Las palabras fueron fundiéndose en ella y me costaba seguirlas, como si materializaran un recuerdo no lo bastante real y no pudiera distinguir en él el lenguaje convertido en murmullo.

Cuando salimos del museo, el chubasco era intenso y tuvimos que refugiarnos bajo los porches de una vieja casa agrietada. Nos sentimos excitados por el aroma a tierra, por la oscuridad amenazadora. La naturaleza subrayaba con su energía líquida nuestra juventud. Toda sensación era el más grande milagro.

Allí, en España, ¿tienen ustedes tanto negro como aquí? Le dijimos que no a Magdalena, algo confundidos por la clara implicación peyorativa de su pregunta. *Pues aquí ya ven, aquí enfrente vive una familia. Hay como quince personas ahí dentro. Son como monos.* Caterina y yo nos quedamos callados porque no deseábamos enfrentarnos abiertamente pero tampoco responder con ninguna de las tópicas afirmaciones que se acostumbran a utilizar para defender a las otras razas y que a veces, involuntariamente, adquieren un tono de disculpa cómplice. El menosprecio era lo bastante evidente como para intentar hallar una salida conciliadora, que pudiera contentarnos, modificando la orientación de sus sentimientos. Mientras tomaba el café, llegué a pensar, contemplando la situación desde una perspectiva quizá excesivamente distante, que aquella afirmación y la actitud que venía a representar, suponían para gente como nosotros, acostumbrada a vivir en un entorno culturalmente heterogéneo y permisivo, una especie de dato antropológicamente relevante, casi curioso, como un fémur sepultado a una prometedora profundidad arqueológica. Era la primera vez que alguien asumía ante nosotros un racismo espontáneo, nada solapado y no nos sentimos preparados para combatir el novedoso acontecimiento. *Así que en España hay pocos negros. Los trajeron todos para acá, parece.* No respondió a la pequeña provocación de mi compañera, cuando ésta dijo, improvisando en clave surreal, que sus mejores amigos eran negros.

Después de la comida, nos sentamos en las mecedoras del comedor aprovechando que el televisor estaba apagado. Volví a abrir el libro de Lezama tras muchos días de no dejarle hablar. Más que la obra de los diversos pintores a los que iba refiriéndose, el mismo cromatismo del lenguaje, a veces tan denso y vivo como manchas gruesas de pintura roja, era lo que me atraía, porque con cada nueva valoración estética el escritor componía otro cuadro paralelo, a menudo tan convincente que las propias palabras parecían debilitarse respecto a la visibilidad de su caligrafía, convocando el otro mundo invisible que suporta el lenguaje tan sutilmente que las frases sucumbían bajo una percepción más mortecina de sí mismas para dar paso a una exaltación de formas que eran ya pura sensación. Casi perdiendo de vista los caracteres negros que integraban cada párrafo, comparecía un universo en el que se abrían puertas a una intuición compleja, como debe serlo la de quienes gozan de una sensibilidad exacerbada. Nunca hasta ahora la lectura de un libro me había procurado una forma tan peculiar de acceso a un mundo que se nos revelaba como desconocido e inexplorado. Un mundo de sensaciones, más que de conocimientos, porque la alusión a los diversos pintores no era precisamente el tipo de ignorancia más grave que aquella lectura reparaba; se trataba de una ignorancia mucho más profunda, vinculada a la manera de mirar y no haber visto nunca, de percibir a través de un solo color de vitral.

A pesar de las disculpas de hacía un rato de Magdalena, que se lamentaba de que hubiéramos encontrado un tiempo tan malo, me resultaba sumamente placentero permanecer en aquel sombrío comedor, leyendo páginas sobre artistas cuyas obras no veía nunca, volcándome en una actividad digna de un dios que dispusiera de una vida ilimitada para ir llenando con todo lo que mereciese la pena. Los perros volvieron a flanquearnos, custodiando la quietud que afuera la lluvia enmarcaba con su verterse íntimo. Solo un rato más tarde de aquella sesión de lectura, oímos una especie de gemido ahogado por el rumor del agua que caía en el patio. Cerré el libro para tentar la emergencia de algún otro personaje digno de aquella atmósfera cada vez menos verosímil, como la materia de un sueño.

La abuela de Magdalena estaba dentro de una pequeña estancia de la medida de un trastero. La puerta se abría hacia el patio descubierto en el que la intensa lluvia había formado un charco que no aumentaba porque el enorme desagüe mantenía su nivel impidiendo que el agua desbordara los límites de la depresión circular que había en el centro. Me acerqué a la mujer que me miró sin verme, sonriendo al ser que ella quiso encontrar. Era terriblemente delgada y debía de haber pasado de sobra los noventa. Vestía una tela a cuadros, bastante transparente, que en algunos lugares dejaba ver los huesos. La saludé sin estar seguro de haber sido visto y ella me respondió de una forma ininteligible. *No se preocupe, le cuesta mucho oír.* Óscar estaba tras de mí y compartió conmigo unos instantes de remojo tan impasiblemente como la abuela me había incorporado a su ciega percepción. *Tiene noventa y seis años. Ya ve.*

Óscar me contó que el marido de ella había nacido en Sitges y que viajó a Cuba siendo muy joven. Ella hablaba a menudo como si estuviera vivo. Cuando le daban de comer, quería que fuera él, su esposo difunto, quien se lo sirviera. *Hace ya unos tres años que se demenció, pero no tiene mala salud.* La dejamos con su expresión de atención feliz e inconsciente para volver al comedor.

Al entrar en este, Magdalena hablaba en tono confidencial con Caterina y al ir a preguntar cuál era el secreto se fue la corriente y el comedor quedó a oscuras. Magdalena refunfuñó mordiendo las palabras con rabia para decir que solo le faltaba esto, que en este país no se podía vivir, que no soportaba más los apagones. Nos propuso largarnos y visitar a una prima que era magistrada y disponía de un generador eléctrico que le permitía tener corriente cuando cortaban el suministro. *Como llueve, tanto da ir a un sitio que a otro, y por lo menos así cambiamos de escenario.* Asentimos porque nos apetecía conocer a otras personas, pese a la agradable impresión de cobijo que nos proporcionaba aquel espacio que ahora el día gris había teñido por completo, haciéndonos sentir tan adentro y tan fuera del mundo al mismo tiempo.

Llegamos a un edificio alto, de unas diez plantas. Al entrar al ascensor, una muchacha que se sentaba en una silla asida al rincón nos preguntó a qué piso íbamos y pulsó el botón número dos. Después, continuó leyendo las hojas que solo había dejado de considerar para buscar el número embotonado y volvió a desaparecer en ellas, mimetizada por el color de su jersey y el de la caja de la cabina.

La prima de Magdalena era una magistrada de cincuenta años y pico, que vivía con su hija mayor de unos veintidós o veintitrés. Al piso lo iluminaba una especie de generador que proporcionaba al lugar el singular privilegio de esquivar los apagones. Curiosamente, y por suerte, estos no afectaban nunca el funcionamiento del ascensor. El pequeño apartamento se hallaba en uno de los ángulos del edificio y desde aquella altura se divisaba buena parte de la ciudad, moteada por las zonas con luz que iban agrupándose en el centro desde la periferia llena de zonas en sombra, como un puzle de piezas perdidas.

La magistrada parecía muy contenta con nuestra presencia y la hija, que también se había mostrado muy amable desde el primer instante, nos ofreció café. Acabábamos de tomar pero no lo rechazamos por temor a despreciar el único ofrecimiento posible. Nos sentamos en un largo sofá blanco en el que Magdalena se espatarró como si quisiera mostrar ostensiblemente que aquel territorio no le era nada extraño.

Una vez más surgió la indefectible conversación sobre Barcelona. No intentamos luchar contra ella porque estábamos cansados, pero sin embargo el tema derivó inmediatamente hacia la figura que aparecía retratada en una inmensa fotografía que ocupaba todo un tabique de aquella estancia: Fidel. La hija habló sobre él con una mezcla de admiración y severa crítica. Nos dijo lo que casi todos nos habían ido diciendo desde que estábamos en la isla: que el ideario de la Revolución aún mantenía en esencia su validez inicial, pero que el *comandante* había liquidado toda posibilidad efectiva de realización. Que sus primeros impactantes discursos habían ido derivando en una retórica vacía, repetitiva y hostil. Nos confesó, sorprendida, que éramos los primeros españoles que no le enaltecían el personaje de Fidel. Le comentamos que en cierta forma nosotros también lo habíamos sublimado excesivamente, que incluso ahora continuábamos asociándolo a un puñado de consideraciones relativas al empuje utópico que bastantes años atrás animó a toda una generación. Que poco a poco, después de haber tomado contacto con la realidad de la isla, habíamos ido experimentando un fuerte desencanto, al comprobar cómo aquel sueño se encontraba completamente al pairo, con un rumbo, de todos modos, previsiblemente nefasto. Nos comentó que tampoco deseaba para su país nuestras políticas, pero que en todas partes parecía imposible encontrar fórmulas de equilibrio. *Parece que sólo se puede ser capitalista convencido o comunista confuso. Lo peor es que ni yo misma sé qué prefiero, ni adónde nos va a conducir la situación actual. Como están las cosas da la impresión de que sólo el capitalismo haya de prevalecer. Pero no es solución ninguna.*

Interrumpimos brevemente la conversación porque la cafetera acababa de hacer sus extraños gargarismos. La madre, que se llamaba Amalia, nos sirvió un café negrísimo y ambas, madre e hija, ironizaron al verme precipitar en él una pizca de azúcar. *Madre mía, ¡se va ahogar usted en azúcar!* Les comentamos que en nuestro país de origen mucha gente lo tomaba fuerte y que en cualquier caso nunca la cantidad de azúcar –salvo algunas obsesivas excepciones- igualaba la suya.

Nos habíamos servido ya todos cuando sonó el timbre de la puerta. Fue Magdalena quien abrió. Entró un muchacho delgado, con bigote, y un aire de extrema timidez. Amalia nos lo presentó como su futuro yerno y la hija le hizo sitio junto a ella. Su llegada provocó una breve situación de ascensor, pero inmediatamente nos animaron las bromas de Amalia a propósito de los apagones.

Fue justamente este tema el que provocó pocos minutos más tarde una extraña situación, inopinadamente tensa. Tras las bromas de Amalia, les comenté mi sorpresa al haber visto en la televisión cubana un programa de sobremesa en el que un representante de la compañía eléctrica responsabilizaba a los árboles y al viento de los cortes de suministro, que a su entender eran siempre provocados por las tempestades, muy abundantes en aquella época del año. El empleado respondía con aquellas palabras a una hipotética llamada (de la que la única noticia era la alusión que se hacía a ella en la respuesta del hombre) en la que alguien se quejaba de las podas excesivas que se habían producido en determinados distritos. El empleado, que gastaba unas maneras beatíficas, expresó su solidaridad con la inquietud de aquel ciudadano, pero añadió que desdichadamente las podas eran imprescindibles si se quería combatir con éxito las averías del suministro eléctrico. Lo más sorprendente fue que, al acabar, y tras un pequeño intervalo musical, la presentadora del programa leyó una pequeña lista de repartos y fechas en los que próximamente se producirían apagones. Parecía una paradoja que pudiesen anticipar algo que momentos antes había sido justificado como fruto de un desafortunado azar. *No costaría nada reconocer que hay problemas con el crudo. Es una tontería querer engañar a la gente de ese modo.*

Cuando terminé de hablar, la hija de Amalia intervino, conturbada. *No, eso no es así. El gobierno no engaña a nadie. Ya está bien de culpar a Fidel y al sistema de todos los errores. Él no tiene la culpa. Yo amo a Fidel, le adoro. Es lo más importante que tenemos aquí.*

Caterina y yo nos miramos perplejos, porque de pronto la opinión de aquella muchacha había experimentado un giro increíble. No habían sido un sueño sus anteriores críticas a Fidel y sin embargo ahora vindicaba su nobleza, poniéndose a la defensiva, casi ofendida. Su tono taxativo resultó eficazmente disuasorio porque se abrieron unos segundos de silencio que sirvieron para zanjar definitivamente el asunto.

Mientras subíamos al coche, de regreso a la casa en la que nos alojábamos, Óscar, que no había abierto todavía la boca, y Magdalena, estallaron en un terrible ataque de hilaridad, irreprimible y compulsivo. Caterina y yo, que aún no habíamos digerido ni entendido el brusco cambio en la opinión de aquella muchacha, volvimos a sentirnos fuera de juego al verlos de aquella manera. Entre risotadas nos dijeron que Blanca, la hija, había representado una perfecta comedia, por el hecho de que su compañero pertenecía a las juventudes del partido y no había querido dejar de mostrar su lealtad al comandante, aunque fuera de aquella forma histriónica y apasionada. A pesar de la explicación, nos sorprendió que Blanca se viera en la necesidad de engañar a su propio compañero, porque una actitud de esta naturaleza proyectaba sobre la relación de ambos infinitas sospechas. No parecía tampoco una situación especialmente divertida y Caterina y yo lo tomamos como una rareza más de esta pareja a veces hermética y a veces locuaz, pero siempre imprevisible.

Al volver a casa encontramos a la otra hija del matrimonio, a la que no conocíamos. Tenía diecisiete años y hacía casi dos que estaba casada con el chico que al vernos se hizo a un lado, como si temiera estorbar. La madre nos lo presentó, pero el marido de la hija dijo que se tenía que ir a comprar aceite y se despidió con un adiós que rehuía nuestras miradas. La chica se sentó con nosotros pero se desdijo inmediatamente, impulsada por una nueva idea que la obligó a irse velozmente lanzando un beso a su madre y una sonrisa fulminante hacia nuestro rincón. *Parecen locos, andan todo el día uno detrás de otro. Parece que les va bien. Él es muy buen chico, aunque sea un poco oscuro. De todos modos ya han visto que no es prieto prieto.* El yerno era efectivamente mulato y el hecho de no ser completamente negro lo salvaba, en lo que concernía a su suegra, de una consideración menos indulgente hacia su persona. *Nos disgustó mucho cuando Milena vino con el mulatito pero se quieren y eso es lo importante. Ya tuvimos bastante con el divorcio de nuestra hija mayor.* La hija mayor tenía veinticinco años y estaba divorciada. Magdalena no quería que la hija pequeña le proporcionara descendencia. *Que dure así, porque estos tiempos son muy malos para tener hijos. Es lo único que les pido a ellos* (se refería a la parejita a la que acabábamos de conocer) *que no me hagan abuela por ahora, que bastante tenemos con salir nosotros adelante.*

La hija más pequeña, que tal vez había escuchado la conversación, bajó para decirnos que la abuela había estado pidiendo comida toda la tarde, pero que no le había querido dar porque ya había comido bastante. *Se pasa el día enterito pidiendo comida y eso que es la que mejor come en esta casa, aunque no lo parezca.* Después de decir esto, Magdalena fue al encuentro de la vocecita que llegaba como un jadeo desde el patio, como un lamento hecho rutina.

A la mañana siguiente, me desperté con el sol que entraba en nuestra habitación encendiendo las flores de la cortina en la pared y aun siendo temprano oí debajo pasos de gente que caminaba arrastrando maletas. Era un día apropiado para hacer la excursión al parque Baconao y decidí levantarme y vestirme muy lentamente, como si la vida no pudiera terminar nunca. Caterina dormía con la mente vagando entre nieblas de sueño y al mirarla recordé unas palabras de Pessoa, que afirmaba algo entorno a la inmoralidad de dar muerte a una persona dormida. En el pequeño párrafo de Pessoa se enaltecía subrepticiamente el sueño concibiéndolo, tal vez, como un estado de gracia que convertiría en execrable cualquier tipo de alteración, un estado, además, que pondría de relieve la vulnerabilidad inherente a la condición humana, y quién sabe si no, también, su inicial inocencia frente al hostil universo. Mientras me preguntaba por qué había pensado de repente en aquella terrible reflexión, me dirigí sigilosamente al baño, con temor a despertarla.

Tres cuartos de hora más tarde, nos encontrábamos de nuevo en la espaciosa cocina, esperando el café que ahora Magdalena había aprendido a no endulzar, sirviéndonoslo directamente de la cafetera. Óscar nos había recordado la oportunidad de ir a dar una vuelta al parque Baconao y nos preguntó si nos importaba que nos acompañase su hermano, que aprovecharía las playas más cercanas para intentar pescar algunos peces. Le dijimos que no nos importaba y lo esperamos allí mismo, prolongando el café.

Óscar nos contó que durante la madrugada unos ingleses habían aparecido pidiendo alojamiento y que les habían proporcionado una habitación contigua a la nuestra. Tenían que pasar una noche más en Santiago porque habían perdido el vuelo a La Habana y un *jinetero* les había traído hasta aquí. ¿Les molestó el ruido? Había tenido un sueño pesado y recordaba vagamente la sospecha de otros huéspedes en la habitación adyacente.

El hermano de Óscar llegó con el hijo al que habíamos visto pulir las piezas de coral la tarde de nuestra visita. Confirmamos la sospecha de que aquel muchacho era bastante introvertido porque se limitó a asentir a las afirmaciones del padre o a sonreírle las frecuentes alusiones. Era esbelto y su cabello negrísimo contrastaba con el blancor de la piel. El padre, sin embargo, era de piel oscura y curtida pero compartía con el hijo la complexión fuerte y una cierta propensión al mutismo. Esta tendencia, menos acusada en el padre, se manifestaba sobre todo en la forma de interrumpir las frases, como lo haría alguien cuyos interlocutores hubieran abandonado la sala para no escuchar. Pero nosotros los teníamos enfrente y resultaba extraña aquella costumbre suya de no terminar casi nunca las frases, abandonándolas a la primera distracción, como hurgar dentro de una bolsa o dirigir la atención hacia algo que los atraía momentáneamente. Hablaba despacio, meditando la economía de las palabras para ajustarla al esfuerzo y no acostumbraba a buscar los ojos que lo rodeaban para expresarse.

Permanecimos casi una hora en la cocina atendiendo a una discusión extraña, relativa a alguien a quien no sabían si recoger de camino al parque Baconao. Finalmente, sin saber qué habían decidido, salimos a la calle y subimos al viejo Simca, un automóvil fuerte y espacioso, que parecía extraído de una novela de los años cincuenta.

El parque Baconao era una gran área situada al sudeste de Santiago, entre Sierra Maestra y el mar del Caribe. Antes recorrimos la carretera que bordea la costa y pude reencontrar el placer de contemplar el paisaje sin ninguna música que lo estropease. El viejo Simca no disponía de radiocasete y la ausencia de sonido rítmico y de palabras parecía retornar a los paisajes que cruzábamos su propia gravedad. Arturo no dijo prácticamente nada durante el trayecto, a pesar de que su presencia, a la derecha del conductor, con su tenso ademán, de extrema vigilancia, le otorgaba un aire de incontestable dominio.

En un determinado tramo de la carretera, tuvimos que detener el automóvil para maniobrar cuidadosamente esquivando un grupo de tiñosas que en medio del asfalto devoraba los despojos de un perro muerto. Era un grupo de al menos diez buitres, que se disputaban los pedazos de aquella fría pieza dando saltitos a la manera entre cómica y siniestra que caracteriza a este tipo de aves. Apenas se apartaron cuando la carrocería del coche las obligó a reagruparse hacia la otra parte y no habría resultado nada extraño ni difícil que cualquier automóvil que viniera en dirección contraria hubiera atropellado a una de ellas, prolongado de pronto el circuito inacabable de la depredación.

Óscar quiso mostrarnos la Granja Siboney, en la que el veintiséis de julio de 1953 se reunieron un centenar de hombres a las órdenes de Fidel Castro para preparar el asalto al cuartel Moncada. La granja, vista desde el exterior, podía recordar una especie de chalet acabañado, una especie de refugio de verano. Protegiéndose del sol bajo la cubierta que se extendía afuera soportada por los porches, un numeroso grupo de cubanos escuchaba las indicaciones de un guía que les decía cuál sería el orden para el tránsito de una a otra estancia. Al vernos, el hombre nos hizo una señal para que nos esperásemos y se perdió unos instantes dentro de la casa, hasta salir de ella con una chica que se dirigió directamente a nosotros y nos invitó a pasar.

La guía, tal como había sucedido en el Museo de la Educación y en la casa Hemingway, inició su discursito con la desafección propia de una máquina activada con monedas. El orden sabido del discurso, su fluencia, parecía anticiparse a su posibilidad efectiva de emisión y la chica empezó extrañamente a atropellar palabras, como les pasa a quienes hablan empujados por el nerviosismo. Llegué a sospechar que la presencia de turistas españoles la hiciera sentir obligada a desarrollar un papel tal vez más lucido, pero finalmente la impresión era que el hilo narrativo discurría solo y que la conciencia a veces se olvidaba de ello.

En cada una de las estancias los paneles informativos estaban ilustrados con grandes fotografías en las que aparecían los compañeros de Fidel Castro, jóvenes rotos y valientes que parecían observarnos desde un tiempo mucho más remoto e inalcanzable que el que indicaban las fechas que figuraban en la base de los diferentes retratos. La chica habló del asesinato de algunos de los miembros de aquel comando, que fueron torturados y abatidos a disparos en otro lugar y después devueltos a la granja, para fingir un enfrentamiento espontáneo, un asunto de vándalos atrincherados. Recordé a Piedad tratando de ajustar la imagen vaporosa que me había hecho de su amor a alguno de aquellos rostros sonrientes o bien inertes, que espiaban nuestro deambular aséptico por su antiguo campo de batalla. Me resultó difícil unir ambas historias, tal vez porque la última negaba la primera, imposibilitándola, subordinándola irreparablemente. Cuando estuvimos en el exterior, al observar el pozo en el que el comando escondió las armas, la algarabía del grupo que entró después de nosotros sepultó la historia que la guía iba relatando bajo un manto de voces y rumores de pasos que convertían en inverosímiles aquellos sucesos, como si pertenecieran a otro mundo ignoto e inalcanzable. El estallido de luz, los aromas del día, la proximidad del mar, adelgazaban el recuerdo reduciéndolo al grueso de la hoja de un libro abandonado en la estantería más alta.

Al salir de la Granja, Óscar, Arturo y el hijo de este nos esperaban fumando apoyados en el automóvil. Parecía no interesarles en absoluto aquel lugar que nosotros acabábamos de visitar porque al vernos subieron inmediatamente al automóvil sin hacernos ninguna pregunta, tal vez porque conocían de sobras la historia. Yo no podía dejar de pensar en Nora, para quien probablemente este lugar simbolizaba algo verdaderamente trascendente. Había comentado días atrás que desconfiaba de quienes no creyeron nunca en la Revolución, ni tan solo cuando ésta se inició. Que entendía el distanciamiento ulterior de todos los que como ella hubieran seguido una evolución diversa a la vivida, pero que no comprendía cómo algunas personas, a pesar de no haber disfrutado de una situación especialmente privilegiada en el período previo al estallido revolucionario, podían mantenerse al margen de este, indiferentes o incluso hostiles. Óscar y Magdalena habían tenido unas escasas palabras de reconocimiento hacia el primer período de la Revolución, pero tuve casi la impresión de que con ellas cubrían un expediente de mínima credulidad, estandarizada, que pocos se habrían atrevido a contradecir.

Arturo y su hijo bajaron poco después de la visita a la Granja Siboney, a una playa no muy grande, ceñida por una densa vegetación que parecía prolongar el verde esmeralda del agua. Buscarían coral y pescarían peces. *Esta noche van ustedes a comer buen pescado*, nos dijo, mientras cogía su artesanal escopeta acuática.

Al alejarnos de la playa, el sol empezó a aflojar, porque aparecieron nubes a un lado y otro de la carretera, como si una banda de mal tiempo se hubiera desprendido del cielo de Santiago y viniera a perseguirnos. La carretera alcanzó aquel punto de soledad que solo una larga distancia despoblada puede proporcionar y nuevamente me sentí inmerso en un itinerario de manecillas rotas, atravesando un mediodía eterno.

En aquella luz cada vez más incierta, aparecieron de repente las siluetas inmóviles de todo un grupo de animales petrificados. Estaban a unos doscientos metros del lugar de la carretera por la que avanzábamos lentamente. A pesar de haber sido fijados con formas que intentaban simular una especie de movimiento, de tensión perpetua, su medida y el tono gris que los caracterizaba, así como el hecho de permanecer, de todas formas , inmóviles, con la única sensación de desplazamiento que les proporcionaba el ángulo de visión cambiante de nuestro propio recorrido a distancia, contribuían a dotarlos de una inmensa pesadez, como si fuesen el centro de un sistema gravitatorio que solo pudiese ser dejado atrás muy lentamente, merced al tembloroso ronroneo del automóvil. *Es el Valle de la Prehistoria*, comentó Óscar. *Si quieren nos paramos a verlo, pero no merece mucho la pena.* Aquel lugar causaba la impresión de ser un dudoso elemento de promoción del parque Baconao, un intento de dotarlo de algo singular, concebido para atraer al público. La impresión, sin embargo, era nuevamente la de la desproporción, casi la de la pérdida del sentido de la realidad, la de una manera diversa de concebir lo que es admirable y visitable. Resultaba fascinadoramente anacrónico, una idea para niños de otra época, tal vez rentable en un país en el que muchas otras formas habituales de juego y ocio son desconocidas o inalcanzables. En realidad, la colina sobre la que habían sido erigidos aquellos animales prehistóricos constituía un espacio concebido para todo el mundo y seguramente muchos se enorgullecerían de él. El escenario de aquella contemplación que exigía retrotraer la imaginación a tiempos muy anteriores a los de nuestros más alejados ancestros, suponía un tipo de ingenuidad, de falta de sofisticación, que hacía más estimable la gente a quien iba dirigida y a quienes la habían creado, como sucede con la emoción del hombre adulto ante el juguete elemental del hijo.

Llegamos finalmente al límite del parque, un límite que la disposición del paisaje acentuaba al hacer morir la carretera ante la desembocadura del río que penetraba mansamente en el lago formando un arenal desde el que algunos pescadores lanzaban sus redes simultánea y concéntricamente, tendiendo una lenta emboscada a los peces. Las aguas del río parecían detenidas al mezclarse con las del lago e incluso el color del cielo se había teñido de aquel tono de plata oscura e inmóvil. En la orilla del lago unos hombres se entretenían limpiando unas pequeñas lanchas y comentando la ausencia de huéspedes en el hotel que había allí cerca. Nos miraron como si fuésemos un elemento más de aquel inicio irrelevante de la tarde y nosotros permanecimos unos minutos absortos contemplando las aguas, inútilmente, porque Óscar nos comentó que habían intentado introducir delfines aquella temporada. A pesar de la ausencia de alicientes (pues la desolación que transmitía el lugar no parecía poder bastar como pretexto para hacer un viaje tan largo) Óscar instaló una sonrisa de serenidad en sus labios, una sonrisa de faena culminada y bien resuelta. Yo tenía la sensación de que estábamos allí en vano, que tal vez en la Habana algo se movía y de que la indudable belleza del paisaje no conseguía cautivarme como habría podido hacerlo en otras circunstancias. Deseaba volver al norte, donde los circuitos de los viajeros, la mínima agitación del puerto, la atmósfera de algunos museos y el carácter de la gente sugerían una vida más agitada por otros aires que invadían los propios, privándolos de este aroma estanco que aquí se podía respirar a cualquier hora incluso en lo concerniente a las conversaciones políticas.

Visitamos cerca del lago una especie de fosos que albergaban diversas especies de cocodrilo, con su quietud siniestra y estatuaria, que en algunos ejemplares se incrementaba con el mimetismo que les proporcionaba aquella piel del color de la tierra seca y polvorienta sobre la cual permanecían aparentemente inertes, con la expectación terrible de quien puede tomarse toda una vida para meditar la muerte que sabe procurar a los demás. Óscar desconocía la finalidad de aquellas instalaciones pero se convirtieron en el mayor atractivo del lugar, ya que Caterina y yo no habíamos querido quedarnos mucho rato cerca del lago, cuya inmovilidad nos transmitía un desasosiego mayor que el de aquellos reptiles gigantes.

No tardamos en volver al coche. Decidimos ir a buscar alguna playa y comprar algo de comer por el camino. *Hay un museo del automóvil, tal vez se hayan fijado cuando veníamos. Allí encontraremos comida y bebida.*

El museo del automóvil nos había pasado desapercibido y al llegar, casi una hora y media más tarde, me sorprendió el hecho de que fuera tan visible y no hubiéramos reparado en él. Bajo unas cubiertas de uralita, había docenas de automóviles de todas clases, algunos bastante curiosos, como un monoplaza diminutísimo que había sido creado por un cubano durante los años treinta, y que era único, sencillamente porque solo había podido producir uno. Pagamos una entrada más bien cara y tras casi media hora de vagabundeo entre los vehículos nos dirigimos al pequeño complejo comercial, que parecía un espacio acondicionado para cometer crímenes impunes. Vimos tiendecitas de muñecas de trapo y de porcelana, de material fotográfico y de comestibles. Únicamente la de comestibles estaba abierta y la chica que nos despachó era la que se encargaba del resto de establecimientos, a los que acompañaba a los clientes si se interesaban por algún producto en particular. Nos abrió la tienda de las muñecas porque Óscar preguntó el precio de una de ellas. *A mi mujer le gustan mucho las muñecas,* nos dijo, excusándose por el rato que dedicamos a comprobar la cifra que figuraba en las diferentes etiquetas.

No se decidió Óscar finalmente por ninguna muñeca ni nosotros nos atrevimos a herir su orgullo comprándosela. Volvimos a la tienda de comestibles y adquirimos una pastilla de chocolate que al abrirla, ya fuera del establecimiento, resultó en mal estado, con una flotilla de ágiles bichos pequeñísimos que corrían asustados hacia todas partes. De nuevo dentro de la tienda, la chica pareció conturbarse mucho con el incidente y nos abrió unos cinco o seis paquetes más, todos habitados igualmente por aquella población de diminutos seres nerviosos. Tuvo que ofrecernos otro producto que no nos apetecía pero que compramos con la certidumbre de que la nueva adquisición la compensaría del sobresalto. Nos pidió mil veces disculpas y nos despedimos saludándola desde el umbral de la puerta acristalada desde el que veíamos el amplio espacio desierto de afuera. Se quedó tras el mostrador, clavada en su inútil gesto de despedida, casi como un náufrago que apenas sonriera al alejado buque que mancha el horizonte.

Nuevamente estábamos dentro del automóvil, recorriendo el tramo más oscurecido por las nubes. La tempestad parecía haberse ido desplazando hacia nuestra dirección anterior, de manera que ahora, poco a poco, el día volvía a despejarse. Caterina y yo no teníamos demasiadas ganas de ir a la playa, pero Óscar insistió en mostrarnos una en particular. *Hay que pagar porque aunque parezca mentira es privada. Pero creo que no es más que un dólar. Se llama Playa Daiquirí.* Al llegar resultó que eran cinco dólares por persona y que encima a ellos no se les permitía pagar en peso cubano. Óscar salió del automóvil y se acercó a los dos individuos que regentaban aquella especie de aduana surreal con el ademán de naturalidad que emplean quienes tratan de establecer una atmósfera de confianza, de ablandamiento de las normas. Tuvimos la impresión que pretendía hablar de cubano a cubano, aludiendo a la especie de compadreo por otra parte perfectamente protocolario que a menudo habíamos observado en el trato entre compatriotas, y que era una forma degradada y falsamente espontánea de camaradería comunista desmigajada ineficazmente en los pequeños gestos habituales. Pero el tanteo no resultó efectivo y Óscar, visiblemente traspuesto, nos dijo que era mejor marchar de allí. Le respondimos que no nos importaba pagar el importe que nos pedían pero él se negó, con un orgullo noble, que casi parecía nacer, por la rotundidad con que rehusó nuestra sugerencia, de una firme convicción relativa a la dignidad de sus estrecheces y tal vez a la coherencia con la teórica esencia comunista del país.

Miren ustedes, podemos regresar a la playa Siboney. Mi hermano ya habrá pescado algo y si quieren podrán darse un baño. No tardamos mucho más de cuarenta minutos en llegar a la playa donde habíamos dejado al hermano y sobrino. Los encontramos enseguida, cerrando una de las bolsas en la que habían dejado una parte del pescado. Arturo estaba eufórico. Habían pescado más de treinta peces loro y nos pidieron poder seguir pescando todavía un rato. Incluso el hijo estaba lacónicamente exultante, contrayendo el rostro como si comprimiera la satisfacción para no asustarse a sí mismo.

El lugar estaba repleto de negros y Óscar no disimuló un gesto de observador decepcionado y aprensivo. La playa era mayor de lo que esperábamos y resultaba hermosa, con sus palmeras y la cercana compañía de las frondosas montañas, desde el cerro en el que habíamos aparcado el coche. Al bajar, se reprodujo la impresión de tener que hender una densa, casi tangible sustancia, segregada por todas las miradas que parecían activarse por una especie de sinergia colectiva, terriblemente molesta.

Fíjense en esa niña comiendo detrás de ustedes. Parece una monita. Hablaba de una niña negra que se servía con la mano una especie de pastel que sus padres habían dejado sobre una bandeja de plástico. Comía con avidez y de tanto en tanto sonreía sin mirar a nadie torciendo un poco la boca. Fingimos no percibir el menosprecio y dijimos que era muy bonita, pero Óscar se distrajo soltando un puñado de arena de entre sus manos, mirando el mar, como si no le hablásemos a él.

El agua del mar era muy caliente y no nos costó nada meternos. Mientras estábamos en el agua, Óscar contó que en aquel mismo lugar, un par de meses atrás, había muerto una niña que acompañaba a unos pescadores aficionados durante la noche. *Creo que el ruido de los motores alborota a los tiburones o los atrae, no estoy seguro. Pero de día no hay problema ninguno.* Desde el agua, parecíamos haber perdido parte de nuestro poder de atracción sobre el resto de bañistas. Únicamente quienes nadaban cerca mantenían el asedio visual, alternándolo con el juego. Eran pasadas las cuatro y media.

Veinte minutos más tarde, cuando ya llevábamos encima la camiseta, vimos a Arturo haciéndonos una señal desde la cumbre del cerro. Parecía más contento todavía.

Cuando estuvimos a su lado, abrió uno de los sacos y sacó un carey de tamaño considerable, cabizbajo y con las patas vencidas por una flacidez agónica. Tenía sangre en el cuello y aunque me resultaba imposible distinguir si el corte era profundo o superficial el aspecto de aquel bello animal presagiaba una muerte inminente. La expresión de serena tristeza, de desafección resignada, que parece caracterizar a las tortugas, se había convertido en este ejemplar en una expresión de insoportable dolor. No pude evitar mi pueril costumbre de personalizarlo todo y tuve la impresión de ver en aquel animal a un pequeño ser vulnerable, gratuitamente arrancado de su hogar para nutrir un comercio estúpido, una extraña personita despistada e inocente, dentro de la trampa mortal. ¿Qué pasa, les da asco el carey? Le dijimos que nos parecía una barbaridad capturar aquel tipo de espécimen y él respondió que se vendía sin dificultades y que necesitaba vivir de una u otra cosa. *Al fin y al cabo esto es como cualquier otro animal del mar. ¿No comen peces ustedes?*

El retorno a Santiago fue tranquilo y silencioso. El coche hedía a pescado, porque el maletero tenía unos respiraderos que se abrían en la parte posterior del vehículo. La tarde era soleada, pero curiosamente el bochorno había menguado bastante. Arturo y su hijo nos acompañaron hasta la casa de Óscar.

Los peces loro tenían una cara divertida, de facciones cómicas, que recordaban ciertamente la del ave que les daba nombre. Tenían diversos colores, con predominio del azul, y cuando Arturo dejó caer algunos ejemplares al suelo para que Magdalena escogiera unos cuantos, aquel gesto, pese a soltar un puñado de cuerpecitos inertes, provocó un centelleo vívido, luminoso y fresco. La abuela nonagenaria también sonrió al verlos, tal vez recordando o creyendo presenciar una escena de su pasado brumoso y desordenado.

VI

Al día siguiente, al mediodía, partimos hacia La Habana. El riesgo de que el ciclón que iba desplazándose por algunas regiones de la isla pudiese transformarse en huracán provocó la cancelación de todos los vuelos hasta media tarde. Entorno a la una, habíamos llegado al aeropuerto donde recibimos la esperada noticia. Después de deambular un rato por las galerías comerciales que había cerca (repletas de productos de ínfima calidad, que parecían importados desde las tiendas de precio único que se habían extendido tantísimo por Barcelona en los últimos años) decidimos volver a Santiago. Magdalena nos hizo entrar en un supermercado dólar y al darnos cuenta de su interés por unas latas de chorizo envasado en Galicia que se vendían a precio de oro, compramos una, para contribuir a aquella última comida improvisada a que acababa de invitarnos. Le disgustó que nos gastásemos tanto dinero pero la posibilidad de consumir aquel producto que enloquecía a toda la familia le hizo vencer sus escrúpulos.

Por primera vez nos sentamos todos a la mesa una hora más tarde. La oportunidad de comer aquel embutido gallego hizo aparecer incluso al inseparable matrimonio de la hija con el mulato. Solo faltó la hermana mayor, a la que únicamente habíamos podido ver de una forma esporádica a lo largo de todos estos días. Se había desvanecido aquella impresión de reserva, de protocolaria distancia, que había ido manteniéndose, aunque bastante disminuida, en nuestras últimas comidas. Nos sentimos, durante aquella última comida y la larga sobremesa que la siguió, integrados en la atmósfera penumbrosa de la cocina como si siempre hubiéramos formado parte de ella, como unos remotos parientes que sin embargo participasen de vez en cuando con pleno derecho en los ritos familiares. Óscar y Magdalena parecían haberse transformado, como si la inminencia de nuestra partida precipitase aquella especie de calidez que las situaciones irreparables acostumbran a producir. No sabía cuál era el perfil más genuino de nuestros anfitriones, el de ahora o el anterior, y preferí pensar que toda su reserva previa obedecía a una forma extraña de contención, a un envoltorio de cautela que ahora se había rasgado por completo vertiendo sobre todos nosotros una nueva sustancia que nos cobijaba bajo una atmósfera en la que nadie podía sentirse ya extraño.

Entorno a las seis de la tarde quedamos encerrados en la pequeña sala de espera, rodeados por las cristaleras que proporcionaban a aquel espacio la apariencia de una jaula zoológica. Había personas que esperaban desde hacía más de veinte horas la salida de su vuelo cancelado. Nos habría hecho falta, en consecuencia, esperar bastante más tiempo nuestro vuelo, previsto inicialmente para unas pocas horas antes. Pero Magdalena consiguió para nosotros un par de pasajes en un vuelo intercontinental, gracias a la influencia de un familiar suyo que ostentaba un alto cargo en la administración del aeropuerto. En Santiago no había ni tan solo paneles informativos electrónicos y el vuelo se anunciaba a viva voz por unas azafatas que displicentemente chillaban el número de vuelo y su destino. El enredo llegó a ser considerable, y, como en una parodia cinematográfica, una mujer se desmayó en el momento de mayor confusión. Tuvimos que esperar tan solo un par de horas.

El vuelo de regreso a La Habana fue mucho más tranquilo. No podía dejar de pensar en los jóvenes que por la mañana habíamos visto disputarse unas monedas en la basílica de Nuestra Señora de la Caridad del Cobre. Óscar nos había llevado temprano hasta allí y desde la carretera que conducía al santuario me embargó ya la impresión de encontrarme en un lugar mejicano, a pesar de no conocer Méjico. Una mezcla de atmósfera colonial y de previsible mendicidad a las puertas de la iglesia, el opulento aspecto de la construcción, encumbrada en lo alto de un cerro, me habían recordado alguna secuencia confusa de escenario entrevisto en una película que transcurría en la tierra de Pancho Villa. Cuando Óscar detuvo el automóvil ante el atrio de la iglesia, vinieron corriendo hacia nosotros unos cuatro jóvenes que dejaron sobre mi bolsa fotográfica unas pocas piedras plateadas. Era cobre de las minas cercanas que daban su nombre a aquel lugar y las depositaron velozmente alejándose enseguida, diciéndonos que eran un regalo. Mientras permanecimos en el interior del templo, me sentí dentro de un auténtico refugio, porque el silencio que allí reinaba, que hacía flotar los sonidos con la reluctancia de una leve ola sobre la superficie del agua, parecía concebido para relajar la tensión del asedio de afuera, de la desesperación de aquellos muchachos de más de veinte años que según nos contó Óscar habían reemplazado a los niños que hasta poco tiempo atrás se dedicaban a endosar las piedrecitas a los visitantes y que ahora ya no figuraban en el achicharrante espacio de afuera porque los estragos de la economía, el impacto del *período especial*, el hundimiento de todo, habían extendido el ingenuo comercio infantil a los hábitos de supervivencia de los mayores. *Este país está cada vez peor*, nos había dicho Óscar, mientras en la carretera se divisaba ya el color terroso y anaranjado del santuario.

No permanecimos mucho adentro y al salir los chicos cayeron sobre nosotros como aves de presa. Les dimos un dólar mientras el más alto de todos me decía que era él quien me había regalado las piedras. Nos refugiamos rápidamente en el automóvil y partimos. Mientras los veíamos empequeñecerse por la distancia, disputándose el billete, pensé que la Revolución había fracasado estrepitosamente y que la razón, tal vez, obedecía a un mismo principio concerniente al poder, igual en todas partes.

El desfile de los recuerdos encogió sorprendentemente el irreal tiempo del reloj reduciéndolo a la única medida subjetiva de unas pocas exhalaciones oníricas. Al cabo de no más de quince de mis intersticiales minutos, llegamos al aeropuerto José Martí de la Habana, en donde el otro Óscar nos reintegró de inmediato al ritmo al que habíamos tenido que avezarnos en la capital, al retrasarse una vez más por espacio de unos cincuenta minutos, amparado en esta ocasión, quién sabe si honestamente o no, en la incertidumbre de la hora de nuestra llegada.

A quien primero vimos aquella noche fue a David, que vino a visitarnos al saber por Óscar que no nos moveríamos del apartamento. Óscar había forzado en cierta medida nuestro encierro, al sugerirnos insistentemente que nos convenía reposo, que ya saldríamos al día siguiente. El viaje nos había agotado por las dos horas de agitada espera dentro de la jaula de cristal, pero la administración que hizo nuestro chófer del cansancio que llevábamos encima me resultó algo egoísta, ya que me hizo sospechar que disponía de otro plan para aquella noche y temía perderlo. No nos importaba permanecer en casa pero hubiéramos preferido percibir algo de franqueza en lugar de aquel falso desvivirse por nosotros.

Con todo, la aparición de David nos animó mucho, porque él, a diferencia de Óscar, poseía un temperamento balsámico, un don de transparencia que parecía poder reblandecer la atmósfera más dura.

David comentó que estaba pensando en dejar su trabajo porque últimamente tenía bastantes problemas con los nuevos compañeros, todos ellos muy jóvenes, poco dispuestos a tomarse seriamente la faena y, sobre todo, las jerarquías. *Incluso en el comunismo la jerarquía es importante. Siempre he pensado que es imposible que no haya una cabeza directiva, que la jerarquía, en el sentido de la dirección y de la orientación, es indispensable. Pero estos muchachos no sé en qué piensan porque si se quejaran del sueldo lo comprendería. Parece que todo les dé igual.*

Hablamos largamente de los días en Santiago. No le sorprendió nada el tema del racismo. Dijo que en La Habana su incidencia era menor porque en cierta forma, pese al escaso tránsito de viajeros y el cada vez menor desembarco de cultura de otros lugares, la cosmopoliticidad aún estaba presente, como una atmósfera más presentida que real, pero que sin embargo teñía la vida de la ciudad de una suerte de vocación de apertura, que pervivía en el interés de mucha gente hacia otras formas de vida, en la atracción que ejercía la pequeña y la gran cultura de todas partes en las inacabables conversaciones de muchos residentes capitalinos; en el espíritu de comercio de las ideas, del intercambio de las experiencias, en el arte inquieto y portuario que sustentaba todavía la inspiración de gran número de artistas menores y mayores anónimamente diseminados por los mellados rincones de la Habana Vieja.

David habló largamente de su idea del cosmopolitismo de La Habana. Decía que, a pesar de las circunstancias, había estado siempre, como casi todas las capitales portuarias, abiertamente asomada al exterior. Que tal vez el carácter insular del país había provocado una especie de concentración a veces más simbólica que efectiva de actividades vinculadas al comercio cultural en la capital, como por ejemplo infinidad de congresos a los que no siempre acudían tantas personalidades extranjeras como sería de esperar, pero que sin embargo proporcionaban a la ciudad una cierta impresión de efervescencia intelectual, que se extendía a otras actividades más marginales como la de los artistas con frecuencia anónimos que poblaban los lugares más sombríos del barrio viejo. Este ambiente, de todos modos, había ido menguando los últimos años, sobre todo a raíz del *período especial* con el que se acusaba oficialmente el impacto económico del hundimiento de la antigua Unión Soviética. *Cada vez somos más pobres pero seguimos esperando lo que nos llega desde el mar.* Al oírle decir esto, recordé nuestra primera noche cerca del hotel Meliá, apoyados en la inmensa baranda del Malecón, las palabras de Óscar y Ana María sobre su ida a Miami, dichas sin dejar de otear el oscuro fragor del agua, como si en él leyeran el difícil texto del exilio. David nos comentó que prefería La Habana a Santiago. *En Santiago parece como si ya nadie esperase nada. Se vive de espaldas al mar. Se sueña en abrirse camino tierra adentro, eso creo al menos. Quizá sea mejor así. Los habaneros soñamos demasiado.*

Hablamos de la comida de Magdalena al preguntarnos David si nos habían alimentado bien en Santiago. La pregunta nos llegó con un ápice de desinterés similar al de las cuestiones de las que hablamos con quienes encontramos por el camino y no conocemos mucho, para llenar la previsible tierra de nadie de un silencio tenso y extraño. David nos escuchó con una sombra de preocupación en el rostro. Yo mismo perdí el hilo de lo que iba contándole al darme cuenta. ¿Pasa algo, David?, preguntó Caterina, mientras interrumpía yo, como abandonando una comida insípida, mi relato gastronómico. *Bien, no quería preocuparles... estos días hemos tenido tremendos problemas con la policía... Sabemos que sospechan de nosotros... tal vez alguien nos haya delatado, no sé... Nora y Reynaldo han pasado unos días en casa de Marita, la madre de una amiga de Clara, en Santa Cruz del Norte. Se fueron porque no estaba prevista la llegada de ningún viajero más y para tranquilizarse un poquito.* Las palabras de David cayeron como una losa sobre nosotros. De pronto, la espontaneidad de aquellas charlas nocturnas en la terraza de Nora se me antojaban una especie de sueño deshecho, un baluarte de arena, algo que se embellecía en virtud de su propia fragilidad y simplicidad. David nos contó que Nora y Reynaldo regresarían al día siguiente, que Nora quería que fuéramos. *Ella quiere que vayan ustedes. Dice que no va a asumir la paranoia policial, pero sí el riesgo.*

Al irse David, Caterina y yo intentamos hallar algún modo de ayudar a Nora, pero no se nos ocurrió absolutamente nada. Engrosando la inminencia de la fatalidad, acordamos visitar a la policía si cualquiera de ellos llegaba a ser detenido, para tratar de presionar desde nuestra condición de extranjeros recurriendo a influencias inventadas. Nuevamente nos venció la triste paradoja de sentirnos cómplices de un delito inverosímil, como de otro planeta. El comercio de ideas podía ser tan peligroso como el de las mercancías más hipócritamente perseguidas, como por ejemplo la droga. No acabábamos de acostumbrarnos al hecho de que todas aquellas inocentes actividades familiares pudieran desatar el implacable mecanismo de un poder que, si bien permanecía oculto, había comparecido ya bajo el indumento del miedo desde nuestras primeras conversaciones. Un poder oculto tan solo en sus aspectos más recónditos, pero que sin embargo había extendido por doquier una infinita sombra que la gasolina mal carburada parecía venir a simbolizar, como una hedionda impronta oscura que igualaba la grieta con la casa en ruinas y esta con la ropa desgastada de muchos y con las calles tachonadas de un gris más sucio por los baches y los viejos camiones desvencijados y lentos y el trabajo anacrónico de los negros descargando los vagones del tren portuario. Dejamos, de todos modos, que nuevamente el rato de lectura en la cama, el amable paseo del sueño hasta nosotros, nos proporcionaran la bella apariencia de un orden tranquilo, como si afuera se detuvieran los padecimientos y el sosiego fuera indicio de una intimidad compartida por todo el mundo.

Al día siguiente nos levantamos temprano. Desayunamos largamente, para saborear mejor el tiempo vacilante, detenido, de las primeras horas. Afuera no se oía nada. Todo parecía subrayar aquel lentísimo deslizamiento de los minutos. Nos habíamos despertado hambrientos y consumimos toda la comida que David nos había traído la noche anterior. Al terminar, nos sentamos en el porche y solo media hora más tarde apareció un pequeño perro decrépito, cuyas piernas posteriores cedían de vez en cuando, debiendo entonces de arrastrarse con las delanteras, con una expresión de esfuerzo tan intensa que pese a su discreto tamaño conseguía convertirse el animal en un poderoso núcleo difusor de angustia. Habíamos visto a muchos de estos perros supérstites, todos ellos reproduciendo una escena que recordaba la de ciertas obras teatrales, en las que los actores, sea por defecto de formación o de texto, sobreactúan hasta la exasperación. Pero no era una ficción la de estos animalitos patéticos, que representaban el último peldaño de la miseria del país, como si fueran ellos el índice extremo de la indigencia. El que ahora se arrastraba jadeante ante nosotros miraba a su alrededor con una expresión que no había visto nunca en el rostro de ningún perro. Unos ojos asustados e imprecisos, orientados más a la pregunta que al afán de ver, interrogando su entorno sin hallar respuesta alguna a su desazón.

Me decidí a abrir el envoltorio del lienzo que me había regalado Teresa. Me había sentido bastante mal la noche anterior a nuestra partida hacia Santiago al no querer abrirlo confundido por la molestia de tener que volver a casa con una tela de tamaño considerable que además no me interesaba. Había fingido una cierta emoción al recibir el regalo y ahora, al ver el amarronado bulto, parecía que los sentimientos persiguieran el recuerdo para completarlo. Me ilusionó de repente disponer de aquel cuadro aun sabiendo que nunca llegaría a colgarlo en ningún lado. Al deshacer con cuidado el nudo del cordel y aparecer la previsible escena bucólica, sentí que lo que entreveía entre las ondulaciones del grueso papel marrón era la desmesura de un sueño, el ingenuo consuelo de unas horas bajas.

Óscar nos dejó cerca del Habana Libre. Tenía que hacer unos encargos por el centro y aparcó el automóvil en una calle próxima al hotel, donde un hombre de avanzada edad custodiaba los vehículos para dirigir las maniobras de aparcamiento. Cuando bajamos, Óscar lo saludó diciéndole *cómo va mi viejo* y él sonrió preguntándole quién era aquella chica tan guapa que lo acompañaba. Caterina se presentó y yo también hice lo mismo. El individuo pasaba de los ochenta y su dudosa ocupación consistía en vigilar los coches pese a que no parecía poder garantizar nada con su débil aspecto. Había aparecido al levantarse de un banco medio escondido por la vegetación del pequeño jardín que proporcionaba algo de verde a aquella esquina situada en medio de una larga y ancha avenida por la que circulaba el mayor volumen de tránsito de la ciudad. Arrancó un billete grisáceo del talonario que sacó del bolsillo de su guayabera y, presuponiendo nuestra procedencia, nos preguntó si pensábamos estar mucho tiempo fuera de España. Le respondimos que no y él sonrió como si le sacásemos un peso de encima. *Aquí no hay nada que hacer. Mi mujer vino de España a los veinte años y lo único bueno que encontró aquí fue a mí.*

Óscar nos dejó enseguida y nosotros nos quedamos unos pocos segundos mirándolo mientras se alejaba cruzando nuevamente la calle en dirección a su automóvil. Lo vimos intercambiando algunas palabras con el anciano y guardar la pequeña bolsa de mano en el maletero de su vehículo. Me resultaba sorprendente aquella ocupación aparentemente inútil y tal vez más aún el hecho de que llegase a proporcionar algún pequeño sobresueldo a aquel hombre débil y crepuscular. En Santiago habíamos conocido una especie de respeto hacia las personas mayores que nos sorprendió habituados como estábamos a la poca consideración que se siente por el mundo de la senectud en nuestro envejecido Occidente. Tal vez era una mera coincidencia, pero llegué a pensar, al observar a aquel individuo que espiaba sin perder detalle todas las menudas incidencias de su tramo de calle, que en el país en el que nos encontrábamos un anciano velando los bienes ajenos era algo que inspiraba el suficiente respeto.

No tuvimos otro remedio que entrar en una gran superficie comercial. David nos la había aconsejado porque a diferencia de otras se podían encontrar productos de alta calidad. La tienda estaba repleta de cubanos que gravitaban admirativamente entorno de las largas hileras de los expositores desbordantes de toda clase de productos. Los más jóvenes ojeaban precios y etiquetas sonriendo como si cometieran un pequeño delito. Los hombres, sin embargo, observaban las pilas rellenas de artículos con un extraño ademán de desconfianza, con la gravedad desapasionada del cirujano que hurga dentro de un cuerpo que lo atrae solo relativamente.

Era el cumpleaños de Piedad. Teresa nos lo había hecho saber con la confidencialidad de los grandes secretos, pero nos pareció que nos haría falta reaccionar a aquella revelación con algún detalle que respondiera a la importancia que, según la hija, tenía para la madre aquel acontecimiento. Buscamos en vano algún libro sobre Madrid o París o incluso sobre cualquier otra destacada ciudad europea, pero no encontramos nada, salvo unas guías de itinerarios por la isla.

Nada de cuanto había allí dentro podía nutrir las horas de imposible añoranza de Piedad, nada que pudiera alimentar aquellas remembranzas de un tiempo todavía por vivir. Solo, después de media hora de vagar entre pasillos flanqueados por todos los colores, tamaños y medidas del mundo, conseguimos descubrir una caja de maquillaje, algo que sabíamos muy difícil de obtener por cualquier persona nativa y que en el caso de la madre de Teresa podía contribuir a mejorar su presencia ante los recuerdos. Pagamos un precio bastante elevado y nos fuimos sin encontrar papel de regalo.

Comimos en una pizzería en la que nos sorprendió la lluvia que esta vez empezó con un ritmo delicado, como temiendo molestar. Estábamos rodeados de extranjeros, aunque algunas familias cubanas se habían sentado también alrededor de alguna pizza familiar y los vasos de *tropicola*. Mientras esperábamos que el camarero viniera a tomar nota del pedido, nos distrajimos observando una *jicotea* que nadaba dentro de la bañera de un pequeño surtidor. En la casa de Santiago habíamos visto un par de ellas y habíamos oído a Magdalena riñendo a su marido que las hacía enfadar pasándoles el dedo por debajo de la boca. *Si te muerde va a haber que darle candela*, le había dicho, porque tenían fama de morder fuerte y no dejar escapar a su presa. La que ahora veíamos rompía a menudo la quietud de la superficie como si deseara olisquear los efluvios a tierra húmeda que empezaban a percibirse y para jugar a mojarse la cabezuela buscando el impacto de las primeras gotas gruesas.

Durante la hora siguiente oímos el repiqueteo de la lluvia sobre la cubierta de uralita que algún árbol atravesaba dejando pasar por su corteza un puñado de sinuosos haces líquidos. Se estaba bien pero no queríamos que se nos hiciese tarde porque después de nuestra visita nos apetecía pasear un rato por el centro.

Cuando llamamos a la puerta de la casa de Teresa, temimos que no hubiera nadie porque no oímos el sonido de la remota puerta interior que invariablemente había percutido el silencio las últimas veces. Pero finalmente la oímos, y poco a poco fueron distinguiéndose unos pasos lentos que solo podían ser los de la madre.

Piedad lanzó una de aquellas sonrisas que parecen retornar momentáneamente a quien las hace a los años de juventud. Su rostro se había convertido de pronto en el dibujo de una energía vehemente y embellecedora. Al verla iluminada por la alegría, tuve de nuevo la invariable impresión que las edades se precipitan siempre, que este vértigo no podrá dejar nunca de sorprendernos, confundiéndonos en nuestra incredulidad sin fundamento, porque en efecto envejecemos a pesar de que el pasado nos observa siempre a muy poca distancia. Piedad nos invitó a pasar y al hacerlo me regaló unos instantes adicionales de atención sin decirme nada, como si los años no hubieran transcurrido y pretendiera borrarlos con aquella expresión equívocamente dulce.

Piedad se disculpó por el retraso de Teresa. *Debería de haber vuelto hace algo más de una hora, me extraña, sabiendo que ustedes venían.* Le dijimos que en realidad Teresa no lo sabía y que habíamos venido por sorpresa. Nos miró con una sonrisa interrogadora y entonces, casi acordando a la vez y sin palabras la precipitación de los acontecimientos, miramos la bolsa donde llevábamos el regalo y lo sacamos diciendo al mismo tiempo *feliz cumpleaños*. Piedad juntó las manos expresando un fuerte sentimiento de sorpresa y al hacerlo dejó caer el bastón cuyo sonido pareció remachar aquella feliz estupefacción. Nos dio un beso a cada uno y nos dijo en un tono de afectuosa reprimenda que una vez más su hija se había ido de la lengua. Al decirlo, sin embargo, tuvimos la sensación de que aquellas palabras oscurecían de repente su rostro, porque de inmediato nos invitó a tomar asiento como si algo muy pesado hubiera vuelto a habitar su conciencia. Se produjo un silencio enturbiado por extrañas suposiciones pero ni Caterina ni yo nos atrevimos a preguntar a Piedad si le sucedía algo malo.

Nos había vuelto a sonreír con una cierta aflicción antes de volver a hablar. Me invadió una impresión de *déjà vu*, menos misteriosa que en otras ocasiones, pues al oír las primeras sílabas imaginé el sentido que acabarían componiendo, casi como si ellas fueran el residuo final de muchos pensamientos macerados a la sombra de una incierta desconfianza. *Miren, yo no sé... esta hija mía... a veces me da un poco de miedo... es muy influenciable. Se deja ver mucho por el sindicato y allí a menudo les dicen puras tonterías para que nadie confíe en nadie. Ustedes saben... me ha estado comentando algunas cosas sobre las gentes con quienes se encuentran, quiénes son, cuánto daño hacen al país al darles hospedaje al margen del Estado... Ya me dirán qué le importa a ella. Dice que los cubanos no podemos andar cada uno por su lado, que debemos ayudarnos. Y cuando dice eso me da miedo lo que pueda hacer porque en verdad que mi hijita no es muy allá y puede hacer cualquier bobería.*

Caterina y yo nos miramos con la inquietud prendida en los ojos. Tal vez Teresa hubiera denunciado a nuestros anfitriones o tal vez no. Ni tan solo Piedad parecía saberlo. De nuevo me sorprendía la distancia que alejaba dos seres tan necesariamente cercanos y recordé a la hija divorciada de la jueza de Santiago cuando afectó aquel amor sin medida hacia Fidel ante su nueva pareja. Piedad nos había hablado con una mezcla de perplejidad y estima hacia Teresa y yo, al verla con aquel aspecto derrotado y repentinamente senil, no pude experimentar ningún sentimiento de rabia hacia la hija, a pesar de que Piedad debía de estar leyendo también en nuestros rostros el angustioso texto de la incertidumbre. Le dijimos que no se preocupase, a pesar de que el consejo sonó como quien se dirige a un espejo para infundirse ánimos a sí mismo. *No sé si mi hija habrá contado algo en alguna parte o no, pero ándense con cuidado. Ella es muy buena pero también es muy manejable. Lo único que a ella le importa es salir de aquí, triunfar, pero ya han visto ustedes cómo pinta… Entiendo que no quisiera seguir con la medicina porque gana más cualquier taxista ilegal en una semana o un par de días que ella en todo un año. Y tampoco amaba su profesión. Aun no entiendo cómo llegó a terminar la carrera.*

Piedad nos ofreció otra vez aquellas pastas de la caja metálica y nos comimos un par de ellas, aunque se habían ablandado con la humedad. Mientras tomábamos una copita de vino dulce, nos dijo que no nos preocupásemos demasiado con el asunto de la hija, que ya hablaría con ella y trataría de arreglar las cosas resolviendo si había o no comprometido a nuestros amigos y que en caso afirmativo la obligaría a improvisar alguna rectificación allá donde la hubiera llevado su escrupulosa y superficial ortodoxia política. Se lo agradecimos y enmudecimos unos segundos, mientras abría el regalo que la gravedad de la conversación le había llevado a olvidar momentáneamente en el centro de la mesita, junto a las pastas. Al ver la caja de color caoba, hecha con un material que recordaba al carey, efectuó un movimiento casi imperceptible pero intenso de felicidad con los ojos. Nos dijo *muchísimas gracias* casi como si la hubiéramos obsequiado con una hora de descanso en la terraza de cualquier café parisino y sacó de su estrecho compartimento el pincel y el lápiz para el sombreado, reencontrando un tacto antiguo, el lenguaje poderoso de la piel, un fragmento de la memoria sensible del cuerpo.

Piedad cumplía setenta y tres años, pero solo al caminar los aparentaba. Sentada, con la sonrisa que embellecía su rostro sin arrugas, hubiera podido pasar por una mujer al menos diez años más joven. El afán, sin embargo, de conocer Europa, instilaba en su espíritu una expectativa que tendía a hacer que el tiempo pareciera pesar más, porque no todas las nostalgias activan del mismo modo los resortes del alma. El sueño de París y de Madrid tendía a incrementar todos los imposibles que engrandecían pero hacían al mismo tiempo más precaria la magnitud de aquella vida. La desproporción entre su anhelo y sus circunstancias más bien ponía de relieve el carácter extremamente limitado de la existencia. *O ahora o nunca*, parecía estar diciendo en el silencio su emoción aguijoneada por los indicios de aquel otro mundo deseado, por aquella alegría bajo cuya piel circulaba la imposible nostalgia de lo no vivido. Pensé que a Nora no le habría gustado nada aquel peligroso juego importado de tan lejos. Que aquella peculiar añoranza era una forma de renuncia, un mirar la corriente desde la orilla del río. ¿No traen *ustedes alguna fotografía de Barcelona?*

Había visto un libro sobre Barcelona en una librería no muy alejada de la casa de Piedad y dimos un pequeño rodeo al salir para echarle un vistazo. Era el mismo establecimiento en el que días atrás había visto el libro de Josep Pla y al llegar creímos que estaba cerrada porque a través del escaparate prácticamente no se veía el interior, que se encontraba a oscuras. Abrimos de todos modos la puerta y al hacerlo sonó un tintineo metálico y vimos moverse sobre nuestras cabezas una constelación de pequeñas láminas plateadas. Un hombre apareció sonriente entre dos piezas de ropa pesada que hacían las veces de cortina y nos preguntó qué deseábamos. Le hablé del libro que días atrás había visto en el escaparate y antes de que terminara de contarle todos los detalles ya lo tenía en la mano. Era un libro bastante desfasado, editado el año sesenta y dos en Barcelona, con fotografías hechas con colores que parecían irreales, como de calcomanía. El cielo de la plaza de Catalunya era de un azul tan intenso que producía más bien la impresión de ser un inmenso toldo tendido sobre el espacio urbano. Otra instantánea de las Ramblas mostraba un cambalache de colores florales tan extraños que sugería una corrosión química del papel. Era muy económico y decidimos que aquella Barcelona que parecía haber sido retratada por unos ojos no humanos, hechos de un cristalino y un mundo perceptivo bien distinto al nuestro, podía pese a todo alimentar aquella peculiar forma de consuelo que procuraba a Piedad el conocimiento gráfico de las ciudades inalcanzables. El librero, tras averiguar nuestro origen, nos preguntó si no preferíamos un libro sobre Cuba y le respondí, a modo de excusa y gratuitamente, que hacía años que buscaba aquel libro por cuestiones sentimentales. *Bueno, eso es otra cosa, caballero*, dijo, acompañándonos hasta la puerta solícitamente, como el *maître* de un buen restaurante.

Llegó la noche aprisa, pese a la carga de todas aquellas imágenes en las que Teresa perseguía su contradictorio afán de verdad, engañándose a sí misma en lo artístico pero aspirando a asumir una certidumbre sin fisuras en lo político. No habíamos podido dejar de pensar en ello ni un momento y nos sentíamos prisioneros de nuestra espontaneidad, como quien al adentrarse en una corriente peligrosa pide disculpas a los que habrían podido ahogarse al seguirlo. Tampoco nosotros habíamos sabido calibrar el riesgo de nuestras conversaciones con Teresa y ahora nuestra inminente visita a casa de Nora nos atraía y nos atemorizaba al mismo tiempo como un difícil deber. El resto de la tarde pasó rápida y sigilosamente, con pies de danza.

A las nueve de la noche cerramos la puerta de la calle y bajamos poco a poco los peldaños aún salpicados por la lluvia. Nuestros vecinos seguían balanceándose lentamente en sus mecedoras, anudando el hilo del quieto orden exterior. Nos saludaron lacónicamente, para no importunar aquella tranquilidad de las últimas horas y ni tan solo debieron de seguirnos con la mirada cuando les dimos la espalda al acercarnos a la otra calle por la que habríamos de ir hacia la casa de Nora. Las casitas por las que íbamos pasando parecían proteger una intimidad casi transparente, porque los canceles estaban abiertos y a través de los cristales se insinuaron dos, tres, cuatro veces, las siluetas de quienes allí vivían, en una especie de radiografía extremadamente gráfica de sus conversaciones. Uno de aquellos pequeños seres rotos que apenas podían mantener el suficiente aliento para iniciar un ladrido vino a olisquearnos y no nos atrevimos ni tan solo a acariciarlo porque nos dio la impresión de que al hacerlo habríamos hundido la mano en un pozo de enfermedades. Al alejarnos, consiguió arrancarnos una brizna de angustia: me remordía la conciencia porque al volverme, su mirada había seguido clavada en la nuestra, temblando inútilmente, como un cebo en un río deshabitado.

Vimos a Nora desde el inicio de la pendiente. Se acababa de retirar la mano de la boca, pero desde aquella distancia el humo simplemente era algo que no existía. El viejo camión descompuesto seguía tendiendo su muerta mirada sobre nosotros pero la farola que lo iluminaba difundía una claridad limpia que disipaba cualquier adherencia fúnebre. Lo que sí vimos inequívocamente fueron los tres cocuyos que volaron cerca de la terraza de Nora, tal vez muy arriba, pero que daban la sensación de estar velándola, o de coronarla desde el aire para rescatarla de la deriva de la noche. En cierta manera nos acercábamos a ella con la misma actitud reverencial con que nos habíamos acercado a la casa de Hemingway, porque en ambos casos el espacio parecía elevarse por encima de todo, casi empujado por la fuerza de una atmósfera muy caracterizada que proporcionaba un aire de enaltecimiento también físico. La casa de Nora parecía flotar en la perspectiva, como si los esfuerzos de nuestra amiga se contagiasen a aquellas paredes que la sostenían y todo el conjunto sobresaliera por oposición a la atmósfera mortecina que imperaba en las casitas algo más bajas, en las que prácticamente nunca habíamos advertido ningún indicio regular y reconocible de vida vecinal.

Cuando todavía nos hallábamos a una cierta distancia, Nora nos saludó efusivamente y nos gustó imaginar que alguna felicidad lo bastante intensa le aguijoneaba el espíritu. Nos esperó en pie junto al segundo cancel superior que se abría a la terraza y nos dio un beso a cada uno, exaltada como el día de nuestra llegada a Barcelona. En lugar de formularnos la indefectible pregunta a propósito de nuestro último viaje, nos dijo que estaba muy contenta porque había conseguido una pintura adecuada para la casa. Nos dijo muy excitada que hacía casi medio año que no encontraba pintura de estas características a un precio que ella pudiera pagar, pero que ahora le había llegado *gracias a esta gente maravillosa de la cooperativa, que son un cielo.* Nos contó que Clara había conseguido apuntarse a la actividad de un grupo educativo que recorría diversas regiones de la isla explicando su historia y sus características en una especie de plan de formación de la juventud *que no es ninguna de esas tonterías con que el gobierno atonta a veces a la gente.* Dijo que se trataba de un grupo serio y que conocía a alguno de sus miembros. *Es una actividad muy linda, cuando era joven hice algo semejante y me ilusiona que mi hija ahora vaya a hacerlo. Es como si empezara otra vez una parte buena de mi pasado.*

A pesar de la alegría de Nora, Caterina y yo nos sentíamos algo cohibidos por el recuerdo de nuestra conversación con Piedad y por el aroma que toda aquella inesperada alegría difundía. Un aroma de naturaleza muriente, como si a poca distancia de aquel ambiente repleto de vida alentara algo terminal, removiendo la conciencia del fin de todas las cosas. El paréntesis luminoso se dilató al menos durante media hora, hasta que casi furtivamente Nora mencionó el problema con la policía. Dijo que eran tan poco trabajadores que no hacía falta que padeciéramos temiendo que vinieran a visitarnos durante la noche, pero que era mejor que no nos dejásemos ver durante el día. A la mañana siguiente Clara partía hacia Cienfuegos, para hacer su primera "escala educativa" y se le había ocurrido que tal vez podríamos aprovechar la oportunidad para marchar nosotros también, pero que nos tenía que pedir un favor, porque a fin de cuentas la sugerencia de nuestra ida a la mañana siguiente solo tenía sentido en relación a ella, a Nora, a quien de verdad le convenía que nosotros aceptáramos marchar enseguida. Añadió, con un cierto nerviosismo, *solo si a ustedes les es indiferente marchar un día u otro, porque si pudiera ser mañana tal vez yo podría acompañarles y estar unos días fuera.* Nora no había hablado con demasiada claridad de manera que tardamos unos segundos más de lo que hubiera sido normal en entender que le convenía marchar unos días de La Habana y que la mejor posibilidad se la proporcionábamos nosotros guardándole un rinconcito en nuestro último viaje cubano a Trinidad. *No quiero que piensen que les estoy jineteando el viaje, pero Reynaldo va a estar casi una semana en la capital para atender a unos compañeros físicos argentinos y yo no quiero quedarme sola porque ya saben que el grupo de los ocho madrileños parte mañana y hoy ya los despedí. Luego no tiene que venir más nadie, hasta dentro de diez días.*

Le dijimos que no nos importaba en absoluto, pero que tal vez tendríamos que hacer alguna llamada aquella noche para anular la visita que teníamos proyectada a Expo Cuba y a la casa del pintor Carlos Enríquez. *No se preocupen porque Reynaldo puede llamar mañana a primera hora a casa de Óscar, si deciden partir.*

Media hora más tarde llegó Reynaldo, que aquella noche, excepcionalmente, había salido a visitar a un amigo. Reynaldo apenas se movía de su casa, de modo que al verlo llegar nos sorprendió un poco, porque aquella silueta corpulenta y vestida con unos pantalones cortos que le infundían un aire totalmente inofensivo nos provocó un escalofrío de angustia, ya que lo creíamos dentro de casa, perdido en el páramo del territorio informático. Nos saludó con unos ojitos de niño travieso y después sonrió reservándose algún comentario sarcástico. Nos dijo que abriría unas latas de cerveza que le habían regalado y se llevó los dedos a los labios para mandarnos callar cuando íbamos a decirle que no hacía falta que las gastase por nosotros.

La cerveza Hatuey era suave y bebimos todos, incluso Caterina. Le comentamos a Nora toda la historia de Teresa y le pedimos disculpas porque no sabíamos hasta qué punto habíamos podido comprometerlos aun no habiendo proporcionado en ningún momento información detallada sobre la cooperativa y sus actividades. Nos dijo que no nos preocupáramos, que si alguien había pensado en denunciarlos no hacía falta que ninguno de los clientes de la cooperativa soltase sin darse cuenta una información comprometida. *Ya la encuentran ellos mismos.* Que lo que ella quería era que nos lo pasáramos lo mejor posible y que no nos preocupáramos por nada. Le dijimos que no nos parecía justo tener que sentirnos tan al margen de sus dificultades y que nos gustaría poderles ayudar de alguna manera. *Ya hacen bastante ustedes consintiendo que les acompañe a Trinidad.*

Nora había hecho *tamales* para cenar y bromeamos reprochándole que nos hubiera mentido diciéndonos que no sabía cocinar. Los había rellenado de carne y no eran nada distintos de los que nos había hecho Damaris días atrás. La cerveza me proporcionó aquel punto justo de ingravidez que contribuye a desamarrar un escenario querido y poco rato después me sentía flotando muy por encima de aquel pequeño empellón alcohólico, escuchando las impresiones de Nora sobre nuestra tierra, con la extraña sensación de hallarnos muy lejos y muy cerca de todo al mismo tiempo, tensando el cabo de una cuerda infinita que llegaba a todas partes, sin soltarla.

La noche transcurría como si fuera la última, tal y como había imaginado que sería nuestra despedida. Tenía la impresión de que no era hacia Trinidad adonde iríamos a la mañana siguiente sino a Barcelona, tal vez porque Nora hizo una especie de declaración de principios entorno a su sentido de la *cubanía* y nos guiaba hacia un cierto recuento inconsciente de los días que llevábamos en la isla, porque cada una de sus ideas en relación a las actitudes y los valores que regían la vida en Cuba venía acompañada por un ejemplo que nosotros parecíamos tener que corroborar arrancándole a la memoria una ilustración precisa que se ajustara a las palabras de nuestra amiga. *Se habrán fijado ustedes en las colas, por ejemplo, que se forman en las áreas dólar. Cuando un turista pasa delante de todo el mundo nadie lo desprecia sino que incluso se muestran amables con él. Con todo lo que estamos pasando y ya ven, no solemos perder ni el buen humor ni la cortesía. ¿Se imaginan ustedes algún otro país en donde haya áreas prohibidas a los propios habitantes, en el que se trate por sistema más amablemente al peor extranjero que al mejor compatriota? ¿Un país en el que no podamos pasear con tranquilidad con cualquier amigo nuestro de afuera, en el que todo el mundo se vea obligado a salir adelante mediante alguna ocupación complementaria y por supuesto prohibida, como si se anduviera en asuntos de droga en lugar de subsistencia? Yo creo que si la Revolución se hubiera llevado a cabo de otro modo el comunismo como tal no habría fracasado, pero este es un sistema que exige una cierta honestidad a los políticos. Seguramente es la forma política que requiere un grado más ideal de honestidad y por eso fracasa siempre. La esencia de la política de ustedes no es mejor que la nuestra pero la ventaja de sus democracias es que por lo menos en ellas existen mecanismos de autocontrol. Aunque se dan muchas*

injusticias, es difícil que un solo hombre pueda llegar a capitalizar
toda la responsabilidad y a comprometer el futuro de un país, salvo
en el caso de una dictadura. Lo bueno sería encontrar una fórmula
intermedia entre los excesos del capitalismo y la ineficiencia auto
correctiva del comunismo. Pero bueno, ¿qué estoy haciendo? Ya me
salió el discurso político otra vez.

A la mañana siguiente a las nueve en punto nos pasó a recoger
David. Clara había conseguido marchar una hora antes con una
amiga. Nora estaba sentada detrás y cuando David detuvo el automóvil ante nosotros, este me invitó a sentarme a su lado. Preferí
sentarme detrás, porque quería estar cerca de Caterina y también
porque el fondo de los distintos automóviles a los que había subido
me transmitía una cierta sensación de protección, de relativo ocul-
tamiento. Me parecía menos comprometedor viajar detrás, y a fin
de cuentas había sido el propio Óscar quien sin que nos diéramos
cuenta nos hizo asumir una cierta disciplina mimética, al abatir
hacia delante el asiento delantero cada vez que subíamos al coche
para que nos colocáramos allí donde las ventanas recubiertas con
un adhesivo negro hacían menos peligrosa nuestra presencia. David
insistió, sin embargo, que pasara adelante y tuve que acceder porque
resultaba evidente que deseaba compañía y no quería defraudarlo.

Nora permaneció un largo rato en silencio y ninguno de nosotros,
ni tan solo David, se atrevió a romper aquella contención medita-
tiva que proporcionaba a las calles que íbamos dejando atrás una
apariencia más grave, como de itinerario previo a un largo éxodo.
Mirábamos las calles casi palpando con la mirada el relieve de las
fachadas, el lento despertar de la escasa vida comercial, el centelleo
de los muchachos que corrían en pos de nada. Lo examinábamos
todo como lo haría alguien que supiera muy difícil el retorno e
incluso Nora pareció embelesarse de repente al pasar ante una
vieja casa colonial que debía de haber contemplado incontables
veces, pues era bastante céntrica. Solo al abandonar las viviendas
de un barrio cercano a la autopista David habló para decir que
tardaríamos unas dos o tres horas en llegar a Guamá.

La secuencia de los camiones rebosantes de personas agotadas
por la espera de horas bajo el puente volvió a producirse y algunas

de ellas, al pasar cerca de la hilera que poco a poco y trabajosamente iba subiendo a la descubierta cabina, nos lanzaron una mirada más bien inexpresiva, como si inconscientemente los atrajera poder establecer durante unos instantes la mirada sobre nuestro pequeño mundo rutilante, bastante más confortable y veloz. No era la primera vez que percibía este tipo de mirada, que parecía querer arrancar una pequeña muesca de la materia de nuestra vida para incorporarla a las suyas, quién sabe si para conjurar las largas esperas, la eterna repetición de lo mismo.

Avanzábamos de todos modos a una velocidad más que moderada y el rumor del motor era tan suave y regular que nos adormecía. El vehículo de David era bastante más antiguo que el de Óscar, pero recordaba el del otro Óscar de Santiago porque era también muy espacioso y la carrocería igualmente fuerte, casi como la de un vehículo blindado. Desde dentro el exterior parecía empequeñecerse, porque incluso los cristales de las ventanas, no lo bastante translúcidos y excesivamente gruesos, contribuían a disminuir el alcance de las cosas, ya bastante niveladas por la altura del suelo del vehículo. Era como recorrer un camino flanqueado por paisajes proyectados a lo largo de pantallas infinitas.

A Nora, sin embargo, empezó a despertarla de su enmudecimiento el asalto de los recuerdos. El primer estallido de tiempo presentido llegó al pasar cerca de una línea de pequeñas casas campesinas, en la que un grupo de guajiros esperaba el ocasional tránsito de los viajeros perdidos. Nos observaron con una intensa mezcla de desconfianza y deseo de involucración, tal vez anhelando que les pidiéramos las tres o cuatro indicaciones precisas para encontrar el *paladar* que sin duda –ellos lo debían de dar por seguro—, estaríamos buscando, lejos de la autopista, abandonada hacía casi un cuarto de hora. Nora chilló emocionada y nos hizo detener el automóvil ante el grupo que formaban los cinco hombres. Pronunció emocionada el nombre de uno de ellos y el individuo en cuestión se nos acercó como si le molestara poder ser reconocido por alguien a quien él mismo no alcanzaba a identificar. ¡Ernesto! ¿No se acuerda de mí? ¡Soy Nora! Pero el pasado no había mantenido, aparentemente, los mismos hitos para ambos, porque dijo que no se acordaba, con la misma temerosa convicción de quien ahuyenta a un posible acreedor afectando una identidad extraña. Nora dudó y nos miró fugazmente para arrancarnos la llave de aquella puerta inesperadamente cerrada. Pero los pasos del hombre al volver hacia sus amigos bastaron para disipar el misterio de aquel instante, disolviéndolo, evaporando con aquel ademán de enojada indiferencia todo camino de vuelta para la emoción de Nora.

Nos contó que, siendo todavía muy joven, acostumbraba a venir de vez en cuando a este lugar a comprar leche, cuando pasaba por él camino de Santa Clara, con su padre. Que el hombre que no la había reconocido había sido por aquellos tiempos uno de los mayores estímulos para sus efusiones adolescentes, pues todas las veces él la habló como si fuera ya adulta, con una mezcla de socarronería e inteligencia expectante que acabó por convencer al padre de no detenerse más en dicho lugar, porque se trataba ya entonces de un hombre casado. Que ella, sin embargo, no se sintió nunca atraída por él, sino sencillamente agradecida, porque aquel juego de la seducción ocasional y necesariamente inocente había remachado en su interior la pujanza de su feminidad y la de aquella especie de felicidad que acompaña siempre el surgimiento de un nuevo período de la vida, la especie de plenitud que pocos saben o pueden conservar e ir haciendo renacer con el transcurso de los años. *Yo creo que sí me ha reconocido pero no deseaba conversar: o tal vez me haya equivocado de persona.* Nora permaneció un rato en silencio, sin tristeza, posiblemente buscando dentro de sí misma el averiado resorte de la memoria ajena.

Más adelante pasamos por unas arboledas que me recordaron a los bosques mediterráneos, porque desde el automóvil me habría costado diferenciar aquellos parajes de cualquiera de los robledales que todavía se extienden combativos en algunos lugares que podría recorrer fácilmente con el pensamiento. Pero no eran robles, sino una especie emparentada con el flamboyán, según afirmó David, de manera que la similitud había sido puramente incorporada al paisaje por la superposición de algún inconsciente archivo de la memoria. Nora dijo que todo aquello seguía igual que muchos años atrás y yo pensé que la única ventaja de la pobreza consiste en que a menudo ignora ciertas formas de aniquilación de la naturaleza, aunque pueda desarrollar otras distintas. Habría sido un buen momento para detenernos y permitir que el lugar pudiera ser algo más que una imagen levemente difuminada por nuestro avance.

Tardamos todavía hora y media en llegar a Guamá. Caterina se había quedado dormida detrás, pero Nora miraba afuera con la intensidad de un centinela que no pudiera dejar de consignar todas las incidencias del mundo exterior. Pasamos por debajo de un letrero en el que había un cocodrilo dibujado y aparcamos el coche ante una barraca que imitaba las legendarias construcciones indígenas y que estaba rodeada de mesas con turistas tomando alguna bebida.

Guamá disponía de una reserva de cocodrilos, cuya carne también era empleada para comer. Las instalaciones de lo que ellos llamaban *reserva* se limitaban a unos pocos fosos enfangados rodeados por unas redes metálicas. Los cocodrilos sostenían la quietud como si por encima de ellos flotase una pesada y a la vez frágil nube de invisible silencio bajo la que hubiera que moverse imperceptiblemente, para no deshacerla. Unos hombres que trabajaban en las instalaciones se entretenían lanzando arena a la boca abierta de uno de los ejemplares más grandes, que había remontado la pequeña pendiente hasta llegar a la red. Recibía aquella llovizna con una estatuaria indiferencia. Solo cuando uno de los individuos pasó los dedos a través de los rombos que dibujaba el metal, la inmovilidad de la bestia pareció hacerse más evidente, sugiriendo una mayor concentración, tanto, que el hombre volvió a refugiar la mano sobre su pierna, empujado por la energía de aquella inteligencia inquietante y poderosa.

Nora se había quedado cerca del coche acompañando a David. Nos dijeron que no les interesaban los cocodrilos pero que les gustaría visitar con nosotros el poblado prehistórico que había en medio de la laguna si decidíamos hacer el recorrido en barca.

Cuando salimos de la pequeña instalación, Nora y David estaban hablando distendidamente con un hombre de edad avanzada que se despidió de ambos abrazándolos, antes de que pudiéramos añadirnos al grupo. *Este señor es un primo hermano de mi padre, hace casi trece años que no lo veía. Es increíble que nos hayamos encontrado aquí. Va hacia San Cristóbal, hemos estado conversando casi todo el tiempo que ustedes estuvieron dentro.* Nos contó que los padres no se habían entendido demasiado bien con él, pero que ella la atraía especialmente porque había sido la persona más emprendedora de la familia y también, a la vez, la más independiente. Que había conseguido alguno de los dificilísimos permisos que concede el gobierno para salir del país y que conocía Madrid, París y Argentina. *Ahora ya es muy mayor, pero ya ven, el espíritu es el mismo de siempre.*

Nora volvía a irradiar un sorprendente entusiasmo. Nos acompañó a la barca con una exultación que parecía transformar todo la que la rodeaba en una escalera con la que elevarse hacia otro lugar encumbrado y oculto dentro de su espíritu. Un lugar que debía de estar haciéndola sentir feliz, porque miraba hacia todas partes sin ver nada, con la ciega mirada de quienes no sienten la llamada del mundo más cercano porque otro más alejado y poderoso los reclama.

El recorrido en barca nos adentró por una avenida de agua calma que se extendía a través de los cañizares y de la vegetación acuática hasta llegar a la amplitud de la gran laguna central. Por el camino vimos otros senderos líquidos que se perdían entre la selva de la Ciénaga de Zapata como betas plateadas por las que me hubiera gustado discurrir con una embarcación más ligera. El paraje provocaba una atrayente impresión de cosa salvaje, de lugar todavía emboscado de peligros. El hombre que conducía la embarcación decía que había algún cocodrilo perdido entre el cañizo y los manglares, que tiempo atrás algunos se habían escapado de la reserva, que tal vez algunas crías desaparecidas habrían podido sobrevivir. Cuando llegamos al ancho espacio donde desembocaban todas aquellas vías de agua silenciosa, me venció la impresión de haber abandonado un mundo de peligros acechantes para ingresar en otro donde el riesgo más bien parecía poder provenir del cielo o de la misma magnitud del nuevo entorno, como sucede a menudo al acceder a cualquier extensión inmensa y descubierta tras abandonar un sendero angosto, en el que todo se hallaba al alcance de una mirada cómoda, limitada por la proximidad de las cosas. .

El poblado indígena había sido reconstruido para el turismo, pero el conjunto de cabañas diseminado por la zona por donde el agua volvía a confundirse con la superficie de hierba y arbustos anegados, estaban abandonadas o al menos faltas de un uso determinado, salvo el de recomponer una imagen que quería ser lo más equivalente posible a aquella que acompañó, día tras día, a los primitivos moradores. Nos quedamos un largo rato observando desde el maltrecho puente aquel horizonte salvado, en el que la vida mantenía un cierto afán de perennidad sobrehumana.

Nora comentó que nunca había imaginado que todos aquellos vastos territorios de la Ciénaga de Zapata contuvieran una zona tan grande de agua, una laguna que desde algunos de sus extremos no permitiera ver la otra orilla. Que por lo menos habían pasado treinta años desde que sus padres la llevaron a visitar el poblado, que entonces había menos cabañas que ahora y que no recordaba otra cosa que una especie de río serpenteante a un lado y otro del que, ocasionalmente, se levantaba una de aquellas construcciones en las que se almacenaban arreos cuya naturaleza no conseguía devolver a la memoria. *Pero hoy me parece todo mucho más lindo.* Estaba contenta y me alegró el hecho de que nuestro viaje hubiera propiciado el reencuentro de Nora con una imagen de su vida más lejana. Nora pareció adivinar mis pensamientos y me sonrió como agradeciendo aquella involuntaria reparación nostálgica.

Desde la gran cabaña central, en la que se habían acabado reuniendo los escasos visitantes, nos quedamos los cuatro observando el lento discurrir de una de las barcas que acababa de desprenderse del amarre. Parecía penetrar y perderse dentro del paisaje como si no se moviera de veras en él, como si aquel desplazamiento no fuera otra cosa que un leve estremecimiento del entorno, una agitación que subrayara la naturaleza del lugar, sus colores grisáceos, su pesadez y su ingravidez, pasando a través de ellos en una leve exhalación, como una línea que imperceptiblemente fuera señalando el relieve quieto y silente de las cosas.

En el restaurante de la cabaña tomamos tres cervezas pero Nora no aceptó que la invitásemos diciendo que ya habíamos hecho bastante pagando la pequeña excursión en barca. De nuevo nos sentíamos incorporados al interior de una parcela del tiempo perdido de los antepasados, no solo por la raza extinguida a que aquellas cabañas hacían alusión, sino por la prevalencia del mismo paisaje, intacto, donde no se percibía aún nada que lo atravesara enojosamente, ninguna señal de esta otra civilización nuestra que tiende a aniquilar incluso aquello de lo que no necesita obtener inmediato provecho. Alguien comentó que no existía ningún plan explícito de protección de la zona, pero que tampoco no existía ninguno en sentido opuesto, un proyecto que pudiera llegar a estropearlo todo, por ejemplo, simplemente por el hecho de abrir vías de paso hacia otros lugares. *Aquí no hay dinero ni para estropear el paisaje,* oímos comentar a un hombre con acento argentino, que hablaba como si el lugar le perteneciera y lamentara no poder explotarlo económicamente.

El viaje de retorno en barca no resultó tan agradable porque las traviesas de madera sobre las que debimos volver a sentarnos se habían mojado bastante al dejar los remos. No podíamos viajar en pie y tampoco estábamos en una situación que hiciera posible la queja sin dejar de ser comprensivos. El hombre nos miró una sola vez antes de encender el motor con una expresión de disculpa teñida de socarronería, como diciendo *y bien, ¿qué esperaban?*, e intenté pensar que la molesta humedad que me mojaba el pantalón cerraba, anudándolo sobre mi cuerpo, el nudo de aquella bolsa de humedad creciente que era la sangre y el espíritu de aquel mundo.

Comimos en un *paladar* camuflado en un domicilio particular. Se encontraba en unos bajos, en el lugar en el que un grupo de casas, no muy alejadas de la reserva, se alineaban las unas frente a las otras en dos grupos que se ensanchaban un tanto irregular-mente en una indecisa tentativa de media circunferencia o de plaza apenas esbozada. Eran viviendas bajas, construidas con materiales reaprovechados, en apariencia provenientes de construcciones anteriores. Al acercarnos nos dimos cuenta de que la variedad de colores la causaba la distinta procedencia de todas aquellas maderas que otorgaban al conjunto un aire de lugar apedazado. Recordaba a algunas pinturas matéricas en las que los diferentes recortes de color forman una figura tupida y caótica, que sin embargo mantiene una hábil armonía, que parece sugerirnos que el lugar natural de cada fragmento cromático es el suelo o el amontonamiento que el afán del artista ha sabido violentar o transformar hasta alcanzar el nuevo orden. Algunas de estas casas parecían sostenerse en pie merced a unos invisibles dedos que tomasen con fuerza las pesadas maderas desde arriba y cuando entramos en una de ellas me sorprendió la anchura y la distribución de las cosas allí dentro, ya que, a pesar de las pequeñas dimensiones del lugar, los diversos muebles y objetos habían conseguido crear tal vez tres o cuatro espacios relativamente aislables; la minúscula zona de paso, donde la proximidad de las sillas obligaba a moverse a todo el mundo cada vez que alguien quería atravesarla y que podía considerarse como un diminuto pasillo; el otro ambiente reducido a la lámpara empobrecida por una pantalla terrosa, terriblemente opaca, clavada entre dos butacas tronadas, que evocaba el rincón de descanso o de lectura; el espacio más largo y estrecho de la cocina, donde a pocos pasos de donde nos encontrábamos humeaba el pescado sobre el metal; y el último pedazo de sala en el que había una vitrina y las tres mesas en las que otros clientes ya estaban comiendo, mientras nosotros esperábamos nuestro turno.

Comimos el indefectible *arroz moro* y la *ropa vieja,* que era una especie de carne de ternera deshilachada y bastante seca. Nos sugirieron que comiéramos carne de cocodrilo y probamos un poco. Sabía como el lomo de cerdo y a Nora y a nuestro chófer, pese a no entusiasmarlos, pareció hacerles más gracia que a Caterina y a mí. Mientras bromeábamos a propósito de la carne de cocodrilo una de las muchachas que cocinaba se apresuró a cerrar los postigos que daban a aquella especie de plaza frustrada, porque el muchacho que vigilaba afuera había advertido la presencia de una patrulla de la policía. Entonces supimos que se trataba de un *paladar* clandestino y permanecimos casi cinco minutos con las puertas y las ventanas cerradas, soportando el bochorno que generaban los cercanos fogones. Cuando volvieron a abrirlo todo, el aire, que antes no parecía moverse ni existir excepto bajo la forma de aquella humedad pesada y densa, recorrió la estancia como una mano muy leve que se limitase a acariciarnos imperceptiblemente, sin fuerza, pero haciendo notar su presencia, como un amigo querido que desde muy lejos nos recordara, mediante algún signo delicado, la existencia de otras atmósferas.

Unos veinte minutos o tal vez media hora más tarde del momento en el que subimos al automóvil, después de despedirnos lacónicamente de aquellas chicas sonrientes e introvertidas y del muchacho serio y reservado que parecía gobernarlas, el rumor del automóvil de David nos había conducido a una interminable carretera que atravesaba, como una saeta que se perdía en el infinito, la Ciénaga de Zapata. El cielo se había vuelto a ennegrecer de repente y la cinta de asfalto, a veces manchada de irisaciones plateadas y más a menudo oscura como el cielo que se extendía sobre nosotros, producía la sensación de tenerse que adentrar en el corazón de todas las humedades, en el nudo de la tempestad. Solo David y yo nos manteníamos despiertos. Nora se había adormecido finalmente y Caterina se había arrebujado junto a ella, casi como si tuviera frío.

A un lado y otro de la angosta carretera, la vegetación sumergida en el agua encalmada e inquietante extendía sus ramas retorcidas, en una iconografía patética, en la que el agua mordía los bordes del asfalto manteniéndose a penas unos centímetros por debajo del nivel de aquella vía tan aparentemente vulnerable por la que transitábamos. En algún momento se abrió un claro entre las nubes y entonces la luz descubría, enfocándolo, un segmento de aquel territorio inhóspito e inmenso. Su visión sugería una fuga desesperada, el estereotipo del hombre enfangado hasta la cintura que lucha sin fortuna para llegar a cualquier forma de vida rural o suburbial, segregada de la civilización, del mundo urbano que habitan quienes le persiguen. De vez en cuando, el agua de la inmensa ciénaga invadía tímidamente la carretera, abrazándola con la pesada inmovilidad de lo muerto.

Unos cuarenta minutos más tarde seguíamos aún aquella inacabable pista flanqueada por la ciénaga. Vimos de pronto una especie de niebla extraña, poco blanca y vagamente translúcida, a unos trescientos metros frente a nosotros. Al acercarnos nos dimos cuenta de que se trataba de otro chubasco ciclónico que la veleidad de las nubes había dispuesto con una especie de espíritu de frontera, con un corte limpio, sin la advertencia de ningún pequeño chaparrón previo. Antes de penetrar dentro de aquel blanco fronterizo, tuve la terrible impresión de que íbamos a estrellarnos contra la esencia de la naturaleza húmeda que había venido acompañándonos desde hacía más de una hora. Que aquella repentina cascada de agua limitaba con otra parte destruida de carretera que iría a perderse bajo el agua oscura pellizcada por los insectos.

Cuando nos adentramos, sin embargo, en la cortina de agua, lo primero que divisamos fueron los faros de otro automóvil que venía en dirección contraria, a muy poca velocidad. Al cruzarnos pudimos ver el interior, donde un hombre y una mujer de alrededor de cincuenta años permanecían rígidos ante la luna de cristal, iluminados por una luz muy pobre, que les infundía una apariencia espectral, inquietante. Ni tan solo nos miraron pero me sentí absurdamente tranquilo cuando la carretera volvió a quedar completamente vacía como lo había estado desde que entramos en ella y solo el comentario de David ocupó fugazmente el aire percutido por el rumor de la lluvia y el monótono sonido del limpiaparabrisas. *Esto no durará mucho. Dentro de poco llegaremos a Cienfuegos.*

David me miraba a menudo, sonriéndome. Era hombre de pocas palabras pero exhalaba una enorme calidez. Durante las horas que llevábamos juntos me había dirigido unos cuantos comentarios sin importancia a propósito del paisaje que atravesábamos, o de la velocidad de su automóvil. A pesar de esto, estas conversaciones en estado naciente me habían transmitido una chocante sensación de intensa compañía, como si fueran más bien las palabras de alguien de quien lo conocemos casi todo y de quien únicamente necesitamos oír corroborar cuanto ya sabíamos, para afianzar nuestra seguridad. Cuando terminó aquella terrible carretera, dejando atrás el vasto entorno de manglares desdibujados por la lluvia, llegamos a una encrucijada sin indicaciones de ningún tipo y David preguntó a un guajiro que pasaba cerca con sus arreos de campo, por dónde teníamos que seguir para llegar a Cienfuegos. Lo preguntó con una curiosa mezcla de gravedad y simpatía y el hombre nos respondió que solo faltaban treinta quilómetros aproximadamente para llegar al lugar del que le hablamos.

No nos detuvimos en Cienfuegos porque la ruta interior que habíamos seguido, al dejar la autopista, atrasaba mucho el viaje. Dimos, de todos modos, un pequeño rodeo para ver el paseo principal del pueblo, en el que a cada lado las casas de estilo colonial proporcionaban con sus arcadas sendos paseos alternativos a la especie de *boulevard* que ocupaba el centro. Era una especie de ramblita soleada en la que las antiguas casas no producían la decrépita impresión de extremo abandono de las casas de la Habana Vieja. Unos minutos después, llegamos al mar y al descubrirlo experimenté aquella especie de exaltación vital que los grandes paisajes descubiertos y soleados provocan. Era ya media tarde y al simbolismo rejuvenecedor del movimiento del mar y el blancor de la arena se opuso poco después el otro simbolismo crepuscular del atardecer finalmente encapotado que amenazaba de nuevo lluvia. La visión de aquella playa levemente curva, abierta, como todas las playas, a la evocación de los mundos posibles, de las infinitas vivencias, me hizo sentir repentinamente contento, con una abstraída felicidad, que se difundía adentro, ocultándose.

Oscureció entre montañas desangeladas, agravadas por el tiempo inclemente, sin árboles. Preguntamos en una gasolinera y escuchamos impacientes la larga explicación de palabras pegajosas que el hombre profería con esfuerzo, como si tensara desde muy adentro la cuerda de las frases. Nos alejamos de la gasolinera en dirección a una carretera que enfilaba por el margen de sombra con que el anochecer había empezado a transformar la montaña.

Durante casi una hora recorrimos aquel camino que parecía el emblema de la desolación. La vegetación más remota se había fundido definitivamente con el negror de afuera y la más cercana había quedado reducida a una extraña formación de naturaleza reseca y desnuda, de flacos arbustos que la débil luz de nuestros faros no conseguía desvelar de su sueño de muertos. Finalmente, tras un largo tramo de oscuridad casi total, nos alcanzó el tímido blanco en el que flotaban casi ilegibles las letras que hacía tanto rato que buscábamos. Faltaban quince quilómetros para Trinidad.

Los quince quilómetros resultaron inacabables. Llegamos a dudar de que hubiéramos seguido por donde debíamos, a pesar de que poco después de haber visto el letrero divisamos a ratos un área luminosa entre las montañas que solo podía ser la de la ciudad a la que nos dirigíamos. Tuvimos un pequeño sobresalto porque de repente una vaca ingente apareció frente a nosotros. Estaba quieta, rumiando su hambre con calma, y tardó bastante en marchar hacia el otro margen. Entonces me di cuenta de la ridícula luz que proyectaban los faros del automóvil. El cuerpo del animal se recortaba bajo la claridad opalina de la noche extremadamente lunar y solo un contraluz tenuísimo, como un trapo sucio colgado de su vientre, revelaba la presencia de nuestro vehículo. Caminó pesadamente hacia el otro lado del camino y desapareció para sumarse a su vacío rincón dentro del oscuro puzle nocturno.

Al enfilar la cuesta que terminaba justo en un ancho llano con iglesia, cayeron las primeras gotas, solitarias y mudas. Había poca gente en las calles oscuras, donde solo la luz que se derramaba a través de algunas lindes entreabiertas creaba una indefinida columna tendida de claridad, que la perspectiva hacía más densa, iluminando el inicio de la lluvia. Nora volvía a mirarlo todo con la misma intensa mirada de horas atrás, y Caterina también se había desvelado al comenzar a moverse el automóvil más lentamente, como si presintiera la llegada.

VII

La familia Venegas tardó un rato en abrir el portalón y aquel retraso me sugirió la idea de una vivienda honda donde los pasos quedaban ahogados por la lejanía de las últimas estancias. Lo primero que vimos, casi con más nitidez que el rostro que empezaba a sonreírnos desde el resquicio que acababa de abrirse, fue el alto techo y las dos arcadas que creaban una penumbrosa sensación de arquitectura noble amordazada por la semioscuridad. La mujer que nos dijo *pasen, pasen, ¿cómo les fue el viaje?* Me produjo la impresión de ser una de aquellas voces que nos hablan al soñar, cuyo rostro cambia constantemente con la maleabilidad que el sueño otorga a sus fantasmas. La oscura calle la teñía de invisibilidad y a pesar de que la escena se desvaneció tal vez aprisa, pues no tardamos nada en entrar nuestras bolsas adentro, sentí que la aparición de sus rasgos se demoraba mucho y que necesitaba verlos para desembarazarme de toda la oscuridad que nos había acompañado a lo largo de las últimas horas.

La casa, en efecto, era muy grande. La enorme estancia principal terminaba en una galería que precedía un hondo jardín. Entre las dos arcadas había un antiguo y gran aparato de televisión que me recordó el que mis padres habían tirado diez o doce años atrás, al heredar uno en colores, cuando la muerte de mi tía. Ante el televisor, dormitaban las indefectibles mecedoras y un par de sillas más en una de las cuales alguien había dejado una revista que no revelaba ningún gesto de precipitación, porque estaba en medio de la bandeja de cáñamo con una aparente voluntad decorativa o de evocación de la intemporalidad, ya que el pliegue de hojas tenía el color de los papeles que solo pueden ser leídos sin prisa porque lo que nos cuentan hace ya mucho tiempo que dejó de ser un hecho para nadie.

Nos sentamos para contar algunas incidencias del viaje. La oscuridad de las carreteras, la aparición de la vaca. La señora Venegas nos escuchaba con una sonrisa amable y paciente y su mirada se perdía a ratos, como si ya conociera nuestro relato o esperase escuchar algo mejor. Afortunadamente, no tuvimos que hablar de nuestro país y fue nuestra anfitriona quien nos comentó algunas cosas sobre Trinidad y Sancti Espíritus. *Tienen ustedes que ir a la canchánchara. Les gustará.* La *canchánchara* era una bebida pero también designaba un lugar. Nos contó la historia de un sacerdote que mucho tiempo atrás había empezado a servir vasitos con ron y limón endulzados con miel y que ahora la tradición había arraigado en el establecimiento cercano a la iglesia. Nos habló del *Valle de los Ingenios* que estaba muy cerca, pero que convenía visitar pese a todo en automóvil. Nora dijo que el *Valle de los Ingenios* era uno de los lugares más maravillosos de la isla y que había sido declarado patrimonio de la humanidad, aunque no estaba segura de ello. Que siendo joven había soñado con tener una casa sobre cualquiera de las montañas que lo limitaban y desde las que la perspectiva parecía no tener fin.

Caterina y yo les hicimos un rato más de compañía, pero decidimos ir a dar una vuelta porque nos apetecía pasear por las calles tranquilas que habíamos visto antes de encontrar la casa que buscábamos. Nora y la señora Venegas tenían muchas cosas que decirse, pero David se quedó un tanto al margen, sentado entre ellas dos como un cuerpo sin alma. Lo invitamos a venir con nosotros, pero nos hizo que no con la cabeza sin deshacer su encantamiento. Nos despedimos y salimos por el mismo postigo que apenas veinte minutos antes habíamos cruzado por vez primera.

En las calles no encontramos prácticamente a nadie. Se estaba bien y el calor era bastante soportable. En la calle mejor iluminada encontramos a dos mujeres que se habían sentado junto al umbral de su vivienda. Caterina, antes de verlas, nos dijo que se sentía observada. Al pasar enfrente, sentimos sus miradas casi como si nos tocaran con ellas, aunque nosotros atendíamos nuestra conversación atravesada y entorpecida por el trastorno de estar siendo observados. ¿Han visto qué rico es pasear por Trinidad, tranquilitos, no como en la Habana? Respondimos a aquella especie de saludo con una sonrisa bastante prolongada que no cuajó, sin embargo, en ninguna conversación. Tampoco aquellas mujeres parecían desear conversar, porque dirigieron de inmediato sus miradas hacia el suelo al que la luz arrancaba leves destellos tras la lluvia y continuaron así, hasta que desaparecimos en la siguiente esquina, casi como si les pesara la digestión de un pensamiento demasiado duro.

Enfilamos una calle completamente oscura. Muchos de los guijarros que embellecían las calles de Trinidad se habían desprendido aquí y tropezábamos a menudo. El camino pedregoso nos hizo pensar en las playas de Cadaqués y, cuando pensaba en ello, en medio de aquel bochorno me llegó un vientecillo breve y fresco. Fue tan efímera la impresión que imaginé que había sido yo quien la había provocado, al recordar las noches del pueblo marinero.

Llegamos finalmente a una gran plaza extraña. No era exactamente una plaza sino una explanada donde desembocaban diversas calles en uno de cuyos lados, tal vez el más elevado, se erguía una iglesia alta y estrecha, que me resultó vagamente inquietante, como un centinela mudo y desproporcionado. Vimos un hotel en el que se anunciaba una fiesta y nos acercamos porque había otra pareja dubitativa en la entrada. Un muchacho con aspecto de camarero vino a nuestro encuentro y nos informó que la fiesta empezaría enseguida y que solo había que pagar cuatro dólares. La consumición estaba incluida, añadió sonriente, *y verán algo verdaderamente genuino.*

Dentro encontramos una plazoleta porticada, blanquísima. Era un edificio no muy antiguo que sugería sin embargo todos los elementos de la arquitectura colonial. Había dos hileras de sillas colocadas las unas frente a las otras, presidiendo el espacio vacío y ovalado que quedaba entre ellas. Alguien se había sentado y nosotros también lo hicimos, sin saber exactamente qué era lo que nos disponíamos a ver.

Diez minutos más tarde habían sido ocupadas todas las sillas, con turistas como nosotros que miraban también a uno y otro lado, con calma, recurriendo de vez en cuando a la bebida que contenían sus vasos como si esperaran hallar un elixir esclarecedor y familiarizante. En la otra parte, colocada dentro del imaginario espacio que correspondería al escenario, una pesada butaca, hecha de maderas gruesas y ennegrecidas, había sido embellecida con una especie de túnica roja y unos ramilletes de hierbas, tal vez aromáticas. Las dos hileras de sillas se unieron finalmente porque algunos visitantes trajeron más hasta componer una elipse perfecta. Como en un teatro, la silla muda concentraba toda la atención y era probablemente la cerveza lo que en mi caso empezó a aguijonear una expectativa excitada por la duda, una expectativa que, como sucede a menudo, cuando la predisposición a dejarse cautivar es absoluta, parecía satisfecha con la mera presencia de aquellos simples elementos escénicos. Por eso, cuando aparecieron los grupos de chicos y chicas acompañando aquella especie de brujo mayestático que se sentó ante nosotros, experimenté una emoción de lejanía, porque me pareció al verlos que me hallaba realmente a una considerable distancia de mi mundo habitual y como me había sucedido en algún momento durante mis paseos solitarios por la Habana, la efímera y engañosa impresión de desarraigo me sedujo como un alcohol nocturno.

Los chicos vestían una especie de camisas desaliñadas, lienzos recompuestos para emular un estilo de simplicidad tribal. Los dos muchachos mayores llevaban cada uno un par de cuchillos de medida considerable y empezaron a la vez a hacer una especie de ejercicios rituales serenos, que parecían destinados a exhibir su destreza con el metal. Mientras duraban sus evoluciones malabares, una muchacha especialmente bella empezó a aventar los malos espíritus moviéndose compulsivamente ante nosotros y rozándonos el cuerpo con una de las ramas que había tomado de la butaca para dejar sentar al jefe o brujo. No tardó mucho en aparecer una litera selvática, más que rústica, en la que estaba tendido un muchacho que reflejaba a la perfección la naturaleza híbrida y vagamente esperpéntica de algunos de estos fenómenos transculturales como lo es el de las religiones afrocubanas; vestía una especie de americana desgarrada sobre su rota camisa y un sombrero agujereado aparentemente duro y estirado como los de copa. Los que cargaban la litera lo dejaron en el suelo y la chica que un momento antes nos había evocado el universo de los exorcismos exóticos repitió la operación con el presunto cadáver.

Abrió los ojos en un estallido del rostro, teniendo bien cerca el de ella. La purificación parecía haber sido real y no había un solo espectador que observara con indiferencia o con una curiosidad divertida y desvirtuadora. Pese a encontrarnos en aquel lugar concebido para la atención al turismo, el espectáculo alcanzaba un cariz genuino, porque sus protagonistas representaban el estado más cercano al del auténtico tránsito, quién sabe si para evitar agotarse con un esfuerzo absurdo. El muchacho resucitado se levantó en un arrebato y prendió un puro ya medio consumido empezando a moverse al ritmo de los chillidos de sus compañeros y del sonido de un pequeño timbal percutido por los dedos de la muchacha más joven del grupo. Se movía ejecutando una danza a veces rota y a veces fundida dentro de la agitación de los movimientos que le llevaban a recorrer aquel territorio ovalado por la presencia del público como si a su cuerpo lo confundieran músicas cambiantes. De vez en cuando invertía el puro, introduciéndose en la boca la punta encendida y exhalando una diminuta nube al sacárselo, que se desvanecía de inmediato.

La ceremonia terminó cuando el muchacho y sus compañeros nos hicieron levantar para participar en aquella especie de exorcismo catártico proporcionándonos unos ramilletes. Una persona del público fue la elegida para ser rodeada por el resto y fuimos asediándola tomados de las manos agrandando y empequeñeciendo el círculo con que nos alejábamos y acercábamos a fin de pasarle la hierba purificadora por el cuerpo. Al hacerlo nos inclinamos en una especie de reverencia y fue solo entonces cuando las primeras risas de sorpresa y violentada timidez empezaron a derivar el ritual hacia una fiesta que parecía celebrar el triunfo dionisíaco de la propia exultación, la inefable felicidad del cuerpo.

Regresamos a la casa de la familia Venegas siguiendo otro itinerario y casi nos perdimos al pasar distraídamente por la calle

Maceo, sin darnos cuenta. Empezaba a lloviznar y nos hubiera gustado eternizar aquel paseo sin constelaciones, que de pronto nos hizo sentir envueltos como cuando nos arropábamos al acostarnos, porque la oscuridad del cielo y la de las calles, en lugar de transmitirnos temor o desamparo, nos cubría como si quisiera reducir la visión a la estricta presencia del otro. Era alrededor de la una de la madrugada.

Cuando entramos por la pequeña puerta que se abría en el gran portalón, vimos a Nora y David conversando y tuvimos la sensación de que habíamos abandonado la imagen que ahora presenciábamos hacía un instante. Habían transcurrido sin embargo un par de horas y la conversación parecía haber alcanzado aquel punto de sosiego que sigue invariablemente al intercambio de incidencias más o menos intensas. Nora nos saludó con una simpatía que pedía juego y nos quedamos a su lado para contarle nuestra pequeña aventura ritual.

Nora explicó que al día siguiente se celebraba en Trinidad una reunión del sindicato del que formaba parte Júlia, su amiga en Sancti Espíritus. Nos contó que el sindicato aglutinaba gente de todo tipo, pero que predominantemente se trataba de personas que mantenían firmes sus convicciones entorno a los principios de la Revolución pero que sin embargo eran muy críticas con el mandato de Fidel. Dijo que no era un grupo equivalente a aquellos que actuaban en Miami, ya que el sindicato quería hacer prevalecer el espíritu del julio revolucionario. Nora parecía contenta con la convocatoria porque suponía un reencuentro con una gran amiga y a la vez le permitía cortejar a la ficción de volver al tiempo de su juventud, cuando se convocaban reuniones en el seno del partido en las que se discutían seriamente todas las ideas, cuando todavía la categorización, la dictadura de los conceptos, no había alcanzado aquel punto de anquilosamiento que más adelante iría paralizando cualquiera de las iniciativas revisionistas o meramente matizadoras. *No la pasábamos mal en esos encuentros. Estas reuniones de ahora me recuerdan aquellas. Antes teníamos la impresión de estar construyendo algo y esto nos excitaba: ahora nos excita la sensación de intentar mantener aquello porque esto nos hace experimentar una nueva clandestinidad. ¡Quién me iba a decir a mí que hoy pasaría penas solo por ser ortodoxa con lo que nos propusimos años atrás!* A su entender era Fidel quien no lo había sido, haciendo derivar la Revolución hacia formas más propias de una dictadura, donde no solo no se habían alcanzado los niveles de administración interna de la economía y de los bienes que a pesar de la situación del país habría sido posible conseguir, sino que además los cubanos se sentían extranjeros en su propia casa, menospreciados por quien habría tenido que exaltar sus esfuerzos y traducirlos en una gestión política más efectiva y coherente. La señora Venegas intervino para decir que incluso en Trinidad quienes ostentaban el poder se transformaban completamente según trataran con un cubano o un extranjero; *no todo el mundo se comporta del mismo modo, pero hay alguna autoridad local que recupera la amabilidad en cuanto oye hablar con acento español.* La señora Venegas nos miró sonriendo para decirnos que no padeciéramos, que todas estas situaciones no habían enemistado a la gente con los españoles, porque todo el mundo sabía ver dónde residía el problema.

Un rato más tarde nos despedimos para ir a dormir, pero Nora y David se quedaron conversando quién sabe hasta qué hora. El viaje nos había agotado mucho, aunque no había habido surgido ninguna incidencia relevante. La habitación era paralela a la del comedor y se extendía largamente junto a este. Estaba dividida en tres departamentos por sendos tabiques que no alcanzaban el techo, que era todavía más alto que el del comedor. Nos habían destinado la cama más cercana a la ventana exterior y el aire que movía el cortinaje vertía de vez en cuando voces que parecían provenir del interior de la propia estancia.

Al cerrar la luz empezamos a oír los pasos que medían la profundidad de la calle y la noche espaciando el espíritu atento, como una honda mirada hecha de sonidos. Casi me había dormido imaginando que espiaba a los ocasionales transeúntes con mi mirada onírica, como desde una atalaya inexpugnable y flotante, cuando oí un extraño chillido dentro la habitación y un sonido de roce nervioso de algo contra la pared. Eran murciélagos. Llegamos a ver a uno de ellos ocultándose dentro de la grieta que debía comunicar aquel deteriorado techo con el exterior. La abertura estaba en el ángulo más alejado de nuestro rincón dentro de la estancia, pero sabíamos que al cerrar la luz volverían a pasearse. David se acostaría más tarde en la otra parte de la estancia y no podíamos por tanto permanecer toda la noche con la luz prendida. Al apagarla, afectando una tranquilidad que no sentía, porque me incomodaba terriblemente la presencia de aquellos animalitos, le dije a Caterina que no se preocupase, que no vendrían a mordernos porque aquella especie diminuta únicamente se nutría de insectos.

Al día siguiente me desperté temprano, pero dentro de la casa ya se oían algunos pasos. Alguien arrastró al cabo de un rato el pequeño escaparate móvil repleto de libros amarillentos que había junto al portalón. Debían de estar preparándolo todo para iniciar poco después el pequeño mercado sobre el que la señora Venegas nos había hablado al preguntarle qué veríamos hoy. Se vendía de todo. Además de libros se ofrecían collares hechos con semillas pintadas y maracas y estatuillas afrocubanas. Nos había explicado que le tenía guardado el puesto a un amigo y que ni ella ni nadie de la familia se dedicaba a la venta de libros. Volvió a oírse el chirriar de las ruedas sucias y oxidadas que soportaban aquellas cinco o seis hileras de libros que descansaban sobre la estantería que era como un pequeño techo a dos aguas, metálico y móvil. Después oí el timbre de la puerta y de nuevo más pasos que se perdieron hacia la parte del jardín.

Me levanté un poco antes que mi compañera. La casa estaba bañada por una quietud expectante, como si el aire esperase la irrupción de aquello que podrá desvelarlo y animarlo bajo el ritmo imprevisible del nuevo día. Alguien caminaba por el jardín y quise pensar que aquella era la señal que anunciaba el fin de la noche. Después, un ruido de palomas batiendo una agitación inútil, galinácea.

La señora Venegas estaba en el jardín, cerca de las hojas del platanero, agarrando por las patas un ave grotesca que trataba de remontar un vuelo que de cualquier forma parecía imposible. Finalmente consiguió devolver el ave al interior de aquel habitáculo cuyo techo consistía en una red metálica en la que se abría una diminuta portezuela por la que el agitado animal volvió a pasar hacia adentro. Con unas tijeras, había empezado a recortarle las alas y al verme llegar silenciosamente, me dijo, con una voz baja que no se ajustaba a la vehemencia de la escena, sino más bien a la quietud que rodeó mi aparición; *tengo que recortárselas un poco, porque si no se me va a terminar escapando. ¿Cómo pasó la noche?*

Le conté el episodio de los murciélagos y ella me respondió con toda naturalidad que no les tuviéramos miedo porque eran inofensivos. Debía de estar muy avezada a su presencia porque inmediatamente me sonrió olvidando aquello de que hablábamos y me ofreció acompañarla en su desayuno.

La señora Venegas tenía una hija que se llamaba Teresa, al igual que nuestra amiga de Santiago. Mientras ella me hablaba, pensé en la curiosa simetría de nuestros conocidos en Cuba, los dos Óscares conductores y ahora las dos Teresas, la hija de Piedad en la Habana y la de la persona que se sentaba ante mí. Me dijo que al cabo de cinco minutos su hija volvería, que había salido al mercado para ver qué podía traerme y que seguramente llegaría a tiempo de desayunar con nosotros. Por unos instantes llegué a imaginar que sería la otra Teresa, la hija de Piedad, a quien veríamos entrar por la puerta de la calle. Que comparecería con sus lienzos estereotipados para ofrecerlos a los turistas de Trinidad. Pero el juego onírico no se hizo realidad.

Cuando la hija de la señora Venegas abrió la puerta de la casa, Caterina se había levantado ya y estaba sentada junto a mí. Habían transcurrido unos veinte minutos y oímos un sonido en el que hasta entonces no habíamos reparado, pero a partir de ese momento me resultó inconfundible. El postigo emitía un sonido grave que solo la rapidez convertía en un chirrido de goznes herrumbrosos. Apenas unos instantes después, una Teresa que físicamente se parecía a la de la Habana, salvo por la añadidura de una especie de precoz envejecimiento, apareció en el umbral de la cocina donde estábamos, con una sonrisa tan leve que uno no sabía exactamente de dónde provenía, pese a ser tan intensa la dulzura que difundía. Dejó unas bolsas de papel sobre el mármol castigado y aceptó con un silencioso asentimiento de cabeza el ofrecimiento que le hacía la madre, al mostrarle el bol del café con leche.

La hija no había hablado todavía cuando la madre terminó de decirnos que aprovecháramos la circunstancia de haber conseguido leche por aquellos días. Nos dijo que ellas acostumbraban a tener bastante suerte, porque disponían de buenos contactos. Era un paquete de leche envasada, algo más difícil de conseguir, pero no traté de comprobar la procedencia. Era leche a fin de cuentas y su presencia en la mesa me recordó la impresión de solidez de las cosas que me invadió en el aeropuerto José Martí al llegar a Cuba y hacerme con nuestras bolsas tras casi una hora de bloqueo de la cinta transportadora. También ahora todo parecía obedecer a un orden benigno, porque allí sentados rodeábamos un centro que irradiaba una extraña energía destinada a sostener las milagrosas coordenadas de la vida.

Teresa respondió a algunas de nuestras preguntas anodinas empleando con la voz la misma dulzura que con la mirada. Teresa era muy tímida y llegó el momento en que el abanico de inquietudes previsibles (lugares, horarios, tiempo) se agotó y se fue a arreglar una de las últimas habitaciones de la vivienda. Se excusó con un hilo de voz y nosotros seguimos un rato entorno a la mesa, hasta que llegó Nora.

Nora empezó a desayunar tarde. Era la primera vez que asistíamos a sus primeros minutos del día y nos contó, al darse cuenta de que la observábamos con curiosidad, de soslayo, que necesitaba reposar siempre un rato en cualquier butaca antes de sentarse a ninguna mesa o salir a la calle. Nos dijo que aquella mañana David nos acompañaría si queríamos al Valle de los Ingenios, pero que ella no vendría porque tenía que verse con una amiga. Que la dejáramos resucitar un rato más antes de ir a despertarlo. *Si lo dejamos durmiendo habrá que despertarlo para la vuelta a la Habana.*

David se apresuró y tan solo media hora más tarde estábamos en la calle, esperando que apareciera con el automóvil. Poco rato antes había llegado Ester, la otra hija de la señora Venegas, que era licenciada en historia y ahora se dedicaba a hacer de guía turística si alguien aceptaba sus servicios. Había sido la madre quien nos había hablado de ella hacía apenas una hora y al decirle que nos gustaría contar con ella, telefoneó inmediatamente a la hija, visiblemente satisfecha. Se nos presentó como si hubiéramos de examinarla o como si fuéramos los propietarios de una importante agencia de viajes. Nos declamó, variando significativamente el tono más distendido con que nos había saludado al entrar, el recuento de su carrera y de sus estudios, destacando el hecho de conocer bastante bien la historia de Cuba y sobre todo la de Trinidad, siendo este un aprendizaje más tardío en el que se había especializado para poder dedicarse a los visitantes locales. Habíamos tenido que dar nuestro asentimiento, a pesar de que ya lo había hecho la madre en nuestro nombre al llamarla, como si le hiciera falta una confirmación más grave y ceremoniosa, algo —supuse— que le proporcionase una imagen precisa de la responsabilidad con la que poder asumir más rectamente la tarea. Mientras esperaba a nuestro lado, mirando junto a nosotros los puestos que aún no habían abierto sus innumerables ojitos de maderas decoradas y piedrecitas y telas estampadas, mantuvo aquel ademán a la vez sereno y disciplinado, como un atleta preparándose para una prueba que lo obligase a olvidar momentáneamente todas las otras incidencias de la vida. Pero yo sabía que pronto se derrumbaría el personaje y surgiría uno distinto, de perfiles tuteantes.

Dejamos que se sentara delante para que pudiera ir transformando en relato ilustrativo el paisaje. Nos dijo que aquel valle se denominaba de San Luis o de Los Ingenios, porque en él se habían establecido a principios del XIX todo el conjunto de haciendas a cuyo alrededor se extendían los campos de caña de azúcar. *Hoy no sé si será un buen día, porque parece que se está nublando, pero cuando lleguemos a la casa de los Iznaga subiremos a la torre para que puedan ver todos los ingenios.* Los *ingenios* eran el equivalente caribeño de la casa de campo, pero con un aspecto nada rural pese a todo, con terrazas porticadas que evocaban largamente viejas historias palatinas, encumbrados moradores y solícitos sirvientes. Había podido ver algunas fotografías hojeando el libro que había en casa de la señora Venegas y que explicaba en francés la evolución del valle trinitario. Era un libro del año sesenta y dos pero las fotografías parecían extraídas del álbum de un bisabuelo difunto. Pensaba en ello cuando en los cristales empezaron a discurrir los diminutos cauces nerviosos del primer aviso de la lluvia.

Ester miraba decepcionada el cielo pero cuando oímos un lejano trueno volvió a punzarla aquella actitud tensa y vigilante con que parecía querer someter el curso de los acontecimientos. Hizo una seña a David y este aparcó el coche en un recodo de la carretera. *Bajaremos un momento, quiero mostrarles una de las panorámicas más bellas del valle.* Enfilamos una pequeña cuesta que nos condujo hasta un llano en el que había un diminuto bar. Algunas sillas herrumbrosas descansaban vueltas del revés sobre una solitaria mesa rectangular, que evocaba una época remota de generosas meriendas. Estábamos sobre una de las crestas desde la que la vertiente de la montaña descendía hasta aquel llano gigante poblado por los célebres *ingenios*. La perspectiva se había cubierto de una leve neblina de lluvia descompuesta. Aquella húmeda exhalación que avanzaba con la pesada ingravidez de los relentes flotantes dejaba entrever, sin embargo, el vuelo de algunas tiñosas surcando su interregno privilegiado del aire. El valle poseía una belleza extraordinaria. Había sido preservado a lo largo de los años sin que se hubiera erigido ninguna edificación gigantesca, de manera que su aspecto propiciaba aún el entusiasmo habitual del espíritu ante los parajes supérstites. Permanecimos un buen cuarto de hora gozando de aquella visión que inevitablemente precipitaba los sueños de las vidas que nos quedaban por experimentar. En algún momento desvié la mirada de aquel valle que se perdía confusamente tras de la leve lluvia y Caterina, David y Ester seguían cautivos de él, tal vez a mucha distancia imaginativa del lugar en el que se encontraban, puesto que el valle había colocado como sobre un ara la imagen que cifraba el carácter abierto de la existencia y no había forma de poder saber qué otra vida futura, factible o irrealísima recorrían con sus ojos. Ausentes y presentes a la vez, parecían empapados de distancia, sobrevolando el pasado y el incierto porvenir.

Volvimos al coche con la ropa mojada. Lamentaba que Nora no se encontrase con nosotros y cuando Caterina me miró con una extraña sonrisa tuve la impresión de que pensaba lo mismo. Quise ver qué hora era pero solo conseguí verme la muñeca desnuda. Había olvidado el reloj y casi me alegró contribuir de aquella forma a la atmósfera indefinida, lluviosa, de la mañana.

Llegamos al pueblo de Manaca-Iznaga. Tuvimos que detenernos ante la vía ferroviaria, ya que la barrera estaba bajada y cerca había un tren detenido. Era una máquina de vapor y me pareció demasiado arcaica como para poder ser real, como para pertenecer a la misma época e instante que vivía. Pero de repente oímos un silbido inconfundible y vimos elevarse por encima de la chimenea una densa humareda que salió disparada, reproduciendo una imagen que yo debía de haber visto decenas de veces en películas que no podría recordar apenas. El tren empezó a moverse y pasó ante nosotros con la suficiente lentitud como para que descubriéramos una inverosímil población de hombres con librea y uniformes de gala y mujeres vestidas como no se habría visto en casi doscientos años. En tierra también parecía haber resucitado un fragmento de la vida remota, porque un escuadrón de hombres y mujeres que vestían con mucha mayor sencillez pero proviniendo también de una época imposible les decían adiós, descubriéndose a veces la cabeza agitando los sombreros. En ese momento nos percatamos de la presencia de las cámaras. Habían montado un par de ellas sobre unas torres de apariencia precaria y una de ellas seguía lentamente el paso del convoy. A nuestro alrededor se agolpaban los curiosos que asistían a la extraordinaria novedad de la filmación.

Sin mirar las cámaras, los personajes saludaron a los figurantes a lo largo de una escena increíblemente lenta, en medio de la callada expectación de los que permanecíamos pacientes en el interior de los vehículos y de los que afuera recibían la lluvia como si lo que acontecía sobre la vía pudiera anular su efecto sobre los cuerpos. Finalmente, el tren pasó del todo y oímos unas órdenes técnicas tras las que se elevó la barrera y la vida pareció vencer su momentáneo entumecimiento. Ester continuó el relato explicativo montada todavía sobre su eficiente personaje: *ahora visitaremos la casa de los Iznaga, que da nombre al pueblo. En ella hay una torre de cuarenta y siete metros de altura desde la que se dominan todos los ingenios. Ya verán cómo merece la pena subirla.* Llegamos a la hacienda que había sido acondicionada años atrás como restaurante, pero que aún conservaba las características de la época en que presidió el dominio sobre todas estas tierras. Una especie de *maître* delicadamente deferente sonrió al vernos llegar e hizo una especie de mueca de connivencia a Ester, a la que parecía conocer, dando a entender que podíamos visitar todos los rincones que nos apeteciera.

Ester nos dijo que tal vez fuese mejor subir primero a la torre, ya que el tiempo empezaba a empeorar sensiblemente y la visibilidad en pocos minutos podía llegar a ser muy reducida. La torre era bastante impresionante. Tenía nueve pisos de altura y se subía a ella por una escalera de madera cuyos travesaños dejaban ver el vacío. Al darme cuenta, le dije a Caterina que me quedaría en tierra. Puesto que padecía vértigo preferí quedarme junto a Ester, que tampoco se sentía muy atraída por la ascensión, tal vez porque la idea de subir aquella terminable escalera la derrotaba solo con pensarlo. De pronto me parecía que aquel era el escenario perfecto para una tragedia y me invadió un ridículo sentimiento de urgencia, como si fuese preciso hacer algo para evitar no sabía exactamente qué clase de peligro. La casa de estilo colonial, la explanada que había enfrente, en la que nos encontrábamos, junto a los travesaños de madera que sostenían una enorme campana histórica… todo sugería una escenografía apropiada para Hitchock, una mezcla de elementos demasiado autóctonos como para no acabar resultando trágicos; la presumible densa historia de las vidas que poblaron este lugar, la arquitectura ufana que se me antojaba una especie de desafío al paso inclemente de tantas épocas distintas, la torre erigida como un alma vigilante concebida para el enaltecimiento de alguna esperanza y también para su precipitación… el lugar exhalaba en exceso una cierta atmósfera de fatalidad, como sucede siempre allí donde la vida ha dejado el surco de una impronta más profunda. Cuando Caterina empezó la ascensión sentí que al hacerlo activaba los ocultos resortes de todas aquellas intensidades aletargadas, como si en cada giro suyo la rota espiral de la escalera removiera una sustancia impregnada de indelebles fantasmas.

Estaba ya muy arriba cuando pese a todo quise distraerme de mi acceso supersticioso. Ester me contaba que también a ella este lugar le inspiraba mucho respeto, sin saber a ciencia cierta por qué. Reíamos como si no creyéramos nuestras propias palabras cuando llegaron unas cinco o seis tiñosas que empezaron a gravitar alrededor de la parte más elevada de la torre, a muy poca distancia de sus paredes. Resultaba especialmente siniestro, un acompañamiento alegórico para una iconografía patética. Caterina salió a saludarnos desde la minúscula terraza que casi coronaba la torre y aunque no la veía bien, supuse que debía de estar sonriéndonos.

Las tiñosas siguieron sobrevolando en círculo la torre mientras Caterina iba apareciendo y desapareciendo deprisa a través de cada una de las pequeñas ventanas que se abrían en cada planta. No tardó nada en reunirse con nosotros y nos comentó que al ver las aves le había parecido que era a ella a quien vigilaban, quién sabe si atraídas por la visión de una potencial presa encumbrada. Mientras lo decía, las vimos alejarse y entonces se me antojaron más siniestras que nunca.

Ester nos dijo que la esperáramos un momento, que quería intentar algo. Caminó unos cien metros y después desapareció entre un grupo de casas bajas, de apariencia muy humilde. Volvió sonriendo y nos hizo señas desde lejos para que fuéramos junto a ella.

Miren, estas son las casas de los antiguos esclavos. He hablado con los propietarios de una de ellas para pedirles que nos la dejaran ver. Subimos los tres peldaños de la que hacía esquina y un anciano nos sonrió llevándose una mano al sombrero, sin sacárselo y esbozando una sonrisa que el cansancio no permitía dilatar más. Apareció una mujer en el contraluz del umbral y después de sonreírnos miró al hombre que seguía sentado en la mecedora como si esperara un gesto decisivo de su parte. Finalmente, con una cierta vacilación, nos invitó a pasar, sin apartar su mirada del suelo, como si quisiera esconderse en él. Se trataba de una de las últimas casas de esclavos que se conservaban en la isla. Muchas habían desaparecido con el curso de los años, pero todo este grupo, de unas cinco o seis, había sido cedido a particulares sin demasiados recursos para que al volver a vivir en ellas garantizaran su mantenimiento. La casa tenía diversos ambientes, todos ellos separados por gruesos tabiques que no llegaban nunca a aislar completamente una estancia, sino que compartimentaban el espacio dividiéndolo entre muros medianos que limitaban los distintos usos. La habitación de matrimonio estaba separada de la cocina, como el resto de las diminutas estancias, por una de aquellas medias paredes que no alcanzaban nunca el otro lado de la pequeña vivienda. Recortadas en altura y anchura, creaban una distribución que recordaba más bien un habitáculo destinado a estabular ganado, ya que cada uno de los ambientes estaba delimitado por algún bajo mueble que semejaba el tipo de obstáculos que suelen bastar para que un animal de granja no huya del rincón que le ha sido asignado. La mujer que nos había recibido en el umbral caminaba tras de nosotros presentándonos las diversas estancias y formulándonos al mismo tiempo preguntas sobre nuestro país. Cuando ya empezaba a vencer la timidez inicial, nos contó que tenía unos parientes lejanos en Bilbao o tal vez en Vigo, de quienes no había sabido nada durante los últimos treinta años. Supuse que se trataba de uno de aquellos anhelos transformado en historia difusa, un parentesco arrancado de cualquier sueño nutrido por conversaciones que habrían ido creciendo y evolucionando a lo largo de décadas de silenciosa espera. Le preguntamos si no habían sabido realmente nada después de tantos años y nos contó que, en una ocasión, más de doce años atrás, les llegó una postal desde España con una firma indescifrable y un matasellos ilegible, pero que sin duda había sido enviada por algún miembro de su remota familia española. Lo dijo con un deje de orgullo que pareció rejuvenecerla momentáneamente, como si la evocación de aquella genealogía onírica le encendiera todavía el rostro con la luz de unos días perdidos para siempre.

Salimos nuevamente al porche porque el marido que supimos enfermo pudiera incorporarse a la conversación. Nos acercamos para que aquello de lo que hablábamos recalara también en él, pero se limitó a sonreírnos como lo había hecho al vernos llegar y solo cuando Caterina le hizo caer en la cuenta de que empezaba a llover movió los brazos en un gesto de distendida resignación.

Ester nos quiso hacer una fotografía junto a aquella pareja de aparentes hábitos solitarios y la idea me gustó, pese a mis reservas en relación al vulnerador mundo de los flashes. La mujer, sin embargo, se escondió un poco dentro de la penumbra sin salir del todo a la luz poco generosa de afuera aduciendo que aquel día no se había bañado. Su marido se agitó en la mecedora escudriñando el objetivo como si esperara algo incomprensible. Cuando se oyó el clic del obturador, me invadió un engañoso y placentero sentimiento de victoria, como si la esencia de los últimos minutos se hubiera contraído en un reducto de materia capaz de prevalecer incluso cuando ya no pudiéramos recordar ni el nombre, ni el lugar, ni la circunstancia. Fue al decirles adiós desde el camino de vuelta cuando supe que aquella fugaz aproximación a un segmento de vida desconocido minutos antes desparecería irreparablemente al cabo de un instante, al atravesar la primera hilera de árboles, como si se hubiera extinguido mucho tiempo atrás.

Durante el camino de vuelta lamentamos no poder detenernos en otro lugar desde el que hubiéramos podido gozar de una perspectiva privilegiada y lamentamos también como niños, la pérdida de un sencillo abanico que yo había regalado a mi compañera un par de años atrás, un abanico hecho de una madera troquelada muy fina, que componía un bello vacío en forma de delicado ramillete. Lo habría olvidado en el último piso de la torre, cuando la vi apoyando los brazos en el cabio inferior de la abertura. Perder algo en Cuba, sin embargo, equivalía siempre a la entrega de un regalo anónimo.

Llegamos deprisa al mediodía de Trinidad. Desde el interior del vehículo la lluvia proporcionaba una engañosa impresión invernal, como si fuera una atmósfera cruda y gélida la que hubiera impedido completar nuestra salida. Pero el calor volvía a ser insoportable y casi resultaba placentera la salpicadura del agua que la velocidad disparaba de soslayo contra mi rostro, de vez en cuando.

Encontramos a Nora radiante, ajetreada con la señora Venegas y su hija en la cocina. Las ayudaba con la cena como si fuera una artista enfebrecida por la emoción del lenguaje del pincel o el escalpelo, aguijoneada por el reto naciente del nuevo cuadro o el volumen de un barro progresivamente humanizado. Nos dijo riendo que no la molestáramos porque estaba terminando unos *tamales* que le estaban quedando *como nunca. Siéntense y enseguida estoy con ustedes.*

Ester se había despedido de nosotros antes de que entráramos en la casa. Volvió a disculparse en nombre del tiempo y nos ofreció su asesoramiento para cuando pudiéramos necesitarlo de nuevo. Le dijimos que no disponíamos más que de un día para poder realizar otras salidas porque solo permaneceríamos dos en Trinidad. Pero que podía venir a vernos si quería aquella misma noche para charlar un rato o bien al día siguiente. Nos prometió volver con su hijo pequeño al siguiente mediodía. *Hoy no lo traje y mi madre querrá verlo también.*

Nora se reunió con nosotros poco rato después. Estaba exultante porque había visto a Julia, su antigua amiga, con la que había compartido largas horas de discusión política y de complicidad en el entusiasmo revolucionario, muchos años atrás. Julia pertenecía a un sindicato de reciente creación llamado Concilio Cubano, de orientación marxista, y, al entender de Nora, completamente afín al espíritu de la revolución cubana. *El problema más bien es que se trata de un grupo muy ortodoxo. Cuando he entrado en la sala en donde se celebraba la reunión he oído tremendos reproches a Fidel y no he tardado mucho tiempo en darme cuenta de que se trataba de una reunión clandestina, a pesar de que todo lo que allí se hablaba era exactamente lo que hubiera podido decir Fidel hace tan solo unos años.* Explicó que había estado escuchando los reproches de uno de los ponentes hacia las contradicciones del *Comandante*, especialmente por lo que se refería a la política interior. *Más bien lo que le reprochan son todas esas leyes y contra leyes que casi nos han hecho enloquecer y sobre todo que permanezcan en presidio personas que cometieron delitos que ya han prescrito simplemente porque hoy lo que hicieron no solo no está prohibido, sino que se fomenta.* Habló de los dólares, que poco tiempo atrás habían sido el permanente emblema del maligno transformados hoy en el auténtico elemento decisivo en la vida de los cubanos, escisionador y traumático, ya que las nuevas normativas propiciaban el sentimiento y la posibilidad de la fortuna, si uno los poseía, o la sordidez de la marginalidad y la severa subsistencia, si faltaba el método siempre alternativo de conseguirlos. De hecho, cualquier trabajo diferente al oficialmente declarado —siempre pagado en peso cubano—, tenía que ser en principio perseguido, pero en realidad quedaban pocos cubanos que no se apresuraran a obtener algún recurso adicional, algún trabajo a menudo casi surreal con el que poder conseguir la divisa. Habían sido mencionadas diversas personas que cumplían ya bastantes años de condena y se alzaron algunas voces especialmente reprobatorias hacia el régimen de Fidel cuando fueron pronunciados los nombres de algunos presos políticos que habían terminado siéndolo a raíz de sus discrepancias inspiradas justamente en la defensa de una concepción más transparente —y por tanto más coherente y verdadera— del proyecto revolucionario. Que en la sala imperaba una cierta sensación de desconfianza hasta el punto de que la verdadera Nora había tenido que presentarse teniendo que enfatizar sus vínculos amicales con su compañera, a fin de no ser tenida por una infiltrada al servicio del sistema. La reunión había terminado con todo un rosario de iniciativas aparentemente modestas, que en el más extremo de los casos no pasaba de un ligero intento de amonestación al régimen de Fidel mediante la solicitud de entrevistas con personas directamente vinculadas al gobierno. *Lo que no quiere esta agrupación* —añadió Nora— *es ocultarse. Quiere que se sepa de qué se quejan y qué es lo que reivindican. Quieren dar la cara, forzar al régimen a que muestre su supuesto talente democrático.*

La Nora que nos hablaba había dejado de ser la melancólica acompañante del asiento de detrás y nos mostraba la contenida agitación de quien se halla inmerso dentro del tráfico cautivador de los acontecimientos. Era la mujer que habíamos podido entrever en alguna de nuestras noches en la terraza de la Habana, una mujer que irradiaba su brillo combativo a través de las rendijas que se abrían dentro de su burbuja nostálgica de recuerdos revoluciona-rios. Adoptó el tono de quienes creen en aquello de que hablan y esta consideración tan aparentemente trivial me hizo pensar que la coincidencia entre la fe personal y su expresión no debía de ser algo tan habitual porque de pronto Nora adquiría una extraña fuerza ennoblecedora, una especie de tensión que me conturbaba como un atrayente encantamiento, porque de nuevo uno podía embriagarse con la impagable emoción de querer transformar el mundo y creerlo posible, al escucharla.

Nos habló un largo rato más de la reunión que se había celebrado en el jardín de la casa de uno de los ponentes hasta que la lluvia les obligó a trasladarse al interior de la vivienda, ocupando una estancia que no era lo bastante idónea para este tipo de actos, pero que sin embargo había incrementado su atractivo, al proporcionar una nota de espontánea reorganización, de repliegue en un área imprevista, como si se estuvieran viviendo momentos cruciales. Nora nos confesó que en medio de todas aquellas personas había vuelto a sentir el cosquilleo de la militancia, del activismo político, que había abandonado muchos años atrás. *Saben, hubo unos años, los primeros, en que todo se discutía con tremenda seriedad... No se tomaban las decisiones a la ligera y la gente parecía saber de qué estaba hablando cuando empleaba un lenguaje más específicamente político y sobre todo cuando mencionaban a Marx. Se escuchaban menos términos marxistas que ahora, pero tengo la impresión de que sabíamos de qué hablábamos. Luego ya no. Todo se convirtió en pura demagogia y cacaraqueo. Hoy, sin embargo, he vuelto a tener la impresión de estar haciendo bien las cosas. Ha habido un momento en que me he sentido como si me encontrara en la Habana y tuviera dieciocho años. En todo este tiempo parece que hemos avanzado mucho menos de lo que todos esperábamos.*

Ciertamente, Nora había vuelto de aquel encuentro extrañamente rejuvenecida, con el entusiasmo tenso y contenido a la vez de aquellos a quienes anima una expectativa que podrá transformar completamente la propia existencia a corto o largo plazo. Como sucede con la seducción amorosa, pensé que también para ella aquella reunión había comportado un primer aviso para la promoción de su espíritu que últimamente había entrado en una fase de relativo escepticismo general, de relativa muerte, por tanto. Estaba exultante, reforzada por un sentimiento no demasiado alejado de aquel que nos proporciona la mirada intensa de quien nos espía con deseo o esperanza, y de la que uno emerge siempre inundado de una energía nueva, que vuelve a hacerlo todo posible.

Nos dijo que en cuanto volviera a la Habana intentaría tomar contacto con el grupo aún más amplio que allí operaba. Quería comprobar si este otro grupo era tan beligerante como el de Trinidad, si era posible recuperar el ritmo de las antiguas discusiones. La propia Nora había ostentado, muchos años atrás, un cargo destacado en la dirección del Partido y al recordarlo, trazando con los ojos unos aéreos puntos suspensivos, pareció considerar la idea de volver a capitanear el rumbo de futuros encuentros, de los nuevos debates.

No tardamos mucho en sentarnos a la mesa. Desenvolvimos las hojas que cubrían los tamales como si abriéramos un regalo y nos llegó un aroma de mundo campesino castigado por el sol, una atmósfera embriagada de maíz. Saboreé el gusto de la ilusión, más que el del comestible amarillo que humeaba sobre el plato. Me resultó algo insípido, pero sin embargo me proporcionó un placer inmenso, como si consumiera algo irrepetible, un elixir esencial, el nouméno de la cubanía.

No paró de llover durante el resto del día. Cuando la atmósfera de sobremesa empezaba a desvanecerse definitivamente en las dos o tres conversaciones fragmentadas lejos de los platos y los últimos licores, entre las mecedoras y los deshilachados butacones, el agua produjo un sonido poderoso, que parecía extenderse muy y muy lejos, como si lloviera en toda la isla. Hacía rato que no hablábamos de política y poco a poco fuimos contagiándonos del espíritu plácido y silente de Teresa, que nos observaba con una serenidad casi sobrenatural. Sonreía con un vago trasfondo malicioso, de sabiduría censurada, y pensé que tal vez callaba como lo hacen ciertas especies animales, que contienen en su mirada escrutadora y profunda una verdad que sobrepasaría cualquier otra que el lenguaje pudiera llegar a expresar. Solo intervino, finalmente, para decir que con aquel tiempo nos resultaría difícil conocer bien Trinidad antes de regresar a la Habana.

Algo después de una hora dejamos de oír el bramido de la lluvia, que había acabado convirtiéndose en una maza que percutía blandamente nuestros pensamientos, como si martilleasen trapos. La calle había vuelto a encenderse y los primeros pasos que oímos afuera nos sugirieron la posibilidad de ir a dar una vuelta, tal vez de ir a la *canchánchara* a tomar uno de aquellos pequeños sorbos resucitadores. Nora aceptó acompañarnos pero la hija de la señora Venegas rehusó la invitación con tanta naturalidad que uno hubiera podido decir que para ella el mero ocio comportaba una visión inconcebible de la vida. Nos acompañó hasta la puerta y al volver a insistir nos dijo *vayan, vayan ustedes* como si se dirigiera a seres de otro planeta.

En la plaza de la iglesia solo encontramos a un par de muchachos jugando a la pelota y el ritmo de aquella esfera de goma marcó para mí un tiempo de estampa melancólica que se mezclaba con el aroma de la tierra húmeda y el sonido de nuestros pasos que pisaban el lento desperezarse de Trinidad.

A Nora le gustó el ambiente del establecimiento donde era servida la *canchánchara*. Era un espacio rectangular, con largas mesas de madera, adornado con tiestos y plantas trepadoras. Al fondo había un pequeño mostrador en donde una chica y un hombre mayor iban llenando los vasos de la bebida que previamente elaboraban y removían en un cubo metálico. Un grupo de cuatro músicos se encargaba de la animación y los clientes que llenaban a rebosar el lugar los escuchaban con auténtico interés. Algunos reían por la letra de la canción que interpretaban cuando nosotros nos sentamos cerca. Reían y se llevaban la bebida a los labios sin apartar la mirada del rincón en el que los cuatro músicos rascaban las guitarras y agitaban las maracas. Nora los miraba exultante. Las últimas horas la habían rejuvenecido sorprendentemente.

Antes de militar en el partido estuve a punto de formar parte de una de estas trovas, pero mis padres se opusieron, como es lógico. Me hubiera conformado con tocar algún instrumento aunque lo que yo deseaba era cantar o quizá simplemente poder vivir de un lado para otro… Hizo una pausa para tragarse de un sorbo la bebida que yo acababa de traer. *Pero luego me metí en más y más reuniones y eso me permitía también moverme y sobre todo hacer algo que yo creía que era muy importante. Llegué a coordinar la creación de algunas escuelas rurales, cuando se quiso extender la campaña de alfabetización a rincones a los que nunca había llegado un solo libro… Y ya ven, luego todo ha sido muy distinto.* Lo decía, sin embargo, sin ningún tipo de pesadumbre y me pareció que acababa de retomar los antiguos entusiasmos porque había desaparecido de su dicción peculiar aquel halo de nostalgia que teñía habitualmente sus afirmaciones sobre la Revolución y que sugería invariablemente la ontología de los paraísos perdidos. Nos habló otra vez de reuniones, de comités y de ideas en un tono de concreción y practicidad tales que en pocos minutos la Nora bellamente soñadora se transformó en la imagen de la activista inquieta y vigilante y nosotros nos dejamos invadir por su entusiasmo con la credulidad exaltada de los militantes primerizos. Antes que a las ideas, que también compartíamos, nuestra adhesión se refería a los sentimientos; hubiéramos querido que aquel sutil encabalgamiento de la emoción, que la bebida contribuía a remachar, prevaleciera por siempre, que el efímero centelleo del deber revolucionario que la reciente felicidad de Nora había difundido entre nosotros, como un humo leve pero perceptible, no se desvaneciera en el aire tras unas cuantas exhalaciones utópicas. Y en las últimas horas Nora no parecía estar deshilvanando imposibles. Al escucharla, tuve la impresión de que de repente el problema de Cuba adquiría perfiles casi mecánicos, físicos, tangibles. Que uno podía intentar recomponer el Gran Aparato del país si el lenguaje volvía a expresar, sin retórica, la voluntad de mejorar las cosas.

Bebimos dos o tres rondas más porque la cantidad servida en cada ocasión era muy pequeña. Nora nos dijo que si queríamos intentaría llevarnos a alguna de las reuniones que se hicieran en la Habana, para que estableciéramos contacto con la política cubana. *Aunque esto sea clandestino supone el mismo espíritu que yo conocí hace muchos años. No es algo contra el sistema, al contrario, si él escuchara a esta gente comprendería que desean tirar para adelante el país sin renunciar a todo lo que ya se consiguió.* Acordamos acompañarla a alguna de las reuniones del comité de la Habana si nos era permitida la entrada y durante un rato nos dejamos llevar por el griterío y la música que hasta ese momento no había sido más que un fondo enojoso para nuestra conversación. El intérprete vocal del grupo, un hombre de edad considerable, había iniciado la primera estrofa de una canción que debía de ser muy popular entre los nativos porque el grupito de cubanos que allí había, distribuidos entre el resto del público, la aplaudió como se aplaude a los símbolos que aglutinan emociones de todo tipo y que permiten que cada uno evoque su particular universo retrospectivo. La canción resultó una especie de bolero con ritmo acubanado, una canción de amor de dudosa calidad pero que sin embargo conseguía dibujar una sonrisa de mundo evocado en los ojos de todos ellos y la fiesta se serenó momentáneamente, transformada por un sonido menos frívolo que parecía importar sueños y recuerdos desde el fondo de todas las almas.

Cuando salimos empezaba de nuevo a llover y las mulas que hacían las veces de taxi roían desafectadamente su tedio bajo la incipiente lluvia. Los hombres que conducían aquellas pequeñas carrozas nos miraron sin ningún movimiento aparente que nos invitase a fijarnos en su servicio y pensé que tal vez se habían dado cuenta por nuestra forma lenta de caminar que no íbamos en realidad a ninguna parte en concreto.

Todo el mundo nos había hablado tan bien de Trinidad que cuando llegamos nos sorprendió el abandono de muchas de las bajas viviendas que constituían el entramado más o menos regular de la pequeña ciudad. Su estado no era comparable al de las casas de la Habana Vieja, infinitamente más devastadas, pero reflejaba igualmente la ausencia de recursos con que irlas manteniendo, de manera que el color de muchas de las paredes de las calles por las que paseábamos era el resultado de largos años de sol, lluvia y viento, una escritura diversa del tiempo que inscribía su vocabulario aniquilante de grietas y derrumbes aislados, un texto que solo significaba una lenta muerte, tal vez bella, que a mí sin embargo me gustaba ir bordeando porque me acercaba a una especie de sedimento visible de los años desconocidos que imprimían una memoria difícil de entender sobre el material de construcción de las antiguas casas coloniales. Algo parecido a esto mismo estarían pensando Caterina y Nora, porque ambas contemplaban embelesadas los grandes portales y las ventanas abiertas donde se adivinaban remotas estancias en las que alentaba la intimidad de las anónimas generaciones del pasado. La señora Venegas nos contó que en Trinidad vivían familias muy antiguas. Que había casas que siempre habían pertenecido a tal o cual apellido y que a la gente le gustaba vivir en ellas pese a las dificultades, porque a fin de cuentas la vida aquí era mejor que en la capital. Al pasar ante las casas pensaba en ello y la idea de aquellas genealogías desconocidas me serenaba como si ellas garantizasen de alguna manera la continuidad de los mundos más vulnerables frente al combate a la memoria y la abolición del tiempo pasado que rápidamente parece estar configurando en todas partes una nueva época de desarraigos. Eran alrededor de las seis de la tarde y la lluvia, que caía escasamente, incrementaba aún más este afán de eternidad y estancia solitaria. Volvimos a la calle Maceo tratando de no tropezar con el irregular empedrado del suelo salvando de vez en cuando los pequeños charcos.

Cuando volvimos a casa, David estaba sentado en el suelo del jardín jugando con la otra nieta de la señora Venegas. Era una niña de unos siete años de edad, que al vernos reaccionó como si nos conociera desde mucho tiempo atrás. Nos hizo señas para que nos acercáramos y nos mostró unas cuartillas que había esparcidas a su alrededor, en las que había dibujado una misma figura femenina. *Es mi mamá*, nos dijo, pero en ellas resultaba irreconocible la Ester que nos había acompañado aquel mismo día al Valle de los Ingenios. Después, devolvió la pelota a David que continuaba observándola como si nosotros no nos encontráramos allí, concentrado en la visión de la niña o definitivamente abstraído por completo del lugar.

Ya que David no parecía querer entablar conversación alguna y Nora se despidió para irse a tumbar un rato a la cama, permanecimos en silencio mientras oíamos a la señora Venegas trajinar en la cocina. Entonces sonó el teléfono. La señora Venegas se puso al aparato y fue enseguida a la habitación en la que Nora acababa de entrar. Cuando salimos ambas, la señora Venegas volvió a la cocina con una voz mansa: *es el señor Reynaldo*.

Cuando Nora colgó el teléfono casi podía leerse en su rostro el relato de los últimos acontecimientos. Por eso cuando nos contó que la policía les había registrado la casa y que, al no hallar nada, habían dejado caer una imprecisa amenaza de retorno, tuve la impresión de escuchar una historia ya sabida. A Nora volvió a oscurecérsele el ánimo. Dijo que en estas circunstancias el futuro de la cooperativa resultaba bastante incierto, ya que nadie podría ni querría asumir los quebraderos de cabeza de la administración y organización de los grupos de visitantes. *Me consta que no interesa a nadie ocuparse de estas cuestiones, aunque tal vez David, el casero de ustedes, accedería, sobre todo ahora que anda mal con su trabajo.* Recordé de pronto que nuestro casero tenía el mismo nombre que el hombre que jugaba con la nieta de la señora Venegas, a pocos metros de distancia de la sala en la nos encontrábamos y que por tanto ya eran tres las coincidencias de nombre. Los dos chóferes, el de la Habana y el de Santiago, las dos hijas, la de Piedad y la de la señora Venegas y ahora estos dos Davides, tan distintos, de todos modos. Nora añadió que Reynaldo había recibido la visita de Teresa, que ésta había preguntado por nosotros, que quería saber cuándo volveríamos. Al decírnoslo, sentí un pequeño escalofrío de angustia, tras los dos días de relativa tranquilidad de la consciencia, ya que casi había olvidado la temida sospecha de delación que recaía sobre nuestra amiga de la Habana. A pesar de que no teníamos ni la más mínima prueba de ello, y tal vez ni el más serio indicio, la advertencia de la señora Piedad respecto al escrupuloso y a la vez pueril sentido de la ortodoxia de su hija volvió a retronar dentro de mí, con el eco debilitado pero persistente de un antiguo sobresalto. Y entonces deseé volver a la Habana para poder hablar con ella y aclarar de una vez por todas mis dudas.

Aquella noche permanecimos dentro de la casa porque la lluvia sacudida por el viento delimitaba el territorio familiar como el lugar adecuado, casi necesario, de nuestro afán de quietud. Fue la primera noche, desde nuestra llegada a Cuba, que el calor pareció recogerse en sus cuarteles de invierno, porque todos comentamos la agradable atmósfera que en cuestión de pocas horas había invadido todas las estancias, como si se hubiera anticipado una nueva estación más clemente. Incluso David fue seducido por aquel cambio que lo condujo a la conversación, como a todos los que allí nos encontrábamos, atraídos por la impresión de círculo íntimo, de conciliábulo protector, con que la tempestad había transformado nuestra actitud conjunta.

A la mañana siguiente nos levantamos tarde, porque la tertulia nocturna se había prolongado hasta las tres de la madrugada. Nora había hablado acerca de los días en los que conoció a Reynaldo, cuando este era su profesor en la universidad y ella se sentía todavía activada por el entusiasmo político que a veces percibía como ingenuo, cuando contrastaba los contenidos ideológicos en el jardín o en los pasillos donde a veces él acababa añadiéndose al grupo de jóvenes que trataban de cautivarlo tanteando alguna adhesión vehemente. Que justamente había sido el temperamento en apariencia desapasionado de Reynaldo el que provocó la sorpresa posterior de verlo convertido en uno de los pocos profesores contestatarios, que terminó haciendo de altavoz de las reivindicaciones de los estudiantes, especialmente en cuanto se refería a la dotación material de la facultad, cada vez más exigua. Que, al serle sugerido amablemente el relieve, lo había aceptado con la misma actitud imperturbable con que había sabido administrar sus primeras quejas, como si hasta cierto punto sus preocupaciones las cifrase hacia otro mundo más personal e incomunicable que tal vez hubiera acabado envolviéndolo dentro de la burbuja de su posterior y todavía presente enclaustramiento domiciliar, que prácticamente nada conseguía modificar, extrañamente atraído y entregado a la solitaria actividad del tecleo informático, de la muda indagación carente de objetivos precisos.

Más tarde, había sido David quien inauguró un tema que se había desprendido de la conversación anterior. Nos contó la historia de Ernesto, uno de sus mejores amigos, que había intentado hacía apenas un año marchar hacia las costas de Florida con otro compañero sobre una especie de engendro formado por toda clase de desechos, neumáticos desproporcionados, tablas de madera provenientes de muebles distintos. Cuando todavía se divisaba la costa cubana —habían zarpado desde las playas del Este—, el oleaje cambió a pesar de que no soplaba nada de viento y en pocos minutos el inhábil vehículo de navegación empezó a desarmarse. Ernesto, el amigo de David, no había podido, en el momento de caer al agua, deshacerse del cabo que él mismo había atado a uno de los neumáticos para ir más seguro y la cuerda se había enredado con uno de los soportes metálicos que acabó separándose de la rueda, hundiéndose. El amigo había estado a punto de perder la vida, pero su acompañante pudo ayudarlo y una hora más tarde estaban a bordo de un yate privado que había partido de Varadero unas horas antes. David, una vez hubo contado la historia, hizo una mueca de rabia diciendo que no había derecho a todo esto después de tantos años de sufrimiento por el proyecto revolucionario. Que si después de tanto tiempo las cosas no se habían solucionado, no hacía falta seguir insistiendo en el mismo modelo y era imprescindible cambiar de orientación política. Lo dijo en un tono que parecía presuponer una ingenuidad que yo no creía real en la acción de Fidel. Como si esta misma penuria lo hiciera sufrir también a él, al *Comandante*, como si no fuera cierta la inmensa distancia que siempre aparta al poderoso del pueblo y de las consecuencias de su acción de gobierno. Adivinando mis pensamientos, la señora Venegas añadió que Fidel debía cambiar de estilo, que a pesar de los desafíos de los primeros tiempos y el relativo bienestar que se vivió entonces, hacía falta renovar el partido y adoptar un rumbo distinto. *Sin traicionar la Revolución*, añadió, como dejando caer una afirmación arrancada de la inercia de los largos años de lenguaje invariable.

Permanecí un largo rato en la cama pensando en todas estas cosas. Mi voluntad oscilaba entre el deseo de volver a la Habana y el de permanecer en aquella casa, dentro de aquella estancia, arropado por la nueva sensación de familiaridad que la última velada me había procurado. Aquella conversación deshilvanada al ritmo de las horas ingrávidas de la madrugada me había unido repentinamente con aquella casa y sus habitantes. Me distraía pensando que también Nora y David debían de haber vivido siempre en ella y que toda nuestra existencia nos había encaminado inexorablemente a aquel encuentro de paredes cómplices que por unas pocas horas habían erigido dentro de mí la imagen de un ámbito protegido no solo de la lluvia sino también de la iniquidad, pues todos juntos parecíamos constituir las seis caras de un mismo espíritu que se rebelaba contra el dominio del dolor y de la muerte, que había ido mostrándonos su oscura fisonomía a raíz de cada uno de los distintos relatos. A pesar de que todas nuestras conversaciones, desde que llegamos a la isla, habían estado casi siempre vinculadas a problemas sociales y políticos, la última noche y el ron con que la acompañamos, habían fortalecido un sentimiento que de repente aparecía completo, como si todos los pedazos de emoción previa se hubiesen agrupado en una forma que por esperada había reconocido inmediatamente como propia. Y me pesaba alejarme de ella.

VIII

A nuestro último día en Trinidad le costó tenerse sobre sus pies, fue un día breve y largo al mismo tiempo, secuenciado por la espaciada presentación a la mesa de las personas que habitábamos la casa. La lluvia se había prolongado durante toda la noche y nos levantamos sin saber muy bien qué hora era, como si en nuestras cabezas las nubes hubieran persistido para indiferenciar la hora del día, la luz y la atmósfera de cada actividad. Más que desayunar picoteamos el café y los dulces azucaradísimos y no mucho más tarde —no sabría decir en qué momento—, nos sentamos de nuevo a la mesa para una especie de desayuno tardío o prematura comida, acompañados por el llanto de la criatura de Ester. Después de la comida, una comida sin sobremesa, la señora Venegas y sus hijas abrieron sendas cajas de cartón y expusieron collares hechos con semillas pintadas y pequeños protectores y centros de mesa de punto. Con un solo dólar compramos diez o quince collares y con un par de dólares más alguno de los centros de ropa. David y Nora se mantuvieron al margen porque el negocito no preveía compradores autóctonos. Teresa y Ester, mientras duró la doméstica operación de venta, se comportaron como si alguien las dirigiera a distancia, sin hablar, sacando y poniendo las piezas de las cajas con un aire de ausencia parecido al que distingue a las tareas mecánicas que permiten a quien las ejecuta abstraerse con el pensamiento hasta instalarse bien lejos, en el lugar donde nacen las escenas que vemos cuando no miramos a ninguna parte.

Alrededor de las tres de la tarde, habíamos montado en el coche. Antes nos hicimos una fotografía con la señora Venegas y sus hijas. La idea había sido de David y las tres mujeres accedieron encantadas, casi despertando entonces de su letargo previo. Nos pidieron muy vehementemente que se la enviáramos y pensé que para ellas aquella fotografía tenía un valor que iba más allá de la estricta plasmación de nuestras presencias a punto de desaparecer tal vez para siempre de sus vidas. La despedida fue breve y emocionada, como si aquel último saludo quisiera estrechar, hasta evaporarla, la distancia oceánica que hacía tan difícil el reencuentro. Y nuevamente tuve la impresión de que el dolor tenía algo de impersonal, como si estrecháramos más bien la idea de una proximidad que se desvanecía temiendo volver al olvido. Que éramos líneas extremas en la medida de la soledad, hitos de un adiós desproporcionado, que parecía despedir, más que a los huéspedes ocasionales que habíamos sido, la compañía que venida de muy lejos evoca la orografía imprecisa de los sentimientos, el brillo de otro mundo posible.

David se alegró de que hubiera vuelto a salir el sol. Nora se mostraba esta vez mucho más habladora. Al llegar a Cienfuegos nos detalló el contenido completo de la asignatura de Física que impartía en su desamparado colegio. Al divisar por primera vez el mar, tras el primer desvío intencionado para detenernos un rato ante él, Nora nos preguntó por el futuro de las humanidades en nuestro país y le respondí que era muy incierto y oscuro, pero al decirlo frente a aquella agua infinita, dejó de importarme de repente, como si mi vieja preocupación por este asunto se hubiera transformado en un puñado de arena que el mar hubiera derribado con sus olas. Descansamos durante veinte minutos, aproximadamente, hasta que David nos advirtió que no deseaba volver excesivamente tarde a la Habana.

El viaje iba resultando más corto, porque no seguimos la ruta de ida sino que salimos desde Cienfuegos directamente hacia la autopista. Cuando la alcanzamos, nos zambullimos en una larga metáfora de la soledad, ya que no se veía ni el más remoto vestigio de circulación. Aquella infinita línea de asfalto agrietado justificaba con creces la costumbre a que tendemos a menudo ante ciertos paisajes o imágenes, y que consiste en convertirlos, bajo el poder de la mirada, en el emblema de una emoción que transforma la múltiple materia de las cosas percibidas en una secuencia de desesperanza, de plenitud o de indiferencia. Cuando entramos dentro de aquel océano recto y gris, tuve la impresión de que nos encaminábamos hacia la nada o que descubriríamos una enorme ciudad deshabitada, levantada únicamente con el propósito de acomodar todo aquel vacío.

Al cabo de dos o tres horas de recorrido estalló una rueda. El rumor del motor y la monotonía del viaje habían conseguido adormecernos y el sobresalto fue considerable. David detuvo el automóvil y nos dijo que no nos preocupáramos, porque llevaba otra rueda de recambio. La colocó con una cierta agilidad y proseguimos la marcha durante unos pocos minutos más, hasta que el neumático que acababa de instalar detrás se pinchó más suavemente deshinchándose por completo y debimos volver a detenernos. David nos tranquilizó diciéndonos que llevaba una segunda rueda y la operación fue repetida con la misma destreza. Esta vez, sin embargo, no llegamos a desplazarnos ni doscientos metros cuando oímos otra explosión, casi tan violenta como la primera. David ya no nos miró para sonreírnos ni para transmitirnos ningún sentimiento específico: no nos miró y salió precipitadamente del automóvil. Entonces comprendí que aquel tercer e inverosímil pinchazo nos clavaría en medio del río gris, inacabable y estático, quién sabe por cuánto tiempo.

David arrastró el coche unos trescientos metros, haciendo percutir la llanta sobre el asfalto. El coche vibraba porque además de marchar más lentamente el motor funcionaba de una forma irregular, jadeando a ratos como un anciano renqueante. David creyó divisar una estación de servicio lo bastante próxima como para intentar aquella maniobra a la que el automóvil parecía tener que sucumbir. Bastante antes de llegar, sin embargo, nos dimos cuenta de que el enorme rectángulo en el que había unos caracteres escritos no era ninguna estación de servicio como esperábamos, sino una simple valla publicitaria en la que flotaba una frase que nos resultó a la vez irónica y absurda; *Bienvenidos a la Habana, provincia en desarrollo.*

Estábamos a poco más de cien quilómetros o tal vez menos de la capital, pero nuestra situación parecía irremediable. Nora descubrió un pequeño letrero entre una hilera de palmeras que indicaba la existencia de un *ponchero*. Como si presintiera el resultado de nuestra incursión por el camino hacia el que apuntaba aquella pequeña flecha de madera, David hizo una mueca inexpresiva, que, en cualquier caso, no denotaba el relativo entusiasmo que el descubrimiento de Nora habría podido causarle. En efecto, cuando él y Nora se adentraron por el camino, salió un automóvil cuyo conductor le hizo un gesto evidente de que por allí no encontraría a ningún *ponchero*. David, sin embargo, dialogó unos instantes con el muchacho y poco después subió a su automóvil, mientras Nora volvía hacia nosotros. *No se preocupen, el chico lo acompañará a un pueblo cercano y allí le arreglarán los neumáticos.* El automóvil maniobró de una manera que en cualquier autopista europea habría provocado una catástrofe y se acercó desde el otro lado cruzando la imaginaria mediana. Bajó David y lo ayudamos a sacar la rueda pinchada y a descargar otra del maletero. Subió de nuevo al vehículo de aquel muchacho dispuesto a salvarnos y desaparecieron ambos por el camino que continuaba a nuestras espaldas, aquel por el que había desaparecido el automóvil blanco que ahora veíamos empequeñecerse sobre la cinta de tierra flanqueada por lánguidos arbustos. Lo vimos extinguirse definitivamente lejos y solo me desveló de aquella mirada embelesada y abstraída el presentimiento de un círculo de tiñosas que en efecto se señorearon inmediatamente, desde tan arriba, de nuestra previsible larga espera.

Pasaron dos, tres, cuatro, casi cinco inacabables horas antes de que viéramos reaparecer el automóvil blanco por el largo camino de tierra. No había sido una espera demasiado conversada. El paso de los escasos vehículos, ocho o diez camiones y unos pocos utilitarios, había servido para aumentar la impresión de soledad en lugar de disminuirla. Era como si una lejana navegación de barcos inalcanzables agitara la orilla de nuestra invisible isla. Pasaban generando un cierto estremecimiento sonoro y a pesar de que el aire plomizo no parecía percatarse de ello, yo tenía la impresión de que aquel tránsito ocasional nos enterraba bajo la suciedad de su efímero ruido y que aquellos averiados fragores nos llenaban de un polvo revuelto e invisibilizante, aunque no lo produjeran. Habíamos visto detenerse el camión más grande de todos y bajar de él a una muchacha que nos miró inexpresivamente antes de desaparecer por el camino donde debería de haber habido un *ponchero*. Después, tal vez media hora más de silencio interrumpido por la aparición de unos pocos vehículos particulares. Pero nada igualaba la angustia que causaba aquel intermitente, ocasional tránsito de los camiones desvencijados, repletos de miradas cementosas y vacías.

Cuando apareció David con los neumáticos, tuve que contener las ganas de abrazarlo; teníamos hambre, pero era mucho más pesado el agujero que parecía haberse abierto en el ánimo de Nora, que a lo largo de aquellas últimas horas había ido enmudeciendo y contagiándonos su nueva determinación de silencio. Caterina y yo habíamos estado espiando de soslayo la presencia de las tiñosas, que nos habían poblado el espíritu de innumerables malos presentimientos. Por ello el retorno de David me pareció milagroso, casi epopeico, como si los neumáticos que llevaba agarrados fueran el botín de una conquista histórica por tierras salvajes. Y él también se alegró de encontrarse nuevamente con nosotros.

Como habíamos sospechado tuvo que recorrer tres pueblos distintos, más o menos próximos, para poder sumar los recursos de los diversos *poncheros* que no disponían de lo indispensable. David y el muchacho que se había ofrecido a ayudarlo intercambiaron direcciones y se despidieron de un modo tan vehemente y rápido que pensé que habrían podido llegar a hacerse buenos amigos. Cuando todavía podíamos ver el coche empequeñeciéndose al final del camino, David ya había colocado una de las dos ruedas reparadas y se apresuraba a apretar las tuercas. Unos minutos más tarde, ya estábamos todos de nuevo adentro.

Se nos hizo de noche un poco antes de llegar a la salida de la autopista. Cuando hacía solo un cuarto de hora que habíamos retomado la marcha, volvió a pincharse la rueda. Nos miramos con cara de exasperación y de trágica incredulidad, pero tuvimos que detener nuevamente el automóvil y cambiarla por la segunda rueda reparada. Seguimos inmediatamente como si nos desplazáramos por la cresta de un abismo, con el corazón encogido, hecho puro cristal. Poco rato después, oímos un sonido de pinchazo y yo palmeé instintivamente las manos, sin darme cuenta. David nos tranquilizó, sin embargo, diciendo que la rueda en funcionamiento no había fallado, sino que había sido la que habíamos guardado sobre la baca la que había terminado de reventar. Faltaban, sin embargo, apenas unos pocos quilómetros para la salida de la autopista cuando oímos todos el temido silbido y a David pronunciando su fatal *ahora sí*. La segunda rueda reparada había soportado tan solo una hora de camino, la primera ni tan solo veinte minutos. David nos dijo que aquellas ruedas tendrían unos trece años, que él mismo las había comprado de segunda mano y que las había llevado a arreglar al menos cuatro o cinco veces. *Ustedes no están acostumbrados a esto en su país, pero aquí no es nada extraño.*

Salimos del coche convencidos de que la última posibilidad era la de hacer autoestop. A pesar de encontrarnos casi al final de la autopista y de que la proximidad con la capital se traducía en la presencia de altas y espaciadas luces, estas difundían una claridad tan mortecina que apenas podíamos distinguirnos los rostros, de manera que pensé que este hecho empeoraba sensiblemente la posibilidad de que alguien se detuviera. Sin saber por qué —tal vez por la exacerbación del pesimismo que resulta de darlo ya todo por vencido—, sentía una extraña lasitud, un abandono en el que la perspectiva de hacer noche en la autopista no representaba una tragedia especial. Más bien deseaba sentarme de nuevo dentro del automóvil y pensar tranquilamente hasta que me venciera el sueño. Pero no hizo falta.

No tardamos mucho rato en conseguir detener una furgoneta. En un determinado momento yo había juntado las manos en un gesto suplicante que no se correspondía con mi estado de ánimo pero que produjo su efecto puesto que el vehículo que entonces me iluminó se detuvo y nos llevó a la Habana. David se quedó con el automóvil, a la espera de que Óscar, advertido por nosotros, viniera a recogerlo.

No hablamos demasiado con el conductor de la furgoneta ni con su acompañante. Parecían personas amables pero de pocas palabras.

Caterina, Nora y yo nos quedamos cautivados por las evoluciones de un cocuyo que había aparecido de repente, y que de vez en cuando encendía sus sorprendentes apéndices luminosos. Era el primer insecto que me inspiraba una cierta simpatía. El hecho de poder transformarse a voluntad en una diminuta antorcha viajadora lo convertía en un ser evocador del espíritu de búsqueda, como si se sirviera de aquella luz para guiarse en la oscuridad en pos de algo que nadie sabía qué podía ser. Lo vimos encenderse y apagarse como haciéndonos extrañas advertencias indescifrables, hasta que la furgoneta nos dejó en Arroyo Naranjo.

A la mañana siguiente, Óscar nos acompañó temprano al centro. Deseábamos poder volver a pasear lo antes posible por la Habana Vieja, hacer algunas compras e invitarlos a comer a él y a su joven esposa a la pizzería a la que nos habían llevado la vez anterior. Convinimos una hora para el reencuentro y nos separamos porque Ana María y Óscar tenían que volver a su casa. *Tenemos trabajo allí, asere*, dijo, sonriéndonos.

Al pasar por la calle de El Floridita, descubrimos en el escaparate de la librería que ya conocíamos, un libro ilustrado sobre la Ville de Madrid. Se trataba de una edición francesa y pensé que esta curiosa simbiosis entre elementos que pertenecían a los dos frentes mitológicos de Piedad (el de la lengua que se empleaba por las calles de París y el de las fotografías de los de Madrid) constituiría un buen obsequio. El librero me reconoció y me preguntó si me había gustado el libro sobre Barcelona. Le respondí que mucho, pero no quise hablarle de la persona a la que iban destinadas estas obras porque tenía la impresión de que revelando las inocentes aficiones de Piedad traicionaba la ensoñada belleza que las envolvía de una honestidad triste y respetable. El libro resultó algo caro, pero no quería irme de Cuba sin un último ofrecimiento, sin una última visita. Y necesitaba, además, hablar con Teresa.

Compramos habanos y unas botellas de ron para regalar a nuestros caseros y a Nora. Guardamos cola en una "tienda dólar" para conseguir algunos productos básicos que sabíamos que les faltaban a nuestros amigos. Oficiamos de turistas y paseamos por las calles moviendo la constelación de miradas que nos acompañaba a veces tan densamente que temíamos que se pegaran en ellas nuestras bolsas. Alguien se nos acercó ofreciéndonos ayuda, *les puedo llevar los paquetes,* otros intentaron entablar conversación profiriendo a viva voz alguna sentencia relacionada con España. Finalmente nos refugiamos en el Ropa Vieja y dejamos pasar el rato como si el mediodía fuera aún una estación muy lejana.

La proximidad con la casa de Teresa me hizo pensar en mi primera visita, en aquella impresión narcótica de adentramiento en un espacio que yo presuponía extremadamente acorde con el espíritu de la ciudad. Recordé mi nerviosa expectativa, el cumplimiento de aquel antiguo sueño mío de acceso a los edificios vetustos, donde creía que yacía, acumulándose, el poso de la historia menuda y privada y a la vez el de la historia colectiva que resonaría sin duda dentro de todas las viviendas en las que se había llegado a vivir y conversar tantísimo. En cómo aquel engranaje de décadas se me hizo presente al cruzar el viejo portalón hasta cristalizar, días más tarde, en la figura de la señora Piedad. Estos pensamientos me hicieron apurar rápidamente la cerveza y convencer a mi compañera de que nos apresurásemos con las compras, porque activando de nuevo la secuencia de los actos me sentía más cerca de mi reencuentro con Teresa y Piedad.

Aunque llevábamos pasaporte, preferimos hacer cola en una de las tiendas dólar donde la gente esperaba a veces horas enteras para poder entrar. Algunos cubanos que había en la cola nos dijeron que pasáramos, que nosotros podíamos hacerlo directamente. Habíamos escogido un establecimiento de ropa relativamente pequeño, donde el fenómeno de las colas parecía ser mucho más habitual que en los grandes almacenes. Les dijimos que todos éramos iguales y nadie añadió comentario alguno a esta afirmación, tal vez porque apoyándola uno destacaba la contradictoria evidencia de las colas exclusivamente cubanas y discutiéndolas la evidencia de la falta de verdad del sistema.

Llegó la hora de ir hacia la pizzería donde habíamos comido la última vez. Cerca de El Vedado, las calles se ensanchaban y aparecían casas de una o dos plantas que pese al relativo abandono conservaban todavía el haz luminoso de otros tiempos. Óscar, con su habitual anticastrismo, me había comentado en una ocasión, al pasar por ahí, que tan solo quince años atrás muchas de aquellas viviendas se mantenían en un estado bastante aceptable, pero que la nefasta gestión socialista las había perjudicado especialmente, porque a fin de cuentas aquellas residencias representaban el esplendor de una época de presuntos privilegios. Él nos habló entonces de todo ello como si la fealdad fuera el signo visible y necesario del socialismo y del comunismo. Al pasear de nuevo frente a ellas, de camino al restaurante, tuve una visión deliberadamente ingenua fruto del afán más noble que bisoño de soñar otro mundo posible: imaginé que ellas estaban ahí para sostener un modelo visible de belleza, de ciudad residencial, de vida apacible, de legítima aspiración a la felicidad, en la que el presente fuera tan fecundo que no hiciera ya falta el señuelo de un futuro más luminoso. Las imaginaba vacías, entregadas a una ciudadanía a la que nada faltase pero que tampoco ambicionara ningún bien, como en la especie de república ideal que todos, alguna vez, hemos podido llegar a soñar.

Óscar y Ana María se presentaron puntualmente, quizá por primera vez. A las dos en punto los vimos junto a la puerta del recinto en cuyo interior había, además de unos grandes almacenes, la pizzería. El día era soleado y no veíamos por tanto la ebullición fría de la lluvia sobre el agua del pequeño surtidor en el que se escondía la *jicotea*. Nos sirvieron una de aquellas pizzas enormes y al verla perdí las ganas de comer. Óscar y Ana María, sin embargo, se sirvieron sin disimular su contento. Para ellos la pizza constituía una comida propia del mundo *normalizado* y nuestro chófer habanero la prefería a cualquier otra cosa. Aunque el precio de las pizzas era moderado no dejaba de suponer un lujo para cualquier nativo. Momentáneamente sentados a la mesa en aquel recinto pensado para comidas rápidas, debía de parecerles que su otro idealizado mundo no caía tan lejos. No era un lugar en el que poder imaginar cómodamente a Nora. Nora y Óscar equivalían al corte generacional que entre nosotros, en el viejo occidente histórico, separaba una cierta generación que fue joven en los sesenta, de las generaciones inmediatamente siguientes, cada vez más desideologizadas y acomodaticias. En el caso de Óscar, sin embargo, la fascinación por el mundo del que veníamos estaba al menos motivada por un desencanto real y la misma Nora sabía que la reticencia con que consideraba las opiniones de nuestro chófer eran parcialmente injustas, porque Óscar, como tantos jóvenes cubanos, no había podido llegar a conocer el tiempo en el que la Revolución fue una esperanza tangible y que él, como los propios hijos de nuestra anfitriona, no había vivido otra cosa que la rutina de las incesantes privaciones y el discurso invariable que parecía sostenerlas y justificarlas. ¿Comen ustedes mucha pizza por allá?

Óscar volvió a hablarnos de su madre, de las dificultades que pasaba en Miami. *Con todo vive mejor ella que nosotros. Me ha prometido que en cuanto pueda nos hará un rincón allí. Está pendiente de irse a vivir a otra parte, a un piso más grande. En cuanto esto mejore un poco, nos vamos.* Ana María me miraba con una significativa inexpresividad mientras su marido hablaba. Para ella eran quizá palabras sin contenido, pieles muertas de antiguas frutas ahora irreconocibles. No se le contagiaba la chispa de entusiasmo que exhalaba aquella especie de crispación contenida, de batalla interior, el reto desafiante del compañero que quería vengar y dejar atrás la vida que parecía volverlo todo imposible. Lo escuchaba con la misma atención distraída con la que oímos caer la lluvia o el discurrir de los automóviles. Me miraba haciéndome ver que sus expectativas no eran las mismas, que tal vez ni tan solo creía posible poder viajar nunca fuera de la isla, que el circuito de su esperanza recorría un espacio mucho más próximo, fatalmente limitado por la mirada que me llegaba a ratos sin vida.

Tras la comida, Óscar y Ana María nos acompañaron al Capitolio. Convinimos encontrarnos unas cuatro horas más tarde en el mismo lugar y se fueron extrañamente sonrientes, como si les divirtiera algo que yo no acertaba adivinar. Caterina me lo aclaró, sin embargo. Yo la había besado antes como si nos encontrásemos solos. Esto los había hecho reaccionar con esa especie de sonrisas que acostumbran a esbozarse mirando el suelo o bien observando a alguien de soslayo. Ellos eran muy pudorosos en sus manifestaciones amorosas. Más bien se limitaban a tomarse de la mano o agarrarse por la cintura y no siempre. Caterina decía que las otras parejas de cubanos que habíamos conocido tampoco manifestaban abiertamente sus vínculos afectivos, que no recordaba haberlos visto besarse ni tan solo fugazmente y pensé que si esto era algo más que pura casualidad, tal vez el cubano común (no el cubano visitador de locales nocturnos ni de las chicas que buscaban en ellos un futuro mejor) debía de ser un sujeto bastante contenido por lo que respecta a las expansiones afectivas. Que la cultura de la distancia y la ocultación del deseo estaban en el fondo de aquella tímida actitud ruborizada.

Media hora más tarde, estábamos ante el portalón de la casa de Teresa y la señora Piedad. Golpeamos la puerta con la aldaba y nuevamente nos llegó el sonido de una lejana puerta al abrirse, los pasos ágiles —era Teresa quien venía a abrirnos— y el chirrido efímero del viejo cerrojo. ¡Miren, se decidieron a venir! No hubiéramos podido regresar antes, pero la exclamación sonó vagamente a reproche, casi como si nuestra ausencia hubiera podido ser deliberada. Cruzamos el patio con unas palabras sobre Trinidad que solo dijimos para vencer el riesgo de un silencio tenso. La amabilidad de Teresa parecía esta vez teñida de una extraña excitación. Tal vez no esperaba nuestra visita, pese a todo. Temí ser inoportuno.

La señora Piedad estaba en la sala grande, pero a diferencia de su hija reaccionó con una sorprendente naturalidad, como si todas las horas de la vida tuvieran que confluir inexorablemente en nuestra llegada. Nos sonrió con aquella grave serenidad que tanto me cautivaba y con una leve indicación de la mirada comunicó a Teresa el deseo que las dos sillas de altos respaldos fueran colocadas junto a ella, para que pudiéramos sentarnos lo más cerca posible. *Háblenme de Trinidad, ¿qué les pareció?* Le dijimos que no habíamos podido pasear mucho por la lluvia, pero que nos había encantado la atmósfera tranquila de Trinidad. Entonces nos contó algunas anécdotas antiguas sobre el lugar. Al hablarnos de él, tuve la impresión de que mencionaba un mundo muy familiar y que el tono distendido con que refería las distintas anécdotas e impresiones no reflejaba aquella extraña afinidad inefable con la que se refería a las viejas capitales europeas. Tal vez era una misma sensación de detenimiento, de actualización de una atmósfera pretérita, lo que también me atraía de la señora Piedad. Oímos el tintineo de las pequeñas copas y Teresa nos sirvió el vino dulce y las pastas españolas. A diferencia, sin embargo, de las otras ocasiones, volvió a desaparecer y la tercera silla que había sido inexorablemente arrastrada hacia nosotros en las últimas visitas continuó inmóvil en su rincón y nos quedamos —tuve el presentimiento que sería durante un largo rato— solos ante la madre, que parecía ligeramente velada por un halo de fatiga.

La señora Piedad se relajó al saberse momentáneamente sola con nosotros y nos dijo —confidencializando más con la mirada que con la intensidad de la voz— que antes de que le explicáramos más cosas sobre Trinidad ella nos quería contar algunas sobre su hija. Se hundió casi imperceptiblemente en su butaca, como cuando se refiere un acontecimiento grave e irremediable y habló en un tono apesadumbrado, dejando resbalar las palabras entre largas pausas, como leyendo un invisible texto sembrado de espacios en blanco. *No puedo asegurarlo… creo que mi hija fue a hablar con alguno de esos hombres del partido… estuvo contándome cosas extrañas la semana pasada… Me habló de una reunión en la que les habían exhortado a denunciar todas las actividades que comprometieran la igualdad entre los ciudadanos… qué sé yo… parecía que quisiera convencerse de algo a sí misma… ella no es una mala persona, pero no tiene ninguna idea clara en la cabeza y sueña demasiado…*

Tuvo que interrumpirse porque Teresa reapareció para ir a detenerse cerca de los ventanales del fondo de la estancia. Nos sonreía desde allí y repartía la mirada entre el lienzo a medio hacer y el grupo que formábamos nosotros junto a su madre. Aprovechamos el cambio de conversación que se imponía y sacamos de nuestra bolsa el libro sobre Madrid editado en París. Al dárselo, nos miró con un destello de agradecida reprobación. *Pero bueno, cómo son ustedes… Ya me trajeron un regalo la vez última…* Deshizo el envoltorio con una contenida destreza, armonizando la excitación y el pudor. Al descubrir la fotografía que aparecía en la cubierta del volumen exclamó ¡la Cibeles! y volvió a mirarnos tomando con fuerza el libro, como si temiera perderlo. Tras ojearlo un rato, nos dijo que se lo reservaría para más adelante. *Así me acordaré más de ustedes.*

Pasamos un breve intervalo de tiempo cuchicheando ante la señora Piedad, que se había quedado embelesada ante nuestro obsequio. Caterina y yo nos preguntábamos cómo emplear aquellos últimos cuatro días en la Habana, mientras echábamos un vistazo de vez en cuando a la madre de Teresa que sonreía de nuevo a sus ciudades imaginadas al pasar el libro que había vuelto a abrir y a veces nuestra mirada alcanzaba también aquella parte de la estancia desde la que Teresa continuaba mirándonos afectando una cierta lejanía. No había duda de que le interesaba mantenerse relativamente apartada de nosotros, pero no tanto como para huir de la sala explicitando en exceso el nuevo cambio de actitud. Debía de resultarle no menos violento que a nosotros permanecer allí de pie, fingidamente ausente, después de nuestros breves pero intensos encuentros anteriores. Caterina me decía que quería visitar la casa de un pintor de quien Nora le había hablado al volver de Santiago, un pintor que había muerto en la miseria y que había vivido en una pequeña casa preciosa rodeada de un gran jardín que aún hoy podía visitarse. También a mí me interesaba la visita pero le recordé la otra propuesta de Nora de acompañarla a una de las reuniones de Concilio Cubano que pronto se celebraría, tal vez un par de días más tarde. Antes de que la señora Piedad cerrase el libro con el ademán satisfecho y sereno de quien cierra la puerta de la casa en la que le resulta grato vivir, Caterina y yo nos sentíamos excitados y melancólicos al mismo tiempo, meditando las últimas salidas y presintiendo la precipitación de aquellas horas finales.

En algún libro, la señora Piedad había leído que en la calle Lope de Vega, de Madrid, había un convento de clausura donde se presumía que estaba la tumba de Cervantes. La anécdota nos hizo hablar atropellándonos, porque justamente encendió un recuerdo relativamente reciente, de un par o tres de años atrás, cuando, al ver la lápida que había en la fachada del convento de aquella misma calle, en la que se recordaba que en él yacía el autor de El Quijote, entramos con el propósito iluso de visitar el lugar. En una especie de antesala en la que se abría la puerta de la iglesia, descubrimos un torno y un cordel que colgaba del ángulo más próximo a la pared. Tiramos de él un par de veces y conseguimos oír finalmente una voz muy dulce a otro lado del torno, una voz que acudió al reclamo de la campanilla como quien acude al confín de otro mundo desde el suyo, también para nosotros inconcebible y extraño. No pudimos entrar porque el convento era de clausura y las dependencias que tal vez albergaban la oculta sepultura no se abrían nunca al público. La señora Piedad nos escuchaba con mucha atención, lanzando de vez en cuando algún vistazo a cualquier rincón de la estancia en la que nos encontrábamos, como si espiara la intensidad de la luz, la quietud de los objetos, para descubrir en ellos el vaciado de nuestra historia, la atmósfera remota del Madrid cervantino invadiendo la estancia cubana, deponiendo el espacio y el tiempo para llegar hasta nosotros. Abrió el libro por las páginas centrales y apareció la calle Lope de Vega y la lápida en la pared del convento. Reforzando nuestro recuerdo con el soporte de la imagen, Piedad pareció más cerca que nunca de su sueño de papeles desmayados y por unos instantes yo también pude creer que a pesar de la distancia era posible señorearse del mundo, volverlo familiar, como a un amigo ocasional pero necesario.

No supimos responder a bastantes de las preguntas de la señora Piedad sobre Trinidad porque se refirió a establecimientos e incluso a calles cuyos nombres desconocíamos. Aunque parecía gustarle hablar sobre Trinidad, su emoción quedaba muy lejos de la que rezumaban sus sueños europeos. En ningún momento desvió la mirada hacia ningún punto indefinido de su entorno, sino que preguntó y habló con la desenvoltura de quien evoca algo tan al alcance que haciéndolo en clave de memoria provoca el efecto de emplear un registro excesivo. Teresa seguía escuchándonos desde el otro lado de la estancia, como si fuéramos unos extraños. Ni tan solo nos destinaba ninguna sonrisa complaciente que nos pudiera hacer entender que simplemente pretendía respetar nuestra atención hacia su madre y convertirla en exclusiva, como quien delega un pequeño privilegio. Rehuía nuestra presencia y tal vez no volveríamos a vernos jamás. Al pensar en ello, mientras escuchaba a Caterina respondiendo a la señora Piedad, me pareció estarla contemplando desde la inexpugnabilidad del recuerdo, estar viéndola a infinita distancia, como pensando en ella mucho tiempo después, en una noche insomne, cuando las imágenes retornan con la extraña objetividad de lo definitivamente muerto.

Caterina y yo nos miramos de vez en cuando, interrogándonos en relación a Teresa. Ambos pensábamos lo mismo, había que hablarle con claridad, sin ambages, resolver cuál había sido su actuación a propósito de nuestros amigos, reprochársela si llegaba a confirmarse la sospecha, tratar de razonar con ella en el sentido más literal del término; comunicarnos de una forma coherente, meditada para que el diálogo le fuera útil también a ella, que nos miraba de soslayo como si de veras escondiera algo. Pero nos venció el miedo, o la prudencia. ¿Y si todavía no había hablado maliciosamente con nadie y nuestras preguntas la ponían sobre la pista de una realidad que desconocía en toda su dimensión? Antes de subir al domicilio de la señora Piedad y de Teresa, habíamos considerado la posibilidad de tantear la situación a fin de no anticipar nada que pudiera comprometer a nuestros amigos de la cooperativa. El mutismo de Teresa, sin embargo, nos confundía enormemente porque impedía el juego de la indagación espontánea. No sucedía nada que nos aclarara el sentido que debían tomar nuestras palabras, en caso de que decidiéramos emplearlas, ni menos todavía si hacía falta intervenir en un sentido u otro. La cobardía o el buen juicio nos llevaron a callar finalmente, pese a nuestra firme determinación de días atrás y me pareció que Piedad nos lo agradecía desde su hierática poltrona, porque al mirarnos lo hizo con una intensidad que en lugar de incomodarme proyectó una extraña confianza sobre mis pensamientos, otorgándome el privilegio de actuar como me pareciera, con el premio añadido de no poder sentirme mal, ni tan solo al decidir que era preferible no acusar a Teresa de nada, no intentar deshacer un nudo que tal vez no había llegado a estar atado en ninguna parte.

Pasamos una hora dentro de aquella estancia tan envejecida. Teresa corrió las cortinas y la luz quedó atropellada detrás. Adentro solo quedó el espíritu disminuido, debilitado por aquella gruesa frontera tras la que resplandecía la claridad amontonada. Los objetos adquirieron entonces una apariencia de leve emborronamiento, una indefinición apenas perceptible pero sin embargo real, como si pertenecieran todos, más explícitamente que nunca, a una misma carne, como si cada uno de ellos fuera un pedazo del mismo cuerpo. No hubiera querido irme nunca de allí. Me sentía como cuando con el automóvil recorríamos parajes sucesivos amparados en la intimidad del vehículo: viendo discurrir la vida, con la ficción de hacerlo desde un ángulo inmóvil, completamente exterior a todas las cosas, al espacio y al tiempo.

Al despedirnos, la señora Piedad perdió su ademán sereno, de quieta y frágil felicidad. Recordé un cuento en el que Borges habla de la arbitrariedad con que la vida sitúa o aparta a las personas de nuestro camino, de cómo al cerrarse una puerta puede concluirse por siempre una historia que no había hecho más que empezar… y me pareció a la vez verosímil e inverosímil la idea de no volver a ver nunca más a la señora Piedad, que nuestra historia fuera a detenerse en los gestos inmediatos, que tuviéramos que desaparecer dentro de nuestros respectivos y lejanos universos pocos días después, que a partir de entonces solo la memoria pudiera tratar de seguir comunicando lo que el curso de los años se encargaría de convertir en una sombra reflejada en lo más profundo de otra.

La despedida fue más rápida, sin embargo, de lo que esperaba. Piedad nos abrazó de una manera que exhalaba más agradecimiento que tristeza y ni tan solo cuando le dijimos que probablemente no tendríamos tiempo de pasar a visitarla una vez más antes de volver a Barcelona, reaccionó con la especie de angustia contenida con que la gente mayor acostumbra a asumir las noticias que sacuden su inquieta tranquilidad. Tal vez nos consideraba una derivación tangible de su anhelo europeo y nos despedía con la naturalidad de quien confía en no tener que apartarse definitivamente de la atmósfera que ama. Que nuestros libros y los que ella ya poseía seguirían proporcionándole una retícula casi infinita de itinerarios por los que nosotros transitaríamos tarde o temprano: que entonces bastaría únicamente la atención de su mirada sobre algunos de los lugares de los que le habíamos hablado para que volviera a reencontrarnos de aquel modo suyo, desgajado de los sueños. También a mí me parecía que llegaría a reencontrarla tarde o temprano: que a pesar de la progresiva indiferenciación de su rostro y de aquel lugar dentro del recuerdo esta relación no se evaporaría como tantas otras en virtud de un olvido necesario. Que habría de seguir recordándola durante el resto de mi vida para así ir comprendiéndola, también, poco a poco.

Teresa nos acompañó a la salida diciéndonos sin demasiada convicción que confiaba en que no tardaríamos mucho en regresar a La Habana. Nos hizo prometerle, también desafectadamente, que de verdad escribiríamos, mientras cruzábamos aquel patio que a mí se me antojaba una antesala de insonoridad que permitía experimentar como algo extraño la proximidad del mundo exterior. Al abrir el postigo el rumor de la calle se derramó sobre nosotros como lluvia y entonces sentí por primera vez un profundo pesar. No sé si era el de dejar aquel lugar o el de pensar en cualquier otro abandono pasado y futuro, que el sonido exterior me hacía llegar como un pensamiento materializado, estremeciéndome, aquel sonido que se oponía al silencio apenas dejado atrás como el tirón que nos aparta de la persona amada para zambullirnos en otro universo en el que todo puede convertirse en un signo de ausencia.

Nos apresuramos por las calles que nos conducirían de nuevo al Capitolio. Al llegar, una enorme guagua de las llamadas *camellos* pasó lentamente ante nosotros, ocultando la escalinata del fondo. Al volver a ser visible, descubrimos a Óscar y Ana María que esperaban aparentemente abstraídos, sin hablar, ella mirando el edificio con la inmovilidad de quien tal vez no contempla sino la materia de sus propias cavilaciones; él, con los brazos cruzados sobre el techo del vehículo, como si aquella postura repitiera un gesto mantenido a lo largo de los años. Al vernos, debió de hacerle una señal a su mujer, un aviso que la distancia convertía en misterio, porque dio media vuelta hacia nosotros dirigiéndonos una sonrisa interrogadora que parecía decir, *¿y pues...?* Óscar me saludó con una especie de efusividad contenida, invitándome a completar el movimiento de su mano con el de la mía, con un golpe de palmas, de compadreo bruscamente familiar, al que sin embargo no añadió ningún comentario, un pequeño gesto que quería ser absoluto y que quise explorar en silencio, meditarlo, mientras el rumor del automóvil nos conducía hacia la casa de Nora.

Óscar no había abierto la boca durante el viaje, salvo el momento en el que un hombre montado en bicicleta cruzó peligrosamente frente a nosotros. Había proferido *come mielda,* mediante aquella curiosa transformación de la *r* en *l*. Después, no volvió a hablar hasta que nos despedimos ante la casa de la creadora de la cooperativa. Ana María, en cambio, parecía relajada. Se mostró afectuosa con mi compañera y se quejó de la temperatura como si pese a todo se sintiera bien. No volveríamos a vernos hasta el día siguiente y Óscar, antes de volver a encender el motor, dijo, no pasen pena, les recogeremos temprano.

Nora y Reynaldo nos saludaron apoyados en la barandilla de la terraza exhalando lentas sonrisas de humo, hospitalarias. Eran, como lo fueron durante nuestra segunda visita, el signo de una humanidad expectante, asomados sin cansancio sobre la balaustrada que les permitía ver ampliamente y ser vistos. La vivienda de Nora y Reynaldo parecía anclada sobre una creciente, para favorecer la mirada. Y sin embargo aquella pequeña casa de dos plantas —la inferior ocupada por los invisibles padres enfermos de Nora—, no dejaba de sugerir la idea de un volumen extrañamente móvil, que en su enseñorearse, sobre la cuesta de la calle Santa Clara, me evocaba la idea de un arquitectura apedazada y precaria pero a la vez dotada de aquel punto de elevación que permite a veces concebir a los objetos como si fueran ideas suspendidas en el aire. Siguieron todavía un rato inmóviles, habitando su tranquilo humo, mientras acompañaban con los ojos nuestros pasos, como si los sostuvieran con el viejo poder de sus miradas.

Nora vino a recibirnos en la segunda cancela que se abría en la terraza. La luz empezaba a relajar sus colores, a fundirlos en el incipiente velo del atardecer. Era la hora en que parece reforzarse la fragilidad de la vida, la de los acontecimientos que nos preocupaban, como si estos constituyeran una película incapaz de envolver nuestro afán de seguridad y protegernos. Reynaldo colocaba circularmente las sillas mientras Nora nos acercaba a ellas, acompañándonos. *Esta mañana he vuelto a ver a Julia, mi amiga de Trinidad. Vino para acá finalmente. Si ustedes quieren, mañana podemos ir a una de las reuniones del Concilio Cubano.* La propuesta nos animó como un repentino licor.

La idea de tomar contacto con una de aquellas atmósferas de que Nora nos había hablado durante nuestras primeras conversaciones en la terraza, volvió a instilar a nuestro alrededor el aroma de las tertulias combativas y creí, pese a la irrealidad de la apreciación, que nuestra anfitriona nos ofrecía una pequeña cata de revuelta, discreta e intensa a la vez.

Reynaldo intentó esquivar el tema de las visitas policiales pero Nora necesitaba hablarnos de ellas y lo hizo afectando una tranquilidad excesiva. *Han vuelto lo menos tres veces en una semana. Si tuvieran algo concreto contra nosotros ya nos hubieran detenido hace tiempo.* Reynaldo consideraba las palabras de Nora en silencio, como en tantas otras ocasiones. Verlo así me desconcertaba completamente. Exhalaba un raro distanciamiento, cavilaba parajes que nosotros ya habíamos dejado atrás o que ni tan solo veíamos aún. Estaba lejos o tal vez cerca, con la aniquiladora proximidad de quien no piensa momentáneamente nada. Después, volvía a mirarnos despabilándose en un instante y Nora siguió hablándonos mirándolo de soslayo. *Nadie se acostumbra nunca a vivir con el miedo, pero yo tampoco he sentido nunca mucho miedo. Lo que sí temo es perder este sueño nuestro de la cooperativa, porque nos permite contactar con personas como ustedes o como las que acaban de irse de regreso a Madrid. David, el casero de ustedes, ya se ha ofrecido para trasladar a su vivienda todas las actividades de contacto de la cooperativa, si hiciera falta. Pero su casa está demasiado cerca. Si no lo hacemos aquí, tendrá que ser tal vez en casa de mi primo o tal vez en casa de Oscarito. Pero no me da ningún miedo la policía. ¿Qué podrían hacernos?* Reynaldo intervino con una de aquellas bromas que hacemos a menudo de manera supersticiosa, como para exorcizar el riesgo; *si quieres voy y lo pregunto.*

No era todavía oscuro del todo cuando empezamos a ver aquellas diminutas antorchas aéreas de los cocuyos. Hacía rato que miraba de refilón el cielo que se oscurecía y cuando aparecieron los primeros, tuve la impresión de que nuestro mundo inmediato quedaba completo, como cuando en las calles abre el último comercio y luce el sol. Hacía casi un mes que estábamos en Cuba y de pronto experimentaba una rara alteración de aquella otra vivencia de infancia, de estiramiento del tiempo. Me parecía que habían pasado apenas unas horas —densas, generosamente pobladas, pero horas al fin y al cabo—, desde que Nora había distribuido en diversos sobres nuestro dinero al llegar. Pero no era una mera impresión de acortamiento: aquella migaja de tiempo parecía depositarse sobre el tejido de otro tiempo más profundo e inalcanzable, como si los últimos días hubieran descubierto una parte ignorada del propio cuerpo, pero que ya estaba ahí y a la que no cuesta demasiado esfuerzo acostumbrarse. No había estado nunca en Cuba, pero esta extraña familiaridad con todo delataba un orden más profundo de afinidad. Nora seguía hablándonos y al escucharla era una voz confundida con las que nunca mueren en nuestro interior la que me llegaba atravesada por imágenes de sol y también de lluvia. *Nos reuniremos en un saloncito que queda en la misma calle del Floridita, en un antiguo taller en desuso.* En la misma calle, por tanto, donde quedaba aquella antigua farmacia en la que todavía almacenaban los remedios dentro de vasos de cerámica, como se hacía antaño. Nora se sentía como muchos años atrás, aunque ya no fuera la misma. No hacía falta que lo dijese, pero lo dijo; *han pasado tantos años y ahora me siento como si todo empezara de nuevo...*

El encuentro se prolongó hasta tocar la frontera imprecisa de la hora de la cena. Me costaba acostumbrarme a aquella especie de espontaneidad que excluía aparentemente la posibilidad de importunar y una vez más deslicé un pedacito de disculpa que se perdió tontamente en el aire antes de que nadie pudiera escucharla. *Voy a preparar algo muy ligero. Así pueden ustedes estar el rato que prefieran. No quiero que se vayan todavía.* Caterina, sin embargo, llegó a sugerirle a Reynaldo la posibilidad de ir a alguna parte a tomar algo, diciendo que nos gustaría invitarlos a cenar. El marido de Nora lo agradeció con aquella sonrisa burlona e indescifrable y, en tono confidencial, nos dijo que él prefería no moverse de casa.

Mientras Nora preparaba la cena nos quedamos en la terraza con Reynaldo, algo cohibidos. Al cabo de unos instantes de silencio sonreído, Caterina le preguntó si todavía se dedicaba a investigar cuestiones vinculadas a su especialidad. Respondió que sí y la pregunta pareció animarlo, porque se nos acercó arrastrando la pesada silla metálica y empezó a hablarnos en un tono dubitativo que anunciaba una larga exposición. Nos habló del mundo de la física, de un montón de libros y teorías y se quejó finalmente de sí mismo, que llevaba cierto tiempo habiendo relajado la costumbre de visitar la biblioteca de la facultad. *Me sigo interesando por todo este mundo, pero en estos momentos prefiero sumergirme en la informática, porque todavía me considero un auténtico profano.* Por la manera en que nos habló de algunos teóricos de la física más avanzada, comprendimos que aquel universo no había dejado de ser el suyo en ningún momento. Pensé que la falta aparente de exaltaciones y visceralidades del ex profesor se debía sin duda a la forma con que solo las grandes mentes pueden ser absorbidas a veces por sus propios mundos interiores: que aquella profusa actividad mental le permitía distanciarse a menudo de los problemas para volver a ellos solo de modo errático. Como sucede con quienes viven al margen de la realidad, al volver a ella Reynaldo parecía sentirse perdido. Temía mucho la aparición de la policía y solo decía sentirse seguro durante las noches silenciosas que él prolongaba ante la pantalla encendida o conversando con su mujer. *Es curioso pero nunca temo que ocurra nada durante la noche. Es durante el* día cuando me parece que puede llegar alguien y detenernos... *Menos mal que Nora ha tenido este empeño de la cooperativa, porque si no, no sé qué hubiéramos hecho. Hemos pasado períodos económicamente espantosos. Pero uno no vive nunca tranquilo. Si viniera la policía, no resultaría muy fácil convencerlos de que todos nuestros dólares provienen de afuera, de nuestra "familia española". Pero bueno, vamos a confiar en que no haya ocasión de tener que darles explicación alguna.*

Cuando Nora apareció con la bandeja ocupada por los boles de las ensaladas, lo hizo también Clara, a quien apenas un instante antes habíamos oído decir adiós a una amiga que le devolvió el saludo desde lejos, iluminando con la voz la longitud de la calle. La aparición conjunta distrajo a Reynaldo de su monólogo y supimos como por un acuerdo tácito que no volveríamos, al menos durante un largo rato, a abordar aquel tema. La irrupción de la madre y la hija había barrido las palabras que hablaban de física y el desplazamiento que ellas introducían tardó un rato en instalar otras nuevas. Cuando Nora hubo dejado sobre la pequeña mesa circular los boles y los cubiertos, empezó a concretarnos los detalles de la reunión a la que tendríamos ocasión de asistir. *Se expondrán algunas cuestiones de las que ya se habló en Trinidad, como la de los presos políticos. Pero lo importante será la charla de un joven economista que ha estado en Francia y en España y que tratará de exponer una teoría económica socialista muy distinta a la de aquí, pero nada parecida a la de los países de ustedes. Se llama Eduardo Frank y es de Bogotá. Puede merecer la pena.* Reynaldo sonrió levantando su vaso: *creo que yo me quedaré en casa, no vaya a fajarse el barbudo...*

Muy lejos vimos una mortecina fosforescencia de relámpagos. Sin sonido, aquel reflejo distante parecía cubrir de pronto la isla bajo un manto de silencio. Caterina explicaba detalles de su carrera. A Nora y Reynaldo les interesaba mucho conocer algunas cuestiones concernientes al mundo de las humanidades, que ellos, desde el punto de vista estrictamente académico, desconocían. Le habían preguntado si consideraba justas las calificaciones, si creía que era posible puntuar con equidad la interpretación de una obra literaria. Me gustaba escucharlos hablar mientras el resto del mundo podía ser imaginado en un tono menor, con luz de lectura furtiva y voz baja, secreteante. Hacía calor, pero la noche resultaba tan agradable que incluso el aire parecía menos abrasante. Me gustaba pensar que podíamos llenar toda la noche de palabras como quien llena de agua una zanja para poderse zambullir en ella.

Nuestro paso por aquella embajada descubierta y accesible se prolongó hasta bien entrada la noche. Nora nos hizo en algún momento el recuento de las personas que aquel verano los habían visitado. Confiaba que durante los próximos períodos vacacionales la afluencia de clientes se mantuviera, porque el verano, dijo, había sido bastante bueno. No se engañaba, sin embargo, respecto al hecho de que durante el resto del año las llegadas escasearían mucho y que era por tanto necesario administrar religiosamente los beneficios actuales. Al evocar los meses venideros, experimenté de nuevo aquella extraña impresión de placentero distanciamiento, como si la conversación y los gestos que la sostenían pertenecieran ya a la memoria y esta me estuviera ofreciendo una secuencia singularmente vívida. Llevado por la impresión, contemplé distraídamente el contenido de la terraza. Unas pocas sillas, la pequeña mesa circular, la luz que difundía un haz triangular que mantenía en una desdibujante penumbra el resto del espacio, logrando, si la noche era lo bastante oscura, que el fondo de la terraza pareciera perderse en el infinito, en dirección al mar… Pensaba que los recuerdos y los sueños son la única realidad que nutre el presente y que necesitaba observar y escuchar con atención a fin de garantizarle al espíritu su peculiar alimento. Nora mezclaba también el pasado con los proyectos y en algún momento todos la escuchamos como se escucha aquel sonido que enaltece la noche, infundiéndole un aire grave, porque le opone un cierto límite.

Nora y Reynaldo volvieron a prender un cigarrillo de despedida apoyados en la balaustrada. Permanecieron allí hasta que desaparecimos en la esquina de la calle Santa Clara. Incluso la luz de las farolas parecía haberse acurrucado, como si dormitara también ella, y apenas nos llegase una débil fosforescencia traída por el viento, una ultraluz solo presentida, espectral. Tan solo el incierto itinerario de los cocuyos encendía el recuerdo de la actividad diurna. Caminamos, casi por última vez, poco a poco, el trayecto que nos separaba del apartamento, bajo la lejana indiferencia de las estrellas.

IX

Quizá porque el bochorno parecía haber convertido los diferentes pasajes de aquel breve itinerario en un escaparate de imágenes estériles, la llegada al Hurón Azul tuvo un efecto balsámico, de acceso a un pequeño mundo ajardinado, en el que el espíritu del lugar, más que la temperatura real, sugerían la bondad de una sombra que solo existía en el azul de la casita del pintor y en la forma en que la tierra oscura aparecía delimitada por las suaves curvas de los distintos senderos que se abrían entre los parterres de hierba y flores. La cancela que quedaba justo frente a la vivienda estaba cerrada y un hombre nos indicó desde el interior la situación del otro acceso lateral. Tuvimos que atravesar una parte más descubierta del jardín desde la que la perspectiva de la casita del pintor Carlos Enríquez permitía corroborar la primera idea que se tenía de ella, una idea acabañada, de arquitectura íntima y menuda, que hacía pensar en una vida abocada al cuidado de las pequeñas bellezas simples; la vegetación del jardín, el previsible orden interior que sin duda constituía una especie de reino extremadamente caracterizado por el espíritu del pintor. La casa era, en efecto, una especie de cabaña en la que predominaba el azul y la propiedad se extendía en un copioso jardín en el que no faltaban las indefectibles palmeras custodiando aquel sosegado esplendor. Nora había querido acompañarnos porque este era uno de los lugares que más amaba de Cuba, pero la noticia de una posible llegada de nuevos visitantes la retuvo en su domicilio. En el umbral nos esperaba una muchacha que me hizo temer alguno de aquellos acompañamientos disciplinados y protocolarios que desvanecen el milagro de la proximidad del arte y convierten en imposible el placer de la contemplación pausada. Por fortuna, se limitó a entregarnos los boletos de acceso a la casa museo y otra chica que apareció de inmediato nos los recogió y cobró, prolongando aquella simple actividad tal vez para disminuir la probable convicción de que la faena, allí, no era más que un sueño. Ambas se quedaron conversando afuera y nosotros entramos adentro, con el hambriento silencio de quien cruza por primera vez la frontera de un mundo distinto que los ojos quieren literalmente tocar, para reconocerse en él.

Al entrar, lo primero en lo que me fijé fue en el tabique que quedaba a nuestra izquierda, en el que flotaban una especie de sílfides sobre un fondo silvestre. El pintor las había dibujado desnudas y al percatarse de mi interés por aquella pintura mural una de las mujeres del servicio de la pequeña casa museo se me acercó para hacerme su único comentario: *esta casa llegó a estar habitada por una familia que la alquiló, hace ya bastantes años. Era una mujer algo mayor que tenía a su cuidado unas niñas. No le gustó lo que está usted viendo y pintó encima para cubrirlo. Le parecía indecente. Ha habido tremendo trabajo para recuperar la pintura.* Le agradecí la revelación de aquella anécdota ligeramente funesta y al dirigirme a la ventana desde la que se divisaba la larga extensión del jardín tras la casa tropecé con la sonrisa ruborizada de Óscar que me hizo entender que tampoco él comprendía demasiado aquella vindicación de la belleza y de la libertad a partir del cuerpo humano. Ana María, sin embargo, se detuvo ante nosotros sin que su rostro reflejase ninguna emoción favorable o desfavorable. Miraba tal vez sin opinar ni para sí misma, como si su pensamiento se hubiera acostumbrado, por la influencia del dominante marido, a censurar su actividad o a solapar su expresión. Caterina, como era su costumbre —como lo era también la mía—, había preferido perderse en dirección a las estancias a las que todavía no había llegado ningún visitante.

El pintor Carlos Enríquez había querido dejar sus propias pisadas en los peldaños de la escalera que conducía a la estancia superior de la vivienda. Había manchado sus suelas con pintura y enfilado la escalera en una ascensión que no podía dejar de imaginar lenta, en una secuencia grave, más grave todavía hoy, mirándolo al cabo de la acción legada. Pese a su condición de casa-museo, aquella diminuta arquitectura conservaba tanto afuera como adentro un acusado aire de autenticidad, de cotidianeidad en curso, como si aquellas pisadas obedecieran a una distracción reciente del artista y este pudiera comparecer en cualquier rincón de su vulnerable templo coloreado.

Óscar no comprendía decididamente aquel gusto por el cuerpo desnudo. Vino a comentarme que también en las paredes del baño había otro dibujo de una mujer sin ropa, y lo dijo en el tono levemente conturbado de quien juzga algo como excesivo. Pensé por un momento en el mito de la sensualidad caribeña, inencontrable entre la gente real de Cuba, entre quienes vivían ajenos a los guetos turísticos y se limitaban a transitar por su modesta existencia material con la única muleta de sus sueños. Óscar, sin embargo, añadía a aquella contención general de las expansiones físicas la capacidad de escandalizarse, porque todavía permanecía más lejos que la mayor parte de sus compatriotas respecto a la larga tradición del reconocimiento estético de la desnudez. Así era el mundo de los artistas, sentenció, *están todos obsesionados* y me pareció, al escucharlo, que estos eran unos tiempos difíciles para el arte de la isla, pese al antiguo esplendor de la pintura cubana. Algunos comentarios ocasionales de Teresa e incluso de la señora Piedad parecían sugerir que la actual estrechez económica no estaba promoviendo en Cuba una reactivación del arte, pese al poderoso mito que lo asocia en todas partes a una cierta experiencia de la precariedad.

Antes de subir a la parte de arriba, estuve echándole una ojeada a las urnas en las que se exhibía la correspondencia del pintor. En una de las últimas cartas, pedía ayuda a alguien cuyo nombre no recuerdo, tal vez un sobrino o una persona de extrema confianza, solicitándole simplemente comida y haciendo alguna alusión a su enfermedad. Había habido, de todos modos, otros años benignos, los de sus incursiones por las galerías europeas y norteamericanas. En un autorretrato que había cerca de los escaparates epistolares, el rostro de Carlos Enríquez recordaba bastante el de un joven Dalí, probablemente más bello, con aspecto de haberse curtido con la luz de unos días que las tonalidades del lienzo permitían adivinar como felices. Aquel peregrinaje artístico debió de permitirle, como es habitual, reincorporarse a su diminuto y a la vez inmenso refugio del Hurón Azul y transfigurar sus impresiones cotidianas, la sencillez de la naturaleza exterior, la espontaneidad del cuerpo, en una nueva dimensión profunda y esencializada. Nora nos había hablado mucho de la casa en la que ahora nos hallábamos. Lo hizo con un exceso de emoción, pero a fin de cuentas supo transmitirnos lo más relevante; que hacía falta viajar lo más lejos posible para poder gozar finalmente del pequeño abrigo donde finalmente se resuelve la vida de todo el mundo; que el Hurón Azul mantenía esta intensidad de lugar de reencuentro, de feliz exilio interior, de minúscula patria suficiente, como una isla dentro de la otra isla más vasta.

Óscar y Ana María acabaron su visita antes que nosotros. Estaban abajo mientras Caterina y yo permanecíamos todavía en la estancia superior a que conducían aquellos pasos que nunca dejarían de estar allí, burlando la no presencia que impone indefectiblemente la muerte. Desde alguno de los azules ventanales, habíamos estado contemplando el jardín que, a diferencia del de la casa de Hemingway, no permitía ver nada distinto a su tranquila población vegetal. La mañana era tranquila, sin viento, y curiosamente el bochorno resultaba menor dentro de la vivienda. Era este otro rincón propicio para la lectura o las conversaciones infinitas. Tal vez por ello Nora había llegado a quererlo tantísimo.

Aquel penúltimo día nuestro en la Habana transcurrió a una velocidad inaudita, probablemente porque en unas pocas horas, tras la frugal comida en el quiosco de los *hot dogs*, visitamos el zoo y más tarde Expo Cuba, dos lugares que parecían acuñar a la vez la misma moneda, pues el abandono del zoo, donde algunos animales habían dejado incluso de ser peligrosos debilitados por el hambre, y la precariedad de las instalaciones de aquella especie de circuitos de escaparates y naves desangeladas, que pretendía ser espejo de la industria y la cultura de la isla… nos llenaron el espíritu de mil imágenes inconcebibles, como extraídas de un paraíso invertido. Aquellas visitas fueron apresuradas y sirvieron para incrementar la impresión de terrible insularidad, de aislamiento severo de una sociedad que luchaba para salir adelante amontonando desperdicios. En una de las salas de Expo Cuba vimos dos *arañas peludas* inmóviles en la pared de una minúscula piscina en la que flotaban algunas flores de agua. Y después, al coger un zapato para conocer su precio, vimos esconderse en el que permaneció en el suelo otro de aquellos arácnidos más o menos temibles. Buscando la propina, una de las mujeres que vigilaba aquella nave nos empezó a hablar con el orgullo noble de quien confía en aquello de que habla. Había costado un gran esfuerzo agrupar allí toda aquella muestra textil y de zapatos, podíamos obtener un reflejo fiel de la producción en la isla… Pero yo recordaba de pronto a los leones, me venían a la cabeza los cuerpos enclenques y aquellos ojos suyos que parecían inquirir una respuesta a su miseria. La guía del zoo nos había contado que les habían robado una cebra para zampársela, días atrás, y había que andar con mucho cuidado, mejorar las verjas, controlar los accesos… La guía, que nos había acompañado dentro de nuestro propio vehículo porque el pequeño autocar del zoo se había averiado meses atrás y no les habían proporcionado ningún otro. Hicimos una incursión algo peligrosa en la llamada *pradera africana*, ya que los animales deambulaban libremente por ella y con la nueva situación había habido que permitir algo que meses atrás hubiera sido imposible; que se pudiera entrar con los vehículos pequeños, terriblemente vulnerables al paso incierto de los elefantes y de los rinocerontes. Un muestrario de bestias castigadas.

Llegó el anochecer, pero la experiencia que prevalecía era la de la casa del pintor Carlos Enríquez. El recuerdo de los animales de ojos inquietos y tristes, de la desolación de los paupérrimos expositores, se añadía como una extraña muleta que contribuía a sostener aquella docilidad de la pequeña vivienda en la memoria. Pensar en ello me proporcionaba un sosiego de balance final, como si aquella escasa hora de permanencia en la casa del pintor hubiera sido el poso de un esperado receso de todo, la tranquilidad que uno siempre busca a fin de cuentas cuando se siente empujado a conocer otros mundos. Había llegado la oscuridad y con ella nuestra última noche en la Habana, en el país. Óscar y Ana María se ofrecieron a llevarnos a la Bodeguita, pero nos apetecía pasear por nuestro reparto, visitar a David y Damaris y preparar el mostrador de nuestros últimos gestos entre amigos.

David y Damaris, al saber que aquella noche no iríamos a ninguna parte, nos invitaron a cenar. Nos pesaba aquella especie de enésimo homenaje, pues conocíamos la dificultad de agasajar a alguien en un país como este. Les dijimos que lo lamentábamos, que incluso podíamos ir juntos a cualquier parte. Pero Damaris empezó a hablar de *tamales* y *frijoles* con un chisporroteo excitado en la mirada y en el tono de cómico lamento con el que a menudo los adultos piden insistentemente lo que desean, nos dijo que les hacía mucha ilusión que pasásemos nuestra última noche haciéndoles compañía. Cuando habíamos llegado, con la casi imaginaria impresión de frescura que dejó una rara —por fina y breve—, lluvia, David estaba preparando unos cuantos *daiquirís. Parece que lo hayan hecho a posta, porque los amigos que esperábamos acaban de disculparse por teléfono, así que serán para ustedes.* Nuevamente, algo más tarde, todo adquirió aquel aire indulgente que el alcohol proporciona a las cosas, y sin darnos cuenta nos encontramos a punto de sentarnos a la mesa.

Caterina pasó la velada envuelta por un halo de tenue entristecimiento. Un entristecimiento que la llevaba a sonreír con aquella especie de melancolía anticipatoria de quienes no pueden dejar de considerar el presente desde una cierta distancia, por la inminencia de la despedida. Parecía sentirse feliz, a pesar de todo, porque al coincidir nuestras miradas aparejábamos un subrepticio sentimiento recíproco, como si nos estuviéramos refiriendo lo agradable de aquella atmósfera, de aquella gente, y quisiéramos registrar en una intensa mirada su espíritu, para encerrarlo bien adentro de nuestra memoria.

David, mientras Damaris seguía en la cocina, nos dijo que a partir de la siguiente semana la casa de Nora dejaría de ser el punto neurálgico de la cooperativa. Nora seguiría siendo la organizadora, pero a fin de ahorrar riesgos inútiles el lugar del enlace con los diversos chóferes y caseros sería el domicilio de un tal Gabriel, que vivía unas cuatro o cinco calles más abajo. Durante nuestra estancia en Trinidad, Reynaldo se había topado en tres ocasiones con un coche patrulla detenido ante su domicilio. Debieron de observarlo con aquella inquietante imperturbabilidad que tanto lo angustiaba, porque había comparecido una tarde en casa de David y Damaris visiblemente preocupado. Les explicó que no sabía si continuar en la Habana Vieja con sus colegas europeos o bien dejarse caer más a menudo por su casa, a fin de no despertar sospechas. *Yo le recomendé que hiciera lo que quisiera, pero con normalidad*, dijo David. Con Nora en casa, sin embargo, volvía a sentirse tranquilo, porque solo unas horas antes David los había visto a ambos y él había recobrado su don de ironía, la elevada calma que lo hacía posible.

Fue una cena larga y tranquila, pese a que el tiempo transcurrido terminó desmintiendo esta impresión, porque los postres llegaron no excesivamente tarde, a la hora en que en Barcelona uno empieza a pensar en ir a tomar la primera copa. No se había producido aquel encogimiento indefectible del tiempo que acompaña siempre a las vivencias placenteras. Aquella pequeña felicidad discurría tal vez deprisa pero con la suficiente intensidad como para que cada instante valiera por dos o tres. El hecho de imaginarme cuarenta y ocho horas más tarde en mi país, acentuaba la impresión de hallarme en el límite de nuestro intervalo cubano, apurando sus márgenes, con aquella inminente sensación de umbral que ablanda el presente transformándolo más que nunca en la tierra de nadie que siempre ha sido, en el paradójico terreno de transición en el que flotan, ofreciendo resistencia, las incidencias que más tarde tendremos que echar de menos. Por ello David y Damaris me parecían próximos y lejanos al mismo tiempo, necesitaba contrastarlos inevitablemente con el resto de vida que vivirían quién sabe si ya definitivamente ajenos a la nuestra. Algunos de los proyectos que nos confiaron, hijos, trabajo, el lugar final en el que vivir, adquirieron el eco de cuanto vibra en un espacio ilimitadamente vacío. Nos anunciaron con tristeza su decisión de apuntarse a la lista de espera para ir a Miami. No les importaba seguir soportando las limitaciones de la vida en su país, pero deseaban tener hijos y no querían dejar de proporcionarles lo que hubieran querido para sí mismos, a pesar de la angustia que les producía la idea de poder abandonar un día la isla. *Nora no sabe nada aún. Se deprimiría bastante. Quizá nosotros no tengamos su fuerza de voluntad, aunque tampoco es nada fácil empezar de nuevo en otra parte.* El futuro se me antojaba, al escucharlos, un inmenso conjunto de espacios remotos y no siempre comunicantes. Pensé que nosotros tal vez quedaríamos encerrados en uno de ellos, rodeados por la amplia circunvalación también limitativa de nuestro particular porvenir; que tal vez el perímetro de nuestro futuro mundo no contendría nunca de nuevo el espacio cubano en el que ahora estábamos, que tal vez únicamente las voces irían siendo reencontradas, de tanto en tanto, para hacernos saber que estas otras vidas no se habían extinguido aún por completo.

Durante la cena, surgió de nuevo el tema de la Revolución. Les gustaba hablar de ello quizá para poder mostrar que aquella idealidad revolucionaria no había sido abandonada. David refirió algunas anécdotas relativas a la insobornabilidad del Che, el cual había rechazado en numerosas ocasiones recibir un trato privilegiado. De no haber sido asesinado, posiblemente no habría desvirtuado la revuelta como lo había acabado haciendo Fidel. Lo dijo con la misma convicción de Nora, para quien también aquella figura legendaria había encarnado ya en vida todas las cualidades de los auténticos ídolos. Caterina y yo teníamos la impresión de que para muchos cubanos que habíamos conocido la fe en aquel proceso la sostenía sobre todo la memoria del Che, que la parte de revolución que él había acompañado difundía aún una poderosa inspiración de utopía sobre sus vidas. Damaris asentía a las palabras de su marido, pero nos miraba con una sonrisa ausente que las trascendía, como si quisiera precipitar en el aire otras palabras, por ejemplo palabras concernientes a nuestra vida futura en Barcelona, a la posibilidad de reencontrarnos en algún momento… Cuando se produjo el primer intervalo silencioso, Damaris preguntó; *oigan ustedes, ¿para cuándo vuelven por aquí?*

Aquella no sería la última ocasión en que nos veríamos antes de nuestra partida, pero cuando nos despedimos tuve la impresión de que así era y nos abrazamos como si hubiéramos olvidado que al día siguiente por la tarde, antes de ir hacia el aeropuerto, Nora nos había convocado a todos (incluso a algún miembro aún desconocido de la cooperativa) en su casa. Quería ofrecernos una despedida sencilla, pero intensa. La idea me gustaba pero temía que el carácter de aquella fiestecilla incrementara la impresión de no retorno que me había empezado ya a visitar a lo largo de las últimas horas. Cuando David nos dijo que nos veríamos al día siguiente en casa de Nora, moviendo la mano para decir adiós desde la cancela, parecía que bromease, como si hubiera pronunciado una de aquellas frases imposibles que sirven para trivializar mediante el humor el peso de la distancia.

A las diez de la siguiente mañana, Óscar nos dejó en el centro, muy cerca de la vieja librería donde había adquirido los libros para Piedad. Nora todavía no había llegado y nos acercamos hasta el escaparate en el que se exhibían los volúmenes a menudo amarillentos que solo la claridad de la calle permitía ver. La tienda estaría aún cerrada, a pesar de que eran las diez y media de la mañana, pero nunca se podía estar seguro porque siempre permanecía en penumbra y solo el pestillo interior que impedía empujar la puerta constituía la única evidencia real al respecto. Llegué a imaginar de una forma algo ingenua que el librero se había sentido condicionado por mis últimas compras y por mi interés hacia los libros de ciudades europeas. Había dos sobre Madrid y uno sobre París, aparte de una devastada guía de Roma que habría quedado desactualizada antes de mi nacimiento. Todos estos volúmenes habían sido colocados en un lugar preferente del escaparate, justo en el centro, señoreándose del espacio sobre sendas estibas de otros libros menores imposibles de identificar. Pero no había tiempo para volver a visitar a Piedad y además, tampoco deseaba colmar en exceso los platos oníricos que ella consumía a diario para seguir viviendo.

Nora apareció con un cierto retraso que atribuyó a un pequeño problema de coordinación con el amigo chófer que la había conducido hasta el centro. Vino cargada con una especie de blog por el que asomaban un montón de papeles impresos que me produjeron la impresión de ser octavillas o algo parecido. Al darse cuenta de mi interés por el contenido del blog, me dio una y pude leer una especie de manifiesto que me pareció de una ortodoxia fuera de toda duda, excepto en el punto en el que se hacía referencia a los compatriotas encarcelados mediante la expresión *presos políticos*. Nora volvía a mostrar aquel exaltado fulgor de Trinidad y pensé que aquella mujer era hija de la que había venido a recogernos al aeropuerto la primera noche de nuestra llegada.

Entramos en una vivienda que hacía esquina casi al final de la calle. El lugar no podía transmitir mayor aspecto de clandestinidad, ya que el vestíbulo se encontraba literalmente destrozado, abierto y accesible, sin cristales ni puertas ni paredes que impidieran la visión desde el exterior. El suelo estaba lleno de escombros (escombros de ladrillos y de mobiliario antiguo) e incluso en un rincón, el más alejado de la calle, se amontonaban restos carbonizados además de un buen puñado de basura. Llegamos finalmente a una pequeña puerta y al abrirla la escalera que apareció resultó como tantas de la Habana Vieja, con paredes desconchadas y gruesos peldaños, pero con aspecto de no ser menos habitable que el resto. Subimos dos plantas y antes de llegar al segundo rellano oímos un revuelo encofrado pero consistente de voces. La reunión no había empezado aún.

Al cruzar el umbral, accedimos a un espacio inesperado, por inmenso, uno de aquellos espacios que únicamente pueden encontrarse aún en ciertos barrios antiguos, donde algunas casas parecen perderse dentro de las otras, en las que uno tiene la impresión de poder recorrer a través de ellas toda la longitud de la calle. Era un espacio sin duda imprevisible, como el de la casa en ruinas que pocos metros más abajo albergaba el pequeño jardín de María, la mujer muda. La disposición de las columnas de hierro que recorrían en sendas hileras la inmensa estancia no sugería una distribución domiciliar sino más bien la de una empresa tal vez extinguida mucho tiempo atrás, una empresa quizá dedicada a una actividad aún muy humanizada, de pequeño alcance. Cuando pensaba en ello, descubrí una placa metálica en la pared en la que aparecía un nombre familiar junto al de algunas provincias remotas de la isla acompañando una fecha: 1933.

Nora nos hizo llegar hasta donde se encontraba su amiga. Julia era una de las principales responsables del grupo en la Habana. Nos dijo que estaba contenta porque no era frecuente que asistiera a las reuniones nadie que no formase parte de alguno de los grupos de la oposición clandestina de cuya unión surgió Concilio Cubano. Nos dijo que habían obtenido días atrás el permiso para una entrevista con uno de los responsables de cultura del equipo de Fidel y que a día de hoy parecía que empezaban a considerarlos, por lo menos, como un grupo no explícitamente beligerante y problemático. Julia, con aquella especie de extraña justificación previa que ya habíamos oído preceder las críticas al aparato del gobierno, quiso precisar de inmediato que *nosotros lo que queremos es salvar la Revolución de verdad.* Solo, añadió, proponían algunas modificaciones en la gestión económica y política actual, justamente a fin de recuperar el espíritu de los primeros tiempos, o bien, corrigió, *adaptarlo al presente.* Se interrumpió de pronto para disculparse. *Ya ven que somos muy tabacosos por aquí, mejor escuchan ustedes a los compañeros que hablarán dentro de un rato.* Apretó un instante el antebrazo de Caterina y dio un beso a Nora a quien todavía parecía deberles esta atención.

David nos había contado que Concilio Cubano había nacido de la unión de todos los grupos de la oposición al gobierno de Fidel, pero que él creía que entre esos grupos había gentes tan dispares, que difícilmente lograrían nunca consolidar el proyecto. Desde personas claramente adversas a Fidel y a la misma Revolución, hasta otras como Nora, integradas en grupos críticos que, siempre según nuestro amigo, resultaban muy ingenuas si confiaban en poder presionar a Fidel desde su actitud "constructiva", pero siempre fiel al ideario revolucionario.

El primero en hablar fue un individuo no muy alto, de complexión fuerte y de mediana edad. No debía de ser la persona a quien todo el mundo esperaba —si es que esperaban a alguien en especial—, porque tan pronto fue conectado el rudimentario micrófono se produjo una especie de agitación murmuradora a lo largo de la sala que se mantuvo durante toda la intervención. No eran demasiados quienes lo escuchaban. Muchos miraban distraídamente hacia otras partes de la sala y muchos mantenían una conversación cuchicheada que de vez en cuando protegían con una mirada breve pero sostenida al conferenciante. Verdaderamente, el discurso de este era en exceso retórico y consistió en esencia en un inventario de pequeñas victorias administrativas que el colectivo habría conseguido en los últimos tiempos. El tono alentador resultaba menos creíble que la inflexión de la voz en los lectores de cuentos infantiles: su mismo aspecto, su hablar quedo, contrastaba infelizmente con el alto grado de persuasión que pretendía alcanzar. Cuando terminó se oyeron unos cuantos aplausos solidarios y tímidos, pero la dilatada pausa que los siguió y la silenciosa concentración de los asistentes en un ángulo determinado de la sala hacía suponer que pronto comparecería alguien ciertamente destacado. No tardó mucho en levantarse de una de las sillas de la primera fila un hombre de edad avanzada, tal vez de unos sesenta o sesenta y cinco años, que se desplazó con una lenta gravedad que sin embargo resultaba natural, hasta la minúscula tarima. El hombre miró al auditorio iluminado por la atención de la sala. Movió distraídamente una hoja, enmarcando la calma, y a continuación inició un discurso pausado y seguro, en el que hizo de nuevo alusión a la Revolución pero sin emplear el tono dogmático y recurrente de quien le había precedido ante el micrófono. Habló de los frutos de la campaña de alfabetización, de la mejora y extensión de la sanidad y desarrolló un sencillo pero convincente análisis del por qué a su entender la política de Fidel había ido estrangulando aquella utopía encarnada. Hizo mucho énfasis en el hecho de que el ideal revolucionario había podido tomar cuerpo a pesar de las dificultades y parafraseó a Fidel para decir que los primeros años de revuelta habían mostrado que algunos sueños pueden hacerse realidad. Pero solo los primeros años. Hasta aquel momento, el suyo hubiera podido ser el discurso del *Comandante*, aunque en este caso las palabras fluían sin aquellas también retóricas pausas, los calculados silencios, del gran orador. Unos días antes había oído al mismo Fidel en un discurso televisado. Estábamos en el centro, cerca del Malecón, alrededor de las ocho y media de la noche. Mucha gente había salido a los portales de sus casas a tomar el poco fresco que podía atraparse sentados en los peldaños o charlando en pie ante la vivienda. Óscar, maliciosamente, nos había dicho que muchos aprovechaban los discursos televisados de Fidel para salir a la calle. En el bar del que veníamos, habíamos escuchado una parte y me había parecido admirable la combinación de silencios y estiramientos silábicos que empleaba. Resultaba cautivador para quien no tuviera que sufrir las consecuencias. El hombre que hablaba ahora dentro de la sala en la que nos encontrábamos hacía uso de pausas en apariencia más espontáneas, aunque no menos abundantes. Su intervención duró algo más de media hora, pero el tiempo se confundía como en un verano de infancia. Al acabar, los aplausos llenaron el lugar de una nueva y breve intensidad. Aparecieron dos muchachas bastante jóvenes que explicaron las gestiones que realizaba en Matanzas un grupo de personas intentando agotar todas las fórmulas de presión para que Fidel liberase al miembro más veterano del colectivo. Yo me había distraído observando a la gente que había vuelto a relajar la atención. Miraba a un par de muchachos que se habían levantado para ver mejor evitando la perspectiva trenzada de columnas: no hacía demasiado rato que habían abandonado la silla pero la aten-ción brillaba en su mirada, con aquel idealismo sonriente y sereno que a veces sabe transformarse en violencia pero que parte siempre de una especie de innegable querencia hacía la vida. Los miraba y uno de ellos volvió la cabeza hacia atrás, mirando la escalera que nosotros habíamos subido cuarenta y cinco minutos antes; fue uno de aquellos momentos en los que emerge como nunca el poder de expresión del rostro humano, su capacidad descriptiva, casi textual; alguien peligroso ascendía la escalera y ya no había remedio. Todo el mundo seguía más o menos pendiente del relato de Matanzas, pero el fugaz intervalo que tardó en consumarse aquella secuencia fulminante de la mirada y la advertencia verti-ginosa a la sala me pareció eterno como debe de resultarle eterna la caída a quien se precipita al vacío desde el balcón más alto pese a la brevedad de la escena vivida por los transeúntes. La policía irrumpió en la sala y se hizo un silencio estremecido y poblado de oscuros presentimientos. Entraron unos quince agentes, muchos de ellos mulatos, seguramente provenientes del sur (en la Habana los policías acostumbraban a ser del sur, más deprimido, ya que nadie del norte deseaba un trabajo que impedía la única posibilidad de subsistencia real, la de la economía clandestina) y se distribuyeron por toda la sala hasta rodearnos. Empezaron a pedirnos los carnets displicentemente, pero con una indiferencia que me tranquilizó ya que parecía un síntoma de actividad rutinaria, de consecuencias poco inquietantes; más tarde, sin embargo, apareció una especie de comisario que confidencializó con un par de agentes. No tardaron ni un instante en llevarse al individuo carismático de los cabellos blancos y a Julia, la amiga de Nora. Después, unos diez minutos más tarde, nos autorizaron a abandonar el local pero retuvieron a unas diez personas más, todas ellas relacionadas, al parecer, con la organización de Concilio Cubano. Nora estaba nerviosa, como lo estábamos nosotros, procurando sobreponerse al sobresalto y a la impotencia. Fuimos desfilando poco a poco por la escalera sin atrevernos a hacer ningún comentario. Cuando estuvimos en la calle, la atmósfera resultaba también opresiva y el mundo algo más pequeño.

Intercambiamos durante más de media hora comentarios rabiosos, hasta recuperar aquel punto de hundido sosiego en cuyas orillas surgen los primeros trazos de una estrategia posible. Era necesario presionar desde la embajada, o bien dirigirse directamente a la comisaría y allí preguntar por los detenidos, amenazar con denuncias en nuestro país… Enseguida rechazó Nora esta idea. Le parecía demasiado comprometedora y poco factible. El camino, como siempre, habría de ir siendo recorrido muy despacio. No se sabía nada del tiempo que permanecerían detenidos. Tal vez se trataba de una acción intimidatoria que no tenía por qué terminar necesariamente con una condena en presidio. Nora decía y desdecía, fumó en apenas veinte minutos tres o cuatro de nuestros cigarrillos. Como la reunión había terminado mucho antes de lo previsto nos sentamos cerca del Habana Libre, en el murete que limitaba un parterre artificial y elevado que servía de jardincillo de unos edificios extremadamente impersonales, angustiosos. Hacía calor y la cola de gente ociosa que esperaba junto a nosotros el acceso a la tienda dólar añadía un grueso trazo al dibujo del tedio. Nora había enmudecido y nosotros emergíamos dificultosamente de aquel episodio.

Nora aceptó finalmente nuestra propuesta de aplazar nuestro regreso si era necesario, a fin de poder realizar alguna gestión en la embajada, en el caso de que su amiga no fuera puesta en libertad en las inmediatas horas. Contó Nora que las otras personas detenidas eran lo bastante influyentes como para espabilarse por sí mismas, que dudaba que la policía llegase a complicarse demasiado la existencia, a pesar de las pocas simpatías que les inspiraban todos ellos, especialmente aquel viejo líder canoso. Pero el caso de Julia era distinto. *Ella no tiene quien la respalde en serio fuera del Concilio. Me da mucho miedo porque con ella es posible que se atrevan a ir más lejos.* Tratamos de convencerla de que no se inquietase, que en el peor de los casos nuestras gestiones podrían tener una segura eficacia, siendo como éramos extranjeros en un país en el que los foráneos eran escuchados más que los propios nativos. Nora deseaba creernos, pero su credulidad requería un esfuerzo considerable. Por unos instantes teníamos que ser los demás quienes debíamos instilar en cuerpo ajeno el germen de la fe, la alegría del sentido.

Era nuestro último día y había terminado de la peor forma posible. Nos hubiera gustado abandonar el país despidiendo a una Nora enfebrecida por la nueva actividad política. En realidad, no había dejado de tener la sensación de que el pequeño universo de la cooperativa comportaba la aplicación de la antigua energía revolucionaria a una tarea que continuaba manteniendo un cierto aire de actividad comunal, de pequeña república ideal de bienes distribuidos equitativamente, en la que nadie ganaba ni se esforzaba más que nadie. Nora repartía el trabajo de manera proporcionada entre todos los miembros de la cooperativa, y, si éste escaseaba, procuraba alternarlos en los servicios, incluso cuando alguno de los *caseros* o de los chóferes no podía igualar las condiciones de trabajo de sus compañeros. Esto debía de haberle permitido remontar su desencanto político, aquel crepúsculo infinito de la utopía, las largas tardes que adoptaban —así nos dijo una vez—, el cariz impreciso del tiempo laxo, de las horas que ninguna expectativa conseguía tensar en dirección al futuro. *No sé qué puedo hacer con Julia*, se lamentó, antes de levantarse y pedirnos disculpas porque temía habernos estropeado nuestro último día. Habría querido decirle que me molestaba un tanto su sentido de la responsabilidad turística ante nosotros, porque equivalía a distanciarnos en cierta medida, a reconducirnos al papel de visitantes desafectos. Sabíamos que el buen funcionamiento de la cooperativa era la mejor garantía para futuras llegadas de viajeros y que se esperaba de nosotros una cierta publicidad en Barcelona; que convenía, por tanto, aislar las dificultades y no mezclarlas con el pequeño negocio. Estas reacciones inesperadas y ocasionales me sugerían la imagen del médico que debe explorar a la propia esposa y alcanzar con ella una especie de extraña objetividad que nunca podrá dejar de resultar efímera y artificiosa. Por ello, cuando Nora dijo que volviéramos hacia nuestro reparto supimos que las últimas escenas danzarían entorno a las sonrisas de nuestra anfitriona, a merced de sus palabras, que anudarían, de nuevo, todo lo vivido hasta ese día en Cuba, para que nada valioso huyera del inmediato recuerdo, y que lo haría sola, por mucho que nosotros deseáramos compartir ese esfuerzo.

Cuando a primera hora de la tarde colocamos los bultos dentro del maletero del coche de Óscar, para ir a casa de Nora, tuvimos la impresión de abandonar nuestra vivienda de siempre, de cerrar una de aquellas puertas que amparan la última etapa importante que uno ha vivido. Óscar estaba extrañamente exultante y Ana María callaba sentada a su lado. Lloviznaba de nuevo bajo el sol y me hubiera gustado poder anticipar la previsible inmersión en la atmósfera del ron que nos esperaba en la vieja terraza.

Óscar se entretuvo unos momentos revisando las entrañas de su automóvil. Le habíamos visto dedicarle una constante atención, como si tuviera a su cargo a un anciano fragilísimo en lugar de a aquel enmarañado vientre mecánico. Al verlo una vez más inclinando el cuerpo hacia el motor, pensé que aquella escena reflejaba, como en una ilustración alegórica, el averiado paisaje del país y la apedazada esperanza de los cubanos. La otra imagen que podía ver a pocos metros de donde se desarrollaba esta última sugería sin embargo una verdad en parte distinta y hasta opuesta a la anterior, quién sabe si para armonizar, como en Heráclito, el movimiento de los opuestos; la segunda imagen era la de nuestros vecinos sentados en las mecedoras que casi nunca cesaban, especialmente durante las tardes, de balancearse arriba y abajo, , en una acompasada oscilación que no conseguía detener el tiempo, pero que producía una impresión que debía de parecerse mucho a la de la eternidad, si alguna vez pudiera ésta llegar a convertirse en objeto de una intuición sensible. Una imagen opuesta a la de Óscar, que mascullaba como siempre unas pocas palabras casi ininteligibles mientras se afanaba a culminar su tarea de infinito soporte a la precariedad. Los vecinos nos miraban inexpresivamente, como si nada de lo que sucedía ante ellos mereciera el más mínimo gesto, la más remota voluntad de intervención. También el desencanto había adquirido a menudo la forma de este anonadamiento del observador inagotable. La sensación de que muchas de las pequeñas ocupaciones de bastantes cubanos no alterarían nunca el curso del lento acontecer de la existencia, se encarnaba ahora en el movimiento repetitivo y harmónico de aquellos ociosos vecinos que se distraían observando nuestra partida. Miré la calle con atención antes de entrar en el automóvil. Estaba tranquila, ningún transeúnte completaba la quieta naturaleza del suelo a medias asfaltado. Al cabo de un mes, aquella calle había dejado de resultarme extraña. Empezaba a ocupar una parte real y confusa de mi conciencia, con la especie de imprecisión que a menudo proporcionan a nuestra percepción de la vida las vivencias que se incorporan a ella bajo la forma de una atmósfera, más que bajo la de un paisaje concreto, ocupando por ello un espacio más amplio e indefinido de nuestro interior. El espacio de mi consciencia bañada por un halo de conturbada tristeza, porque el episodio de la mañana había violentado aquella creciente y resucitada confianza de Nora y la fiesta de despedida a la que nos dirigíamos se me antojaba también la fiesta del adiós a todo lo que en los últimos días había vuelto a iluminar los exaltados acentos de las palabras de nuestra amiga. No podía dejar de pensar en la manera en que la irrupción de la policía había cancelado aquella nueva efervescencia de Nora, en cómo aquella reunión había resumido ante nosotros tantos y tantos años de sueño y lucha. Como si en un breve atasco de minutos hubiera eclosionado, crecido y muerto el ser del espíritu revolucionario, repitiendo el otro ciclo real, más dilatado y pesado, de las vidas entregadas lejos de aquella sala y de aquel tiempo tan contado. La calle estaba vacía y mis pensamientos iban despoblándola todavía más. Todos parecían lejos de ella, también las ideas que podrían cambiar el mundo.

Al abrir el cancel, oímos ya la algarabía de voces y un zumbido en cuyo interior se destacaba una vaga forma musical. La terraza estaba llena de gente, al menos una quincena de personas se habían congregado sin saber exactamente a quién había que despedir. Entre ellas, inesperadamente, descubrimos a Julia, y al verla experimentamos una emoción tan grande que nadie habría podido sospechar que se trataba, en realidad, de una perfecta desconocida para nosotros. *Solo detuvieron a Enrique, pero espero que salga pronto. Han dicho que el local no reunía las condiciones adecuadas para celebrar una reunión. Ya ven qué tontería. No quieren que nos reunamos y ya está. A Enrique querrán interrogarlo a fondo. Estamos un poco asustados.*

Nora abrió un círculo para presentarnos a algunos de sus invitados. Habían venido bastantes miembros de la cooperativa, a los que no habíamos visto nunca, pero al mirarlos tuve la impresión de que entre ellos se habían establecido vínculos verdaderamente sólidos porque a pesar de la ausencia de elementos festivos (sobre la mesa había cuatro botellas de ron y un par de bandejas con pastas poco atrayentes), la escena exhalaba una intensidad notable, como si todo el mundo se hallase al límite de la expansión alcohólica, riendo y hablando desenvueltamente, con la proximidad que procura el buen vino. David y Damaris se habían quedado en un rincón de la terraza, en el ángulo desde el que a menudo habíamos visto a Nora y Reynaldo decirnos adiós. Nos miraban con una sonriente expectación, como si debiéramos iniciar alguna acción precisa, un gesto incierto que sin embargo presentía espontáneo y grave a la vez. Pero nos dejamos llevar por la espontaneidad y hablamos sobre todo los primeros minutos con los que se nos presentaron con un nombre desconocido.

Nora colocó una cinta en su aparato reproductor y todo el mundo empezó a moverse antes de que nadie propusiera el baile. Caterina y yo bailamos un rato absurdamente abrazados y tranquilos aquella música extraña, una especie de salsa aplacada con ritmos de jazz. Me hubiera gustado que en la terraza hubieran danzado también las imágenes de Teresa y Piedad, de la pobre María y de los caseros de Santiago, pero tampoco me importaba excesivamente. Estaban en mí, y los veía incorporados a aquel feliz bochorno que empañaba la visión de los pensamientos amargos, como una exhalación más de la vida que hacíamos rodar lentamente, al movernos todos a la vez de manera errónea, como siguiendo otro sonido, tal vez el reverso del que oíamos ya plenamente llevados por el ron. Pronto volaríamos rumbo a Barcelona y sin embargo aquellos últimos minutos ocupaban todo el tiempo futuro, como si se hubiera abierto un túnel de estricta entrega a la voluntad y supiéramos que siempre nos acompañaría la lenta luz de la tarde habanera, que siempre podríamos volver a sumergirnos en ella, a adentrarnos en ella desde nuestra vida futura, cada vez que necesitáramos reencontrar aquel subsuelo continuo de la extraviada revuelta.

Ramon Surroca i Nouvilas nace en Barcelona el año 1966. Es profesor de filosofía y miembro de la Sociedad Catalana de Filosofía. Ha sido colaborador de la desaparecida revista de cultura *Lateral*. Es autor de las novelas *Lenta Llum de l'Havana* (2006), *Memòria de Sal* (2007), *L'Aparador Desert* (2011), publicadas en Llibres de l'Índex y *Memoria de sal* (La Tempestad, 2013)